© Ce.Rise 2025

Satz: Ce.Rise
Illustrationen und Gestaltung: Ce.Rise

2. Auflage

Verlag: BoD · Books on Demand GmbH, Überseering 33,
22297 Hamburg, bod@bod.de

Druck: Libri Plureos GmbH, Friedensallee 273, 22763
Hamburg

ISBN: 978-3-8192-1127-0
ce-rise.net

Bibliografische Information der Deutschen Nationalbibliothek: Die Deutsche Nationalbibliothek verzeichnet diese Publikation in der Deutschen Nationalbibliografie; detaillierte bibliografische Daten sind im Internet über dnb.dnb.de abrufbar.

The Wisp of Wither

Für das Kind in mir, was so viel Dunkelheit erleben musste.

Für mich, die immer das Licht sieht.

Für die Liebe, die über alle Grenzen reicht.

Für all die Seelen, die mich auf ihre Art begleiten

Vorwort

An meinen lieben Lesenden,

Diese Geschichte beinhaltet diverse Ereignisse und Momente die eine Triggerwirkung haben können. Da viele der Themen der ein oder anderen Person sehr nahegehen, möchte ich dich an dieser Stelle darauf hinweisen.

Falls du während des Lesens und Eintauchens in diese wundersame Welt ein ungutes Gefühl in dir selbst verspüren solltest, was sich über die Empathie für die Charaktere hinaus erstreckt, bitte ich dich, dir einen Moment Pause zu erlauben. Leg dein Buch zur Seite, atme tief durch und entscheide, ob du weiterliest oder eben an einem anderen Zeitpunkt dahin zurückkehren kannst. Deine mentale Gesundheit hat immer Vorrang.

Bitte lass dich aber nicht sofort abschrecken und gib dir und mir eine Chance diese Reise gemeinsam zu erleben.

Content Warnungen:

Angststörungen

Tod/ Angst vor dem Lebensende/ Verwesung/ Mord

Depressionen

Evtl. Essstörung aufgrund von Angstzuständen

psychischer Missbrauch

Buch Playlist

Musik ist schon immer eine meiner größten Inspirationsquellen. Daher ist es nicht verwunderlich, dass auch mein Buch in der Entstehung von unzähligen Songs begleitet wurde.

Aus eben diesem Grund, möchte ich eine Auswahl daraus mit dir teilen, mit der Idee, dir Impressionen zu geben, welche mir geholfen haben, diese Seiten und diese Geschichte auf Papier zu bringen

- **The Raven** - Omnia
- **The Unknown** - Madeline Juno
- **If you only knew** - Alexander Stewart
- **When They Call my Name** - Black Veil Brides
- **Mind is a Prison** - Alec Benjamin
- **Wenn nur Liebe hilft** - LEA
- **Deja Vu** - TOMORROW X TOGETHER
- **Into The Night** - Madeline Juno
- **AMYGDALA** - Agust D
- **Drown me out** - Andy Black
- **Saviour II** - Black Veil Brides
- **I'm in with you** - Loreen
- **The Revival** - Black Veil Brides
- **The Martyr** - Andy Black
- **Carry You** - Blindlove
- **Forevermore** - Chiffre
- **Saviour II** - Black Veil Brides

Die komplette Playlist findest du auf Apple Music, weil dort die Künstler noch am Meisten unterstützt werden.

Social Media

Unter dem QR-Code sind alle meine Accounts verlinkt. Schau gern vorbei und verpass keine Updates, Behind The Scenes und künstlerischen, als auch spirituellen Content.

Prolog

Die feuchte kühle Morgenluft legte sich wie ein Film auf ihre Haut. Ihre Augenlider fühlten sich an, als würden sie jeden Moment zufallen. Doch noch schwerer waren ihre Beine, glichen Blei, so dass sich jeder Schritt als außerordentlich kräftezehrend erwies. Die ganze Nacht hatte sie schon hinter sich gebracht.

Zu Anfang war sie einfach nur so schnell sie konnte gerannt, ohne zu wissen, wohin ihre Füße sie tragen würden. Wie einem Wegweiser war sie dem weißen Raben in den Wald hinein gefolgt. Durch das Geäst — fernab der Wanderwege — führte ihr Pfad durch das Unterholz. Das nasse Moos gab unter ihren Füßen nach, was sich durch ihr leichtes Schuhwerk deutlich bemerkbar machte. Tatsächlich hatte sie gar keine Ahnung, wie viele Stunden sie bereits unterwegs war. Pausen konnte sie sich nicht erlauben, auch wenn ihr Körper immer wieder zu zittern begann und sich ihre Kehle trocken anfühlte. Ihre Wasserflasche wollte sie sich so lang wie möglich einteilen, weswegen im Moment nicht an trinken zu denken war.

Ihre dünnen Finger umschlossen verkrampft den Saum ihres salbeifarbenen Strickcardigans, während sie sich genauer umsah. Um sie herum befand sich nur dichter Wald. Unter anderen Umständen wäre es wohl ein wundervoller Moment gewesen. Große gesunde Bäume. Sattes Grün, beginnend sich in Gelb- und Rottöne zu wandeln. Die Morgensonne brach strahlend durch das dichte Geäst. Nebeldunst stieg vom Boden auf. Alles war still. Bis auf das seichte Wiegen und Rascheln, wenn der Wind die Bäume umspielte und die fröhlichen Frühaufsteher Vögel, die angeregt vor sich hin zwitscherten.

Sie hoffte inständig, dass sie bereits weit weg war von dem Dorf — ihrer ehemaligen Gemeinde, welche die perfekte Heimat zu sein schien. Mehr Schein als Sein, wie sie auf fatale Weise feststellen musste.

Odelia atmete tief ein und aus.

Wohin sollte sie gehen?

Sie versuchte die Orientierung zu behalten, damit sie nicht versehentlich im Kreis lief. Allerdings war das in der vorangegangenen Nacht alles andere als einfach gewesen. Die ein oder andere Wurzel hatte sie bereits mitgenommen und sie konnte von Glück reden, dass sie sich bei den Stürzen nur die Knie aufgeschrammt hatte und auch keinem, unter Umständen, gefährlichen Waldbewohnern über den Weg gelaufen war. Das trockene Blut zierte die Spitze ihres, nicht mehr ganz so weißen, Kleides.

Ihre Unterlippe begann zu zittern und die Augen brannten. Angestrengt zwinkerte sie die aufkommenden Tränen weg, schluckte ihre Furcht, Erschöpfung und Verzweiflung hinunter so gut sie konnte.

Sie war so weit gekommen.

Mit einem Kopfschütteln versuchte sie sich zu fangen. Dann lief sie weiter in die Richtung, welche sie zu Beginn ihrer Reise eingeschlagen hatte. Es war schwierig abzuschätzen, ob sie irgendwann irgendwo ankommen würde. Sie hatte ihre Gemeinde noch nie verlassen und keine Ahnung, was sich hinter dem Wald verbarg. Aber sie wusste, dass es einen Ort geben musste, an den sie konnte.

Ihre Schritte waren angestrengt und schwerfällig, aber sie lief unbeirrt weiter und bemühte sich, nicht nachzugeben.

Plötzlich vernahm sie ein deutliches Rascheln in ihrer unmittelbaren Nähe. Panik übermannte sie blitzartig. Ihr Herz schlug so heftig, dass sie das Blut in ihren Ohren rauschen hörte. Hektisch sah sie sich um, konnte aber durch den morgendlichen Nebel niemanden ausmachen — ihr Fluchtreflex setzte dennoch ein.

Sie rannte.

Wo auch immer sie diese Energie noch in sich versteckt gehalten hatte, sie nutzte nun jegliche in ihr verbliebenen Reserven. Ihre Füße trugen sie schnell über das feuchte Moos, das Laub und Gestrüpp auf dem Boden. Ihre Nerven lagen blank.

Sie spürte wie ihr Brustkorb zu stechen begann und ihr Atem flach wurde. Ihre Lungen brannten. Der daraus resultierende plötzliche Husten lenkte sie ab und ihre Sicht verschwamm. Zu allem Überfluss verfing sich ihr Fuß in einer Lücke zwischen Wurzel und Boden. Es wirkte wie in Zeitlupe, als sie schließlich fiel. Ein stechender Schmerz durchfuhr ihren Knöchel, als sie schließlich flach auf dem Boden lag. Der Handballen ihrer Linken blutete, aufgerissen durch einen kleinen, spitzen Stock, auf dem sie sich abgefangen hatte.

Für einen Moment wurde alles in ihr taub.

Ihr Körper begann stark zu zittern und ein verzweifeltes Jammern entwich ihrer Kehle. Ein Schluchzen durchbrach die Stille. Dicke Tränen kullerten ihre Wangen hinunter und tropften auf das Moos, in dem sie sofort versickerten, als wären sie nie da gewesen. Ihr Herz fühlte sich unheimlich schwer an. Ihr Körper ebenso. Sie weinte nicht vor Schmerz, sondern aus purer Verzweiflung. Erschöpfung. Hilflosigkeit.

Angestrengt versuchte sie sich zu beruhigen, doch sie weinte so bitterlich, dass sie sich kaum rühren konnte.

Mit viel Willenskraft schaffte sie es schließlich, sich aufzusetzen und sich die Tränen beiseite zu wischen, woraufhin sich sofort die nächsten den Weg hinunter bahnten. Sie wollte sich umsehen, da sie sich nicht sicher war, irgendein Geräusch verpasst oder durch ihren Ausbruch nicht sogar zusätzlich Aufmerksamkeit auf sich gezogen zu haben.

Ihre Sicht war noch immer verschwommen, als sie die Umrisse von etwas Weißem vor sich zu erkennen glaubte. Sie zuckte erschrocken und riss ihre Augen weit auf. Das Bild klärte sich.

Der weiße Rabe saß vor ihrer Nase und sah sie an. Er hüpfte auf sie zu und hielt den Blick, als er mit seinem Schnabel sachte auf ihren Knöchel klopfte.

»Au«, sie zuckte und räusperte sich. »Halb so schlimm...«, sagte sie sich selbst.

Sie sah ihn an und seufzte fast erleichtert, als sie realisierte, um wen es sich handelte.

»Ohh, du bist es. Himmel hab ich mich erschrocken. Hattest du eben geraschelt?«

Für einen Augenblick ruhte sein Blick auf ihr, ehe er ihre Annahme krächzend bestätigte. Er lief ein Stück zur Seite und pickte auf den Verschluss der Flasche, die durch den Sturz aus der Seitentasche ihres Rucksacks gefallen war.

»Danke«, hauchte das Mädchen.

Es war vielleicht verrückt, dass sie mit ihm sprach, als wäre er ein alter Freund. Doch im Grunde war er genau das. Umsichtig stand Odelia auf, nachdem sie ihre Flasche zurückgepackt hatte. Kurz zischte sie schmerzerfüllt, als sie den Fuß gänzlich aufsetzte. Der Rabe krächzte.

»Ist schon in Ordnung«, beruhigte sie ihn.

Und vermutlich sich selbst.

Ihre Kleidung war durch den Sturz feucht geworden. Sie fror. Blut klebte an ihrer Hand und ebenso an ihrem Knie, welches wieder neu aufgerissen war.

»Ich weiß nicht, ob ich meine Orientierung nun ganz verloren hab«, murmelte sie kaum hörbar, unterdessen sie sich umsah.

Während sie gerannt war, hatte sie kaum auf ihre Umgebung achten können und bei dem Sturz war sie sich nicht einmal sicher, ob sie nicht sogar für einen Moment weggetreten war. Es krächzte erneut und der Rabe flog hinauf, um sich ein Stück entfernt auf einem Baum niederzulassen. Wiederholt sah er sie an und krähte — sprach mit ihr.

»Da lang?«, fragte sie, bevor er sich geräuschvoll einen Baum weiter schwang.

»Verstehe.«

Die Sonne brannte in ihren Augen. Es war so hell, dass ihr Kopf dröhnte. Dichte, dunkle Wimpern rahmten einen verschwommenen Lichtfleck. Sie zwinkerte einige Male, bis sich ihre Sicht klärte und der Raum, in dem sie sich befand langsam Gestalt annahm.

Nichts kam ihr auch nur ansatzweise bekannt vor.

Es roch etwas stickig, aber es war warm und ruhig, bis auf ein leichtes Surren und Klackern, welches sie nicht zuordnen konnte. Entfernt erinnerte es sie an eine Schreibmaschine.

Es stoppte.

Als sie plötzlich Schritte vernahm, setzte sie sich rasch auf. Ein pulsierender Schmerz breitete sich in ihrem Kopf aus und ihr Innerstes schien sich zu drehen. Hektisch sah sie sich um und erblickte einen großen, schlanken Mann, der sich langsam auf sie zubewegte.

Ihrem Zustand keine Beachtung schenkend, sprang sie hastig auf und suchte mit ihrem Blick das Zimmer nach einem Ausgang ab. So schnell sie aufgestanden war, lag sie auch auf dem Boden. Ihre Beine, vor allem ihr Fuß, hatten sofort nachgegeben.

Sie konnte das Blut in ihren Ohren rauschen hören, fühlte sich aufgewühlt. Ein beengender Druck breitete sich in ihrer Brust aus. Ihre Wangen wurden heiß und ihre Augen brannten. Ihre Finger krallten sich in den Saum ihres Kleides um ihre Knie und ihr Körper begann zu zittern. Dicke Tränen rannen über ihre Wangen.

Sie vernahm die tiefe, leicht kratzige Stimme des Mannes, vor dem sie gerade noch so eilig flüchten wollte.

»Hey hey ... langsam. Pass auf. Geht es dir gut?« Er klang etwas erschrocken.

Als er sich neben sie hockte, berührte er sie nicht.

»Hab keine Angst, du bist hier erstmal sicher«, sprach er ruhig, atmete dann aber deutlich hörbar aus.

»Das sagt sich natürlich leicht für mich. Du weißt ja schließlich nicht, wer ich bin, geschweige denn, wo du dich befindest«, sagte er nachdenklich, eher zu sich selbst, denn zu ihr.

Odelia fühlte die Angst in sich, ihre Glieder waren wie gelähmt, nicht allein durch ihre Erschöpfung. Sie konnte sich einfach nicht rühren.

Unkontrolliertes Schluchzen füllte den Raum. Ihr Gesicht zum Boden geneigt, tropfte davon eine Träne nach der anderen auf ihr dreckiges Kleid, dessen Saum befleckt mit Blut, der Rest nun getränkt mit Salzwasser.

Der Unbekannte ließ sie weinen, ließ sie all das rauslassen, was sich in ihr aufgestaut hatte. Die ganze Verzweiflung, Angst und Erschöpfung. Sie war verloren und machte sich mit ihrem Verhalten zu einem leichten Opfer. Aber sie konnte nicht anders, alles platzte nur so aus ihr heraus.

Einige Minuten verstrichen und noch immer hatte er sie nicht angefasst oder war näher gekommen. Sie wusste nicht, wie lange sie bereits dort saß und weinte, als sie plötzlich etwas Weiches, im ersten Moment schwer Anmutendes um sich fühlte. Es war eine Decke.

»Hu?«, gab sie überrascht und kleinlaut von sich.

»Vielleicht ist dir kalt von der Erschöpfung und vom Boden...«, erklärte er in leisem Ton.

Ihr war nicht aufgefallen, dass er sich bewegt hatte.

»Danke«, wimmerte sie, sah nun langsam auf in das Gesicht des jungen Mannes.

Seine Haut war außergewöhnlich hell, so dass sie das Gefühl hatte, durch sie hindurchzusehen. Seine Augen waren milchigblau, aber je nach Lichteinfall wirkten sie lila, zeitweise sogar rötlich. Und irgendwie ebenfalls durchlässig. Die weißen Haare umrahmten sein Gesicht und fielen ihm in Locken auf die Schultern. Sie empfand ihn als überragend schön. Woran erinnerte er sie nur?

»Isander«, stellte er sich sanft vor. »Kannst mich aber auch Fay nennen.«

»D...Deli«, stammelte sie.

Er nickte.

»Soll ich dir aufhelfen?«, fragte er, musterte sie für einen Moment.

»Wie bin ich hierhergekommen?«

Ihre Stimme hatte Festigkeit gefunden. Sie wusste weder, wo sie sich befand, noch was passiert war und aus welchem Grund.

Isander räusperte sich, bevor er ruhig zu erzählen begann: »Ich habe dich am Waldrand nahe einer Straße gefunden. Du lagst bewusstlos im Gras.«

Sie konnte erahnen, wie die Bilder vor seinem inneren Auge nochmal abliefen.

»Bewusstlos?«, fragte sie verwundert.

Sie konnte sich nicht erinnern. Nur daran, wie sie lief und lief, bis der Morgen schon lang angebrochen war. Das sie hier war, unterstrich allerdings die Behauptung, dass sie irgendwann ohnmächtig geworden war.

»Vorerst habe ich dich mit zu mir genommen«, ergänzte er, überlegte dann kurz. »Das mag suspekt wirken, aber so wie dein Äußeres vermuten lässt, wolltest du definitiv von etwas weg. Daher habe ich erstmal darauf verzichtet, dich ins Krankenhaus zu bringen oder die Polizei zu verständigen.«

Sowohl sein Gesichtsausdruck als auch seine Stimme ließen im ersten Augenblick eine Art Gleichgültigkeit vermuten, doch mit ein wenig Aufmerksamkeit bemerkte man weitaus mehr Emotionen dahinter. Sorge, vielleicht sogar einen Anflug von Nervosität.Für einen Moment sah sie ihn nur stumm an. Er hatte recht.Und sie hätte ihm nicht dankbarer sein können. Eine seichte Wärme machte sich in ihr breit. Trotzdessen blieb sie skeptisch. Noch immer bebte es in ihr und die Angst saß ihr wie ein Hauch im Nacken. Schlussendlich nickte sie, dankbar, dass er sie nirgendwo gemeldet hatte.

»Komm, ich helf dir zurück aufs Bett. Und dann isst und trinkst du erstmal was, damit du wieder zu Kräften kommst.« Der Weißhaarige sprach bestimmend, doch sein Unterton ließ Besorgnis anklingen.

»Ich... möchte lieber nichts zu mir nehmen.«

»Ah...«

Ein Räuspern seinerseits folgte.

»Pff... Ich weiß ehrlich gesagt nicht, wie ich dir beweisen soll, dass ich dir nichts untermische. Wenn du möchtest, kann ich die Sachen vor dir zubereiten. Du hast sicher einiges hinter dir, Nahrung ist wichtig.«

Sie nickte erneut und beobachtete, wie er zu einer Kiste voller Flaschen ging und eine neue frisch aus der Folie herausnahm. Er stellte sie auf den kleinen Tisch neben dem Bett, bevor er sich erneut neben sie hockte.

»Wenn das in Ordnung ist, würde ich dir jetzt gern hochhelfen.« Diesmal war er eindringlicher und sah ihr in die Augen. Sein Blick strahlte trotzdem eine gewisse Weichheit aus.

»Ja... gut«, stimmte sie nun endlich zu.

Vorsichtig nahm er ihren Arm und legte diesen um seinen Nacken. Dann umfasste er ihre Taille, wobei er sie gerade so sehr berührte, dass er sie stützen konnte.

»Eins, zwei, drei —«, murmelte er, hob sie an und ließ sie zügig auf das Bett nieder.

Für einen Augenblick war ihr schwindlig. Sie nahm die Flasche, betrachtete diese eindringlich und brach den Schraubverschluss auf.

»Danke«, wisperte sie.

»Was möchtest du essen?«, entgegnete er, vor dem Bett hockend, ein paar Schritte entfernt. Seine Körperhaltung war grundlegend lässig, doch das Reiben über sein Handgelenk verriet seine Anspannung.

»Ich, ähm, habe keine Wünsche.«

Das war nicht einmal gelogen. Denn sie hatte tatsächlich keine. Ebenso wenig wie Appetit, geschweige denn Hunger.

Der Schock lag ihr noch schwer in den Knochen und diese gesamte Situation schlug auf den Magen.

»Ich schau, was ich da habe«, beschloss er kurzerhand.

Damit stand er auf und lief zur anderen Seite des Raumes, wo sich eine Küchenzeile mitsamt Kühlschrank befand, in dem er für einen Moment zu versinken drohte.

Odelia beobachtete ihn aufmerksam. Unsicher nippte sie schließlich an der Wasserflasche. Sie hielt inne, wartete ab, ob etwas geschah. Erschöpft zog sie die Wolldecke enger um ihren Körper, die Füße schob sie unter die Bettdecke, wobei ihr auffiel, dass sie einen Stützverband am Fuß trug.

Seltsam, dachte sie. Woher wusste er von ihrer Fußverletzung? Vielleicht war eine Schwellung oder Rötung sichtbar geworden, so dass er sie verarztet hatte, erklärte sie es sich selbst.

Das Mädchen trank einen weiteren Schluck von dem Wasser. Es schmeckte frisch. Sie hatte wirklich Durst, aber wollte nicht übermütig werden.

Isander kam mit einer Auswahl an Lebensmitteln zu ihr ans Bett und ließ sie entscheiden, was sie essen wollte. Es waren simple Zutaten: Eier, Käse, Tomaten, Nudeln, Reis, Kartoffeln. Odelia entschied sich für Eier und Tomaten mit ein bisschen Käse. Sie rechnete ihm an, dass er darauf achtete, dass sie jeden seiner Handgriffe beobachten konnte. Gewürze ließ er sie selbst hinzufügen, kostete jedes vor ihren Augen, bevor er es ihr gab. Ein leichtes Schmunzeln wollte sich einschleichen, wäre sie nicht so ausgebrannt gewesen.

Zögerlich wie zuvor, aß sie nur Häppchen, wartete lang vor dem nächsten Bissen. Ihr Magen grummelte lautstark. Der Hunger war nun doch sehr deutlich spürbar.

Während sie sich auf dem Bett befand und ihr Essen zu sich nahm, saß Isander am Küchentisch ein Stück entfernt, ein Bein, auf dessen Knie er sein Kinn ablegte, angewinkelt auf dem Stuhl. Sie spürte seinen Blick auf sich. Aber sie konnte es ihm nicht verübeln, schließlich beobachtete sie ihn auch stetig.

»Möchtest du einen Apfel?«, fragte er in die Stille zwischen ihnen, als sein Blick durch die Küche schweifte.

»Ähm, nein danke«, lehnte sie nach kurzer Überlegung ab. »Ich habe Schneewittchen gelesen«, ergänzte sie, mit einem Hauch von Scherz.

Er lachte überrascht auf, nickte dann leicht grinsend.

»Ich verstehe. Dann lieber nicht.«

Sie war sich nicht sicher, was sie zum Witzeln veranlasst hatte, vielleicht verspürte sie lediglich das Bedürfnis die innere Beklemmung etwas aufzubrechen. An der Tatsache, dass sie sich hier befand, konnte sie schließlich nichts mehr ändern. Er hatte sie gesehen und hergebracht, aus welchem Grund auch immer. Womöglich log er, aber es bestand eine geringe Wahrscheinlichkeit, dass er die Wahrheit sprach. Odelias Gedanken waren so wirr und unruhig, dass sie sich davon ganz benommen fühlte.

»Weiß sonst noch jemand, dass ich hier bin?«, fragte das blonde Mädchen und der Albino schüttelte den Kopf.

»Nein. Soll ich jemandem Bescheid geben?«

»Nein!«

Ihre Stimme war laut. Sie erschrak sich selbst etwas vor ihrer Eindringlichkeit. Er hatte die Augen geweitet, durch ihre Lautstärke ebenso überrascht wie sie.

»Dann... wohl lieber nicht«, murmelte Isander, mit angehobenen Augenbrauen.

»Entschuldige...« Ein Wispern verließ ihre Lippen, doch er schüttelte den Kopf.

»Schon gut«, winkte er ab. »Was ist denn passiert? Hast du was angestellt?«, fragte er schließlich, ein bisschen neugierig.

Sie verneinte.

»Naja... ich bin weggelaufen«, stellte Odelia richtig.

»Warum sollte jemand wie du weglaufen?« Sein Blick wurde skeptischer, die Augenbrauen zogen sich zusammen.

»Was soll das heißen, jemand wie ich?« Odelia sah den Albino fragend, mit einem Anklang von Empörung, an.

»Hm, ich meine, du wirkst eher wie jemand, die sich sonst an Regeln und ähnliches hält. Kann mich da ja auch irren aber — du siehst ziemlich brav aus.«

Der Weißhaarige hob die Hände, untermalte seine Vermutung mit Unwissenheit. Für einen Moment war sie sich nicht sicher, ob es eine Beleidigung oder einfach eine nüchterne Feststellung sein sollte.

»Ist das etwas Schlimmes?«, hakte sie nach.

»Nein, eher besorgniserregend, wenn jemand wie du von zu Hause wegrennt. Und dann bewusstlos irgendwo liegt«, stellte er klar, räusperte sich und biss die Zähne fester zusammen.

»Hm.«

Sie konnte ihm nicht widersprechen. Aber sie hatte keine andere Wahl, selbst wenn es allem in ihr widerstrebte. Sie wusste, dass es die einzige Möglichkeit war.

Ein Hämmern breitete sich in ihrem Kopf aus und sie fror mehr als zuvor. Offenbar sah man ihr das Unwohlsein an, denn Isander stand langsam auf.

»Du solltest vielleicht noch etwas schlafen. Wenn du möchtest, mache ich dir Tee. Ich... kann dir auch was Wärmeres zum Anziehen geben.«

»Ich… ich weiß nicht.«

»Ich leg's dir einfach hin.«

Er war bereits am Schrank und kramte zwei Teile hervor, die Odelia als Sportkleidung identifizierte.

Wasser kochte, als sich Isander ins Bad verabschiedete. Er verweilte dort ziemlich lange, vermutlich um ihr mehr Zeit zu gewähren, um sich doch umzuziehen. Was sie schlussendlich tat, denn sie fror sehr stark.

Es fühlte sich befremdlich an, seine Kleidung zu tragen. Der Geruch war ungewohnt und die Art von Hosen hatte sie auch noch nie gesehen, geschweige denn angezogen. Sie war aus elastischem Stoff, dunkelgrau meliert und mit Gummibund. Die Beine selbst hatten Hosentaschen, waren sonst aber sehr locker und hatten ein Bündchen am unteren Ende. Zu Hause trug sie fast ausschließlich Kleider und Röcke mit Strumpfhosen, nur in Ausnahmefällen so etwas wie Strumpfhosen ohne Füße.

Seine Sachen waren ihr eindeutig zu groß. Sie nahm allerdings auch an, dass er mindestens anderthalb Köpfe größer als sie war.

Schließlich verkroch sie sich wieder unter der Decke, blieb aber noch sitzen. Das Zittern zog sich durch ihren Körper. Wieso war ihr nur so unfassbar kalt?

Neugierig sah sie sich in der Wohnung um, von der sie annahm, dass es seine eigene war. Diese war sehr klein. Wie viele Zimmer es letztendlich waren, wusste sie nicht, aber vermutlich nur eines oder zwei, da sich die Küche mit im Wohn- und Schlafzimmer befand. Alles war relativ spärlich eingerichtet, wenig dekoriert, bis auf ein paar Kleinigkeiten hier und da.

Vor allem besaß er viele Bücher. Sie entdeckte seltsame Gerätschaften, wie das Ding, welches aussah wie ein metallener Bucheinband ohne Seiten. Sie sah es nur schräg, wie es offen auf dem Küchentisch lag. Bei dem Geräusch der näherkommenden Schritte zuckte sie automatisch zusammen.

Der Weißhaarige stand an der Türschwelle zum Flur.

»Bist du fertig?«, fragte er und trat erst ein, nachdem sie es ihm bestätigt hatte.

»Danke«, ergänzte sie und nahm den Tee entgegen, den er zuvor aufgekocht hatte.

»Du siehst bleich aus«, stellte er fest und streckte die Hand nach ihr aus. Odelia zuckte reflexartig zurück.

»Ah, entschuldige, ich wollte dich nicht einfach anfassen. Aber dürfte ich mal an deiner Stirn fühlen? Ich vermute nämlich—,« ein Nicken unterbrach ihn.

Seine große Hand lehnte vorsichtig an ihrer Stirn. Scharf sog er die Luft zwischen den Zähnen ein.

»Hohes Fieber, ja, das hab ich mir gedacht.«

Das warme Sonnenlicht ließ seine helle Haut nahezu leuchten, die weißen Haare hatte er in einem lockeren Dutt zusammengebunden und nur einzelne Strähnen fielen vor sein Ohr. Jetzt, wo sie ihn so betrachtete, bemerkte sie die Narbe an der linken Seite seines Kinns. Sie war kurz, aber eine kleine Kante zierte auch seine Unterlippe. Eine weitere verlief von seiner Augenbraue hinauf zur Stirn, ebenfalls kurz und nicht allzu auffallend, aber dennoch sichtbar. Sie wirkten wie ehemalige Schnittwunden. Was ihm wohl passiert war?

Er sah aus dem Fenster. Seine Versunkenheit machte ihn friedlich. Wie schon am ersten Tag, hatte sie noch immer das starke Gefühl, ihm bereits begegnet zu sein. Vielleicht spielte ihre Fantasie ihr auch einen Streich, was nach der Erschöpfung und dem Fieber nicht allzu überraschend wäre. Doch er hatte etwas Bekanntes an sich. Nichtsdestotrotz sollte sie Vorsicht walten lassen, auch wenn ihr im Moment nichts anderes übrig blieb, als ihm zu vertrauen. Sie war dankbar, dass er sie aufgenommen und sich um sie gekümmert hatte, während ihr Körper sich erholen musste. Einige Tage waren seitdem bereits vergangen. Beide hatten eher kurze Gespräche geführt, da Odelia die Kraft fehlte und Isander nicht mehr in ihre Privatsphäre dringen wollte, als er es ohnehin schon war. Das ein oder andere Mal auf unvermeidbare Art und Weise. Ihre Schlafphasen waren nur minder erholsam, da Odelia von heftigen Alpträumen geplagt wurde, welche auch an dem Albino nicht spurlos vorbeigegangen waren.

Seine Augenbrauen zogen sich zusammen, seine Miene wirkte ernster und sein Augenlid zuckte. Das gefiel ihr nicht.

»Was ist los?«, fragte Odelia irritiert.

Er hob den Finger und trat einen Schritt näher an das Fenster heran. Sie konnte seine Anspannung förmlich riechen und bemerkte, wie ihr Körper sich automatisch ebenfalls versteifte, obwohl sie den Grund noch nicht kannte.

»Polizisten«, war das Einzige, was er schließlich sagte. Ihr Herz schlug mit einem mal viel stärker.

»M–meinst du sie kommen her?«

»Ich weiß es nicht, aber es ist keine Patrouille die sie regulär gehen.«, merkte er an. Seine Stimme klang monoton. Sie fragte sich, woher er das wusste, war aber zu aufgeregt, um weiter darüber nachzudenken. Für einen Moment verharrte er in der Position, schließlich riss er sich los und ging zügig zum Wäscheständer, wo ihre Kleidung hing, die er sogleich in den Schrank packte.

»Hier, bind deine Haare zusammen.«

Geschwind zog er seinen Haargummi aus seinem Dutt und drückte ihn in ihre Hand. Die leichten, weißen Wellen fielen auf seine Schultern.

Das blonde Mädchen nickte und knautschte ihr Haar zusammen.

»So?«, fragte sie, unwissend was er damit bezwecken wollte.

»Besser.« Er musterte sie kurz.

»Du bist offene Haare gewohnt, oder?«, stellte er fest.

»Ja.«

»Okay. Habt ihr Fotos? Da wo du herkommst?«

»Ähm, Fotos? Ja, schon.«

»Okay. Ich wollte nur, dass deine Haare nicht sofort im Fokus stehen. Du trägst meine Sachen, das ist von Vorteil. Dein Kleid ist sehr auffallend. Bleib einfach im Bett und stell dich schlafend, falls jemand klingelt.«

Es glich eher einer Aufzählung und Abarbeitung einer mentalen Liste, die er durchging, um nichts zu vergessen. Dann kam er auf sie zu. Vorsichtig berührte er ihre Hand. Odelia zuckte leicht.

»Ah, sorry.«

Sie schüttelte den Kopf.

»Mach dir keine Sorgen, es wird nichts passieren.«

Seine Augen erwiderten ihren Blick. So besonnen er auch wirken wollte, sie las in ihnen seine Sorgen.

»Ich möchte dich nicht in Schwierigkeiten bringen«, flüsterte sie schuldbewusst.

»Machst du nicht. War meine eigene Wahl«, entgegnete der Albino fest.

Seine Fingerspitzen ruhten unbewusst auf ihrem Handrücken. Es hatte etwas Beruhigendes. Plötzlich zuckten sie beide stark.

Es klingelte.

Der Albino drückte seinen Finger gegen seine vollen Lippen, sie nickte still, während er in Richtung Flur ging. Bewusst leise atmete sie aus und ließ sich tiefer in den braunen Webpullover sinken. Jeden Moment könnte alles umsonst gewesen sein. Was sollte sie tun, wenn jemand sie hier fand? Ihr Herzschlag schien so laut, dass sie nur beten konnte, dass man ihn nicht hörte.

Isander öffnete die Tür.

»Ja?«, fragte er und sah den Polizisten vor sich an. Dieser musterte den Albino entgeistert.

»Oh, kann ich Ihnen helfen?«, Isander gab sich verblüfft über den Anblick des Gerechtigkeitshüters.

»Guten Tag, Mr... Verlice?«

»Ja, der bin ich«, er überspielte die Anspannung in sich, ohne zu abgeklärt zu wirken.

»Gut, wir fragen in der Nachbarschaft herum aufgrund einiger Ermittlungen. Ist Ihnen in den letzten Tagen etwas Ungewöhnliches aufgefallen?«

»Hm...«, überlegte er einen Moment, schüttelte dann aber den Kopf. »Nee, nicht dass ich wüsste. Worum geht es denn?«

»Wir suchen ein Mädchen, 16 Jahre alt, blonde, lange Haare, Sommersprossen, trug ein weißes Kleid. Haben Sie so jemanden gesehen?«

»Puh... also wirklich nicht dass ich wüsste.«

»Verstehe.«

Der Polizist musterte ihn. Isander wurde unwohl.

»Haben Sie sonst etwas von den Nachbarn mitbekommen? Irgendwelche Geräusche oder Gespräche?«

»Hm...«, er dachte erneut nach. »Nichts, woran ich mich gerade erinnern könnte.«

»Verstehe. Die Nachbarn hatten sie wohl vor ein paar Tagen

mit jemandem gesehen«, sagte der Polizist, wandte den Blick von dem Albino nicht ab. Isander versuchte, seinen Schreck so unauffällig wie möglich runterzuschlucken.

»Ahhh«, machte er, als hätte er soeben einen Geistesblitz gehabt. Nickte dann. »Ja, meine Freundin war vor ein paar Tagen etwas übermütig beim Trinken gewesen. Deswegen hab ich sie die Treppe hochgetragen. Sind noch nicht so lange zusammen. War vorher eher ein Einsiedler«, erklärte der Albino.

Seine Stimme war fest und überzeugend.

»Achso, dann ist ja alles in Ordnung«, sagte der Polizist. »Wie lange wird das Mädchen denn schon vermisst?«, fragte Isander.

»Etwa 5 Tage«, bekam er zur Antwort.

»So lang schon...«, er seufzte leicht. »Ich hoffe, Sie finden sie schnell.«

»Ja, danke, das hoffen wir auch. Rufen Sie mich an, falls Sie was bemerken sollten.«

Damit verabschiedete sich der Polizist und drückte Isander eine Visitenkarte in die Hand.

Der junge Mann schloss die Tür.

In gemächlichem Tempo lief er durch den Flur in Richtung Zimmer. Seine Halsschlagader und Schläfe pulsierten heftig, das Herz trommelte gegen seine Brust.

Odelias Blut rauschte in ihren Ohren, ihre Hände wurden schwitzig, als sie hörte, wie sich Schritte näherten.

Oh Himmel, dachte sie. Der Druck auf ihrer Brust wurde stärker, bis sie feststellte, dass es lediglich die Schritte einer einzelnen Person waren, welche am Bettende zum Halt kamen. Für einen Moment hielt sie unter der Decke inne, setzte sich dann schnell auf, sobald sie verstand, dass Isander allein war. Unter Strom wartete sie, das er etwas sagte. Stille herrschte, bis der Weißhaarige erleichtert ausatmete.

»Sie sollten weg sein, aber sprich lieber noch nicht«, flüsterte er und sie nickte.

»Wir müssen hier weg. Ich denke, sie hegen Verdacht«, fügte er hinzu. Sein Gesicht wirkte noch bleicher, als es ohnehin schon war. Ihr wurde etwas übel, sie atmete tief durch.

»Wohin?«, fragte sie tonlos, lediglich den Mund bewegend.

»Überlegen wir gleich«, hauchte er und setzte sich neben sie aufs Bett, den Kiefer angespannt.

Einige Minuten schwiegen beide. Odelia fühlte sich noch immer aufgewühlt, ihre Hände waren zittrig und ihr Magen zog sich unangenehm zusammen. Bis eben war ihr nicht bewusst gewesen, wie sicher sie sich hier gefühlt hatte, obwohl sie nicht davon ausgegangen war, zu verweilen. Das Mädchen hatte nach wie vor keine Ahnung, wohin sie letztendlich wollte oder welches Ziel sie hatte. Das Einzige, was sie wusste, war, dass sie auf keinen Fall zurück konnte, nicht zurück wollte. Schuldgefühle machte sich in ihr breit. Ihre Eltern konnten nichts dafür und sie dort zurückzulassen, fühlte sich auch nicht richtig an. Aber sie waren so sehr integriert, dass sie wahrscheinlich nicht viel zu befürchten hatten, solange Odelia nicht zurückkehrte.

Wäre es sinnvoller, allein zu gehen? Isander hatte von wir gesprochen und tippte, seitdem der Polizist verschwunden war, auf seinem Gerät, diesem Computer-Ding, herum und wirkte sehr konzentriert. Ihre Gedanken kreisten unentwegt darum, wie viel Vertrauen sie in den Albino setzen konnte, wohin sie fliehen sollte und was sie sich erhoffte zu finden, wo auch immer sie irgendwann ankommen würde. Wo würde sie sicher sein vor der Gemeinde? Sie hatte nie den Forderungen entsprochen, so sehr sie sich auch bemüht hatte. Und dieser Moment — das, was sie gesehen hatte — hatte ihr deutlich gezeigt, dass ihre Zweifel und Ängste nur allzu berechtigt waren. Ihr wurde augenblicklich übel.

»Wir brauchen Proviant, irgendwas, was möglichst lang hält. Kleidung, Geld, Medikamente und im besten Fall Decken. Ich habe keine Schlafsäcke oder sowas. Bin nicht so der Camper...«

»Der was?«, fragte Odelia irritiert, hatte sie das Wort noch nie gehört.

»Jemand, der frieren im Zelt im Wald mit Insekten gut findet«, erklärte er trocken.

»Ah«, kurz musste sie schmunzeln.

»Isander.«

Er sah auf. »Ja?«

»Du... kannst nicht mitkommen. Ich breche allein auf.«

Odelia wünschte sich, sie könnte überzeugender klingen. Sie konnte ihn nicht noch weiter mit reinziehen, als ohnehin schon.

»Nein, ich komme mit. Ich kann dich nicht allein da rausschicken. Als Mädchen ist es nicht besonders sicher und zudem wirst du gesucht. Ich weiß, ich bin auf den ersten Blick nicht gerade unauffällig, aber glaub mir, ich kann unbemerkt überall hingelangen, wenn es darauf ankommt.« Seine hellen Augen schimmerten voller Sorge, hingegen sein restliches Gesicht eher stoisch wirkte. Odelia atmete tief durch und rieb sich über die Hände.

»Aber du musst nicht wegen mir dein Zuhause verlassen. Du musst mich auch nicht beschützen. Ich danke dir wirklich für die Hilfe und dass du das machen würdest, aber...«

Er seufzte schwer.

»Hör zu Deli, ich weiß, mir zu vertrauen ist schwierig in deiner Situation. Du hast recht, müssen tu ich das nicht, aber ich möchte dich unterstützen und dir helfen. Du bist mutig und stark«, stellte er klar.

»Sicherlich kannst du es auch alleine schaffen. Aber ich garantiere dir, wenn wir zusammenarbeiten, wird es leichter als allein.«

Seine Augen waren aufrichtig und klar, der Blick standhaft. Er meinte ernst, was er sagte und sie konnte nicht anders, als ihm zu glauben. So sehr sie sich dagegen sträuben wollte, wurde ihr doch auch bewusst, wie viel Angst sie hatte. Isander gab ihr ein ungewohntes Gefühl von Sicherheit, welches sie sich nicht erklären konnte. Aber es war da. Also entschied sie sich für ihr Bauchgefühl.

»Gut, dann lass uns heut Abend los«, sagte sie bestimmt.

Ein leichtes Lächeln schlich sich auf seine Lippen.

»Das war der Plan.«

Einige Stunden waren verstrichen und der Mond stand bereits hoch am Himmel. Nachdem die Polizisten verschwunden waren, hatten sie die Zeit genutzt, um alles zusammenzupacken, hatten eine Weile gedöst und gegessen, um sich für die Reise zu stärken. Isander war auch nochmal allein aus der Wohnung gegangen, um einige Besorgungen zu tätigen und nachzusehen, ob die Polizisten sich nicht vielleicht noch in der Nähe des Hauses aufhielten. Doch das taten sie zu ihrer Erleichterung nicht.

Die Kapuze tief ins Gesicht gezogen, wies der junge Mann den Weg, Odelia folgte ihm leise und aufmerksam. Die Luft war noch leicht warm, nur die sanfte Brise ließ erahnen, dass der Herbst immer näherkam.

»Deli, lass uns unauffällig den Weg hier nehmen. Wenn wir schleichen und heimlich tun, machen wir uns nur noch verdächtiger. Dafür ist die Nachbarschaft in der Ecke zu neugierig«, flüsterte er und sah sie an.

»Gut, wenn du das sagst, ist es sicher sinnvoll. Also, gehen wir einfach spazieren?«, fragte sie nach.

»Ja.«

Sie liefen einige Zeit die Hauptstraße entlang. Die Stadt war klein, weswegen um die Uhrzeit kaum Leute unterwegs waren. Odelia zupfte die Strickmütze zurecht, der Pony ihrer braunen, mittellangen Perücke war nur wenig zu sehen. Nach wie vor war sie es nicht wirklich gewohnt, diese Art von Kleidung zu tragen. Vor allem Hosen. Der Jeansstoff fühlte sich seltsam auf ihrer Haut an. Zudem war Isanders Pullover einfach so groß an ihr, dass sie fast darin versank, obwohl er sehr schlank war. Er hatte die Tage zuvor ein paar Kleidungsstücke für sie besorgt, damit sie nicht ausschließlich seine tragen musste. Nun bestand ihr Outfit aus mehreren Schichten neuer und alter Kleidungsstücke, damit sie dick genug angezogen war, um nicht zu frieren. Sie musste sich eingestehen, dass das grundlegend praktischer als ihr dünnes Sommerkleid war. Trotzdem fühlte Odelia sich ein wenig komisch. Doch der Geruch der Stoffe hatte mittlerweile etwas Beruhigendes für sie.

»Da kommen Leute«, sagte der Albino.

Kurz darauf erblickte Odelia das Paar, welches auf sie zukam.

»Wir sollten uns über irgendwas Belangloses unterhalten. Ich finde Schweigen etwas auffallend«, merkte sie an und Isander nickte.

»Das stimmt. Ähm...«, er überlegte.

»Du hast mir noch gar nichts über deine Hobbies erzählt«, sagte sie in einem fröhlichen Ton und trat ein Stück an ihn ran.

Sie griff seine Hand und schaute mit ihren großen, türkisen Augen neugierig zu ihm auf. Seinen erstaunten Gesichtsausdruck konnte er für einen Augenblick nicht verbergen, riss sich aber schnell zusammen und hielt ihre Hand fest in seiner. Odelia spürte ein leichtes Kribbeln in sich.

»Meine Hobbies... ich schreibe manchmal ein bisschen«, murmelte Isander nervöser als ihm lieb war.

»Hab ich bemerkt«, lächelte sie.

»Ah, hat dich das Tippen oft geweckt?«, wollte er wissen.

»Nein, war eigentlich eher beruhigend«, stellte sie fest. »Was schreibst du so?«

»Dies und das.«

Ihr Blick verriet ihm, dass sie weiter fragen würde, also beschloss er, doch etwas mehr ins Detail zu gehen.

»Texte zu verschiedenen Themen. So journalistisches Zeug.«

»Oh, wie für eine Zeitung?«

Sie war überrascht und beeindruckt, sah ihn neugierig an.

»Genau.«

»Klingt interessant. Was noch?«, lenkte sie weiter das Gespräch, während sie Hand in Hand die Straße entlang liefen.

»Hmm, oft mache ich Ausflüge und bin dadurch viel draußen.« Isander sah immer wieder zu ihr runter, suchte nach ihrem Blick, um sie beide von ihrer Nervosität abzulenken.

»Aber campen magst du nicht«, wiederholte sie die Erkenntnis, die sie vor ein paar Stunden gewonnen hatte. »Nee«, grinste er leicht.

»Eher wandern? Spazieren, so wie jetzt?«, fragte sie, während sie die beiden Personen unbemerkt passierten.

»So in der Art, ja.«

Erleichterung machte sich in beiden breit.

»Kann ich verstehen. Ich bin auch ganz gern draußen. Ansonsten lese ich sehr viel.«

»Was liest du so?«, hakte er nach.

»Pflanzenkundebücher, Astrologie, vor allem eben viel über

Natur«, erzählte sie, so dass man die Freude über die Themen in ihrem Gesicht und der Stimme erkennen konnte.

»Astrologie oder Astronomie?", hakte Isander nach.

«Astronomie? Hab... ich noch nie gehört? Gibt es da einen Unterschied?«

Odelia sah ihn verwirrt an, lief aber weiter.

«Schon«, stellte ihr Gegenüber fest.

»Astrologie ist quasi der Zusammenhang von astronomischen Ereignissen, wie Sterne Einfluss auf die Menschen und Geschehnisse haben können. Astronomie wiederum ist die Wissenschaft von Himmelskörpern und Entwicklungen, mit Berechnungen und sowas«, erklärte der Albino und Odelia sah ihn mit großen Augen an.

»Oh, nein das sagt mir nichts. Ich meine Astrologie.«

»Hmm«, machte er verwirrt. »Ich hatte es angenommen, da Pflanzenkunde eher wissenschaftlich klingt.«

»Naja, ist es ja auch«, stellte sie klar.

Er nickte.

»Was ich eigentlich sagen wollte — ich finde, das passt zu dir«, murmelte er.

»Achja? Wieso?«

»Pff... keine Ahnung. Du wirkst einfach wie jemand der an sowas Interesse haben könnte.«

Sie wusste nicht so ganz, was sie mit der Antwort anfangen sollte, fasste es aber einfach als Kompliment auf.

Sie hatten die Häuser hinter sich gelassen und sich schließlich für den Feldweg entschieden. Mittlerweile war es dunkler und sie hatten nur noch begrenzte Sicht. Odelia fiel auf, dass Isander ab und zu die Augen etwas zusammenkniff.

»Was ist los? Hast du was im Auge?«, ihre Stimme klang besorgt.

»Hm?« Er sah sie an und überlegte kurz. Dann verstand er.

»Achso, nein. Ich ähm, sehe nicht gerade besonders gut.«

»Ahh. Hast du keine Brille?« Ihr Blick war fragend.

»Doch, im Rucksack. Aber ich trag sie nicht so oft.«

Sie war irritiert. »Wieso nicht?«

»Unpraktisch«, antwortete er stumpf.

Für einen Moment sah sie ihn skeptisch an, beschloss aber, es einfach hinzunehmen. »Wenn du meinst.«

Ihr Blick richtete sich nach unten auf den Sandweg. Gedanken begannen in ihrem Kopf zu kreisen, jetzt wo sie in dieser abgelegenen Umgebung waren.

»Denkst du, sie werden mich lang suchen?«, wisperte sie und spürte, wie sich eine unangenehme Spannung in ihr breit machte.

»Ehrlich gesagt bin ich mir nicht sicher. Deine Eltern sind bestimmt besorgt«, merkte er an.

»Ich weiß...«

Ein Kloß formte sich in ihrem Hals und sie presste ihre Lippen zusammen.

»Du musst nicht drüber reden, wenn du nicht willst. Schon, dass du dich in dieser Situation befindest, spricht Bände.« Isander wollte sie beschwichtigen, auch wenn er sicher gern ein paar Einzelheiten gewusst hätte.

»Wieso bist du mitgekommen?«, fragte sie und sah ihn an.

»Ich habe dir so ziemlich nichts darüber gesagt, wieso ich weggelaufen bin. Du hast mich vor der Polizei versteckt und bist jetzt mit mir auf der Flucht«, fasste sie zusammen. »Wieso?«

Ihr Blick war eindringlich, doch Isander konnte die Unsicherheit und Anspannung darin erkennen.

Er räusperte sich.

»So recht weiß ich nicht, wieso ich das mache«, begann er, »es fühlt sich an, als sollte ich. Ich möchte dir einfach helfen. Nachdem ich dich gefunden hatte, dachte ich, allein könnte es schwer sein. Schätze, dein Wille ist stark genug, um vieles alleine zu bewältigen. Aber die Welt ist gefährlich und... ja.«

Der Albino sah in die Ferne vor ihnen, atmete die frische Luft ein. Kurz schwiegen sie.

»Danke«, sprach sie schließlich. »Ich weiß, ich hab mich schon einige Male bei dir bedankt. Aber ich glaube, es drückt trotzdem nicht genug aus, wie dankbar ich dir bin, für all das, was du bereits für mich getan hast. Wir kennen uns ja nur ein paar Tage, aber es beruhigt mich, dass du dabei bist.«

Sie wollte ehrlicher zu ihm sein, schließlich würden sie wohl einige Zeit gemeinsam verbringen. Trotzdem hielt sie ihren richtigen Namen weiterhin verschwiegen.

»Ich bin froh, wenn du dich mit mir wohl fühlst«, sagte er.

»Und du?«

»Ich? Naja, sonst hätte ich dich wohl allein losgeschickt.« Ein leichtes Grinsen machte sich auf seinem Gesicht breit und Odelia musste lächeln.

»Odelia...«, hörte sie es wispern.

Es klang wie die Stimme eines jungen Mädchens, weit weg und kehlig. Sie zuckte zusammen und drehte sich hektisch um. Panik übernahm ihren Körper, als sie in die Finsternis um sich sah. Ihr Blickfeld schien zu pulsieren, durch die Angst die in ihr aufstieg.

»Was ist los?«, fragte der Albino hörbar besorgt.

»Ich...«, ihre Stimme zitterte.

Isander spannte sich an und sah sich ebenfalls um, entdeckte aber ebenso wenig wie sie.

»Hey, es ist niemand da«, versuchte er sie zu beschwichtigen. Ihr Atem war unregelmäßig und ihre Hand drückte seine. Er hielt ihre augenblicklich fester und wartete einen Moment, bevor er sie erneut ansprach.

»Was hast du gehört oder gesehen?«

»Ich... jemand hat meinen Namen gerufen«, stammelte sie, blickte sich noch immer unruhig um.

»Ich habe nichts gehört«, bemerkte er.

Sie seufzte schwer und ließ langsam lockerer.

Er nicht. Er hielt sie weiterhin fest.

»Ich weiß. Ist nicht das erste Mal, dass mir das passiert.«

Er wirkte wenig überrascht.

»Dass du Stimmen hörst?«

»Ja... ich weiß, das klingt verrückt. Und eigentlich sollte ich davon lieber nicht sprechen.«

Ihre Stimme zitterte und wurde mit jedem Wort leiser. Die Unsicherheit wurde stärker.

»Naja, es wäre gut, wenn ich davon weiß", stellte Isander klar.

»Wieso?«, fragte sie verwirrt.

»Na, dadurch versteh ich dich auch, wenn du dich komisch aufführst«, seine Stimme klang sanfter, als die Aussage selbst anmuten ließ.

»Hm... Ja, vielleicht«, sie seufzte schwer.

»Also, was hörst du in solchen Momenten genau?«

Langsam bewegte er sich mit ihr vorwärts, damit sie weiterliefen und nicht zu lang mitten auf dem Feldweg stehenblieben.

Odelia versuchte sich zu sammeln, ehe sie zu erzählen begann:

»Meistens... höre ich nur, wie jemand meinen Namen ruft.«

»Okay? Und ähm, was ist das für eine Stimme?«, wollte er wissen.

Er klang neugierig und noch immer etwas besorgt.

»Ähm... ehrlich gesagt ist das unterschiedlich. Oft ist es eine ganz tiefe, dumpfe Stimme, aber manchmal sind es mehrere, die Geräusche machen, wie Säuseln. Diesmal war es eine weibliche.«

Ihr Herz klopfte stärker.

Es war das erste Mal, dass sie mit jemandem darüber sprach. Ihre Mutter wusste es, wollte es aber nicht wahrhaben. Es fühlte sich merkwürdig an, hatte aber gleichzeitig etwas Befreiendes. Für eine Weile herrschte Stille zwischen ihnen, während sie weiterliefen.

Eine leichte Anspannung begleitete sie in der Stille, die sich zwischen ihnen aufgetan hatte, bis Isander diese mit einem Räuspern durchbrach.

»Hast du oft Angst?«, fragte er schließlich.

»Wegen der Stimmen?«, sie sah zu ihm auf.

»Nicht nur, aber auch.«

»Ich versteh nicht ganz?«

Er verwirrte sie. Worauf wollte er hinaus?

»Als du ohnmächtig warst und dann mit deinem Fieber so viel geschlafen hattest, da hast du viel gesprochen«, erzählte er.

Seine Miene wirkte angespannt, zwischenzeitlich biss er die Zähne fester zusammen.

»Das Meiste konnte ich nicht verstehen. Du hast viel gewimmert«, er schluckte. »Sachen wie *Nein* und *Lasst mich in Ruhe*, das kann nicht wahr sein oder auch *Hör auf* waren häufiger dabei.« Ein weiteres Räuspern. »Ich erinnere mich daran, dass du zweimal sogar leicht aufgeschrien hast, geweint im Schlaf und dich herumgewälzt. *Nein* war bestimmt das Häufigste, was du von dir gegeben hast. Aber es gab auch einen Moment, in dem ich dachte, du bekommst keine Luft. Es war echt heftig.«

Man konnte fühlen, wie sich die Anspannung in Isander ausbreitete, als er die Erinnerungen daran aufleben ließ.

Langsam atmete er aus, um sich zu sammeln. Odelia war es unangenehm, sie fühlte das schlechte Gewissen in sich. Ihre Fieberträume waren in der Tat anstrengend gewesen, wirr und grausam. Wesen, die nach ihr griffen, Stimmen, die sich überlagerten, so laut und durcheinander, dass sie jegliche Orientierung verlor. Sie erinnerte sich daran, wie sich dichte Schatten um sie ballten und sie zu verschlucken drohten, ein paar Hände, die ihre Kehle drückten. Ihr wurde übel, aber sie versuchte sich zu fangen, bevor sie zu Sprechen ansetzte.

»Oh Himmel, entschuldige, das war sicher anstrengend«, wisperte sie, spürte Isanders Blick auf sich.

»Nein«, sagte dieser. »Eher besorgniserregend.«

Odelia seufzte schwer.

»In den letzten Jahren hatte ich oft Angst, vor allem abends und nachts«, stellte sie fest. »Aber da gab es noch etwas anderes.... Seitdem ist es noch schlimmer«, fügte sie ergänzend hinzu, das Zittern in der Stimme wurde deutlicher.

»Hm, ich verstehe. Sag mir Bescheid, wenn du wieder was hörst oder bemerkst.«

Isander fiel es schwer zu erkennen, wann er nachhaken sollte und wann er sie sich besser beruhigen ließ. Im Moment entschied er sich für letzteres.

»Gut...«, murmelte sie.

Er drückte ihre Hand sanft.

»Du bist nicht allein, okay? Alles wird gut.«

Sie sah ihn an, während sie weiterliefen. Die helle Haut im Kontrast zum dunklen Nachthimmel. Sterne funkelten in der Ferne.

Doch ihr Blick ruhte nur auf ihm.

3

Seit fast 36 Stunden waren sie bereits unterwegs, hatten sich nur wenige, kurze Pausen erlaubt, in denen sie schliefen. Nun waren die Glieder schwer wie Blei, jegliche Kraftreserven schienen aufgebraucht und der Abend dämmerte. Die Felder hatten sich weit erstreckt, da es hinter der Kleinstadt, in der Isander lebte, hauptsächlich Ackerland gab. Einige Dörfer hatten sie passiert, vermieden aber Kontakt mit anderen. Isander hatte lediglich in einem der kleinen Läden Lebensmittel gekauft und ihr Wasser am Brunnen aufgefüllt. Währenddessen hatte sich Odelia hinter Gebäuden versteckt. Selbst wenn sie eine Perücke trug, wollten sie in der Gegend, aus der er stammte, nicht gemeinsam für Aufsehen sorgen. Dafür war er selbst durch seinen Albinismus zu auffallend.

Mittlerweile waren sie an einem weiteren Waldrand angelangt. Dämmerung war nie eine gute Zeit, um in den Wald zu gehen, vor allem wegen der Wildschweine, die um diese Uhrzeit ihre Nahrung suchten und bei viel Pech nicht sonderlich gastfreundlich waren. Ganz zu schweigen von anderen Wildtieren.

Isander entdeckte einen Jagdstand, der am Ende des Feldes direkt am Waldrand stand. Er war vom Weg nicht einsehbar, aber wirkte stabil.

»Wir könnten dort schlafen«, schlug er vor.

Odelia nickte müde. Ihre Beine brannten und ihre Füße schmerzten vom vielen Laufen. Trotzdem wäre sie weitergegangen, hätte er sie darum gebeten. Als sie dort ankamen, kletterte der Ältere die Leiter hinauf, um sich die kleine Holzhütte näher anzusehen.

»Ist robust. Nix morsch oder so«, stellte Isander beruhigt fest. Ein Anklang von freudiger Erleichterung hatte sich in seine Stimme gemischt. Sie folgte ihm nach oben.

»Bisschen eng vielleicht«, merkte er an, als sie drinnen war, während er eine der Decken auf dem Boden ausbreitete.

Die Rucksäcke packten sie in eine der Ecken. Odelia nahm ihre Perücke ab und schüttelte ihr langes, blondes Haar aus. Ein erleichtertes Seufzen entwich ihrer Kehle. Hätte sie die Augen nicht geschlossen, wäre ihr sein liebevoller Blick aufgefallen, mit dem er sie einen Moment lang betrachtete.

Als sie ihn schließlich ansah, holte Isander das Essen aus der Tasche und drückte ihr eine Wasserflasche in die Hand. Odelia beobachtete ihn und realisierte erneut, wie bemüht er war und wie gut er sich um sie kümmerte. Es waren diese vielen kleinen Gesten. Ein Lächeln legte sich auf ihre Lippen.

»Was ist?«, fragte er, den Mund voll mit dem Sandwich, welches er im Dorf geholt hatte.

Sie schmunzelte.

»Nichts, du bist nur immer so aufmerksam. Das ist sehr lieb von dir.« Odelia lächelte ihn sanft an.

»Ach... Quatsch.«

Es schien ihm fast peinlich zu sein, denn er mied den Blick, unterdrückte ein weiteres Lächeln. Er war süß.

Anstatt ihn weiter zu loben oder aufzuziehen, aß sie ebenfalls ihr Sandwich. Sie schwiegen. Waren erschöpft.

Nachdem sie alles verzehrt hatten, holte Odelia die zweite Decke aus ihrem Rucksack.

»Du solltest schlafen«, sagte Isander.

Sie sah ihn irritiert an.

»Und du?«

»Ich glaub, hier kann sich nur einer richtig hinlegen.«

»Ach was, du passt doch neben mich«, widersprach sie.

Sein Blick war unsicher.

»Oder stört dich das?«, hakte sie nach.

Vielleicht mochte er keine Nähe — das wäre denkbar. Schließlich kannten sie sich kaum.

»Ah, nein, nein. Ich dachte eher, dass es dir unangenehm wäre«, winkte der Weißhaarige ab, verzog einen Mundwinkel zum Lächeln.

Odelia schüttelte den Kopf. »Nein, ist schon gut. Ist auch wärmer, wenn wir zusammenliegen.«

Vielleicht war sie einfach pragmatisch. Vielleicht fühlte sie sich bei ihm aber auch einfach wohl.

Da lagen sie nun, nur wenige Zentimeter Abstand zwischen sich. Der Albino bemühte sich immer um eine gewisse Distanz zwischen ihnen, um es ihr angenehm zu machen, sofern das in der ganzen Misere möglich war. Sie streckte den Arm aus und legte ihm noch ein wenig mehr Decke über die Hüften.

»Ich hab genug«, flüsterte er.

Er klang noch viel tiefer als ohnehin schon, wenn er leise sprach. Sie mochte seine Stimmfarbe.

Ihre Augen trafen sich in der Dunkelheit, die sie umgab. »Schlaf gut«, hauchte sie müde, nachdem sie den Blick einige Zeit gehalten hatte.

»Du auch.«

Ihre Lider wurden schwer und binnen Sekunden versank sie im Reich der Träume.

»Odelia.«

Eine weibliche Stimme drang an ihr Ohr.

»Odelia, hilf mir!«

Etwas griff nach ihr.

»AH!«

Sie schnellte aus dem Schlaf, setzte sich auf. Ihr Puls rauschte in ihren Ohren, hektisch sah sie sich um. Ihr Körper zitterte. Isander schlug die Augen auf, richtete sich ebenfalls auf.

»Deli..«, wisperte er benommen.

»Ha!«, sie erschrak, zuckte zusammen und lehnte sich reflexartig von ihm weg.

»Shh, bin nur ich, Isander. Alles gut, hier ist niemand«, sprach er ruhig, die Stimme brüchig von Schlaf.

»Aber ich —«

Die Angst drückte ihr auf den Brustkorb, das Atmen fiel ihr schwer. Ihr Blick suchte hektisch den kleinen Innenraum des

Hochstands ab. Nichts war zu sehen, außer Holz und Rucksäcke. Mit jedem Atemzug hoben und senkten sich sichtbar ihre Schultern. Der junge Mann räusperte sich leicht.

»Was hast du geträumt?«

Die Frage stellte er leise, um sie nicht wieder zu erschrecken.

»Ich glaube, das war kein Traum.«

Ihre Stimme klang genauso panisch, wie sie sich fühlte. Isander war leicht betreten und lehnte sich ihr sachte entgegen.

»Darf ich dich berühren?«, fragte er vorsichtig.

Sie wusste keine Antwort. Statt sie einfach anzufassen, hielt er ihr die Hand hin.

»Sie hat mich gerufen…«, stammelte sie, das Beben in ihr war deutlich zu hören.

»Wer?«

»Sophie…«

Ein Wimmern brach aus ihr hervor. Dicke Tränen füllten ihre türkisen Augen. Unbewusst brachte sie ihre Hand an ihren Mund und schluchzte laut auf. Die andere Hand griff schließlich nach der seinen, klammerte sich an seine Finger.

»Ich hab sie… ich hab sie im Stich gelassen…«

Sie weinte bitterlich. Verzweiflung und Schuld füllte die Atmosphäre um Odelia. Isander stockte der Atem für einen Moment, dann drückte er ihre Hand fest und hielt sie durch ihren Schmerz.

Das blonde Mädchen zog die Beine eng an seinen Körper, verschluckte sich kurz an seinen Tränen. Odelia hustete, bevor sie erneut aufschluchzte. Behutsam strich er ihr über den Rücken, führte dies auch weiter fort, nachdem sie das Husten überwunden hatte. Langsam wurde sie etwas ruhiger, lehnte sich unwillkürlich näher in seine Richtung. Isander fing sie auf, hielt ihre zarte Hand in seiner und strich mit dem Daumen zusätzlich über ihren Handrücken.

Sie wusste nicht, wie viel Zeit verging, bis sie sich weitestgehend beruhigt hatte. Ihr Kopf war gegen seine Schulter gelehnt, nahe seines Schlüsselbeins. Offen gestanden hatte sie keine Ahnung, wie sie in diese Position gekommen war, aber es fühlte sich warm und sicher an. Ihre Gedanken wurden langsam stiller. Konzentrierten sich auf seinen Atem.

»Geht's?«, fragte er leise in die Stille.

Sie nickte nur leicht. Eigentlich wollte sie sich von ihm lösen, wollte ihm nicht weiter zur Last fallen, ihn nicht noch mehr belästigen, doch sie konnte sich nicht rühren.

Sein Arme legten sich vorsichtig um ihren schmalen Körper. »Ist schon gut...«, hauchte er, wusste vermutlich auch nicht, was er tun sollte. Aber sie war dankbar für seine Nähe. Sie schloss die Augen.

Erinnerungen drangen in ihre Gedanken.

Es war spät und dunkel. Odelia hätte bereits in ihrem Bett schlafen sollen. Konnte sie aber nicht.

Alles war still, zumindest mochte man es meinen. Doch das Rascheln der Blätter des Baumes vor ihrem Fenster wollte sie nicht schlafen lassen. Manchmal konnte sie noch viel mehr hören.

Ein Wispern in der Dunkelheit, Stimmen die sie nicht kannte, Worte die sie nicht verstand. Manchmal hörte sie ein Klopfen am Fenster. Wenn sie sich überwinden konnte nachzusehen, war niemand da. Wie auch? Ihr Zimmer befand sich im Obergeschoss. Niemand konnte ohne Weiteres zum Fensterbrett gelangen, noch hätte irgendjemand einen Anlass dazu. In diesem Örtchen war es ruhig und sicher.

Odelia seufzte und zog ihre Füße enger an ihren Körper.

Es war seit Jahren derselbe Ablauf. Alle paar Tage wiederholte er sich und noch immer wurde sie nicht schlau daraus.

Ihre Mutter wollte nichts davon wissen. Doch hatte Odelia sie gesehen, die Panik in ihren Augen, als sie von Stimmen sprach, die sie des Öfteren vernahm.

Vielleicht wollte sie Odelia auch einfach keine Angst machen, indem sie darauf einging. Aber trotz ihres Unglaubens betonte sie eindringlich, dass Odelia in Gegenwart anderer nie ein Wort darüber verlieren sollte. Trotz ihres friedlichen Lebens, war ihre Mutter überraschend oft ängstlich. Manchmal fragte sich Odelia wieso. Ihr Vater hingegen wirkte wenig emotional, schien stets die Kontrolle über alles zu haben.

Sie erinnerte sich daran, wie sie vor wenigen Jahren im Garten spielte und ein weißer Rabe neben ihr landete. Sie war sehr beeindruckt von der außergewöhnlichen Schönheit des Tieres, wollte mit ihm Freundschaft schließen, trotz des Respekts vor dem wilden Wesen.

Als ihre Mutter auf die Terrasse trat, um sie zum Essen zu rufen, wurde sie geradezu hysterisch. Sie schrie und wies Odelia an, sich von dem Raben zu entfernen. Worte wie unheilig, abnormal und gefährlich fielen. In allem schien diese Begegnung für Odelias Mutter ein äußerst schlechtes Omen zu sein. Unrein wäre der Rabe, trotz seiner weißen Färbung.

Odelia verstand es nicht. Vielleicht wollte sie es auch nicht verstehen.

In letzter Zeit kam ihr einiges seltsam vor, was sonst so normal war. Die Art, wie die Erwachsenen miteinander sprachen. Manchmal nahmen sie sich gegenseitig zur Seite und tuschelten. Sie benahmen sich, als hätten sie die unglaublichste Nachricht gehört. Vielleicht würde sie es irgendwann verstehen.

Vielleicht nach der Reinigung, von der alle immer sprachen. Ein Ritual zur vollständigen Initiierung in die Gemeinde. Das Freilegen von allem Unreinen, Ablegen aller Laster und jedes schlechten Gedankenguts, so dass nur noch Harmonie und Taten zum Allgemeinwohl im Vorrang standen.

Odelia wurde bereits seit Jahren darauf vorbereitet. Im Gemeindehaus fanden Lesungen und Treffen statt, mit Aktivitäten, die den Zusammenhalt stärkten. Zumindest war es das, was alle dauernd betonten. Odelia hatte trotzdem immer das Gefühl, das irgendetwas fehlte.

Die älteste Tochter des Gemeindeführers, Abigail, war Odelia ein Rätsel. Sie wirkte perfekt, aber war oft unterschwellig gemein zu ihr und gar nicht so, wie alle immer wünschten, untereinander zu sein. Vor den Erwachsenen glänzte sie stets mit Musterverhalten. Aber Odelia bezweifelte, dass es das war, worum es bei all dem ging. So streng konnte die Reinigung vielleicht doch nicht sein.

Dennoch hatte sie aus irgendeinem Grund Angst davor.

War sie gut genug?

Odelia rutschte langsam aus ihrem Bett, ihre nackten Füße berührten den Holzboden. Sie schwebte förmlich über die Dielen, vermied die knarrenden Stellen geschickt, so gut sie eben konnte. Sie sollte längst schlafen, doch ihre Gedanken kreisten. Ihre Ohren wollten nicht weghören.

Vorsichtig tapste sie den Flur entlang, die Treppe hinunter. Der Korridor war dunkel, nur das sanfte Licht des Türspalts zum Wohnzimmer diente als Lichtquelle.

Odelia bog in die entgegengesetzte Richtung zur Küche ab. Leise nahm sie ein Glas vom Regal und öffnete den Kühlschrank. Die Glasflasche war schnell gefunden. Stand schließlich, wie alles, an seinem rechtmäßigen Platz. So wie alles in diesem Haus sich genau dort befand, wo es immer schon gestanden hatte, soweit sich Odelia zurückerinnern konnte. Veränderungen waren unerwünscht.

In Zeitlupe nahm sie die Flasche heraus und öffnete sie genauso zaghaft, um keine unnötigen Geräusche zu machen. Der süße Duft von Vanillemilch stieg ihr in die Nase, als sie das Glas damit füllte. Sie stellte alles zurück an den gewohnten Platz, bevor sie sich mit dem Glas ihren Weg zurück in ihr Zimmer bahnen wollte.

Im Flur hörte sie die Stimmen ihrer Eltern und die zweier weiterer. Um die Uhrzeit?, wunderte sich Odelia und trat ein Stück näher heran.

»Ich denke, morgen können wir für Sophie alles vorbereiten«, hörte sie eine Frauenstimme sagen, die sie Dinah, der Frau des Gemeindeoberhaupts zuordnete.

»Odelia ist auch bald soweit«, sagte dieser.

Mit einem Mal war Odelia mulmig zu Mute. Sie beschloss wieder hochzugehen, ehe sie noch erwischt wurde.

Zurück im Bett atmete sie den Duft von Vanille ein, bevor sie einen Schluck von der Milch trank. Das hatte immer etwas Beruhigendes, Weiches.

»Odelia...«

Sie zuckte.

Niemand war da. Nur eine ferne, dumpfe Stimme.

»Es ist an der Zeit.«

Diesmal war es deutlich.

»Was ist an der Zeit?«, fragte sie in die Leere des Zimmers, klammerte sich an das Glas in ihrer Hand.

»Du musst verstehen, Odelia.«

Sie konnte die Angst in sich spüren. So deutlich war es nie gewesen. Was sollte sie verstehen? Wofür war es Zeit?

Die Reinigung? War es das, wovon sie gesprochen hatten?

4

Der Raum war trist.

Tapete löste sich an einigen Stellen von der Wand und die Fugen der angrenzenden Fliesen waren vergilbt und schmutzig. Surren und leises poltern war zu hören, die Luft war feucht und etwas stickig. Auch der Boden hatte gewiss schon einmal bessere Zeiten gesehen, war aber im Gegensatz zu den Wandfliesen öfter mal gereinigt worden.

Odelia ließ ihre Beine in der Luft baumeln, während sie die blau gemusterten Fliesen begutachtete. Die Finger hatte sie auf die Kante der Theke gelegt, doch musste sie sich konzentrieren, um nicht aus Reflex darunter zu fassen. Ihr Kleid ging bis zu den Knien. Dort waren noch immer die Überreste ihrer Schürfwunden zu sehen, die sie sich einige Wochen zuvor bei ihrer überstürzten Flucht zugezogen hatte.

Mittlerweile hatten sie einige Waldabschnitte passiert und waren durch reichlich Dörfer und Kleinstädte gekommen. Viele davon waren sehr abgelegen, da sie vermieden, in mehrere sehr eng besiedelte Gebiete nacheinander zu gehen, sofern es ihnen möglich war.

Deutlich hörbar stieß sie Luft aus, bevor sie hoch zu dem Schaufenster am anderen Ende des Raumes sah. Isander lehnte mit dem Rücken an der Scheibe, an welcher viele Tropfen hinabrannen. Im Licht der Straßenlaterne schienen sie zu glitzern und Isanders weiße Locken schimmerten gelblich. Er hatte die Augen geschlossen. Selbst die hellen Wimpern konnten die Augenringe nicht verstecken. Sie wusste, wie erschöpft er war, und doch wurde er nicht müde, ihr jede Nacht beizustehen, wann immer sie ihre Ängste einholten. Wenn nicht Träume, dann waren es die Stimmen. Es lag schwer in ihrer Brust, der Druck, die Schuld, das schlechte Gewissen.

So dankbar Odelia ihm auch war, nach all den nahezu schlaflosen Nächten, den ewigen Märschen fragte sie sich gelegentlich, ob das gesamte Unterfangen eine so gute Idee gewesen war. Doch dann erinnerte sie sich wieder. Und wenn sie es nicht selbst tat, verfolgte es sie im Traum. Der Grund, wieso sie auch noch Ewigkeiten laufen würde.

Das Rumpeln der Waschmaschine zog ihre Aufmerksamkeit auf sich, also beobachtete sie, wie die Wäsche nass und schäumend gegen die Scheibe geschleudert wurde. Immer wieder die scheinbar selbe Runde. Die restlichen Maschinen war leer. Sie beide waren auch die einzigen in dem Waschsalon und die Stadt schien außerhalb wie ausgestorben. Womöglich lag es am starken Regen. Herbst hatte Einzug gehalten, was es für sie und den Albino zusätzlich erschwerte, da sie nun bei Nacht auf einen Unterschlupf angewiesen waren.

Die letzten Wochen hatten sie meist in kleinen Holzunterschlupfen geschlafen, in alten Bushäuschen oder tatsächlich mitten auf dem Feld ihr Lager aufgeschlagen. Alles war dürftig und kräftezehrend. Nahrung war auch eher Mangelware, da sie versuchten, möglichst selten in Kontakt mit anderen zu treten und ihrer beider Geldreserven so gut sie konnten aufzuheben. Odelia selbst hatte aus der Tasche ihrer Mutter vor Aufbruch etwas Geld entwendet. Einen Teil davon hatten sie schon verbraucht, dass sie nicht wollte, das Isander für alles verantwortlich war. Deshalb aßen sie, was sie fanden, was vor allem mit Pilzen aktuell sehr gut funktionierte. Der Vorteil war, dass sie eine umfangreiche Pflanzenkenntnis besaß und dadurch ausfindig machen konnte, welche bedenkenlos verzehrbar waren. Die schwammige Konsistenz und die fehlenden Gewürze hingen ihr allerdings ein wenig zum Halse heraus. Ab und zu fand sie ein paar Brombeerbüsche, die eine willkommene Abwechslung darstellten. Abgesehen vom Hunger fühlte sich Odelia die meiste Zeit müde. Ein Ende war nicht in Sicht.

Isander hatte gesagt, es wäre zwar eine weite und nicht besonders geläufige Route, die sie zurückgelegt hatten, aber dennoch mit Fahrzeugen nicht schwer einzuholen.

Sie versuchte sich davon nicht entmutigen zu lassen. Die eigentliche Frage war ohnehin, wo es letztendlich hingehen sollte.

Ein tiefes Einatmen ließ sie aufsehen. Der Albino setzte sich auf, löste seine verschränkten Arme und streckte sich leicht. Sie musste lächeln, war froh, dass er eine Weile dösen konnte. Verschlafen sah er sie an.

»Ist dir kalt?«, fragte er, blinzelte müde und klang auch dementsprechend.

Die Jüngere schüttelte den Kopf. Ihr war in der Tat nicht kalt.

Durch die Waschmaschinen war die Luft warm genug, so dass sie nicht fror, selbst wenn sie nicht mehr trug als ihr dünnes Sommerkleid, vom Anfang ihrer Reise.

Er sah auf seine Uhr.

»Sollte bald fertig sein. Dann noch in den Trockner.«

Trockner waren neu für Odelia, ihre Mutter und alle anderen in der Gemeinde besaßen zwar Waschmaschinen, aber sie hingen immer fleißig jegliche Wäsche auf. Sie hatte bereits festgestellt, dass es außerhalb ihrer Gemeinde sehr vieles zu geben schien, was sie nicht kannte. Vor allem technische Sachen. Wie das Computer-Ding und das Telefon, welches Bilder zeigen konnte und aussah wie ein plattes Rechteck. Isander besaß so eines. Am Anfang hatte er ab und zu drauf gesehen, es dann aber ausgeschalten und nur noch an Strom angeschlossen, wenn sie in Gegenden oder Läden waren wie hier. Seinen Computer benutzte er ebenfalls nur äußerst selten. Er hatte erklärt, dass er nur in öffentliches Internet gehen wollte, mit unterdrückter IP-Adresse. Was auch immer das heißen mochte.

Manchmal kam sie sich ein wenig dumm vor, wenn er von diesen Sachen erzählte, denn sie verstand weder woher das Teil alle möglichen Informationen, Bücher und Bilder bezog, schneller und vielseitiger als jedes Lexikon, noch welcher IP irgendeine Adresse geheimhalten wollte. Vielleicht würde sie es irgendwann begreifen.

Ein Piepen riss sie aus ihren Gedanken. Sie rutschte vom Tresen hinunter und betätigte den Knopf, damit sie die Wäsche rausholen konnte. Den Korb schob sie davor, damit nichts daneben ging. Isander war ebenfalls aufgestanden und öffnete einen der Trockner, stellte irgendetwas ein. Dann füllte sie die Trommel und er betätigte die Knöpfe, damit es anfing zu rauschen.

»Wie lang dauert das jetzt?«, fragte Odelia.

»Schätze paar Stunden. So zwei vielleicht.«

»Gut«, nickte sie.

Er drehte sich zu ihr mit seinen verschränkten Armen. Die Muskulatur zeichnete sich dadurch deutlicher ab als sonst. Zwischen dem weißen Shirt und seiner nahezu durchsichtigen Haut bestand wenig Kontrast.

»Hör mal.«

Sie sah auf, in sein Gesicht.

»Draußen ist nichts los und du trägst nur ein dünnes Sommerkleid. Was hältst du davon, wenn ich kurz was zu essen hole, während du hier wartest?«, fragte er.

Odelia nickte.

Essen klang gut, auch wenn ihr immer etwas mulmig wurde, sobald sie allein war. Doch sie war sich bewusst, dass sie nicht durchgehend an Isander kleben konnte.

»Bin gleich zurück.«

Seine Stimme war beruhigend, ebenso wie seine Hand, die er kurz auf ihren Unterarm legte, den sie unbewusst an ihren Oberkörper gedrückt hatte.

»Pass auf dich auf«, hauchte sie. Bevor er sie daran erinnerte, sich lieber im hinteren Teil des Ladens aufzuhalten, damit sie nicht direkt vom Schaufenster aus zu sehen war. Gesagt, getan. Während sie wartete, saß sie hinten auf dem Stuhl, zog umständlich die Beine an sich und hielt sich an sich selbst fest.

Sie war so müde.

Wie ein Stromschlag zog es durch ihren Körper.

Jemand berührte sie.

Sie riss die Augen auf. Und kreischte. Hektisch rutschte sie mit einem Bein vom Stuhl. Wäre hinter ihr keine Wand gewesen, wäre sie durch den Schwung umgefallen.

»Schhh schh, ganz ruhig, ganz ruhig. Ich bin's nur.«

Isanders Stimme drang zu ihr durch, ließ sie erst da realisieren, dass er es war, obwohl sie ihn mit weit geöffneten Augen anstarrte. Für einen Augenblick verharrte sie noch in der Position, gegen die Lehne und Wand gedrängt, bevor sie mit einem langen, kräftigen Ausatmen alle Anspannung von sich ließ.

»Um Himmels Willen«, murmelte sie, fuhr sich mit der Hand übers Gesicht.

»Es tut mir so leid. Du hast nicht reagiert, als ich dich angesprochen hab...«

Er sah sie entschuldigend an, hatte sich derweil vor sie gehockt, damit er weniger bedrohlich groß vor ihr stand. Sie sah zu ihm runter.

»Du kannst nichts dafür... Tut mir leid, ich wollte dich nicht anschreien.«

Ein leichtes Zittern war noch ersichtlich.

Isander schüttelte den Kopf. Vorsichtig legte er seine kalten, nassen Hände auf die ihre, welche sie auf ihren Knien ruhen ließ.

»Geht es dir gut?«, fragte er liebevoll, während er sie besorgt ansah.

Sie atmete tief ein und aus, nickte schließlich.

»Ja. Ja, geht wieder.«

»'Kay. Komm, lass uns essen, noch ist es warm«, sagte er ruhig und reichte ihr kurz darauf eine der Papiertüten.

Während sie aßen, schwiegen sie eine Weile.

»Hör mal«, begann Isander. »Ich hab überlegt, ob wir heut hier vielleicht in dem kleinen Inn um die Ecke schlafen.« Der Albino warf ihr einen fragenden Blick zu, welchen sie, ebenso erwiderte.

»*Inn?*«, fragte sie verwirrt.

Noch eine Sache mehr, von der sie keine Ahnung hatte.

»Da kannst ein Zimmer bezahlen für eine Nacht zum Schlafen. Ist dort drüben wahrscheinlich kein besonders Schönes. Aber warm und trocken. Es regnet wirklich wie aus Eimern und ist ziemlich frisch. Und ich glaube, hier im Salon zu bleiben, ist auch nicht der Brüller. So wie das Ding gegenüber aussieht, werden sie auch nicht unbedingt nach nem Ausweis fragen oder sowas. Und selbst wenn, krieg ich das schon hin.«

Während er seine Gedanken erläuterte, sah er aus dem Fenster und deutete auf ein Gebäude in Sichtweite.

Odelia hatte wenig gegen die Vorstellung, in einem Bett zu schlafen. Sie war sich zwar nicht sicher, ob es letztendlich die beste Idee war, aber sie hielt die anderen Optionen, die sie hatten, auch nicht für besonders sinnvoll. »Gut, dann lass uns dort schlafen.«

Nachdem sie all ihre Habseligkeiten zusammengesammelt und sich etwas übergezogen hatten, machten sie sich geschwind auf den Weg ins besagte Inn. Isander fragte nach einem Zimmer, drückte dem Rezeptionisten auch sofort Bargeld in die Hand, so dass dieser nicht wirklich an ihnen interessiert war und lediglich eine Unterschrift und ein paar simple Daten auf einem Zettel ausgefüllt haben wollte. Dort hätte man so gut wie alles draufschreiben können. Hatte der Albino sicherlich auch.

Im Zimmer angekommen, betrachteten sie die spartanische Einrichtung. Es hatte einen abgenutzten Linolboden, rissige Tapeten, einen Schrank und ein Bett mit roter Steppdecken-Auflage. Das angrenzende Bad war erträglich, wenn auch nicht allzu einladend. Isander schloss die Tür ab.

»Ich würde gern duschen gehen«, sagte er und zog seine Jacke aus, legte sie über den einzelnen Stuhl in der Ecke.

»Mach das.«

Odelias Blick fiel unweigerlich auf seinen Oberkörper, welcher durch das nasse weiße Shirt schimmerte. Im Waschsalon war es ihr gar nicht aufgefallen, aber nun konnte sie ihren Blick kaum abwenden. Sie räusperte sich und ging zum Bett. Ihre Wangen wurden heiß. Hoffentlich hatte er ihr Starren nicht bemerkt. Er ging auf jeden Fall nicht darauf ein, sondern verschwand im Badezimmer.

»Ah, dein Handtuch!«, rief Odelia und brachte es ihm zur Tür. Sie hatte grad genug gesehen.

»Danke«, lächelte er und nahm es entgegen. Oben ohne.

»Du kannst dann auch gleich gehen. Ich wollte nur aus dem Nassen raus.«

»Ähm... ja klar, lass dir Zeit.«

Ja, nun hatte sie definitiv genug gesehen.

Damit stand sie allein im Raum und versuchte, ihre Fassung zurückzugewinnen. Es fühlte sich seltsam an, irgendwie befremdlich. So hatte sie noch nie empfunden und wusste es auch nicht einzuordnen. Aber sie musste zugeben, dass Isander wirklich gut aussah.

Peinlich berührt tätschelte sie ihre Wangen, versuchte das Gefühl abzuschütteln. Zur Ablenkung holte sie schon einmal ihre frisch gewaschenen Schlafsachen aus dem Rucksack hervor und legte sie zurecht.

Sie ließ sich aufs Bett fallen und sah an die Decke. Auf der einen Seite hing ein Spinnennetz, doch die Besitzerin schien nicht zu Hause. Odelia seufzte erleichtert. Das Bett war nicht sonderlich gemütlich, aber im Vergleich zu Holzbrettern, Gras, Stöckern oder Steinboden fühlte es sich wie purer Luxus an.

Es war seltsam, einfach nichts zu tun. Seit sie unterwegs waren, hatten sie nur ihre Gespräche, andere Beschäftigungen gab es nicht. Die meiste Zeit waren sie eh zu erschöpft.

Wie es wohl ihren Eltern ging?

Ihre Gedanken kreisten oft darum. Beide waren liebevolle Menschen, die stets ihr Bestes gegeben hatten, Odelia ein schönes Leben zu gestalten. Nach ihrem besten Gewissen.

Ihr Vater war schon immer strenger gewesen, aber er repräsentierte auch ihre Familie, arbeitete engagiert für die Gemeinde. Ihre Mutter war die perfekte Hausfrau und unterstützte und organisierte die Projekte, die für das Dorf von Wichtigkeit waren. Odelia war ebenfalls immer vorbildlich gewesen. In der Schule hatte sie herausragende Noten, war immer freundlich, verstand sich, oberflächlich gesehen, mit jedem hervorragend.

Und doch war sie jetzt hier.

Seit mehreren Wochen auf der Flucht vor all dem, was so wunderschön, harmonisch und perfekt schien.

Seufzend schloss sie die Augen, erschrak im nächsten Moment leicht, als Isander die Badtür öffnete. Langsam setzte sie sich auf.

Seine nassen Locken kringelten sich auf seinen Schultern, einzelne Tropfen bahnten sich ihren Weg an seiner nahezu weißen Haut hinunter.

»Was is'?«, fragte er, was Odelia feststellen ließ, dass sie ihn schon wieder angestarrt hatte.

Sie winkte hektisch ab.

»Nichts, nichts. Ich geh dann auch mal duschen.«

Sie huschte blitzschnell an ihm vorbei.

»Wolltest du nackt wieder rauskommen?«

»Bitte was?«

Ihr Gesicht brannte.

»Na du hast auch alles liegen lassen«, lachte er und brachte ihr die Sachen, die sie herausgesucht hatte, zusammen mit dem Handtuch.

»Oh, achso, danke«, murmelte sie, als sie sie entgegennahm, dann schloss schnell die Tür. Kurz lehnte sie sich an diese und sah an die gefliese Wand.

Odelias Gefühle waren wirr. Sie verstand nicht, was mit ihr los war. Sie dachte, es könnte womöglich daran liegen, dass sie seit Wochen aufeinander hingen, er ihr engster Vertrauter geworden war. Der beste Freund, den sie jemals hatte. Es war einfach ungewohnt.

Odelia stieg in die Dusche. Warmes Wasser umspielte ihren Körper. Es fühlte sich befreiend an, wie die Tropfen sich über ihre Haut wanden und all den Dreck und die Anstrengung der letzten Tage mit sich trugen, um schließlich davongespült zu werden.

Frisch gewaschen und angezogen ging sie zurück in das Zimmer. Sie fühlte sich ruhiger als vor dem Duschen. Isander saß auf dem Bett, mit seinem Laptop auf dem Schoß, und tippte fleißig vor sich hin. Dann hob er den Blick über den Rand seiner Brille, welche er ausnahmsweise trug. Eigentlich bräuchte er sie häufiger.

»Fertig?«

»Ja, das hat echt gut getan«, stellte sie fest, während sie nochmals ihre Haare mit dem Handtuch abtupfte.

Ihre Strähnen wirkten dunkler als sonst und sie bemerkte, dass sie schon ein ganzes Stück gewachsen waren. Ihren Pony musste sie stets aus ihrem Gesicht wischen, sobald sie die Perücke nicht trug.

Sie setzte sich zu Isander aufs Bett.

»Was machst du?«, fragte sie neugierig und warf einen Blick auf den Bildschirm.

»Ich hab ein bisschen geschrieben«, antwortete er. »Ich muss noch ein Projekt fertig machen.«

»Was für ein Projekt?«

Das Mädchen sah ihn fragend an.

»Ich verdiene mein Geld mit Ghostwriting. Das heißt, ich schreibe Texte für andere Leute, die entweder keine Zeit, keine Lust oder nicht genug Talent haben, um es selber zu machen.« Seine Erklärung wirkte unbeeindruckt. Ein bisschen amüsant fand sie die Art schon.

»Interessant. Ich dachte, du schreibst eher für dich. Oder für eine Zeitung oder so.« Sie sah ihn unschlüssig an. Er schob die Brille mit dem Zeigefinger wieder ein Stück hoch.

»Aber wie geben sie dir denn die Aufgaben?«

Sie fühlte sich mal wieder dumm.

»Also, ich schreibe auch für mich selbst. Aber als Job ist das etwas anders. Oft schreibe ich auch journalistische Artikel«, sprach er ruhig, ehe er weiter erklärte:

»Wenn man mit dem Internet verbunden ist, kann man sich sozusagen elektronische Briefe schreiben. Sie erreichen einen schneller und einfacher als per Post. Das geht aber nur, wenn man eine E-Mail-Adresse hat. Ich bin auf einer Kartei gemeldet, wo Leute mich kontaktieren können. Ich verwalte aber selbst, welche Aufträge ich annehme und welche nicht. Mein echter Name steht auch nirgends. Ich wusste schon warum...«

Er zuckte mit den Schultern. In der aktuellen Situation war er sicher froh über seine vorherige Entscheidung zur Anonymität. Außerdem wirkte Isander nie genervt, wenn sie ihn nach etwas fragte, was sie nicht verstand. Es war auch egal, wie häufig er es schon erklärt hatte. Der Albino war sich bewusst, dass eine solche Menge an Informationen nicht von heut auf morgen zu begreifen waren.

»Darf ich dir zusehen?«, fragte sie schließlich.

»Zusehen?«, er schaute verwirrt. »Beim Schreiben? Pff... klar, wieso nicht. Ist nicht besonders spannend.«

Er tippte weiter und Odelia rutschte ein Stück näher an ihn heran. Sie sah zu, wie seine Finger geübt über die Tasten huschten. Es erinnerte sie an die Arbeit an einer Schreibmaschine, nur weniger laut und offensichtlich weniger endgültig. Ab und zu sah sie zu ihm auf. Sein Blick war konzentriert. Mit der Gold gerahmten Brille wirkte er irgendwie seriöser und intellektueller als sonst.

Nach einiger Zeit beendete er die Arbeit und schickte die Mail an den Kunden. Odelias Kopf lehnte schwer an seiner Schulter, ihr Atem war ruhig.

»Deli...«, wisperte er.

Sie zu wecken erinnerte stets unterschwellig an eine Bombenentschärfung, weil man nie voraussagen konnte, was geschehen würde. Diesmal blinzelte sie nur müde und richtete sich leicht auf.

»Entschuldige«, nuschelte sie verschlafen.

»Kein Problem«, lächelte er.

Er klappte den Laptop zu und legte ihn beiseite.

»Komm, lass uns schlafen.«

Damit nahm Isander seine Brille ab, löschte das Licht und rutschte unter die Bettdecke. Er hielt sie hoch, bis Odelia ebenfalls darunterkletterte. Sie lagen so, dass sie sich ansahen.

»Schlaf gut, Deli. Wenn was ist, weck mich. Ich bin da«, flüsterte er.

»Danke. Schlaf du auch gut«, hauchte sie zurück.

Einige Zeit lag sie wach. Isander hatte die Augen geschlossen und atmete ruhig. Und obwohl sie müde war, fand sie keinen Schlaf. Der Moment wirkte ihr zu friedlich, so dass ihr Inneres auf Alarmbereitschaft stand, als ob jeden Augenblick etwas passieren müsste. Ihr Blick suchte den dunklen Raum ab, doch sie sah nichts. Noch nicht.

Ihr Puls begann zu rasen. Sie versuchte sich zu beruhigen, atmete tief ein und aus. Ein und aus.

»Kannst du nicht schlafen?«

Sein Flüstern riss sie aus der aufkeimenden Panik. Isanders Stimme klang kratzig und müde. Odelia sah ihn an, seine Augen waren halb geöffnet.

»Doch, doch, geht schon. Schlaf weiter«, wisperte sie, weniger überzeugend gefasst als sie dachte, strich sachte über seine Finger. Diese umschlossen ihre im Gegenzug.

»Du bist sehr unruhig«, stellte er fest. »Rutscht die ganze Zeit hin und her.«

»Oh, wirklich?« Es war ihr nicht aufgefallen.

»Ja... beschäftigt dich was? Oder...« — hatte sie etwas gehört, wollte er wissen.

»Ich bin nur aufgewühlt. Wahrscheinlich — «, sie stoppte.

»Was?«, hakte er nach.

»...hab ich immer das Gefühl, gleich kommt was.«

Es war eine unangenehme Feststellung ihrerseits, denn sie hatte nicht vor, sich mehr Stress aufzubauen, als sie ohnehin schon einen Großteil der Zeit über empfand.

»Hm«, brummte er. »Willst du reden?«

Die Müdigkeit war deutlich hörbar.

»Nein, du sollst schlafen«, hauchte sie liebevoll.

Seine Finger verschränkten sich mit ihren, sein Daumen strich über ihren Handrücken. Ihr wurde wärmer.

»Gute Nacht«, betonte sie nachdrücklicher.

Kurz herrschte Stille, bevor Isander diese mit einer Frage durchbrach:

»Was ist deine Lieblingspflanze?«

»Hu?« Verwirrung machte sich in ihr breit.

Wie kam er darauf, so aus dem Nichts?

»Du magst doch Pflanzen... Blumen.«

Es war eher eine Feststellung seinerseits.

»Wie kommst du darauf?«, fragte sie verwundert.

»Einfach so«, sprach er leise.

Sie überlegte kurz, entschloss sich aber darauf zu antworten.

»Hm... Diphylleia grayi.«

Seine Augenbrauen zogen sich zusammen.

»Gesundheit.«

Sie lachte.

»Diphylleia grayi ist der botanische Name für Skelettblumen.«

»Skelettblumen... Du hast ja 'nen eigensinnigen Geschmack.«

Nun hob er die Augenbrauen skeptisch, was den Tonfall noch unterstrich. Odelia schmunzelte.

»Ehrlich gesagt, erinnerst du mich ein wenig an sie,« wisperte die blonde, junge Frau.

»Seh ich so skelettartig aus?«, wollte er wissen, gab sich ein wenig pikiert.

Grinsend schüttelte sie den Kopf.

»Nein, nein«, stellte sie klar. »Skelettblumen haben kleine, zarte, weiße Blüten. Aber sie sind sehr besonders, denn sie werden transparent, wenn sie nass werden.«

»Aha?«

»Man kann dann die feinen, weißen Nervaturen sehen. Also, die Adern der Blütenblätter.« Begeisterung begleitete ihre Erklärung.

»Das klingt spannend«, merkte er an, war in der Tat interessiert, wie das aussehen sollte.

»Sind sie auch«, lächelte sie. »Ich konnte leider noch keine in echt sehen, aber ich wollte immer welche haben«, gab sie zu.

Isander lächelte sanft.

»Ich glaube, sie würden dir gefallen, sie sind wirklich schön«, schwärmte sie, wirkte nahezu zärtlich.

Er nickte.

»Du musst sie mir mal zeigen. Oder wir schauen sie uns im Internet an«, schlug er vor.

»Ja. Gern.« Odelias türkise Augen glitzerten vor Faszination, sie könnte Stunden darüber sprechen.

Dann gähnte sie stark und bemerkte, dass er sie abgelenkt hatte. Ein Lächeln legte sich auf ihre Lippen.

»Du schaffst es immer.«

Sachte drückte sie seine Hand. Dankbar.

»Naja, ein bisschen kenn ich dich schon.«

Ein verschmitzter Ton war herauszuhören.

»Ja«, hauchte sie.

Ihr Blick fiel auf ihre Hände, wie sie sich festhielten. In der Dunkelheit konnte sie nur die Umrisse erkennen, doch sie spürte es deutlich. Normalerweise würde sie ihn loslassen zum Schlafen, auch wenn sie oft nah aneinander lagen.

Aber gerade wollte sie nicht, fühlte sich so viel sicherer und wohler, wenn er sie berührte.

»Kann—«, begann sie unwillkürlich zu sprechen, stoppte in dem Moment, in dem sie ihre eigene Stimme vernahm.

»*Kann... was?*«, hakte er nach.

»Ach nichts.« Sie wollte es abtun, doch er ließ ihre Bemerkung nicht fallen.

»Na komm schon, sprich es aus. Ich werd dich schon nicht fressen.«

»Mhmm, ich weiß ja nicht, ob ich dir trauen kann.«

Sie grinste.

»Oh, ach so?« Er stützte sich auf seinen Unterarm, als wäre er in Angriffsstimmung.

»Ja«, sagte sie. »Also wenn ich's mir recht überlege, finde ich dich schon ziemlich verdächtig. Du bist viel zu nett.«

»Autsch... jetzt hast du's mir aber gegeben.«

Er verzog das Gesicht, als hätte sie ihn tief getroffen, grinste aber dadurch nur noch mehr.

»Ja, ich kann ganz schön austeilen«, kicherte sie, gespielt von sich selbst überzeugt.

»Hab ich gemerkt. Tja, wer so süß is', was soll ich da schon gegen ausrichten.«

Sie schüttelte kichernd den Kopf. »Richtig. Bist erledigt.«

Er grinste.

»Und... was wolltest du eigentlich?«, fragte er schließlich erneut.

»Du lässt nicht locker?«

»Nein«, stellte er klar.

Sie seufzte übertrieben, bemerkte aber, dass die Wahrheit ihr irgendwie peinlich war.

»Ach, war nur so ein Gedanke. Aber... ich glaube, das ist komisch.« Ihre Stimme wurde unsicherer.

»Wieso?«

»Ich weiß nicht, es ist eine komische Frage«, murmelte sie.

Er rutschte ein Stück näher, Odelias Augen weiteten sich.

»Sag schon«, er klang ernster als zuvor.

»Ich... wollte fragen, ob es dir was ausmacht, wenn ich näher an dir dran schlafe...« Sie sprach es endlich aus, sah keinen Sinn darin, es noch weiter hinauszuzögern. Es machte es letztendlich nur noch seltsamer.

Er sah sie an. Wirkte überrascht. Aber aus einem anderen Grund, als sie vermutete.

»Wieso sollte mich das stören?«, wollte er wissen.

»Naja, du bist die ganze Zeit darum bemüht, dass es mir gut geht und... es fühlt sich egoistisch an, wenn ich dich nicht mal beim Schlafen in Ruhe lasse.« Sie hatte den Blick abgewandt und kratzte sich nervös hinterm Ohr.

»Ach Deli...«

Seine freie Hand strich sachte über ihr Haar, ihr Herz schlug stärker gegen ihre Brust.

»Ich finde dich nicht egoistisch«, stellte er richtig. »Wenn es mich stören würde, wäre ich weder hier, noch würde ich zustimmen. Es... ist schön, wenn du dich bei mir sicher fühlen oder zumindest etwas zur Ruhe kommen kannst. Es bedeutet mir viel.«

Aufrichtigkeit sprach aus seinen Worten, welche allein schon Gewicht von ihr zu nehmen schienen. Sie wünschte, sie könnte ihm auch nur ansatzweise das zurückgeben, was er für sie tat.

»Du bist wirklich ein Schatz«, flüsterte die junge Frau und sah ihren Gegenüber voller Verehrung an.

»Wenn ich irgendwas für dich tun kann, sagst du's mir, oder?«

»Mach ich.«

»Versprochen?«, hakte sie nach.

»Versprochen.«

Er ließ schließlich ihre Hand los, nahm die seine von ihrem Haar und lüpfte die Decke.

»Na, komm her.«

Ein leichtes Lächeln zierte seine vollen Lippen.

»Sicher?«

Sie wurde leicht nervös, aber sie wollte das Angebot nicht ablehnen, nachdem sie sich schon die Blöße gegeben hatte.

Er nickte nur, bevor sie endlich näher an ihn heranrutschte. Nur noch ein paar wenige Zentimeter befanden sich zwischen ihnen. Seinen Arm legte er sachte auf ihrer Seite ab, ohne sie direkt anzufassen.

Odelia hatte ihre Hände erst an ihrem Körper, aber entschied sich dann anders. Zögerlich umarmte sie ihn, spürte seine nackte Haut unter ihren Fingern. Für einen Moment vergaß sie zu atmen, hob dann den Blick und sah ihn an, wollte wissen, ob es ihm unangenehm war, weil er ebenfalls den Atem anhielt.

»Zu viel?«, wisperte sie unsicher.

»Nein. Für dich?«

Ein Hauch von Nervosität lag in seinem Ton.

»Nein...«

Im Gegenteil.

Sie zuckte plötzlich auf. Reflexartig hielt er sie fest.

»Ich dachte, ich hätte was gehört«, beantwortete sie die nicht gestellte Frage.

»Dacht' ich mir. Alles gut«, sprach er ruhig, zog sie aber noch enger an seinen Körper, vergrub seine Hand in ihrem Haar und umarmte sie an ihrer Taille.

Ihren Kopf bettete sie an seiner Brust und sie spürte seine warme Haut an ihrer Wange. Sie atmete seinen Körpergeruch ein, hielt Isander fest, so dass kein Platz mehr zwischen ihnen war. Sie war aufgeregt, zugleich schien alles ruhiger zu werden.

Odelia konnte sich nicht daran erinnern, sich jemals in ihrem Leben so wohl gefühlt zu haben.Nach einigen Minuten wurden ihre Lider immer schwerer, während sie seinem Herzschlag lauschte, der sich wie sein Atem langsam beruhigte, bis sie beide schließlich einschliefen.

V or ihnen erstreckte sich eine nur noch wenig grüne Hügellandschaft. Von der konnte man einige Weiden, Koppeln und Feldabschnitte erkennen, die offenbar zugehörig zu der Ranch waren, die durch den breiten Sandweg mit all diesen verbunden wurde.

Isander war vor einigen Tagen für ein paar Stunden verschwunden und hatte ihr danach von genau dieser Farm erzählt. Er hatte erwähnt, dass sie dort mit ein wenig Glück für einige Zeit unterkommen könnten. Durch die vielen Unterkünfte, die sie nun nutzen mussten, weil der Boden inzwischen gefror und sich der Regen gelegentlich zu Schnee wandelte, neigten sich ihre Geldreserven dem Ende zu.

Auffällige Vorkommnisse bezüglich der Suche nach Odelia hatte es in letzter Zeit nicht gegeben. Also war es einen Versuch wert.

Die Ranch war wirklich weit ab vom Schuss. Außer ihren eigenen Fahrzeugen sowie einer überschaubaren Anzahl an Leuten schien niemand Zugang zu haben. Isander hatte wohl eine vertrauliche Quelle, welche ihn darauf aufmerksam gemacht hatte. Odelia wusste nicht, wer es war, und manchmal hatte sie ein ungutes Gefühl. Eben weil ihr nichts anderes übrig blieb, als blind darauf zu bauen. Gleichzeitig fiel es ihr nicht schwer, Isander Vertrauen zu schenken, sie ließ sich auf seine Vorschläge ein, nachdem sie genügend Gegenfragen gestellt hatte und ihre Unsicherheit abgeklungen war. Letztendlich, dachte sie, waren sie auf diese Weise zu zweit schon so viel weiter gekommen, als sie es vermutlich jemals allein geschafft hätte.

Zu der angrenzenden Ortschaft waren sie mit dem Bus gelangt. Ebenfalls etwas, was Odelia in der Art noch nie benutzt hatte. Es faszinierte sie. Normalerweise vermieden sie öffentliche Verkehrsmittel, aber hier war es so ländlich und abgelegen, dass mit Sicherheit niemand von ihr wusste.

Es war Ende November.
Etwa drei Monate waren sie bereits unterwegs.
Drei Monate von zu Hause fort.

Sie sahen sich um, als sie schließlich auf dem Hof ankamen. Odelia befand sich ein Stück hinter Isander, welcher vor der Tür des Haupthauses stand und kurz zögerte, bevor er endlich klingelte. Einige Zeit verging, bis jemand öffnete. Eine Frau im mittleren Alter sah die beiden an. Sie trug einen losen Pferdeschwanz, ein abgenutztes Denim-Hemd mit Shirt darunter und eine ausgewaschene Jeans. Um die Nase herum war ihre Haut dunkler als im Rest des Gesichts und auch sonst war deutlich sichtbar, dass die Frau viel Zeit draußen arbeitend verbrachte.

»Ja?«

Ihre Stimme klang etwas forsch, so dass es Odelia innerlich leicht verkrampfen ließ. Isander stellte sich zuerst vor.

»Hallo, Mrs. Davies? Ich ähm, bin Fay, das ist Deli.« Er deutete auf das blonde Mädchen hinter sich. »Ein Freund von mir sagte uns, Sie könnten uns eventuell Unterkunft gewähren, wenn wir uns bei der Farmarbeit beteiligen. Wir bräuchten wirklich dringend für einige Zeit einen Platz, wo wir bleiben könnten.«

Isander sprach freundlich, aber nachdrücklich.

»Is' sie schwanger?«, fragte die Frau plump und deutete auf Odelia, welche sie schockiert mit großen Augen ansah.

»Wie bitte? N-nein! Natürlich nicht«, winkte diese nahezu panisch ab. Wie kam sie nur auf die Idee? In ihrem Alter und noch dazu nicht verheiratet. Wie sollte das denn gehen?

»Frage nur.« Sie zuckte mit den Schultern.

»Wäre nicht das erste Mal, dass ich hier 'n Baby rausholen muss, bei so 'ner Kleenen, die von zu Hause rausgeflogen is'.«

Es wirkte, als wäre es nichts Besonderes, trotzdem schüttelte die Frau ungläubig den Kopf bei der Erinnerung.

»Ah, nein, nein«, wiederholte der Albino nochmals, während Odelia ihre Fassung zurückerlangte.

»Habt ihr was geklaut?« Sie sah ihn an.

»Nein«, antwortete er klar, schaute ihr in die Augen.

»Sonst irgendwas Kriminelles?«

»Nein.« Isander hielt den Blick.

»Nagut«, sagte sie, zog die Oberlippe kurz hoch. »Aber wenn ihr Mist baut, fliegt ihr raus, alles klar?«

Isander nickte und auch Odelia kam ein Stück näher. Das war überraschend einfach.

»Vielen Dank, Sie sind uns eine große Hilfe«, meldete sich Odelia zu Wort. Die Frau winkte ab, während sie sich umdrehte. »Jaja, nennt mich Bertha, Mrs. Davies is' meine Schwiegermutter.«

Odelia schmunzelte. Bertha wirkte grob, doch Odelia spürte, dass sie ein großes Herz hatte.

Isander sah zu ihr und strich kurz über ihren Oberarm, bevor beide ebenfalls das Haus betraten.

Das Haus war schon einige Jahre nicht mehr renoviert worden und gut bewohnt. Gebrauchsspuren waren überall sichtbar, aber es hatte einen urigen Charme. Odelia mochte die Sitzbank im Flur mit bestickten Kissen und auch die Küche mit Ess- und Wohnzimmer wirkte gemütlich. Das meiste bestand aus dunklerem Holz und Stoffe waren bemustert, entweder mit Blumen oder Karo.

»Was für ein schönes Haus«, merkte Odelia an.

»Ach, ja, kann man ganz gut drin wohnen.«

Bertha war wohl nicht unbedingt der sentimentale Typ, schien sich aber trotzdem über Odelias Aussage zu freuen.

»So, kommt mal mit.«

Sie rauschte durch die Hintertür auf den Hof. Ihre Schritte waren zügig und Odelia hatte Mühe mitzuhalten.

»Hier wäre euer Schlafplatz. Is 'ne kleine Hütte, mit Bad um die Ecke. Richtiger Luxus.« Sie lachte. »Nur duschen oder baden müsst ihr Bescheid sagen. Heißes Wasser gibts nur begrenzt. Also Spa-Aufenthalte gibts hier nicht.«

Sie sah Odelia an, welche den Blick nur verwirrt erwiderte und nickte, weil sie keinen Schimmer hatte, was ein Spa sein sollte.

»Wäsche waschen müsst ihr selbst, sauber machen auch. Aufstehen is' um fünf, die Tiere wollen gefüttert werden und Ställe geputzt. Essen gibts im Haupthaus. Feldarbeit is' zur Zeit nix, was ihr machen könnt, aber Gewächshaus und sonstige Arbeiten fallen immer an. Da sagt euch dann schon einer, wo ihr gebraucht werdet.« Damit beendete die Frau ihre Aufzählung.

»Danke, wir geben uns auf jeden Fall Mühe.«

Odelia war wirklich dankbar. Isander nickte zustimmend.

»Wie lang wollt ihr bleiben?«, fragte Bertha schließlich.

»Wie lange geht denn? Winter ist grad bisschen schwierig für uns.« Isander sah sie eindringlich an, ließ einen Hauch von Verzweiflung durchschimmern.

Odelia empfand es als eine Mischung aus Schauspiel und echten Emotionen. Aber Bertha war sehr überzeugt.

»Na, wenn du mich schon so anguckst, muss bei euch ja der Busch brennen. Hast Glück, dass deine Kleene so süß is', da kann man ja nicht anders, mit den Klimperäuglein.«

Sie nickte, deutend auf Odelia, welche zurückhaltend lächelte.

»Bis Januar sollte drin sein. Danach gucken wir mal. Aber ich hab euch im Auge.«

Der Albino bedankte sich ebenfalls nochmal bei ihr, bevor sie zurück ins Haus verschwand und die beiden in den Bungalow eintraten.

Das kleine Häuschen war spärlich eingerichtet, die Holzpaneele an der Wand waren weiß gestrichen, an einigen Stellen blätterte Farbe ab. Das Bett war aus Holzpaletten gebaut. Ein kleiner Schrank stand an der Seite, verziert durch Blumenbemalungen. Angrenzend war eine Holztür mit Metallleiste, an der man sie aufschieben konnte. Eine Korblampe hing von der Decke und eine kleine Holzbank stand vorm Bett. Odelia gefiel es. Isander wirkte wenig beeindruckt, als er den Rucksack abstellte.

»Sorry wegen des Doppelbetts«, sagte er, während er dieses betrachtete.

»Ach, wieso? Wir haben jetzt die ganze Zeit in einem Bett geschlafen«, antwortete die Jüngere lächelnd, zögerte dann aber. »Oder stört es dich mittlerweile?«

Unsicherheit wollte sich in ihr breit machen, doch er schüttelte sofort den Kopf.

»Nein, nein. Das ist es nicht. Ich dachte nur, vielleicht wäre dir ein wenig Freiraum manchmal auch ganz lieb.«

Er lächelte sie liebevoll an und sie nickte leicht.

»Verstehe. Weißt du, eigentlich hab ich gar nicht so das Bedürfnis, allein zu sein. Habe mich wohl schon zu sehr an dich gewöhnt.«

Sie grinste ein wenig schelmisch und strich ihm sachte über den Rücken. Er erschauderte wohlig, schloss für einen Moment genießend die Augen.

Nein, ihre Nähe störte ihn definitiv nicht.

Ein heftiges Klopfen an der Tür ließ sie auseinanderschrecken.

»Ja?«, Odelia öffnete die Tür.

Eine junge Frau, etwa in Isanders Alter, stand vor ihr. Sie sah Bertha ähnlich, war aber weniger grob in ihrem Auftreten. Dichte, dunkle Haare fielen als Zopf geflochten über ihre Schulter. Die Augen waren stahlblau.

»Hi. Ich bin Rose. Ich wollte nur Bescheid geben, dass meine Mum Essen für euch hat. Sie fand euch ausgehungert«, lachte sie, zuckte mit den Schultern und ergänzte: »Ist ihre Art, sich um Leute zu sorgen.«

Odelia lächelte dankbar.

»Das ist sehr lieb von ihr. Danke, Rose. Ich bin Deli, freut mich, dich kennenzulernen. I-... Fay und ich kommen sofort.«

Sie reichten sich die Hände.

»Na klar, kein Problem. Wenn ihr noch was braucht, sagt einfach Bescheid. Ich bring euch dann noch Handtücher.« Damit ging sie, die beiden folgten ihr kurz darauf.

6

Einige Tage darauf saß Odelia in einem der Ställe bei den Schafen. Sie hatte zuvor beim Ausmisten geholfen und fegte nun den Boden vor den Gattern. Um ehrlich zu sein, fühlte sie sich ziemlich müde, aber es war kein Zustand, der ihr neu war. Wenn sie die Monate Revue passieren ließ, war ausgeschlafen die eigentliche Rarität. Wirklich durchgeschlafen hatte sie zuletzt in dem Zimmer gegenüber des Waschsalons. Dort, wo Isander sie so fest in seinem Arm gehalten hatte.

Ihr Herz klopfte stärker, doch sie versuchte, den Gedanken abzuschütteln. Ihrer Meinung nach hatte diese Art von Gefühlen hier nichts zu suchen. Auch wenn sie sich nicht sicher war, um welche es sich tatsächlich handelte.

Während sie sich im Stall umsah, um festzulegen, wo sie weitermachen sollte, fiel ihr Blick nach draußen. Isander hob gerade etwas von dem Wagen herunter. Seine weißen Haare hatte er zu einem lockeren Dutt gebunden, das geliehene karierte Hemd ließ ihn wirken, als wäre er diese Arbeiten gewohnt. Sie hatte das Gefühl, dass er in allem, was er tat, ein Naturtalent war. Vielleicht war es auch einfach ihre generelle Bewunderung ihm gegenüber.

Sie selbst bemühte sich sehr, den Leuten auf der Farm eine ebenso gute Hilfe zu sein. Oft war sie bei den Tieren oder half in der Küche. Bodenfrost hatte schon vor einiger Zeit eingesetzt und mittlerweile war die Landschaft immer wieder mit Schnee bedeckt, weswegen es aktuell so gut wie keine Feldarbeiten gab. Ihr machte die Arbeit kaum etwas aus, allerdings war ihr Körper grundlegend erschöpft.

Odelia beobachtete aus dem Augenwinkel, wie Rose auf Isander zulief, welcher sich den Schweiß von der Stirn wischte.

»Fay?«, lächelte die Dunkelhaarige.

Er sah auf. »Ja?«

»Könntest du mir kurz da drüben beim Tragen helfen?«, fragte sie, ihre Stimme war weich und sie sah ihn mit großen Augen an.

»Klar«, stimmte er zu und legte den letzten Futtersack an den Stall. Dann lief er mit ihr rechts hinaus aus Odelias Blickfeld. Sie atmete angestrengt ein und aus, schüttelte das seltsame Gefühl ab und wandte sich ihrer Arbeit zu.

»Was machst du so? Wenn du nicht hier bist, mein ich.«

Rose versuchte ein Gespräch aufzubauen und musterte Isander neugierig. Der Albino ignorierte ihren Blick.

»Nichts besonderes«, gab er knapp von sich.

»Komm schon, irgendwelche Interessen hast du doch bestimmt.«

Sie grinste ihn an und tätschelte seinen Oberarm, den er ihr reflexartig entzog.

»Verbringe viel Zeit draußen.«

Das war alles, was er dazu zu sagen hatte, in einem relativ monotonen Sprechgesang.

»Ich bin auch oft draußen. Ich mag Blumen sehr gern«, schwärmte die junge Frau freudig.

»Hm.« Er brummte unbeeindruckt.

»Deli auch«, fügte er hinzu, als er nach der Kiste griff, die sie gemeinsam anheben mussten.

»Achja?«

Sie konzentrierte sich kurzzeitig aufs Heben und trug besagte Kiste mit ihm ein ganzes Stück Richtung Gewächshaus.

»Vielleicht sollte ich mich mit ihr mal austauschen«, sagte sie und lächelte freundlich.

Was ihm aufgefallen wäre, hätte er sie angesehen.

»Da würde sie sich bestimmt freuen. Hat sonst nicht so viele Gelegenheiten, mit jemandem zu reden, der das gleiche Interesse hat.«

Sein Gesicht wurde weicher, als er von Odelia sprach.

»Klar«, murmelte sie leise.

Rose mochte Deli, also würde sie sich wirklich gern mit ihr austauschen. Aber es war nicht das, worauf sie ursprünglich hinauswollte. Das wusste auch Isander. Aber es war ihm egal.

Sie stellten die Kiste keuchend ab.

»Danke dir«, lächelte Rose.

Er nickte nur und setzte zum Gehen an.

»Warte—«

»Brauchst du noch Hilfe?«, fragte er, sah sie mit kühlem Blick an, was seine milchig-hellen Augen nur noch mehr betonte.

»Nein. Ich dachte, vielleicht könnten wir uns noch ein wenig unterhalten.«

Rose wirkte aufgeregt und ihre Wangen zierte ein zartes Rosa.

»Worüber?« Isanders Ausdruck war unbeeindruckt.

»Über... alles Mögliche eben.«

Sie zuckte mit den Schultern und musterte den großen, jungen Mann, der sie nervös machte.

»Hm. Okay, später. Ich möchte kurz nach Deli sehen.«

Rose nickte. »Ja, natürlich.«

Sie lächelte sanft, als er sich umdrehte und ging. Seufzte aber schwer, sobald er außer Hörweite war.

Odelia zuckte automatisch zusammen, als sie Schritte hörte und drehte sich in Richtung des Tors, durch welches Isander in den Stall trat. Sie atmete erleichtert aus, als sie ihn sah.

»Wie gehts dir?«, fragte er mit einem Lächeln auf den Lippen.

»Ganz gut«, hauchte sie, stoppte das Kehren. »Und dir?«

»Besser, wenn ich dich sehe.«

»Ach du...«

Sie konnte nicht anders, als ebenfalls zu lächeln, tat es als scherzhafte Bemerkung ab.

»Was wollte Rose?«, kam es aus ihr heraus, ehe sie darüber nachdenken konnte.

»Brauchte Hilfe beim Kisten tragen«, erklärte er kurz, zuckte mit den Schultern und ließ sich auf dem Hocker am Rand des Raumes nieder.

»Achso.«

Im Prinzip wollte sie nicht wirklich wissen, worüber sie gesprochen hatten. Davon mal abgesehen ging es sie auch eigentlich nichts an.

»Brauchst du Hilfe?«, durchbrach Isander die entstandene Stille.

»Wobei?«, gab die aktuell Brünette verwirrt zurück.

»Weiß nicht, bei dem, was du zu tun hast eben.«

Der Weißhaarige zuckte erneut mit den Schultern, musste aber selbst darüber schmunzeln.

»Ah, nein, danke. Ich denke, kehren schaffe ich noch alleine«, kicherte sie und strich sich die Strähne aus ihrem Gesicht.

Sie hatten sich vor ihrer Ankunft bei der Farm entschieden, dass sie keine Perücke tragen würde, da sie der Gefahr entgehen wollten, dass sie durch irgendwelche Umstände doch einmal ohne gesehen wurde und dadurch zusätzliches Aufsehen erregte. Deswegen hatten sie vorab beschlossen, ihre Haare zu tönen. Es hatte sich seltsam angefühlt, ihre Haarfarbe zu wechseln. Durch die Perücke hatte sie sich bereits an einen hellen Braunton gewöhnt, aber es entsprach nicht unbedingt ihrem Selbstbild. Odelia war es dennoch angenehmer so und ohne Perücke, auch wenn es sie zeitgleich angreifbarer machte. Zumindest kam es ihr noch immer so vor.

»Sicher?«, scherzte der Albino, welcher den Blick durch den Raum schweifen ließ und nachdachte.

Odelia musterte ihn.

»Was denkst du?«, wollte sie wissen, kehrte den Rest des verteilten Einstreu der Schafe zusammen.

»Pff...« Er presste die Luft leicht zwischen seinen Zähnen heraus, bevor er weitersprach. »Ich hab grad nur überlegt, wie lang wir letztendlich wohl hierbleiben können.«

Sie nickte.

»Ich auch. Wenn ich ehrlich bin, habe ich auch nicht wirklich ein Gefühl, was das angeht.«

»Konntest du's die anderen Male ausmachen?«, fragte Isander.

»Nicht wirklich. Wir sind ja nirgends länger als einen Tag geblieben. Aber ab und zu hatte ich ein mulmiges Gefühl.« Kurz stockte sie. »Ich meine, bei der einen Unterkunft, dieser Mann, ich denke, er hat mich erkannt. Auch mit der Perücke. Den Tag, bevor du das erste Mal etwas länger unterwegs warst.«

»Mhm«, machte er — ein Andeuten von Zustimmung oder Bestätigung, dass er sich erinnern konnte, um wen es sich handelte. Isanders Blick ruhte auf ihr. Eine kurze Pause entstand, ehe er zum reden ansetzte.

»Ja, der war wirklich merkwürdig. Das Gefühl hatte ich auch.« Er hatte die Stimme gesenkt, um keine unerwünschte Aufmerksamkeit zu erregen.

»Hier scheinen alle sehr mit den internen Leuten beschäftigt zu sein.«

»Sieht so aus, ja«, stimmte sie zu. »Trotz meiner echten Haare. Ich glaube, eine Weile wird es klappen mit der Tönung, oder? Ich meine, ich seh ja nicht vollkommen anders aus.«

Sie wollte zuversichtlich wirken, doch ihre Aussage schwang in eine Frage um, bei der sie sich nicht sicher war, ob sie Isanders Antwort brauchte oder ob es sich um die Äußerung eines Wunsches handelte.

»Ich hoffe«, sagte Isander.

»Rose!!«, blökte eine Frauenstimme laut über den Hof, was die Gerufene dazu veranlasste, zurück zum Haupthaus zu gehen. Ihre Mutter wartete und sah musterte sie.

»Was guckst du denn so bedröppelt?«, fragte diese, als sie das lange Gesicht ihrer Tochter sah.

»Ach, nichts«, wollte sie es abtun, doch Bertha verschränkte die Arme vor ihrer Brust.

»Na, sag schon.«

Rose seufzte leicht und sah zurück zum Stall, in den Isander soeben hineinging.

»Ach du jemine«, grunzte die Ältere und verdrehte die Augen. »Schlag dir das gleich wieder aus dem Kopf.«

»Was?« Rose sah sie irritiert an.

»Der Albino?« Betont skeptisch schaute sie ihre Tochter an.

»Er... also... ich weiß auch nicht. Ich find ihn unheimlich anziehend...«, gestand sie, fühlte, wie ihre Wangen erröteten.

»Süße, das wird doch nichts.«

Sie klopfte Rose sachte auf die Schulter. Sie war direkt und fast ein bisschen plump, doch sie hatte definitiv alles andere als Freude daran, ihrer Tochter den Wunschtraum zerplatzen zu lassen.

»Mach dir da keine Hoffnungen, die Kleene und er sind doch schon fest.«

»Dachte ich auch, aber sie sind nicht zusammen«, widersprach die Jüngere sofort.

»Rosi, da gehts doch nicht um den Stempel. Es sind die Augen.«

Bertha hätte der Dunkelhaarigen gern etwas anderes gesagt, schließlich wollte sie, dass ihre Tochter glücklich war. Aber sie sah keinen Sinn darin, Hirngespinste zu unterstützen, die sie am Ende nur traurig machen würden.

Rose seufzte schwer und rief sich noch einmal in Erinnerung, dass er in ihrem sehr kurzen Gespräch das brünette Mädchen ganze zwei Mal erwähnt und priorisiert hatte.

Wäre ja auch zu schön gewesen.

Sie nickte.

»Hast ja recht.«

Einige Tage darauf saßen Odelia und Isander mit der Familie Davies im Haupthaus am Esstisch zum Abendbrot. Es war ein gemütliches und entspanntes Ambiente. Die Stimmung war gut, auch wenn jeder Einzelne vom Tag etwas erschöpft war. Farmarbeiten waren alles andere als bequem und einfach und bedurften viel körperlichen Einsatzes und Gewissenhaftigkeit. Auch wenn aktuell keine Erntezeiten waren, abgesehen von einigen überschaubareren Mengen an Pflanzen im Gewächshaus, gab es immer gut zu tun. Tiere wollten versorgt werden, Pflanzen gepflegt, außerdem standen Reparaturen und Vorsorge für die weiteren Wintermonate an.

Die Familie war fast kompletter Selbstversorger, bis auf einige Kleinigkeiten, die sie einmal in der Woche in der Stadt einige Kilometer entfernt besorgen ging. Bertha hatte einen großen Braten vorbereitet, der locker auch noch den nächsten Tag für alle reichen würde. Odelia aß kein Fleisch, im Gegensatz zu allen anderem am Tisch. Es fühlte sich für sie noch eigenartiger an, zu wissen, dass das Tier vorher hier gelebt hatte. Auch wenn sie verstand, dass es in diesem Zusammenhang völlig normal war, Fleisch zu konsumieren, was sie auch niemandem zum Vorwurf machte, wollte sie selbst lieber darauf verzichten. Bertha hatte ein wenig die Augen verdreht und ihr Mann Alan verstand es wohl noch weniger. Aber sie nahmen es vorerst hin. Rose saß neben Isander und warf ihm ab und zu noch interessierte Blicke zu, kassierte aber einen mahnenden Gesichtsausdruck ihrer Mutter, sobald es dieser auffiel. Daraufhin streichelte sie ihren Hund, Charlie, der neben ihr hockte und enthusiastisch darauf wartete, dass etwas vom Tisch zu ihm hinunterfiel. Ganz aus Versehen natürlich.

Odelia stocherte in ihren Kartoffeln und dem Gemüse herum. Wirklich Hunger hatte sie nicht. Es war schwierig für sie, denn in den vergangenen Tagen hatte sich die körperliche Reaktion auf ihre Angstzustände aufgrund der Träume verändert. Des Öfteren musste sie sich übergeben, wenn sie es schaffte, sich aus dem Schlaf zu reißen. Es war anstrengend und ihr Kiefer schmerzte.

Sie spürte Isanders Blick auf sich ruhen, war aber zu geistesabwesend, um darauf zu achten.

»Deli...«, hauchte er. Sie blinzelte und sah zu ihm hinüber.

»Du solltest was essen«, flüsterte er und Bertha beobachtete die beiden.

»Schmeckt's dir nicht?«, fragte sie geradeheraus.

Odelia schüttelte den Kopf.

»Doch, doch, ich, ähm, hab nur nicht so wirklich Hunger.« Sie hoffte, damit wäre es abgetan, ohne dass sie zu unhöflich wirkte.

»Sie hat ein paar Magenprobleme«, ergänzte der Albino, was den anderen tatsächlich ihren auffallend blassen Teint erklärte. Alan klinkte sich ein.

»Vielleicht solltest du das Fleisch doch mal probieren, ich denke, da kommst du bisschen zu Kräften.«

Odelia sah zu ihm, setzte ein freundliches Lächeln auf. »Danke, aber ich möchte lieber keins zu mir nehmen«, lehnte sie höflich ab.

»Ach, ihr Kinder mit euren neumodischen Ideen. Du bist doch schon so dünn«, sagte er, wirkte, als wäre er in Diskutierlaune. Isander räusperte sich.

»Deli ist schon immer Vegetarierin«, erklärte er in einem trockenen Ton.

»Dann weiß sie doch gar nicht, was ihr entgeht«, hielt Alan dagegen.

»Ich denke, das muss sie nicht wissen, um ihren Prinzipien oder Gefühlen treu zu bleiben.«

Das Gesicht des Albinos wurde ernster und seine Stimme um einiges kühler. Odelia war bereits seit ihrer Ankunft aufgefallen, dass Isander mit den Leuten völlig anders sprach und umging als mit ihr. Er war viel gröber, viel kühler und abgeklärter. So kannte sie ihn gar nicht und es fühlte sich nach wie vor etwas befremdlich an, ihn auf diese Weise zu erleben.

»Willst du mich jetzt belehren?«, lachte der ältere Mann auf und verdrehte die Augen.

»Kann mir nur nicht vorstellen, dass Eltern ihren Kindern 'ne gute Ernährung vorenthalten. Aber gut«, murmelte er und schüttelte das Küchentuch aus, welches er auf seinem Schoß hatte. Odelia schluckte stark und ballte ihre Hände zu Fäusten.

»Natürlich will er das nicht. Es tut mir leid, wenn ich damit unangenehm auffalle.«

Damit versuchte die Jüngste am Tisch zu intervenieren, ehe Isander sich reinsteigern konnte, merkte aber, wie die Nervosität ihren Körper übernahm. Sie fühlte sich mit einem Mal unwohl.

»Lass das Mädchen in Ruhe Alan«, brummte Bertha ihren Mann an und sah zu Odelia, deren Gesichtsfarbe kalkig wurde. »Gehts dir gut, meine Kleene? Du siehst aus, als hättest du 'nen Geist gesehen.«

»Geht schon«, presste sie zwischen den Zähnen hervor und sprang abrupt auf.

»Entschuldigt mich«, sagte sie zittrig, ehe sie zügig zum Bad nebenan rannte.

»Deli!«

Isanders Herz raste. Sofort stand er ebenfalls auf und folgte ihr zum Bad.

»Was denn nu los?«, fragte Alan und sah seine Frau und seine Tochter an, die ihm entgeisterte Blicke zuwarfen. Bertha patschte ihm gegen den Hinterkopf.

»Du musstest ja gleich wieder übertreiben«, schimpfte sie.

Odelia war über die Schüssel der Toilette gelehnt und kotzte sich die Seele aus dem Leib. Das Gespräch hatte sie sehr getriggert, auch wenn sie nicht ganz verstand, wieso sie es nicht einfach hatte abtun können.

Isander hatte sich zu ihr ins Bad gesellt und hockte sich neben sie. Sanft strich er über ihren Rücken, griff ihr Haar und hielt es, als sie ein weiteres Mal Flüssigkeit hinaufwürgte. Er fragte sich, was er tun sollte, und gab sich auch ein wenig die Schuld, weil er es nicht einfach hatte gut sein lassen. Allerdings konnte er nicht umhin, Odelia um jeden Preis schützen zu wollen.

Einige Minuten später kehrten sie zurück in die Küche. Isander stützte sie leicht, auch wenn sie allein hätte gehen können.

»Oh, Deli, gehts dir gut?«, fragte Rose besorgt und stand auf, um sich ihr zu nähern.

Die Jüngere nickte leicht.

»Ja, geht schon. Entschuldigt bitte die Aufregung.«

»Macht doch nichts, geh dich ausruhen«, sagte Bertha und trat Alan unterm Tisch gegen das Schienbein.

Dieser verzog vor Schmerz das Gesicht, ehe er sprach.

»Sorry, Kleines.«

»Kein Problem«, hauchte Odelia und sah Rose an, lächelte sanft.

»Fay, bleib mal kurz noch hier. Rose, bring sie ins Bett.« Bertha klang nicht, als ob sie darum bitten würde, es war vielmehr eine Aufforderung. Isander setzte an zu widersprechen, denn er wollte Odelia nicht von der Seite weichen. Diese nickte ihm aber zu und bedeutete ihm, dass es in Ordnung war. Also ließ sie sich von Rose begleiten und der Albino verweilte bei dem Ehepaar.

»Seid ihr sicher, dass sie nich' schwanger is'?«, fragte Bertha und sah den Weißhaarigen an, welcher nur überrascht die Augenbraue hob.

»Ja, sehr sicher«, sagte er klar und erwiderte den Blick der Älteren.

Sie seufzte schwer.

»Manchmal merkt man das auch nicht.«

Er wusste, dass sie es nicht böse meinte und gewiss aus Erfahrung sprach. Aber es war ihm unangenehm, dass sie so von Odelia und ihm dachte. Vor allem von ihr.

»Glaub mir, Deli ist gänzlich unbefleckt«, stellte er klar.

Sie sah ihn skeptisch an.

»Du kannst deine Hände bei dir behalten? Kann ich mir kaum vorstellen.«

Isander nickte nur.

»Kann ich und werde ich. Denn sie verdient jeglichen Respekt, den ich ihr erweisen kann. Und ich werde dafür dafür sorgen, dass es auch jeder andere tut.«

Damit warf er einen scharfen Blick auf Alan und auch ein wenig zu Bertha. »Wenn ihr mich nun entschuldigen würdet. Ich möchte nach ihr sehen. Danke fürs Essen.«

Er wartete nicht auf eine Antwort, sondern verschwand aus dem Haus und ließ das Ehepaar zurück, welches sich perplex ansah.

»**D**as mit deiner ständigen Übelkeit und dem vielen Übergeben gibt mir echt zu denken«, sagte Isander, der sie betrachtete, seit er zurück in den Bungalow gekehrt und Rose gegangen war.

Odelia sah ihn an.

»Ich weiß. Es ist ganz schön doll geworden...«, murmelte sie, seufzte angestrengt.

Ihre Glieder fühlten sich schwer von der Arbeit an und auch der Rest ihres Körpers machte einen ausgezehrten Eindruck.

»Vielleicht brauch ich einfach ein wenig mehr Tee, mit passenden Kräutern oder so.«

Sie ging in ihrem Kopf durch, welche Pflanzen sich dafür besonders eigneten.

»Was für einen?«

Er stand sofort auf, bereit, ihr alles zu holen, worum auch immer sie bitten würde. Sie sah ihn an. Lächelte gerührt.

»Du musst nicht losstürmen«, hauchte sie.

Er nahm die Aussage zur Kenntnis, ignorierte sie aber gekonnt.

»Also? Was für Zutaten brauchst du?«

Seine Stimme war mit Nachdruck versehen, also atmete sie tief durch, während sie sich erschöpft aufs Bett sinken ließ. Rose hatte ihr geholfen und sichergestellt, dass sie sich kurz waschen und ihre Zähne putzen konnte, ehe sie sie zum Bett geleitet hatte und Isander schließlich gekommen war.

»Pfefferminze ist gut gegen Brechreiz und wirkt krampflösend«, begann sie aufzuzählen und sah an die Zimmerdecke.

»Kamille macht es leichter verträglich und ist grundlegend beruhigend. Zitronenmelisse funktioniert ähnlich, vor allem auch bei Übelkeit durch Stress.«

Sie war sich nicht sicher, wozu sie jeden Gedanken aussprach, ging aber nur ihre innere Bibliothek durch und wollte eine Auswahl haben, da sie nicht wusste, was in Berthas Haushalt verfügbar war.

»Ingwer wäre auch nicht verkehrt oder Lavendel. Fenchel, Anis und Kümmel sind auch eine gute Kombination.« Damit beendete sie ihre Liste und sah Isander an, welcher ihren Blick etwas verblüfft erwiderte.

»Hast du das auswendig gelernt?«, fragte er und musterte sie.

Sie schüttelte den Kopf.

»Nein. Ich finde, das sind noch die einfacheren, weil man die Sachen gut in Tees benutzen kann und häufig im Haushalt hat«, merkte sie an.

Naja, zumindest kannte sie es so von ihrer Familie.

Isander dachte kurz nach, ehe er zaghaft nickte.

»Ein paar davon schon, ja.«

Er ging zur Tür und sah sie an.

»Ich komm gleich wieder.«

Ehe sie Einwände äußern konnte, war er bereits verschwunden.

Sie musterte den kleinen gemütlichen Raum.

Ihr Bauch krampfte von der Überreizung der letzten Tage. Nicht nur bei dem Tischgespräch, sondern auch in der Nacht davor hatte sie sich übergeben müssen. Nur war es in dem Zusammenhang am Abend wesentlich unangenehmer gewesen.

Die Angst saß ihr so oft im Nacken, dieses beißende, bedrohliche Gefühl, welches sich von einem Augenblick zum nächsten völlig um sie zu winden schien.

Wenn sie träumte, war es für sie verständlicher. Doch dass es mittlerweile auch durch relativ einfache Gespräche ausgelöst wurde, gefiel ihr nicht.

Sie wünschte, sie könnte es einfach abschütteln.

Odelia lag auf dem Bett und starrte an die Decke. Gedanken kreisten darum, wie sie es schaffen könnte, sich von dieser körperlichen Konsequenz ihrer Angstzustände zu befreien. Sie wollte sich dem nicht einfach ergeben und akzeptieren, dass es so war. Denn sie wusste, es musste Möglichkeiten geben, besser damit zurecht zu kommen. Immerhin hatte sie die Kraft aufgewandt, von zu Hause zu fliehen, hatte mit Isander schon so lange Zeit damit verbracht, von einem Ort zum nächsten zu gehen, in der Hoffnung, ihre Freiheit zu erlangen.

Deswegen wollte sie sich nicht unterkriegen lassen, nicht aufgeben, auch wenn ihr Körper ihr, als Reaktion auf ihre Psyche, Steine in den Weg legen wollte.

Die Tür öffnete sich leicht. Odelia zuckte auf, beruhigte sich aber sofort, als die weißen Haare sichtbar wurden. Isander hielt eine Kanne in der Hand und eine Tasse, welche er jeweils auf dem Nachttisch neben ihr abstellte. Man konnte das Porzellan optisch als typisch englisches Teeservice bezeichnen. Es roch nach Pfefferminze und nach Lavendel. Im Unterton nahm sie Kamille wahr. Langsam setzte sie sich auf.

»Danke dir, du bist ein Schatz...«, hauchte sie, strich ihm sanft über den Arm, als er sich neben ihr niederließ.

Er lächelte.

»Kein Problem. Ist noch ziemlich heiß", warnte er sie, bevor er die gelblich-braune Flüssigkeit in die Tasse goss.

»Ich hab noch ein wenig Honig rangemacht«, erwähnte der Albino, welcher nebenbei seinen Körper ausstreckte und sich anschließend auf dem Bett langmachte.

»Das ist sehr lieb.«

Sie war ihm immer dankbar und empfand es als alles andere als selbstverständlich, was er für sie tat. Egal, um was es sich handelte. Nach einiger Zeit legten sie sich zu Bett und schliefen schnell und tief ein.

Odelia befand sich im Garten des Gemeindehauses. Das große Anwesen hatte für sie schon immer etwas Drückendes. Von innen war es noch schlimmer. Die Räume waren riesig und hoch, aber trotz der vielen Fenster wirkte es düster und beklemmend. Da machte es auch nur bedingt einen Unterschied, wie belebt das Haus situativ war.

Die Familie des Gemeindeführers lebte außerdem auch dort. Es war also nicht nur ein öffentliches Gebäude. Manchmal fragte sie sich, ob es nicht anstrengend war, dauerhaft für jeden erreichbar zu sein oder dort zu Hause zu sein, wo stetig reges Treiben herrschte. Aber vielleicht war es einfach deren Berufung und Erfüllung.

An sich mochte Odelia andere Menschen, aber manchmal fühlte sich sich absonderlich in Gegenwart ihrer Bekannten und Freunde, die ihre Eltern so betitelten.

Sie war hinter dem Haus und saß unter dem großen Baum.

Die Blätter raschelten sanft im Wind, die Sonne war noch warm. Dennoch konnte man bereits fühlen, dass sich der Herbst ankündigte.

Sie blinzelte leicht, als sie nach oben sah und die zarten Wolken beobachtete, die am Himmel vorüberzogen. Nach einiger Zeit vernahm sie ein Geräusch, welches sie an Flügelschlagen erinnerte.

Und es war Flügelschlagen.

Neben ihr ließ sich ein Rabe nieder, weiße Federn zierten seinen Körper.

»Oh, du bist es«, stellte Odelia fest. Sie erheiterte sich an der unerwarteten Gesellschaft ihres alten Freundes. Ein breites Lächeln zierte ihre vollen Lippen. Langsam hob sie die Hand, um den Raben zu berühren, welcher augenblicklich näher auf sie zu hüpfte. Ihre Finger glitten sachte über die dichten Federn an seinem Kopf, den Rücken hinunter. Ein leises Surren war zu hören. Odelia schmunzelte, als der weiße Rabe entspannt schnurrte.

»Geht es dir heut gut, ja?«, fragte sie und erkannte ein leichtes Nicken.

»Ich bin froh, dass du da bist.«

Einige Minuten vergingen, in denen sie still dort saßen und die Ruhe genossen. Der Rabe schlüpfte unter ihrer Hand hindurch und setzte sich provokativ vor sie.

»Was ist los?«

Sie bemerkte, dass er mit einem Mal etwas unruhig wirkte. Deswegen setzte sie sich auf, machte sich zum Aufstehen bereit. Er reagierte sofort und hüpfte ein Stück Richtung Haus.

»Willst du rein?« In ihr sträubte es sich kurz. Dann wurde sie hektisch.

»Das geht nicht, Schatz, ich kann dich dort nicht reinlassen. Meine Mutter ist doch früher schon ausgeflippt, als sie dich gesehen hat.« Ihre Stimme klang etwas besorgt und entschuldigend zugleich.

Für einen Moment hielt er inne und sah sie an, dann flog er hoch zum Hintereingang des Gebäudes.

»Nein, nein, halt!«

Sie verstand nicht so recht, worauf er aus war, lief ihm aber nach und wollte ihn davon abhalten, durch das offene Fenster zu schlüpfen. Doch genau das tat er schließlich, als sie vor der Mauer stand.

»Nicht doch!«, presste sie zwischen den Zähnen hervor und hielt sich vor Unglauben den Kopf. Ein Seufzer verließ ihre Lippen, bevor sie vorsichtig die Hintertür zum Kellergewölbe öffnete.

Sie wusste, dass im Moment eine Reinigung anstand. Das Ritual, von dem sie ihre Eltern mit Jude und Dinah den Abend zuvor hatte sprechen hören. Es war eine besondere Sache, vollwertiges Mitglied der Gemeinde zu werden.

Ein Hauch streifte ihren Nacken, was ihr einen Schauer über den Rücken jagte. Ihr war mit einem Mal mulmig, als sie einige Schritte vorsichtig und leise die Treppe hinunterging. Sie erblickte ihren Rabenfreund vor der Tür des Ritualgewölbes. Odelia selbst konnte sich nur dunkel daran erinnern, den Keller überhaupt zuvor einmal betreten zu haben. Sicher lag es schon sehr viele Jahre zurück.

Ein Säuseln erreichte ihr Ohr. Zuerst nahm sie an, es wären die Stimmen aus dem Nebenraum, aber beim erneuten Auftreten klang es, als würde es sich unmittelbar um sie herum befinden. Um ruhig zu bleiben, atmete sie langsam und bedacht aus. Das blonde Mädchen hatte derweil das Ende der Stufen erreicht und schlich in Richtung Tür, wo der weiße Rabe hockte und sie ansah. Sein Blick wirkte eindringlich und für einen winzigen Augenblick nahezu bedrohlich. Dass er sich hier befand, war definitiv kein Zufall, dämmerte es Odelia, als sie auf den offenen Spalt der Tür sah.

»Hast du die geöffnet?«, fragte sie ihn stumm. Sein Schnabel tippte auf den Steinboden, als würde er ihr ebenso geräuscharm antworten wollen.

Es wirkte kalt und auch das beklemmende Gefühl wollte nicht verschwinden. Sie sollte wieder nach oben gehen, sprach die Vernunft in ihr. Doch das Säuseln um sie herum wurde lauter und es hoben sich vereinzelte Stimmen ab. Sie verstand nicht, was sie sagten, doch die Farben derer, die sie immer klarer vernahm, kamen ihr bekannt vor. Zu bekannt um zufällig zu sein.

Es waren jene, die sie auch nachts des Öfteren wahrnahm und die sie so häufig zu rufen schienen.

»Es ist Zeit...«, wiederholte sie in ihrem Kopf die gesprochenen Worte der letzten Nacht.

Ihr Körper bewegte sich von allein, so dass sie letztendlich einen Blick durch den Türspalt warf.

Der Raum war nicht allzu groß. Der Steinboden zog sich bis zum Rand eines Beckens, welches von Ornamentfliesen geziert wurde. Das Wasser war hoch genug zum Schwimmen, aber flach genug, um darin stehen und laufen zu können. Kerzenlicht flackerte und erhellte den Raum mäßig. Das Becken war von vier Säulen umrandet, welche bis zur Decke reichten. In der Mitte stand Jude in einem weißen Gewand, bis zur Hüfte im Wasser. Vor ihm sah Odelia Sophie, das Mädchen von dem sie gestern gesprochen hatten.

Judes tiefe Stimme hallte brummend durch den Raum. Odelia konnte keines der Worte wirklich verstehen. Sie nahm an, es handelte sich um eine Form von Gebet, um die Reinigung zu vollziehen. Seine Hände drückten auf Sophies Schultern, so dass sie unter Wasser tauchte. Auch wenn es ebenso dazuzugehören schien, war es befremdlich zu beobachten.

Odelia fühlte sich komisch.

Für ein paar Sekunden passierte nichts, außer dass sie spürte, wie sie unruhig wurde. Wie lang sollte das Mädchen unter Wasser bleiben?

Schmale Hände schnellten aus dem Wasser hervor und packten die Handgelenke des Mannes. Unter der Wasseroberfläche wackelte es auffällig und Blasen stiegen auf. Das Wasser wurde unruhig vor ihm, also ließ er locker. Odelias Herz raste, als das Mädchen endlich auftauchte.

Sophies Augen waren geweitet und Wasser lief aus ihrem Mund, bevor sie den Mann vor sich ansah. Seine Hände ruhten auf ihren Schultern, während das Mädchen nach Luft japste. Das Atmen wurde behindert, als er seine Finger enger an den Nacken legte und die Daumen unter ihren Kehlkopf drückte. Erstickte Geräusche verließen ihren Rachen. Fingernägel bohrten sich in Haut.

Seine Worte wirkten wie eine Form von Gebet oder Beschwörung und auch wenn sie den Inhalt nicht verstand, klangen sie absurd erfreut. Pure Panik war das Letzte, was Odelia in Sophies Augen sah. Die Spiegelung darin von seinem lächelnden Gesicht lähmte sie, während er sie kraftvoll Unterwasser drückte. Blasen stiegen auf. Muskeln spannten sich an und hielten gegen die Bewegung des Mädchens.

Odelia wollte einschreiten, helfen, sich bewegen, doch ihr Körper rührte sich nicht. Ihr war übel und ein Zittern durchzog ihr Inneres. Plötzlich spürte sie, wie eine eisige Hand nach ihr griff, als sie zu einem Laut ansetzte, und sich um ihren Mund schloss. Sie wollte schreien. Konnte es nicht, sondern fühlte sich erstickt. Als sie endlich ihre kurzzeitige Lähmung lösen konnte, um nach besagter Hand zu greifen, berührte sie lediglich ihr eigenes Gesicht.

Es war niemand da.

Dennoch spürte sie, wie sie etwas fortzog, weg von dem Raum, weg von dem Geschehen.

Sie hatte weder eine Ahnung, wie lang sie sich dort befunden hatte, noch konnte sie einen klaren Gedanken fassen.

Ein Krähen.

Odelia stürzte die Treppe hinauf. Kurz blickte sie zurück, doch alles um sie herum schien zu schwanken, weswegen sie sich an das Geländer klammerte und schließlich aus dem Keller verschwand.

Der weiße Rabe flog neben ihr her, als sie unbeholfen zu dem Haus nebenan rannte. Ihrem Elternhaus. Im Garten hinter der Hecke brach sie zusammen. Ein ohrenbetäubendes Rauschen dominierte ihren Kopf und ihr Körper fühlte sich taub an. Sie zitterte heftig und die Übelkeit zerriss sie. Sie übergab sich auf den Rasen.

Einmal.

Zweimal.

Tränen brannten auf ihren Wangen, die vom Würgreflex aufgekommen waren. Sie wollte weinen. Sie wollte schreien. Aber allem voran wünschte sie, es wäre ein Traum.

Sie wollte rennen.

Seufzend strich sie sich die dicken Haare aus ihrem Gesicht und klemmte sie hinters Ohr. Wasser perlte von ihren Lippen das Kinn hinunter, ihre Finger umschlossen den Porzellanrand des Waschbeckens. Langsam hob sie die Augen und sah in den Spiegel. Ihre Augen waren gerötet und dunkle Ringe zeichneten sich deutlich ab. Das Gesicht war bleich und selbst ihre Sommersprossen auf den Wangen und um die Nase herum wirkten grauer als zuvor.

Ein leises Klopfen an der Badezimmertür ließ sie zusammenschrecken.

»Bist du okay?«, hörte sie dumpf die tiefe Stimme von Isander durch das Holz dringen. Sie wollte ‚ja‘ sagen. Schwieg aber.

»Darf ich reinkommen?«

»Mhm«, stimmte sie zu. Sie dachte nicht darüber nach, ob er sie überhaupt hören konnte, aber offensichtlich tat er es. Vorsichtig öffnete er die Tür, nur so weit, dass er eintreten konnte, dann schloss er sie wieder. Odelia spürte seinen Blick auf sich. Für einen Moment schwiegen sie beide.

»Musstest du dich wieder übergeben?«

Er wusste die Antwort bereits. »Traum?«

Sie nickte. Ein weiteres schweres Seufzen durchbrach die Stille, welches ihren Mund verließ, als sie ihre Augen rieb. »Möchtest du einen Tee?«

Sie schüttelte den Kopf. »Danke...«

Es war aufmerksam von ihm, aber im Moment konnte sie nichts zu sich nehmen. Odelia sah in das leere Waschbecken vor sich, wo noch einige vereinzelte Wassertropfen am weißen Porzellan in Richtung Abfluss rannen. Geistesabwesend ließ sie anschließend ihren Blick durch das Badezimmer schweifen, betrachtete die Fliesen an der Wand, die abgeplatzte Lackierung an den Schränken. Das Mädchen spürte, wie ihre Beine nachgeben wollten. Automatisch griff sie zur Seite, anstatt sich weiter am Waschbecken zu halten. Isander hielt sie sofort fest. Vorsichtig begleitete er sie zur Toilette, wo sie sich auf den Deckel setzte und er sich vor sie hockte.

Ihre Finger streckten sich wiederholt nach seiner Hand aus. Sie war warm. Stark.

»Du solltest schlafen gehen«, sagte sie leise und sah ihm in die Augen.

»Ich bin nicht müde«, log er, wandte aber den Blick nicht ab. Sie schnaubte leicht.

»Isander, du kannst nicht fast jede Nacht mit mir wach bleiben.« Es war eine Ermahnung. Nicht das erste Mal, dass sie dieses Gespräch führten.

»Was soll mich davon abhalten?«, hielt er mit Nachdruck dagegen.

»Ich? Und deine Gesundheit vielleicht...«, merkte sie an und seufzte schwer.

Sie wollte ihm nicht dauernd eine Bürde sein. Auch wenn sie wusste, dass er sich freiwillig dazu entschied, empfand sie seinen Einsatz ihr gegenüber als außergewöhnlich hoch.
Isanders Stimme war sehr ruhig und weich, als er erneut sprach.

»Ich kann nicht schlafen, wenn ich weiß, dass es dir schlecht geht.«

Odelia nickte, verstand, dass es auch für ihn nicht einfach war. Dennoch fragte sie sich, wie es weitergehen sollte. Würde es ewig so bleiben? Würde sie sich jeden Tag so fühlen müssen, für den Rest ihres Lebens?

Vielleicht.

»Ich glaube, ich muss mit diesen Träumen einfach leben«, wisperte sie.

Es fühlte sich falsch an, denn sie wollte nicht, dass es der Wahrheit entsprach.

»Es wird besser, irgendwann...«, flüsterte Isander, leiser als er wollte, als er ihr sachte über den Rücken streichelte.

Manchmal war sie sich nicht sicher, ob er ihr einfach Hoffnung geben wollte, tatsächlich davon überzeugt war oder es als Floskel nutzte. Wobei letzteres das Unwahrscheinlichste von allen zu sein schien.

»Ich hoffe, du hast recht...« Sie hauchte es mehr, als zu sprechen.

Eine dicke Träne tropfte auf die weiße Haut und Isanders Griff wurde augenblicklich fester. Es gab viele, unzählige Sachen, die Odelia an ihm schätzte. Eines der herausragendsten Dinge war, dass er sie einfach sein ließ, wie sie war. Sie fühlen ließ, was sie fühlen musste, um damit zurechtzukommen. Einfach bei ihr war, damit sie nie das Gefühl hatte, allein zu sein.

»Deli«, hauchte er. Sie sah auf, die Sicht verschwommen durch die Tränenflüssigkeit, welche sich immer wieder aufs Neue in ihren Augen sammelte. Sein Blick war weich, aber Betrübnis sprach aus ihm.

»Ich weiß, das ist dir wahrscheinlich nicht so recht. Aber ich denke, es ist wichtig, dass du mir sagst, was damals passiert ist.«

Odelia zog scharf die Luft ein, ihre Unterlippe zitterte. Sein Griff an ihrer Hand wurde fester. Der Albino atmete tief ein und aus, ehe er weitersprach.

»Dein Zustand wird nur immer schlimmer, weil du es in dich reinfrisst. Lass mich für dich da sein und dir zuhören. Ich verurteile dich nicht. Ich denke, es ist der einzige Weg, damit dein Körper dich nicht völlig außer Gefecht setzt. Meine Befürchtung ist, dass du's nicht allein mit dir selbst ausmachen kannst.«

Odelia bemerkte, dass Isanders Stimme nicht sonderlich stabil klang, sondern aufgeregt, besorgt, vielleicht sogar ein wenig traurig. Dennoch nachdrücklich. Ihr wurde leicht schwindlig, schloss kurz die Augen um sich zu sammeln. Weitere Tränen rollten ihre Wangen hinab.

Sie nickte.

Angestrengt öffnete sie den Mund, benötigte einige Anläufe, ehe ihre Stimme sich tatsächlich formen wollte.

»Die Gemeinde, aus der ich komme«, begann sie, »hat ziemlich strikte Regeln, wie das Leben dort zu gestaltet ist. Ich dachte immer, es müsse eben so sein.«

Das Atmen fühlte sich schwer an. Sie schluckte schwer.

»Um vollwertiges Mitglied zu werden und wenn man erwachsen wird, muss man einem Ritual beiwohnen. Es nennt sich Reinigung und jeder sprach stets davon, als wäre es etwas ganz Besonderes.«

Isanders Blick ruhte auf ihr, doch sie konnte ihn nicht ansehen, fühlte, wie ihre Stimme immer wieder zu brechen drohte.

»Meine Eltern hatten einige Tage zuvor mit dem Gemeindeführer gesprochen, welcher erwähnte, dass meine Reinigung bald anstünde. Ich wusste es, weil ich sie zufällig belauscht hatte.«

Der Albino hörte einfach zu, wirkte nicht so, als würde er sich bereits eine genaue Meinung dazu bilden. Viel mehr war er darüber besorgt, wie schwer es Odelia fiel, selbst die vermeintlich einfachen Fakten darüber zu erzählen.

»Vor mir war ein anderes Mädchen dran.«

Er atmete tief ein, die Erkenntnis zog sich durch seinen Körper. »Sophie?«, fragte er.

Sie nickte. Zitterte und schluchzte auf. Der junge Mann hielt ihre Hände so fest, dass die Fingerknochen weiß durch seine helle Haut schienen. Angestrengt versuchte sie, sich zu fangen, um weiterzusprechen.

»Es sollte... es sollte dafür da sein, dass man negative Gedanken und Verhaltensweisen von sich wäscht. Aber... aber ich habe sie beobachten können«, wimmerte sie. »Ich habe gesehen wie er... der Gemeindeführer...«

Ihre Stimme erstickte in Tränen und Schluchzen. Der gesamte Körper der jungen Frau erbebte unter ihrem Trauma.

Isanders Augen füllten sich ebenfalls mit Tränen, denn er konnte es nicht ertragen, sie so zu erleben. Er hatte sie bereits oft weinen gesehen und jedes Mal aufs Neue schmerzte es ihn zutiefst. Doch jetzt, in diesem Moment war es noch viel schlimmer. Druck baute sich in seiner Brust auf. Als würde er sich schuldig fühlen. Isander ließ ihr die Zeit, die sie brauchte, ehe sie in ihrer Erzählung fortfuhr.

»Er hat sie umgebracht. Er hat sie umgebracht, Isander. Vor meinen Augen. Vor mir...« Tränen strömten über ihr Gesicht. »Und ich habe nichts getan. Ich konnte nichts tun, als dazustehen.« Ihre Stimme wurde schriller und das Schluchzen und Wimmern grenzte an Hysterie.

»Ich konnte mich nicht rühren. Ich wollte einschreiten, aber ich war wie gelähmt.«

Er nickte.

»Ich weiß...«, hauchte er, spürte, wie sich Tränen aus seinen Augen lösten. Er wollte ihr klarmachen, dass es nicht ihre Schuld war.

»Du hättest dich selbst in Gefahr gebracht...«, wisperte er.

»Aber ich hätte sie vielleicht retten können.«

»Vielleicht auch eben nicht«, hielt er dagegen.

Sie sah ihn an. Sah wie aufgelöst er war. Der Schmerz in ihr und das Beben in ihrem Körper fühlten sich anders an als zuvor.

»Ich hab eine Stimme gehört. Und gefühlt, dass mich jemand zurückhält. Aber es war niemand da.«

Er nickte. Es überraschte ihn nicht. Bei allem, was er über sie wusste, konnte er sich vorstellen, dass jemand wollte, dass sie weiterlebte.

»Es war nicht deine Zeit«, hörte Isander sich sagen, ohne genau zu wissen, was ihn veranlasste, diese Worte auszusprechen. Sie sah ihn an. Warum fühlte sich diese Aussage so seltsam an?

»Ich hab sie sterben sehen und ihr nicht geholfen. Ich bin weggelaufen und dann von zu Hause geflohen. Weil ich die Nächste gewesen wäre.«

Sie klang wütend. Wütend auf sich selbst. Neben all der Trauer, der Furcht, gab es eine Menge aufgestaute Energie. »Ich habe niemanden beschützt. Ich habe mich nur selbst gerettet.«

»Das kannst du dir doch nicht vorwerfen!« Isander sah sie entsetzt an, konnte kaum glauben, dass sie sich selbst dafür so bestrafte.

»Leben zu wollen, ist doch keine Absurdität und kein Luxus, den du dir ausgesucht hast. Du hast jedes Recht, zu leben.«

Ein weiteres, verzweifeltes Schluchzen fuhr durch Mark und Bein.

»Bitte Deli... Bestraf dich nicht für etwas, was du nicht verbrochen hast«, flüsterte er und strich ihr sanft über die Handrücken.

»Sie ruft immer nach Hilfe, Isander. Ich höre sie so oft und ich hab ihr nicht geholfen!« Sie verschluckte sich, hustete, schniefte und klammerte sich an seine Hände, als würde ihr Leben davon abhängen.

»Ich weiß... Aber ich denke, du hättest ihr nicht helfen können.« Isanders Stimme klang weich, verständnisvoll und doch appellierend.

Sie wusste nicht, ob sie ihm glauben sollte oder wollte. Aber dennoch fühlte sich das Gewicht auf ihrem Herzen und ihren Schultern anders an als zuvor.

Nach einigen Minuten, in denen der Raum von leisem Wimmern und Schluchzen gefüllt wurde, rutschte Odelia an den Rand der Toilette und ließ sich zu Isander auf den Boden gleiten. Ihre Arme legte sie um seinen Hals und sie spürte, wie sich seine um sie wanden. Sie saß halb auf seinem Schoß, vergrub ihr Gesicht in seiner Halsbeuge.

Sein Geruch stieg in ihre Nase, was sie tief durchatmen ließ. Finger streichelten ganz sachte über ihren Rücken, Gänsehaut überflog ihren Körper.

8

Der Wind schien zu säuseln, als er die dicken, braun gefärbten Wellen aufwühlte. Odelias Haare waren ein ganzes Stück gewachsen, so dass sie ihren ehemaligen Pony schon lange nicht mehr im Gesicht trug, da ihr sonst die Strähnen direkt in den Auge hingen. Sie sah zu den Ställen, auf das Heu, welches unter Planen gestapelt war, um es vor Schnee und Frost zu schützen. Danach beobachtete sie die Schafe, die neugierig über den Zaun lugten. Die Bäume hatten bereits all' ihre Blätter verloren und waren stellenweise bedeckt vom Schnee, welcher jedoch noch nicht lange liegenblieb.

Die beiden konnten nicht ewig hier verweilen, das war ihr bewusst. Dennoch versuchte sie, die ruhigen und friedlichen Momente in sich aufzusaugen. Ihr Blick schweifte hinüber zum Schuppen, wo Isander alleine Holz hakte. Es war seine heutige Aufgabe, als Gegenleistung für die Unterkunft. Odelia war Bertha zuvor in der Küche zur Hand gegangen, so dass beide ihren Beitrag leisteten. Sie war dankbar, dass Bertha sie genau so behandelte wie vor dem Vorfall beim Essen, lediglich nach ihrem Befinden gefragt und ihr einen Tee angeboten hatte.

Isanders Haut schimmerte vom Schweiß noch mehr in der Abendsonne als ohnehin schon. Sie hatte etwas Durchlässiges, was Odelia zuvor schon mehrfach festgestellt hatte, aber es faszinierte sie stets aufs Neue. Wiederholt erinnerte er sie an ihre Lieblingsblumen. Einzelne Tropfen bahnten sich den Weg über seine Wange, hinunter zu seinem Kinn, bevor sie von dort schließlich zu Boden fielen. Die weißen Strähnen rutschten in sein Gesicht, vereinzelte Haare hatten sich bereits an seine Haut geklebt. Sie sah, wie angespannt sein Kiefer war, als er zu einem erneuten Schlag mit der Axt ausholte. Der Klang von brechendem Holz schallte über die Wiese. Durch die dichten, weißen Wimpern wirkte sein Blick sehr fokussiert. Geistesabwesend rieb Odelia sich über den Handrücken und atmete tief durch. Sie konnte sehen, wie sich seine Armmuskeln unter dem Stoff anspannten. Seine Figur war an sich eher schlank als muskulös, aber ihr fiel erneut auf, dass er wesentlich athletischer war, als man auf den ersten Blick annehmen würde. Die junge Frau rutschte auf ihrem Stuhl ein wenig hin und her.

Er sah auf, strich sich aus Reflex die feuchten Haare aus dem Gesicht. Sie schluckte.

Der Albino lächelte ihr leicht zu und sie tat es ihm gleich.

»Er sieht wirklich gut aus«, sagte Rose und riss sie damit aus ihren Gedanken.

»Huh? Ah, ja... Er ist wirklich hübsch«, stimmte Odelia zu, fühlte sich dabei ertappt, ihn ein weiteres Mal auf diese Weise angestarrt zu haben.

»Fay ist auch sehr tüchtig. Nur seine Haut und seine Haare sind etwas gewöhnungsbedürftig«, stellte die Ältere der beiden fest.

»*Gewöhnungsbedürftig?*«

Odelia sah Rose irritiert an. »Wieso?«

»Naja, es ist einfach nichts, was man oft sieht.«

An sich hatte Rose recht, aber Odelia gefiel die Aussage dennoch nicht.

»Vielleicht. Aber gerade das find ich so schön an ihm«, verteidigte sie ihn, klang einen Hauch patziger, als sie wollte. Rose lachte leicht.

»Entschuldige, ich wollte deinen Freund nicht beleidigen.«

»Meinen...?« Odelia schluckte nervös.

»Ihr seid immer noch kein Paar?«

Immer noch? Sollten sie?

»Oh — nein, nein. Wir sind nur Freunde«, winkte Odelia hektisch mit beiden Händen ab und merkte, wie ihre Wangen heiß wurden. Sie spürte Roses Augen auf sich und wusste, dass diese zu grinsen begann.

»Noch«, sagte sie dann knapp und Odelia räusperte sich.

»Ich denke nicht...«, hauchte sie, sah zu Isander, der sich derweil seiner Arbeit widmete.

»Mh, seine und deine Blicke sehen anders aus.«

Sanft klopfte Rose Odelia auf die Schulter und ging wieder rein, nachdem sie ihr eine Wolldecke in die Hand gedrückt hatte.

Seine Blicke? Odelia hatte vermieden, über solche Dinge nachzudenken in den ganzen Monaten, in denen sie bereits unterwegs waren, von einem Unterschlupf zum nächsten. Auch wollte sie nicht ernsthaft in Betracht ziehen, dass Isander und sie mehr sein könnten als Freunde, Kameraden, engste Vertraute. Selbst wenn sie sich gewissermaßen von ihm angezogen fühlte. Es würde die Innigkeit zwischen ihnen seltsam gestalten, wenn sie der Fantasie Raum geben würde. Ein leichtes Ziepen durchzog ihr Herz für einen winzigen Augenblick. Offengestanden machte es sie nervös. Unbewusst schüttelte sie den Kopf, um den Gedanken zu vertreiben.

»Odelia?«

Erschrocken zuckte sie, als sie feststellte, dass Isander vor ihrer Nase stand. Sie sah ihn an und er sie.

Für einen Moment schien die Welt stillzustehen.

Mit einem Mal traf es sie wie ein Schlag.

Sie stolperte, als sie hektisch aufstand. Der Gartenstuhl kippte zur Seite, drohte umzufallen. »Wie hast du mich grad genannt?«

Sie sah ihn entgeistert an. Man konnte beobachten, wie sich der Ausdruck in seinen Augen sich von Unverständnis zu Erkenntnis veränderte. Er schnappte nach Luft, als ihm bewusst wurde, was er gerade getan hatte.

»Deli, ich..«

»Nein! Nein! Du... du hast... woher weißt du es?«

Sie ballte ihre Fäuste und deutete mit dem Zeigefinger auf ihn. Ihr Herz hämmerte unangenehm gegen ihren Brustkorb. Der Kloß in ihrem Hals wurde immer größer.

»Lass mich das kurz erklären...«, sagte er, versuchte ruhig zu sprechen, um sie nicht weiter zu provozieren oder zu verunsichern. Doch Odelia war fassungslos. Ihr Kopf fühlte sich wie voll Nebel an.

Sie befanden sich auf der Terrasse des Haupthauses, weswegen sie sich zusammenriss, um ihn nicht anzuschreien, obwohl sie das, ihr bis dato unbekannte, Verlangen danach hatte.

Da sie seine Anwesenheit gerade nicht ertragen konnte und sich in ihr eine unangenehme Beklemmung breitmachte, lief sie energisch an ihm vorbei.

»Warte...« Er griff nach ihrem Handgelenk. Sofort riss sie sich von ihm los.

»Fass mich nicht an!«, zischte sie. Ignorierte dabei den schuldbewussten und betroffenen Blick von Isander.

Sie eilte die Stufen hinunter, weiter zu den Ställen, obwohl sich ihre Beine anfühlten, als würden sie bald nachgeben. Der Weißhaarige folgte ihr still mit etwas Abstand.

Odelia fühlte sich benommen. Ihr war übel und ihre Halsschlagader pulsierte sichtbar. Mit der Hand wischte sie sich unruhig übers Gesicht und kniff die Augen zusammen, um aufkommende Tränen zu unterdrücken. Was sollte sie jetzt tun? Woher kannte er ihren Namen? Warum hatte er es nie erwähnt? Das ergab einfach keinen Sinn.

Sie drehte sich abrupt um und starrte ihn an. Sowohl ihre Stimme als auch ihr Körper zitterten stark.

»Wieso? Wieso hast du mich so genannt?«

»Ich.. aus Reflex«, sprach er ruhig.

»*Aus Reflex*? Woher Isander? Woher kennst du diesen Namen?« Sie sah ihn entgeistert an, fühlte sich hintergangen und betrogen.

»Odelia, ich kann das erklären«, setzte er an, doch sie unterbrach ihn.

»Erklären? Wie!? Hör auf!«, schrie sie ihn an. »Ich will keine Ausreden hören! Du hast mich angelogen! Die ganze Zeit?!«

Sie war fassungslos. Tränen quollen hervor und liefen über

ihre Wangen. Natürlich wollte sie Antworten, doch gleichzeitig war sie so wütend und schockiert, dass sie am liebsten gar nicht mit ihm gesprochen hätte. Er biss sich auf die Unterlippe und atmete angespannt aus.

»Ich hätte es dir schon längst sagen sollen.«

»Und ob!« Alles in ihr bebte.

»Ich kannte deinen Namen schon bevor du.. bei mir warst.« Ihre Augen weiteten sich in vollem Entsetzen.

»Wie bitte...?«

Die Worte waren kaum hörbar. Es fühlte sich an, als hätte ihr jemand den Boden unter den Füßen weggezogen. Sie wusste nicht, ob sie zuerst wütend, traurig oder enttäuscht sein sollte. Allem voran spürte sie Angst. Ein Gefühl, was sie zuvor in seiner Gegenwart nie empfunden hatte.

»Es ist nicht so, wie du denkst. Ich habe nicht vor, dir was anzutun oder dich zu verraten. Und das weißt du auch«, stellte er klar. Seine Stimme wirkte nicht ansatzweise so stabil wie sonst.

»Ich kenn dich. Schon so viel länger, als dir bewusst ist.« Isander sprach in einem ruhigen Ton, zumindest versuchte er es, doch seine Stimme schwankte ebenso wie ihre, sein Körper wirkte verkrampft. Sein Blick war voller Reue und Mitleid.

»Was soll das heißen?!«

Odelia verstand gar nichts mehr. Sie hatte ihm so vertraut. Wieso? Woher sollten sie sich denn kennen? Sie kannte niemanden außerhalb und jemanden wie Isander hätte ihre Gemeinde nie in ihrer Mitte aufgenommen, wenn ihre Mutter schon bei einem Raben mit Albinismus völlig ausgetickte.

Für einen Moment war es still.

Still in Odelia.

Still zwischen ihnen.

Es fühlte sich an wie in Zeitlupe, als sie zu ihm aufsah. Es fiel ihr wie Schuppen von den Augen.

Aber das ergab keinen Sinn.

Endlich erkannte sie, woran er sie die gesamte Zeit erinnert hatte. Er sah sie an und nickte, als wüsste er genau, was sie gerade realisiert hatte.

»Nein«, widersprach sie.

Sie schüttelte ungläubig den Kopf.

»Woher?«, fragte sie, wollte wissen, was er ihr zu sagen hatte, ohne dass sie ihm irgendeine Vorlage bot.

»Erinnerst du dich? A-an dem Teich hinter der Schaukel sind wir uns das erste Mal begegnet. Du warst noch wesentlich jünger als jetzt und hast... mir Kekse angeboten.«

Wäre er nicht so angespannt gewesen, hätte Isander bei dieser Erinnerung wohl gelächelt. Denn sie war wichtig und entscheidend für sein weiteres Leben gewesen. Odelias türkise Augen starrten ihn an. Voller Entsetzen. Nahezu ungläubig und doch wusste sie ganz genau, wovon er sprach.

»Nein...«, lachte sie verzweifelt auf. Sie musste verrückt sein. »Das... das ist doch unmöglich!?«

»Woher sollte ich das denn wissen?«, fragte er, seine Stimme bebte, zitterte.

»Abends hast du mich manchmal am Fenster klopfen gehört. Deine Mutter ist hysterisch geworden, als sie mich gesehen hat. Und den Tag, als du weggerannt bist...«, er schluckte schwer, biss den Kiefer fest zusammen, »...hab ich dich zu dem Gewölbe gelockt.«

Der Albino trat ein Stück auf sie zu.

Grauen lag in ihren Augen. Sie hatte ihm nicht gesagt, dass der Rabe bei ihr gewesen war.

»Es tut mir so leid, ich wusste nicht, was genau du dort vorfinden würdest. Ich wusste nur, dass du gehen musst.«

Es war deutlich zu vernehmen, wie die Schuld aus ihm sprach, wie sehr er sich vorwarf, ihr das angetan zu haben.

»Und im Wald... Ich musste dir da raushelfen. Ich hab dich in dem Fabrikgebäude gefunden«, stellte er klar. »Nicht am Waldrand. In das Fabrikgebäude wäre niemand einfach reingegangen. Aber ich wusste, wo du bist.«

Seine Stimme zitterte stark und Tränen sammelten sich in seinen Augen.

»Oh Himmel...«

Für einen Moment schien ihr gesamtes Leben an ihr vorbeizuziehen.

Der weiße Rabe.

Ihr einziger Freund.

Ihre Beine wollten nachgeben. Gaben nach. Sie hockte sich auf den Boden, die Hand vor dem Mund. Sie war sprachlos. »Wie— wie ist das...«

Er konnte die ganzen Dinge auf keinen Fall wissen. Das meiste hatte sie nie erzählt. Nie irgendjemandem erzählt. Sie erinnerte sich wieder, wie sie sich kraftlos in das Gebäude geschleppt hatte und in einer verlassenen Ecke Unterschlupf fand. Sie erinnerte sich an das dichte, weiße Gefieder und die sanften rötlich-milchig-blauen Augen.

Isander hockte sich vorsichtig zu ihr und sah sie an. Mit den milchig-blauen Augen, die in dem Licht ein wenig Rot durch die Iris schimmern ließen.

»Odelia, ich bin ein Gestaltwandler«, erklärte er ruhig.

Ihr Blick hob sich langsam. Unbewusst schüttelte sie immer wieder den Kopf. Isander wischte sich die Tränen aus den Augenwinkeln, ehe er weitersprach.

»Ich kann jetzt viel reden und erklären, aber ich denke... sehen ist womöglich das Sinnvollste.«

Damit stand er auf und sah sich kurz um. Sie waren weit genug vom Gebäude weg und außer Sichtweite, hinter die Ställe, gelaufen. Er schloss die Augen und bewegte die Arme wie Schwingen in der Luft. Ein Windschwall breitete sich aus und umkreiste ihn. Der Wind mischte sich mit Federn. Odelia traute ihren Augen nicht. Sie starrte das Geschehen vor sich an und konnte kaum begreifen, dass es sich tatsächlich um die Realität handelte. Der junge Mann verschwand und formierte sich in einen weißen Raben, der nun völlig echt vor ihr saß. Ihr Mund stand einen Spalt offen. Tief atmete sie ein, als sie bemerkte, dass sie die Luft angehalten hatte.

Er war es wirklich.

Überfordert und übermannt von all ihren Gefühlen, vergrub sie ihr Gesicht in ihren Händen und begann bitterlich zu weinen. Dicke Tränen kullerten hinunter und bahnten sich ihren Weg durch ihre zarten Finger. Ihr Körper bebte unter ihrem Schluchzen. Sie war sich nicht einmal sicher, welche Gefühle sie eigentlich empfand. Ein Hauch von Erleichterung schwang unterschwellig mit, aber die Skepsis und das Misstrauen wollten nicht unbemerkt bleiben.

Die junge Frau spürte nach einer Weile eine warme Hand auf ihrer Schulter. Eine, die ihr nur allzu bekannt vorkam. Obwohl sie sich zeitgleich dagegen sträuben wollte, lehnte sie sich ihm automatisch entgegen. Sachte legten sich seine Arme um ihren schmalen Körper. Wimmernd vergrub sie ihr Gesicht in seiner Brust.

Ein paar Minuten verharrten sie so, bis sich Odelia schließlich fangen konnte und die Tränen versiegten. Leicht lösten sie sich aus der Umarmung. Er seufzte schwer.

»Es tut mir leid. Ich weiß, ich hätte es dir gleich sagen sollen«, begann der Albino langsam und leise zu sprechen. »Aber ich wollte dich nicht noch mehr verängstigen. Auch wenn es das jetzt wahrscheinlich viel schlimmer gemacht hat«, stellte er fest und sah sie unsicher an. Seine Augen waren feucht.

»Du... warst — bist — mein einziger Freund, Isander... ich habe dir vertraut.. Wem soll ich denn vertrauen, wenn nicht dir?« Ihre Fingernägel krallten sich in seinen Unterarm.

»Bitte... bitte sei ehrlich zu mir. Ich halt das nicht aus..« Ihre Stimme war brüchig und ein erneutes Wimmern kam durch. Er nickte, die Augen voller Reue und Angst.

»Ich bin ehrlich zu dir. Das ist alles, was ich dir verschwiegen habe. Alles andere ist genau das, was du vor dir siehst und weißt«, beteuerte er nachdrücklich, streckte behutsam die leicht zittrige Hand nach ihrem Gesicht aus.

Sie ließ es zu. Seine Hand legte er sanft auf ihre Wange und strich mit dem Daumen die Tränen weg.

»Es tut mir leid. Ich wollte nur, dass du in Sicherheit bist, Odelia«, hauchte er.

Eine Träne löste sich erneut aus seinem Augenwinkel.

Es brach Odelias Herz.

Sie glaubte ihm.

Vielleicht war sie naiv, vielleicht war es falsch. Aber alles in ihr wollte ihm glauben, wollte ihn bei sich wissen. All das, was er für sie getan, ausgehalten hatte, die gesamte Unterstützung und Sorge um ihre Person. Sie konnte sich nicht vorstellen, noch wollte sie glauben, dass er all das gespielt haben sollte.

Also schloss sie ihn in ihre Arme. Hielt ihn so fest, dass kein Millimeter sie mehr trennte.

»Ich beschütze dich und bin immer für dich da«, wisperte Isander schluchzend.

»Ich weiß...«, hauchte sie und drückte ihn fester, lauschte seinem Herzschlag.

Dichte Federn durchbrachen die Luftströme um sie herum, trugen ihn gezielt auf das alte, verlassene Gebäude zu. Einige kräftige Flügelschläge später setzte der Rabe zum Landen neben der alten Eiche an. Die Rabenfüße spürten Erde und Gras unter sich, der Blick fiel auf einen nahegelegenen Riss in der Wand. Eilig hüpfte das Tier durch besagte Lücke, hinein in die Fabrikruine. Viele der Ziegelsteine waren aus den Wänden gebröckelt, Fenster bestanden lediglich aus Bruchstücken, Scherben und einzelnen halbgerahmten Gläsern. Der Wind zischte durch jede Ecke des Gebäudes, ab und zu tropfte etwas von den Streben, welche von der löchrigen Decke hingen. Das gesamte Gelände war lange Zeit unberührt geblieben. Er hatte es oft beobachtet, von dem Fenster, aus dem er häufig seinen Blick schweifen ließ, und so kaum jemand bewegte sich je auf das Grundstück.

Ein gutes Versteck also, mochte man meinen. Allerdings nichts auf Dauer. Es war kalt und schnell durchnässt. Nicht zu vergessen gefährlich, denn jeden Moment konnte etwas Neues vom Dach stürzen.

Ein wenig hatte er sich derweil bewegt, war in den ein oder anderen türenlosen Raum getreten, um sich umzusehen. Im bewucherten Korridor blieb er stehen. Er ließ seine Flügel einmal kräftig schlagen, spürte, wie sich ein Prickeln in ihm ausbreitete, als der Windstoß um ihn wehte und die Federn sich wie Kleidung um seinen Körper legten. Wiederholt blinzelte er, um die Sicht zu klären, was nur mäßig gelang. Etwas verschwommen blieb es in der Ferne. Vorsichtig setzte er einen Fuß vor den nächsten. Der Blickwinkel war nun ein anderer, weiter oben. Kleine Blätter knisterten leise unter seinem Schuh. Weit hinten, in einem der leeren Räume, fand er sie schließlich.

Das weiße, beschmutzte Kleid und die grünliche Jacke waren selbst in dem dunklen Raum noch auffällig genug, dass sie ihm sofort ins Auge sprang, trotz Sehschwäche.

Langsam und leise ging er auf sie zu.

Das Mädchen schlief fest, die Kleidung war feucht und dreckig, ihre Lippen wirkten lila. Sicher war sie ausgekühlt. Vorsichtig hockte er sich neben sie und berührte sie sachte. Sie reagierte nicht. Vielleicht schlief sie nicht nur, sondern war ihrer Erschöpfung erlegen. Die blonden Haare rahmten ihr Gesicht, Sommersprossen zierten ihre kleine Nase und runden Wangen. Für einen Moment musterte er sie. Ihr Körper war sehr zierlich und schmal. Womöglich leicht genug, um sie zu tragen.

Er schulterte ihren Rucksack, bevor er sie erneut berührte, um zu sehen, ob sie aufwachte, aber sie reagierte noch immer nicht. So gut und ruhig er konnte, griff er unter ihre Kniekehlen und hinter ihrem Rücken entlang.

»Eins, zwei, drei —«, zählte er in Gedanken, bevor er mit ihr im Arm aufstand. Sein Kiefer spannte sich an. Nicht einmal dadurch wurde sie wach. Kein gutes Zeichen. Er musste sich beeilen.

Aufmerksam bahnte er sich den Weg zurück, durch den Korridor zur entgegengesetzten Ecke, wo ein fehlendes Tor in der Wand genug Raum ließ, um unbeschadet nach draußen zu gelangen. Es war keine allzu belebte Gegend, weshalb er sich sicher sein konnte, dass sie niemand sah. Sein Blick fiel auf das Gesicht des Mädchens, fast regungslos lag sie in seinen Armen. Sein Herzschlag hämmerte bedrohlich gegen seine Brust und ein kalter Schauer lief über seinen Rücken.

»Nicht aufgeben, Odelia, hörst du. Du bist gleich in Sicherheit«, wisperte er ihr zu, bevor er mit ihr aus dem Gebüsch ge-

schwind über die Straße huschte, durch die engen Gassen hin zur Tür eines älteren Wohngebäudes. Die Muskeln in seinen Armen brannten, sein Kiefer krampfte nahezu. Auf keinen Fall durfte er sie fallen lassen. Die Tür öffnete er mit dem Fuß, entfernte zudem den Keil, den er vor dem Verlassen darunter geschoben hatte, damit er einfacher Zugang bekam. Die Treppe wirkte endlos. Bloße Willenskraft ließ ihn durchhalten. Erleichterung machte sich breit, als er endlich in seiner Wohnung ankam und sie sachte auf dem Bett ablegte.

Schwerfällig atmete er durch, schüttelte seine Arme aus, um die Krämpfe zu mildern. Mit dem Handrücken wischte er kleine Schweißtropfen von seiner Stirn. War doch ein weiterer Weg als gedacht.

Nach einer kurzen Verschnaufpause holte er ein Handtuch und eine dickere Decke aus dem Schrank. Mit einem weiteren Handgriff auf dem Weg zurück drehte er die Heizung auf. Vorsichtig hob er sie erneut ein Stück an und zog ihr die feuchte Strickjacke aus, bevor er ihre Arme sachte abtrocknete. Das Kleid ließ er unberührt; der Stoff war so dünn, dass er schnell trocknen sollte. Außerdem wollte er sie nicht unnötig beunruhigen, falls sie aufwachte. Anschließend deckte er sie fest zu.

Nun hieß es warten.

9

Ein leises, unregelmäßiges Knistern untermalte die angenehme Stille, die im Raum lag. Kleine Flammen wanden sich um die Holzscheite. Einige waren bereits kohlrabenschwarz, andere noch nahezu unberührt, nur ein dünner Film von Asche war zu erahnen.

Hier saßen sie auf dem Rand des Bettes, in dem Bungalow auf der Farm, wo sie bereits seit längerer Zeit verweilten. Länger als sie sich vorgenommen und erhofft hatten. Eine unterschwellige Unruhe war stets präsent, doch war der Winter wesentlich kälter und schneereicher als erwartet. Eine Alternative hatten sie nicht, aber bis dato gab es zum Glück noch keine Auffälligkeiten. Isander flog regelmäßig die Umgebung ab und Odelia hängte sich beiläufig in Gespräche, um über die Geschehnisse und Besuche auf dem Gelände und im Umkreis im Bilde zu sein.

Nun verstand sie zumindest endlich, wieso er stets einige Stunden unbemerkt verschwinden konnte und mit Informationen aus angrenzenden Städten zurückkehrte. Ein paar Tage zuvor, am 11. Januar, war Odelias Geburtstag gewesen, welche von der Familie Davies mit einer kleinen Feier überrascht worden war. Bertha hatte extra einen Kuchen gebacken, weil Isander wohl verraten hatte, dass sie 17 wurde. Sie war dankbar und hatte sich von Herzen gefreut, fühlte sich aber auch etwas eigenartig, da die Abwesenheit ihrer Eltern für sie deutlich zu spüren war. Immerhin handelte es sich um den ersten Geburtstag außerhalb ihrer Heimat. Isander hatte sich Mühe gegeben, ihr den Tag so schön wie möglich zu gestalten, ihr sogar ein paar goldene Ohrringe geschenkt, bei denen sie sich gar nicht traute zu erfragen, was er dafür ausgegeben hatte. Seit dem trug sie sie dauerhaft. Ebenso ein Strauß gelber Tulpen, die nun auf ihrem Nachttisch standen und mittlerweile völlig aufgeblüht waren. Es war keine Saison für Blumen dieser Art, sie nahm an, dass er Bertha um Hilfe gebeten hatte. Für Odelia war es eine wunderschöne Geste, denn sie verstand die Sprache der Blumen nur zu gut. Und doch...

Die junge Frau sah den Albino an, wie die weißen Haare in sein Gesicht fielen, während er vor sich hin starrte. Nach seiner Offenbarung hatte sie unwillkürlich etwas mehr Distanz zu ihm aufgebaut, wollte dem aber ein Ende setzen, weil es sich nicht richtig anfühlte. Aufgrund dessen dachte sie viel darüber nach, was er gesagt und wie er sich zuvor verhalten hatte. Sie kannte ihn. Seine Art, wie er mit ihr sprach und mit ihr umging. Wie er sich anderen gegenüber benahm.

Und doch fehlte da etwas.

»Ich weiß ehrlich gesagt kaum etwas von dir«, durchbrach sie die Stille.

Isander sah auf, hob verwirrt und etwas überrascht die Augenbraue, ehe er ihren Blick erwiderte.

»Wie meinst du das?«, fragte er.

»Naja, zum Beispiel: Wo ist deine Familie oder wo kommst du her? Bist du in der Stadt geboren, in der du wohnst... naja gewohnt hast?«, begann sie ihre Aufzählung mit den ersten Fragen, die ihr in den Sinn kamen.

»Hm...« Er rümpfte leicht die Nase, schnaubte die Luft aus. »Naja, viel Spannendes gibt es da nicht zu erzählen«, stellte er klar und zuckte mit den Schultern.

»Das sagst du immer. Ich würde es trotzdem gern hören, wenn es dir nichts ausmacht.«

Auf der einen Seite wollte sie ihm die Wahl lassen, andererseits hielt sie es für wichtig mehr über ihn zu wissen, als es aktuell der Fall war. Er räusperte sich und starrte wieder in die Leere vor sich, bevor er sie erneut von der Seite ansah.

»Ich bin in einer Stadt aufgewachsen, größer als die, in der ich die letzten Jahre gelebt habe«, begann er zu erzählen, atmete kurz durch, ehe er fortfuhr.

»Hm, naja, war am Stadtrand die meiste Zeit. Meine Eltern... hab ich nie kennengelernt.«

Schwieriges Thema, stellte sie fest.

»Oh,... wieso das?«, fragte sie vorsichtig nach.

Er räusperte sich erneut.

»Sie haben mich als Baby im Waisenhaus abgegeben.«

Ihre türkisen Augen weiteten sich entsetzt.

»Wirklich? Das ist ja furchtbar...« Odelia schluckte schwer.

Er nickte leicht, wollte eigentlich gefasst und cool wirken, aber Odelia ließ seine Fassade, allein durch ihre bloße Präsenz, wie so oft, zu Staub zerfallen. Diesmal vielleicht sogar mehr als je zuvor.

»Einige Zeit wusste ich das natürlich nicht. Kinder haben eine rege Fantasie, um sich selbst die Welt zu erklären, wenn es niemand anderes tut.«

Seine Stimme klang relativ ruhig, aber ein wenig schien die sonstige Festigkeit zu schwanken.

»Die Frauen aus dem Waisenhaus unterhielten sich abends immer im Schwesternzimmer. Sie... erzählten von uns Kindern und den komischen Eigenheiten von einigen.«

»Klingt... einsam«, stellte Odelia bedrückt fest.

Ihr Blick wanderte über sein Profil, die gerade Nase, die vollen Lippen mit der Narbe, die sich von diesen bis zum Kinn zog. Weiter hoch zu der Narbe an seiner Augenbraue, hin zu den weißen, dichten Wimpern.

»Vielleicht«, stimmte er mehr oder minder zu.

»Und was meintest du mit *Eigenheiten*?«, hakte sie nach, als sie sich seine vorangegangenen Worte noch einmal durch ihren Kopf hatte gehen lassen.

»Hmmm«, brummte der Ältere. »Einige besaßen Fähigkeiten, die nicht... normal waren.«

Er betonte das normal, als wäre es ein Schimpfwort.

»Ah...«

Das erklärte ihr, wieso er über ihre Wahrnehmungen von Anfang an nicht überrascht gewesen war.

Erneut setzte er zum Sprechen an.

»Naja, und manchmal erklärten sie den neuen Schwestern die Hintergrundgeschichten, wie einige der Kinder dort gelandet sind. Ich hab oft gelauscht.«

»Warst wohl schon immer etwas neugierig«, stellte sie fest.

Es war nicht verwunderlich, denn Isander verfügte allgemein über eine sehr ausgeprägte Beobachtungsgabe und war erfahrungsgemäß ziemlich analytisch und investigativ.

»Auch. Aber oft vor allem gelangweilt. Drei jüngere Kinder aus dem Nebenzimmer waren oft im Fokus, weil sie echt viel Blödsinn anstellten. Manchmal hab ich mitgemacht, aber sie waren so eingespielt... 'n richtiges Trio eben.« Leicht amüsiert lächelte er bei der Erinnerung an die drei.

»Da hab ich mich nicht so zugehörig gefühlt, auch wenn Liberty ziemlich nett war«, stellte er klar, wirkte aber nicht enttäuscht über die Tatsache, dass er kein Teil der engen Freundesgruppe geworden war.

»Hast du noch Kontakt zu ihnen?«, fragte Odelia neugierig.

»Nee. Sie sind eines Tages alle drei abgeholt worden, von so 'ner Rothaarigen. Keiner hat darüber gesprochen und wenig später bin ich rausgeflogen, weil ich zu alt war.« Geistesabwesend kratzte er sich hinterm Ohr.

»*Rausgeflogen?*«, fragte die Jüngere verwirrt. »Wie alt warst du denn?«

Er sah sie an. »So alt wie du jetzt. Ist also noch nicht allzu lang her. Drei Jahre.«

Sie erwiderte den Blick. Vielleicht war dies ein weiterer Grund, weswegen Isander sie nicht sich selbst überlassen wollte: Da er im selben Alter plötzlich auf sich allein gestellt war.

»Oh, das muss hart gewesen sein. Hattest du überhaupt richtige Freunde dort?«, wollte sie wissen, wollte sich kaum vorstellen, wie einsam es andernfalls für ihn gewesen sein musste.

»Pff...« Er schwankte mit dem Kopf hin und her, es war aber kein richtiges Kopfschütteln.

»Naja, sowas in der Art, aber wir sind später ganz schön aneinander geraten, weil die Person ziemliche Scheiße gebaut hat.« Er schob den Mund schmollend hervor.

Irgendwie erinnerte es sie an einen Schnabel. Richtig sauer sah er allerdings gar nicht aus. Eher wie ein bockiges Kind. Sie musste leicht schmunzeln und strich ihm sachte über den Rücken. Kurz wirkte er irritiert, so dass sie die Hand zurückziehen wollte, bis er sich dagegen lehnte und die Streicheleinheiten zu genießen schien.

»Und wie sieht es bei demjenigen aus, was den Kontakt angeht?«

Irgendwann in ihren Gesprächen hatte er von einem Freund gesprochen, daher fragte sie sich in dem Kontext, ob es tatsächlich einer war oder er als Rabe lediglich jemanden beobachtete, der Informationen preisgegeben hatte, die er nutzte. Abgesehen davon war es ihr zu auffallend, dass er nicht wirklich wütend über seinen ehemaligen Freund redete, obwohl er von einem intensiven Streit sprach, sondern seine Reaktion eher einem kindlichen Verhalten glich. Daher nahm sie an, dass er vielleicht doch noch Verbindung zu der Person haben könnte oder zumindest suchte.

»Manchmal. Notgedrungen«, brummte er.

Da war es wieder, das bockige Kind. Odelia fragte sich wirklich, was da vorgefallen war, bohrte aber vorerst nicht weiter nach. Die Geschichte zu seinen Eltern ließ ihr wiederum keine Ruhe.

»Was... hattest du denn über deine Familie rausgefunden?«, lenkte sie das Thema zurück, klang sanft und vorsichtig. Wollte, dass er ablehnen konnte, darüber zu sprechen, falls es ihm zu schwer fiel. Sie streichelte seinen Rücken weiter, ließ die Fingerspitzen über seine Schulterblätter gleiten. Er atmete tief durch die Nase ein. Hatte den Kiefer angespannt.

»Meine Eltern ekelten sich vor mir, weil ich aussehe, wie ich aussehe, und das hat scheinbar nicht in ihre Vorstellung von perfekter Familie gepasst.«

Sein Ton klang überraschend trocken, doch Odelia wurde augenblicklich schlecht. Unbewusst hielt sie inne.

Für einen Moment sah sie ihre Mutter vor sich, wie sie hysterisch schrie, als sie den weißen Raben bemerkte, der bei Odelia saß. Es brach ihr das Herz in tausend Stücke, besonders jetzt, wo ihr bewusst wurde, was er hatte ertragen müssen, nachdem seine Eltern ihn wegen eines derartigen Grunds von sich gewiesen hatten. Was hatten Menschen nur für eine extreme Abneigung gegen Dinge, die nicht bestimmten Vorgaben entsprachen?

Odelia lehnte sich eng an ihn und drückte den Kopf gegen seine Schulter, bettete ihre Hände vorn auf Isanders Brust.

»Das tut mir leid«, wisperte sie, spürte, wie schwer es sich in ihrer eigenen anfühlte.

»Muss es nicht«, sagte er, monoton.

Für einen Moment schwiegen beide.

»Ich... möchte nur, dass du weißt, dass es nicht deine Schuld ist«, sprach sie. »Sondern dass du ein Geschenk bist, genauso wie du bist. Ich bin nie jemandem begegnet, der mich mehr beeindruckt und fasziniert hat als du.«

Ihre Stimme klang mindestens genauso liebevoll, wie sie es meinte, als sie damit die Stille sanft durchbrach.

»Odelia...«

Es glich eher einem Ausatmen statt Sprechen.

Seine Hand griff nach ihrer und drückte sie sachte. Sie verschränkte die Finger mit seinen, hielt ihn fest. Eine Art Ruckeln durchzog seinen Körper, ganz leicht, aber sie fühlte es ganz deutlich und wusste sofort, dass er weinte. Mit der freien Hand strich sie zärtlich über seine Brust, drückte ihn fest an sich. Ihren Kopf ließ sie an seiner Schulter verweilen und sah nicht auf, denn sie war froh, dass er es raus- und zuließ.

»Ich wünschte, sie könnten sehen, was für einen großen Verlust sie erleiden, dich nicht im ihrem Leben zu haben«, wisperte sie sanftmütig, streichelte ihn unbeirrt weiter.

Er schluchzte auf. Laut. Eine Träne kullerte über ihre Wange.

»Dafür kann ich mich umso glücklicher schätzen, dir begegnet zu sein. Du erhellst mir jede Nacht, jeden Tag, Isander.«

Sie wollte, dass er wusste, wie wichtig er ihr war. Wie sehr er ihr Leben verändert hatte. Wie sehr sie ihn schätzte und verehrte. Dass sie jeden Augenblick, den sie mit ihm verbringen durfte, als Geschenk betrachtete. Er war alles andere als gewöhnlich. In ihren Augen war er so viel mehr. Eine unglaublich wundervolle Person.

Seine Lippen pressten sich gegen ihren Handrücken. Sie erschauderte leicht und drückte seine Hand fester.

Isander fragte sich manchmal, wie Odelia so werden konnte, wie sie war. Mit all den vorgefertigten Denkmustern und Reglementierungen seit ihrer frühesten Kindheit. Die Einengung und Erstickung einer jeglichen Individualität. Aber es war eben genau das, was er so faszinierend fand. So einnehmend und belebend, dass sie ihre Meinungen alleine bildete und ihrem Instinkt mehr Gewichtung zusprach als den Vorschriften, die ihr gemacht worden waren. Dieser Moment, als sie ihn akzeptiert und geschätzt hatte, wie er war, sich mit ihm hatte anfreunden wollen in seiner Rabengestalt, war ein wichtiger Schritt für ihn gewesen, sich selbst in seiner Besonderheit zu akzeptieren. Zu sehen, dass er mehr war als widerlich, mehr als ein ungewolltes Wesen, welches keine Liebe verdiente. Es war der Moment, als ihre türkisen Augen geglitzert hatten, während der weiße Rabe auf sie zukam und sie ihm einen Keks anbot, statt wegzurennen oder ihn zu verscheuchen. Vielleicht war es auch der Tag gewesen, an dem er lernte, es zu lieben, als Rabe durch die Gegend zu fliegen und neue Gebiete und Möglichkeiten zu erschließen. Eine Freiheit, die er zuvor als weitere Bestrafung in seinem Leben empfunden hatte.

Ja, Odelia hatte auf mehrere Arten sein Leben verändert und auf den Kopf gestellt, ohne es zu ahnen.

Er wusste, dass er sie dort rausholen musste, nachdem er sie gelegentlich beobachtet hatte und erfuhr wie sie aufwuchs. Sah, wie sie verängstigt auf ihrem Bett oder im Garten saß, weil sie Dinge wahrnahm, die niemand anderes erlebte, und niemand ihr zuhörte.

Einige Wochen vor seinem, wenn auch notwendigen, Fehltritt, hatte er eine andere Reinigung, durch den Spalt eines versperrten Kellerfensters, beobachtet, die ihm äußerst suspekt vorkam. Dass dieser Mann tatsächlich Menschen umbrachte, hatte er zu dem Zeitpunkt nicht geahnt, aber er empfand seine Freude über die Macht, die er innehatte als äußerst bedrohlich und psychopathisch.

Zudem hatte der Albino vieles belauscht während seiner Besuche. Die Leute in ihrer Gemeinde waren so verblendet und besessen von ihrem perfekten Leben, dass es verstörend war, wenn jemand von außen darauf traf. Also musste er sie retten.

Und nun saßen sie hier, er weinend, ihre Arme fest um ihn geschlungen. Er spürte diese Wärme in sich, das Gefühl, dort zu sein, wo er hingehörte. Ihre Worte hallten in ihm wider, streichelten sein geschundenes Herz und ließen ihn erneut realisieren, dass er jedes Mal wieder alles tun würde, um sie sicher zu wissen. Das Gewicht auf seiner Brust schien auf einmal viel leichter zu sein. Vielleicht war es gut, mit ihr darüber zu sprechen. So wie sie sich auch endlich ihm anvertraut hatte.

10

Mitte Februar waren die beiden gezwungen, die Farm zu verlassen und zurück in den aktiven Fluchtmodus zu wechseln, der ihnen die letzten Monate zum Glück erspart geblieben war. Während ihres Aufenthaltes dort hatten sie sich zwischenzeitlich manchmal etwas von der Farm entfernt, hatten lange Spaziergänge unternommen oder blieben einige einzelne Nächte in anderen Unterkünften, um nicht jedem Lieferanten der Familie Davis zu begegnen. Sie hatten vermeiden wollen, dass sie dauerhaft dort anzutreffen waren. Natürlich war das eine eher dürftige Methode und verschleierte nicht wirklich ihre Präsenz. Aber lang genug funktionierte es, so dass sie zumindest die tiefsten Wintermonate vor Ort überstanden hatten und Isander mehr Gelder hatte erwirtschaften können, indem er zwischenzeitlich einige Schreibaufträge erfüllte und sie dann vom Familiencomputer aus gesichert absendete.

Isander hatte einen seiner Ausflüge unternommen und ein paar auffallende Personen gesichtet, welche sich in der nächstgelegenen Kleinstadt nach Odelia erkundigten. Rasch hatten sie beide daraufhin beschlossen, ihre Reise fortzusetzen. Zuerst wollte Bertha sie nicht gehen lassen, hielt es noch für zu kalt und insgeheim hatte sie sie wohl lieb gewonnen. Doch begriff sie schnell, dass sie in Schwierigkeiten zu stecken schienen, was ihr nach wie vor ein Rätsel war. Sie fragte schlussendlich nicht genauer nach. Stattdessen gab sie ihnen ein großes Fresspaket mit und einige warme Kleidungsstücke. Eben genau so viel, wie sie relativ bequem zu zweit tragen konnten.

Odelia war wehmütig zumute. Trotz ihrer Anfälle hatte sie sich wohl dort gefühlt und mochte die Leute sehr. Sie hoffte, dass ihnen nichts geschehen würde. Vielleicht konnte sie irgendwann noch einmal zu der Farm und sie in Freiheit besuchen.

Doch Freiheit fühlte sich nun wieder sehr fern an.

Mittlerweile waren weitere zwei Monate ins Land gegangen, während sie von einer Unterkunft zur nächsten huschten. Das Wetter war noch zu kalt, um sich nachts draußen hinzulegen. Manchmal liefen sie die Nächte hindurch, fuhren mit Bussen einige Kilometer durch die Pampa, um sich im Warmen zu befinden und eine weite Strecke hinter sich zu bringen. Die Zeit nutzten sie für kurze Schläfchen, bis sie schließlich an Endhaltestellen angelangten, von denen sie weiter voranliefen. Irgendwohin.

Manchmal fragten sie sich, ob es sinnvoller wäre, ein genaues Ziel zu haben. Aber was brächte ihnen das, wenn wie doch nirgends garantieren konnten, sicher zu sein? Sie bemühten sich, stets einige Ortschaften hinter sich zu bringen, ehe sie irgendwo ein Zimmer nahmen, meist in ziemlich zwielichtigen Etablissements. Eben vor allem dort, wo niemand Fragen stellte oder offizielle Dokumente verlangte. Darunter einige Zimmer, in denen sie keinen Schlaf fanden, weil entweder die Einrichtung selbst der absolute Horror war oder die Betreiber alles andere als angenehm erschienen, so dass man nie wissen konnte, ob sie nicht des Nachts ins Zimmer platzen würden. Dieser Fall trat zum Glück nie ein, dennoch siegte die Vorsicht. Oder Odelias Panikattacken.

Die letzten Tage war es herausragend warm für einen Apriltag, alles begann zu blühen und Odelia genoss die Sonnenstrahlen auf ihrer Haut, als sie nach einem weiteren langen Marsch an ihrer Unterkunft angekommen waren. Es war ein winziger Bungalow am Steg eines Sees. Das Wasser glitzerte in der beginnenden Abendsonne. Der Himmel war noch strahlend blau, doch ließ bereits durchschimmern, dass bald die Dunkelheit hereinbrechen würde.

Der Bungalow war wohl eines der kleinen Ferienhäuschen, die sich Menschen mieteten, um im Sommer einen Rückzugsort zu haben, während sie den ganzen Tag im See badeten oder fischten. Nun war es noch außerhalb der Saison, weswegen die Umgegend still und, entgegen Isanders Befürchtung, keine Menschenseele zu sehen war.

»Ich würde gern schwimmen«, durchbrach Odelia die Stille. »Ist bestimmt noch saukalt«, entgegnete Isander, welcher sich zu ihr auf den Steg gesellte.

»Weiß nicht.«

Vorsichtig tunkte sie ihren nackten Fuß in das Wasser. Ihre Schuhe hatte sie bereits an der Hütte ausgezogen.

Das Wasser war zwar kühl, aber wärmer, als sie beide erwartet hatten.

»Geht.« Odelia lächelte freudig.

»Du kannst jetzt nicht schwimmen gehen«, belehrte Isander sie, der Blick skeptisch und nahezu entsetzt.

»Wieso denn nicht?«, fragte sie herausfordernd.

Es war nicht so, dass sie die Aussage ernst gemeint hatte. Aber seine Reaktion erheiterte sie.

»Na, wenn du dir was wegholst mit der Temperatur?«

Er appellierte an ihren Verstand.

»In der Hütte ist doch ein Heizkörper...«, provozierte sie ihn.

»Odelia...«, seine Stimme klang mahnend, doch Odelia schob ihre Unterlippe nach vorn, schmollend wie ein kleines Kind. Er verdrehte die Augen.

»Schön, mach was du willst. Aber bis zu den Waden reicht«, bestimmte er. Von wegen *mach was du willst*.

»Jaja, ich pass schon auf.«

Es war nicht so, dass sie seine Zustimmung brauchte, geschweige denn überhaupt vorhatte, sich weit ins Wasser zu bewegen. Aber gelegentlich fand sie Gefallen daran, ihn etwas zu piesacken, zumal sie wusste, dass er stets aufs Äußerste um sie besorgt war. Sie wollte einfach ein paar unbeschwerte Momente mit ihm verleben.

Eilig tapste sie vom Steg hinunter, an ihm vorbei und zum Ufer, wo sie ein paar Schritte hineintrat. Das kühle Nass umschloss ihre Füße, reichte ihr bis zu den Knöcheln. Es war frisch, weich und so sanft. Odelia atmete tief durch, ehe sie einen weiteren Schritt hineintrat.

Bis zu den Waden war sie bereits im See, die Abendsonne kitzelte ihr Gesicht, betonte ihr blondes Haar, welches durch das Licht wieder gülden erschien, nachdem sich die Tönung ausgewaschen hatte. Weiter würde sie definitiv nicht hineingehen, dafür war es in der Tat noch viel zu kalt. Aber sie hatte nicht vor. ihm das unter die Nase reiben. Ein verschmitztes Lächeln breitete sich auf ihren Lippen aus.

Eine seichte Brise umgab sie, wehte durch ihr Haar, ließ das Wasser in sanften Wellen gegen ihre Schienbeine schlagen.

Es war friedlich.

»Odelia«, hörte sie eine Frauenstimme.
Ihr Körper zog sich schlagartig zusammen, die Augen riss sie auf, starrte in die Ferne.
Ein Atemzug.
Alles ist gut, erinnerte sie sich.
Sie atmete bewusst. Tief ein. Tief aus.
Nochmal.
Vor ihren Augen flackerte es plötzlich.

Finger drückten sich in die Haut unterhalb der Kehle. Geweitete braune Augen spiegelten. Das selbstgefällige Grinsen. Große Hände drängten sie unter Wasser.

Sie schnappte nach Luft, doch ein dicker Kloß hatte sich in ihrem Hals gebildet, ihre Beine wurden weich. Ihre Hand griff an ihren Hals, doch sie ertastete nichts als ihre unbeschadete Haut. Wasser wirbelte auf, als sie zu Boden ging. Jetzt, da ihr gesamter Körper damit in Berührung kam, wurde ihr bewusst, wie eisig das Wasser war. Nach nur kurzen Momenten biss es unangenehm auf ihrer Haut. Doch sie konnte sich nicht rühren, spürte lediglich, wie beklemmend es in ihrer Brust wurde. Ihre Arme bewegten sich ganz automatisch gegen das Wasser, welches in ihrer Panik auf sie wirkte, als würde es sie ein Stück weiter in die Tiefe ziehen.

»Odelia!«, hörte sie es entfernt rufen.
Isander stürmte in dem Moment los, als er bemerkte, wie die

junge Frau ins Wasser stürzte und dort wie gelähmt hocken blieb, nur noch nach Luft schnappte konnte.

Die Bilder wiederholten sich vor ihrem inneren Auge. Immer und immer wieder. Sie wollte schreien, doch konnte keinen Laut von sich geben.

»Odelia!«

Der Klang war dumpf.

Sie erschrak noch mehr, schnellte herum, so dass sie fast gänzlich ins Wasser kippte, hätte der Albino nicht gerade noch nach ihr gegriffen. In ihrer Panik versuchte sie, die helfende Hand abzuschütteln. Einige entsetzte Laute drangen schließlich durch ihre Lippen, während sie Isander unweigerlich mit ins Wasser zog.

»Nein, Nein!« schrie sie auf, fühlte das Gewicht auf sich, das Wasser um sich herum.

Für einen Moment war ihr Kopf unter Wasser. Sie verschluckte Flüssigkeit bevor sie hochgezogen wurde, hustete stark.

»Odelia, Odelia, ich bins, Isander!«

Seine Stimme wurde lauter, der Griff an ihren Schultern fester. Er schüttelte sie leicht, nachdem sie das Wasser ausgehustet hatte.

Ihr Blick klärte sich. Der Atem ging schnell und kurz. Ihr Blut rauschte in ihren Ohren, ließ ihn langsam zu sich durchdringen.

»Es ist alles gut, es ist nichts passiert.«

»Isander...«, wisperte sie panisch.

»Ja. Ich bins.«

»H..hilf mir!« Sie griff nach ihm, schlang ihre Arme um seinen Hals. Klammerte sich an ihn, als würde ihr Leben davon abhängen.

»Alles ist gut, ich bin da.« Er wollte sie beruhigen, doch verstörte ihn ihr Verhalten aufs Äußerste. Viele Phasen von Angst hatten sie bereits durchgemacht, Reaktionen auf Träume oder Wahrnehmungen. Aber das bewegte sich auf einem noch sonderbareren Level.

Ihr gesamter Körper zitterte wie Espenlaub, dicke Tränen kullerten ihre Wangen hinunter. Fingernägel bohrten sich in seine Haut. Voller Panik klammerte sie sich an ihn, so dass er sie auf seinem Schoß an sich drückte. Er ebenso durchnässt wie sie.

»Schhh... Odelia, es ist alles gut. Es ist nichts passiert.« Die Worte wiederholte er wie ein Mantra, versuchte sie mit allem, was ihm möglich war, irgendwie zu beruhigen.

»Ich habe sie sterben lassen... Er wollte mich umbringen«, schluchzte sie, krallte sich zitternd an seinen Körper.

Mit seinen Armen umschloss er sie so fest er konnte, sodass er sie nicht nur hielt, sondern sie sich auch gegenseitig wärmten.

»Halt dich fest, mir müssen hier aus dem Wasser...«

Der Albino wäre gern noch einfühlsamer gewesen, doch er konnte nicht riskieren, dass sie sich verkühlte, wobei sich seine Hoffnung langsam verabschiedete.

Da Odelia nicht im Stande war, sich in irgendeiner Form zu rühren, rutschte er so lang herum, bis er seine Füße unter sich brachte, und wand ihre Beine um sich, damit er mit ihr aufstehen konnte.

Es war ein außerordentlicher Kraftakt, der Sand gab nach , sodass er beinahe mit ihr zurück ins Wasser stürzte, doch zum Glück verlagerte Odelia ihr Gewicht unbewusst, so dass er letztendlich einen festen Stand fand.

»Halt dich fest«, flüsterte er angestrengt, während sie sich immer noch zitternd an ihn klammerte.

Angst konnte die seltsamsten Reaktionen in einer Person auslösen, so unberechenbar und intensiv, dass es Isander jedes Mal aufs Neue entsetzte.

Mit viel Kraft und Willen trug er sie in die Hütte.

Odelias Bewusstsein kehrte langsam zu ihr zurück. Noch immer ziemlich kurzatmig und zitternd, konnte sie zumindest ihre Umgebung wieder mehr identifizieren, ihre Halluzinationen schienen nachgelassen zu haben.

Vorsichtig sah sie Isander an und er sie.

»Geht's?«, fragte er sanft, aber außer Atem.

»Es tut mir leid...«, wimmerte sie. Fühlte sich schuldig für seine Mühen und schuldig, dass die weißen Locken nun nass an seinem Gesicht klebten und ihrer beider Körper völlig durchtränkt und durchgefroren waren.

Sachte ließ er sie hinunter, hielt sie trotzdem sehr fest, um sicherzustellen, dass sie stehen konnte, was ihr ganz offenkundig schwerfiel.

»Wir müssen aus den Sachen raus«, sagte er deutlich, mit einem leichten Befehlston.

Sie nickte. Rührte sich aber nicht. Ihr Körper wollte sich nicht rühren. War wie gelähmt.

Isander half ihr zu dem Holzstuhl neben der Tür. Hob ihre Arme an und legte diese auf seine Schultern.

»Entschuldige, wenn ich dir jetzt zu nahetreten, aber ich kann dich nicht in den Klamotten lassen«, sagte er, ehe er ihr triefend nasses Shirt am Saum fasste und nach oben über ihren Kopf zog. Er vermied es, ihren Körper genauer anzusehen.

»Schaffst du den Rest?«, fragte er, zog sich selbst das Longshirt aus und warf es zu Boden.

»Kannst du mir helfen?«, fragte sie zittrig, spürte ihre Gliedmaßen nur wie Fremdkörper.

»Natürlich.«

Er hockte sich näher an sie, umfasste ihre Hüfte und hob sie ein Stück an, damit er ihre Leggings hinunterziehen konnte, um sie ebenfalls von ihrem Körper zu streifen.

»Danke…«, flüsterte sie, während ihr noch immer Tränen das Gesicht hinabflossen. Isanders Kopf war auf Krisenbewältigung eingestellt, weswegen er sie vorsichtig losließ und in seiner Tasche nach Handtüchern kramte. Er hatte nur zwei kleine, aber bevor er die Decken holte, musste er sie einigermaßen trocken bekommen.

Seine Jeans und Unterhose warf er zu den anderen Sachen. Mit dem Rücken zu ihr gedreht, trocknete er sich schnell ab und zog sich seine neue, trockene Unterwäsche an, ehe er sich an sie wandte.

»Odelia«, sagte er, stieß angestrengt Luft aus und strich sich unruhig über die Stirn. »Der Rest muss auch noch aus, sonst verkühlst du dir die Blase oder sowas.«

Sie nickte leicht apathisch.

»Soll ich dich stützen oder möchtest du das allein machen, brauchst du noch Hilfe?«, fragte er, wurde einen Hauch nervös.

Odelia atmete tief durch. Sie zitterte noch immer und ihre Arme fühlten sich an wie Blei. Ein Stück weit konnte sie diese aber inzwischen anheben.

»Kannst du mir helfen? Glaub ganz alleine schaff ich nicht«, gestand sie sich selbst ein, fühlte sich albern und pathetisch. Es war ihr in gewisser Weise unangenehm. Nicht, dass er sie womöglich nackt sah, was aktuell ihre letzte Sorge war, sondern vielmehr, dass sie wegen ihrer plötzlichen Panik zu unfähig war, auch nur einen Finger zu heben. Sie fühlte sich schwach. Nicht nur körperlich.

Er hatte sich derweil wieder zu ihr gehockt. Sie legte ihre Hände auf seinen nackten Schultern ab. Seine schneeweiße Haut fühlte sich ebenso kalt an, wie sie aussah.

»Es tut mir leid«, wimmerte sie.

»Muss es nicht. Konnte ja keiner ahnen«, beruhigte er sie,

während er die Hände an den Bund ihres mittlerweile durchlässig-weißen Bustiers legte.

»Gleich geschafft.«

Er lächelte aufmunternd, sie nickte. Der Blick blieb auf ihrem Gesicht als er ihr den nassen Stoff von ihrem Oberkörper zog und mit ein bisschen zusätzlichem Arm Anheben von ihr entfernte.

Sie rutschte auf dem Stuhl ein wenig umständlich herum, um den Bund ihrer Unterhose über ihren Po zu schieben, bis zu den Knien, wo Isander diese dann von ihren Beinen streifte.

Automatisch presste sie ihre Beine zusammen und verdeckte leicht mit den Armen ihren Oberkörper.

Isander legte ihr das eine Handtuch auf den Schoß, den Blick stets oben in ihrem Gesicht, nur ganz flüchtiges Hinschauen, um zu sehen, wo er hinfasste.

Mit dem anderen Handtuch begann er, ihre Beine trocken zu reiben, bis hinauf zu den Knien, wo sie übernahm und ihren Körper schwerfällig bis zu den Schultern hinauf abzutrocknen. Er vervollständigte das Trocknen mit ihrem Rücken, den Armen und ihren Haaren, gab ihr sofort eine der Wolldecken, damit sie sich aufwärmen und schützen konnte.

Er stellte den Heizkörper an.

»Ich geh kurz die Sachen von draußen holen«, merkte er an, ehe er verschwand, um nur wenige Momente später mit Schuhen und Provianttasche zurückzukehren.

»Danke...«, sagte Odelia schließlich, schlang die Decke enger um ihren nackten Körper.

»Kein Problem. Entschuldige wegen dem Ausziehen. Das war bestimmt unangenehm für dich«, murmelte er, fühlte sich etwas seltsam, stellte sich aber vor, dass es für Odelia wesentlich schwieriger gewesen sein musste.

»Nein...«, antwortete sie ehrlich. »Bisschen komisch vielleicht. Aber bei dir stört mich sowas nicht.«

Ihre Augen überflogen ihren Gegenüber, die Stimme klang brüchig.

»Da bin ich froh.«

Das war er wirklich, denn er war besorgt, ihre Grenzen zu überschreiten oder in ihr zusätzlich negative Gefühle auszulösen. Davon trug sie eindeutig genügend mit sich herum, da brauchte sie seine Präsenz nicht auch noch daran zu erinnern.

»Deine Haare sind noch nass«, merkte sie an.

»Ah... ja.«

Sie fischte das trockene Handtuch von ihrem Schoß hervor und reichte es durch die Decke hindurch. Er nahm es und trocknete schließlich seine schulterlangen Haare, ehe er beiden warme Kleidung raussuchte.

»Es geht langsam besser. Arme sind noch bisschen schwer«, sagte sie, als er die Kleidung neben sie legte.

»Helfen?«, fragte er.

»Bitte«, hauchte sie.

Sie hob die Arme ein Stück an, wodurch die Decke nach unten rutschte und ihren nackten Oberkörper freilegte. Isander hatte den Blick nach oben gerichtet, half ihr in die Ärmel des Pullovers, ehe er ihn ihr über den Kopf zog.

Er biss fest die Zähne zusammen, als er versehentlich mit dem Handrücken ihren Busen streifte. Unwillkürlich zuckte sie leicht, woraufhin er ein etwas angespanntes »Entschuldige.« durch die Zähne presste, als er ihr das Oberteil fertig überzog. Sie nahm es ihm nicht übel.

Die Unterhose schob er ihr erneut bis zu den Knien, ab dort rutschte sie auf dem Stuhl herum, während sie den Slip angestrengt mit den Händen hinaufzog, um anschließend das Gleiche nochmal mit der Hose zu tun.

»Vielen Dank«, hauchte sie. »Zieh dich bitte schnell an.«

Isander tat es ihr gleich und legte nun endlich auch seine Kleidung an, spürte, wie sein sich durchgefrorener Körper langsam etwas aufwärmte.

»Du hast immer so viel Mühe mit mir«, stellte sie ein weiteres Mal fest.

Sie wollte nicht nur jammern oder sich selbst bemitleiden. Aber es war schwierig, sich in einer solchen Situation nicht selbst als Last zu empfinden.

»Ich... sehe deine Hilfe und Nähe nicht als selbstverständlich an, ich hoffe, das weißt du«, ergänzte sie und sah ihn an.

»Das weiß ich«, bestätigte er und betrachtete sie, wie sie wie ein Häufchen Elend auf dem Stuhl saß. Die Haare noch feucht, die Augen gerötet von den vielen Tränen. Ihre volle, runde Oberlippe war von dem ganzen Weinen noch dicker als ohnehin schon und schimmerte bläulich-violett durch die Kälte.

»Ich möchte dir so gern helfen können. Viel mehr als so«, stellte er fest, spürte die Schwere in seinem Herzen, wenn er sie so erlebte.

»*Als so?*«, sie klang überrascht und nahezu entsetzt. »Du tust doch schon alles für mich. Du ziehst mich sogar an und schleppst mich aus dem See, in dem du wegen mir gelandet bist.«

Ihre Stimme zitterte, wirkte aufgeregt. Was wollte er denn noch tun? Er widmete ihr doch schon seine ganze Kraft.

»Ich mache dir keinen Vorwurf deswegen. Und ich hoffe, du dir auch nicht.«

»Hm.«

Doch genau das tat sie, wusste aber, dass es nicht mehr zu ändern war. Sie sah ihn an, neigte dazu, den Blick abzuwenden. Doch seiner war so eindringlich, dass sie nicht konnte. Stattdessen verstand sie aufs Neue, dass die Entscheidung bei ihm lag, was er für sie tat und was nicht. Trotzdem kam sie nicht umher, sich zu fragen, wie viel sie beide noch aushalten mussten.

Wann immer sie das Gefühl hatte, mit sich selbst und den Erinnerungen besser zurecht zu kommen, bekam sie einen neuen Anfall und setzte sie außer Gefecht. Wenn sie ehrlich war, fühlte sie sich noch immer ratlos.

11

Schweißperlen tropften die blasse Haut hinunter, die weißen Haare klebten daran wie Ranken. Dichte Wimpern flackerten, ein Violettton war deutlich unterhalb der Augen zu erkennen. Leises Raunen und Ächzen füllte den Raum, der Körper träge und unruhig, wie er sich auf dem Boden in Decken gehüllt wand.

Odelia atmete tief durch, pustete die angestaute Luft aus, als sie sich ein weiteres Mal neben ihm auf den Boden setzte. Sachte legte sie den feuchten Lappen auf seine glühende Stirn. Die Wangen wirkten nahezu rosig durch die Hitze in seinem Körper.

Sie hatte kein Fieberthermometer zur Hand, dennoch vermutete sie bei der Wärme, die er ausstrahlte, einen sehr hohen Wert. Im Schlaf stöhnte er angestrengt, schien zu frieren, denn alles an ihm bebte und zitterte vor Anspannung und Erschöpfung. Die meiste Zeit schlief er, wachte nur Augenblicke auf, in denen Odelia ihn zum Trinken anhielt und in unvermeidlichen Momenten mühsam aufhievte, um ihn zur Toilette zu geleiten.

Mit den Fingern strich sie sachte über seine Wange, seufzte in Besorgnis über seinen Zustand. Medikamente hatten sie schon aufgebraucht und sie befanden sich aktuell in einer kleinen Hütte im Wald, wodurch sie einige Kilometer entfernt vom nächsten Dorf waren. Sie hatte bereits nachgesehen, wie lang es in etwa dauern würde, dorthin zu laufen, sich aber dagegen entschieden, ihn allein zurückzulassen.

Stattdessen hatte sie auf den umliegenden Wiesen tagsüber nach verschiedenen Pflanzen gesucht, die die Genesung unterstützen könnten.

Da sie sich erstmal in der Nähe aufhalten wollte, konnte sie als Erfolg bis jetzt nur den Fund von Ampfer verbuchen. Doch Isander war noch zu erschöpft und um irgendeinen Bissen runterzubekommen. Sie hatte einen Teil gesammelt, aber noch einiges von den Pflanzen drumherum stehengelassen, für den Fall, sie könnte es später nochmal gebrauchen. Sauerampfer war durch den hohen Vitamin C-Gehalt gut für die Genesung, soweit sie wusste, konnte auch fiebersenkend wirken. Deswegen hoffte sie sehr, dass er bald nochmal aufwachen und in der Lage sein würde, ein bisschen was zu essen. Es war aber auch kein guter Zeitraum zum Ernten von hilfreichen Wildkräutern in dieser Gegend. Sie hatte die Hoffnung, sie könnte so etwas wie Thymian finden, aber das war unwahrscheinlich, solang die Pflanze nicht irgendwo in der Nähe einmal angepflanzt worden war. Salbei oder wenigstens Stiefmütterchen hatte sie leider auch nicht finden können. Es war also nicht besonders gut gelaufen.

Bevor sie sich ein weiteres Mal auf die Suche machte, wollte sie warten, bis er wach wurde, um ihn daran zu erinnern, genügend Flüssigkeit zu sich zu nehmen, damit er von dem ganzen Schwitzen nicht dehydrierte.

Angespannt saß sie neben ihm, beobachtete die Anstrengung, die sein Körper aufbrachte, um zu genesen, und konnte nichts anderes tun, als abzuwarten. Nach etwa einer Stunde öffnete er langsam die Augen und sah verschwommen die blonde, junge Frau vor sich sitzen. Seine Augen schienen noch schlechter zu sein, als sie ohnehin waren, durch die Müdigkeit und das Dröhnen in seinem Kopf.

»Hey...«, hauchte sie zärtlich, strich ihm sachte über die nasse Schläfe. »Wie geht es dir?«, fragte sie leise, um seinen Kopf nicht überzustrapazieren.

»Geht...«, murmelte er wenig überzeugend.

Odelia nahm die Trinkflasche und reichte sie ihm.

»Hier, du solltest etwas trinken«, erklärte sie und half ihm, sich ein kleines bisschen aufzurichten.

Er trank einen Schluck und einen zweiten. Kurz darauf hustete er stark. Nicht, weil er sich verschluckt hatte. Es war eindeutig bronchialer Husten.

Sie hielt angespannt inne, bis er sich wieder fing. Beruhigend strich sie ihm dann über die Brust.

»Geht es wieder?«, fragte sie besorgt und er nickte.

Ihre linke Hand verweilte auf seiner Brust. Sie hoffte inständig, dass es ihm bald besser gehen würde. Wünschte, sie könnte ihm irgendwie helfen, damit er schnell gesund werden würde. Er musste schnell gesund werden.

Sie verweilte in der Position, bis sie ein seltsames Gefühl bemerkte. Tief atmete sie durch.

Ihre Handfläche fühlte sich an, als würde sie diese unter fließendes Wasser halten. Doch das ergab keinen Sinn. Verwirrung machte sich in ihr breit, als sie Isander betrachtete, welcher nun weniger angestrengt die Augen schloss.

Sie konzentrierte sich auf das Gefühl und versuchte auszumachen, woher es kam.

War ihre Hand eingeschlafen? Nein.

Je mehr sie sich darauf fokussierte, desto intensiver wurde das wässrige Gefühl und weiter breitete es sich ihren Arm hinauf aus.

Und auf seiner Brust.

Ihr Blick fiel auf ihre Finger, die wirkten, als würden sie unterschwellig weißlich leuchten. Je genauer sie hinsah, desto stärker hatte sie den Eindruck, dass sich das Glühen wie zarte Nervaturen über Hand und Unterarm erstreckte, mit einem Hauch von Grün in sich.

Sie zog scharf die Luft ein. Wurde sie nur noch verrückter? Aber im Gegensatz zu allen anderen ihrer seltsamen Symptome, fühlte sich dies nicht beängstigend an, sondern wie ein wohltuender Sommerregen nach langer Dürre.

Als ihr auffiel, dass sich dieses dezente Leuchten auf Isanders Brust verteilt hatte, wollte sie aus Reflex von ihm ablassen, doch es kam ihr vor, als würde es sein Atmen erleichtern, sein Körper mehr zur Ruhe kommen.

Was passierte hier?

Es ließ nach.

Er blinzelte.

»Was war das?«, fragte er müde, seine Stimme klang weniger kratzig und angestrengt als zuvor.

»Ich weiß es nicht«, wisperte Odelia. »Geht es dir gut? Tut dir was weh?«, fragte sie erschrocken.

Panik wollte sich in ihr einnisten.

Isanders Hand griff nach ihrer, hielt sie fest und strich ihr über den Handrücken.

»Schh, alles ist gut.«, wisperte er, blinzelte ein paar Mal mehr.

Das Dröhnen in seinem Kopf war abgeklungen. Nicht gänzlich, aber um einiges abgeklungen.

»Was hast du gemacht?«, fragte er verwirrt, erinnerte sich an warmes, weiches Kribbeln in seinem Körper.

»Ich weiß es nicht.«

Ihre Stimme war sehr hoch, was ihre Überforderung nur noch mehr zur Geltung brachte. Er räusperte sich etwas, setzte sich langsam auf, wovon sie ihn erst abhalten wollte, bis sie feststellte, dass es ihm wesentlich leichter fiel, sich zu bewegen, als noch vor wenigen Minuten.

»Was zum...«, murmelte sie ungläubig und auch sein Blick wirkte verwirrt.

»Hm«, machte er. »Ich... ich hab keinen Schimmer, wie, aber...ich glaube, du kannst heilen«, stellte Isander fest, als wäre es die normalste Erkenntnis, die er hätte bekommen können.

Der Albino sah sie an. Erst wusste sie nicht, ob er sie nicht vielleicht nur beschwichtigen wollte, doch seine ganze Haltung und Aura hatte sich verändert. Er wirkte viel weniger abgeschlagen und k.o und sein Körper strahlte mit einem Mal auch nicht mehr so eine intensive Hitze aus. Man konnte sehen, dass er noch krank war, aber weitaus weniger, als gerade eben noch. Eine plausiblere Erklärung dafür gab es nicht, als jene, die er gerade ausgesprochen hatte.

Isander hustete kurz, was sich nun anhörte, wie eine abklingende Bronchitis.

Ungläubig schüttelte er den Kopf, ehe er sprach:

»Wir sollten zu Xenophilius.«

12

Hier waren sie nun. Odelia bemerkte, dass sie unruhig wurde. Vielleicht schlich sich ein Gefühl von Angst ein. Das Haus war sehr groß, verkleidet mit dunkel gebeizten Holzpaneelen, die schon einige Jahre auf dem Buckel hatten. Die Veranda war mit einem Holzzaun umrandet und hatte an einigen Stellen Säulen, die das Vordach trugen. Umgeben war alles von Sträuchern und Blumen, so dass man den Eindruck bekam, man befände sich noch immer mitten im Wald. Man konnte einige große Buntglasfenster vom Weg aus sehen, geschwungene Linien in einer Stilmischung aus Art Nouveau und Art Decó. Violett-Töne waren am dominantesten in der Komposition, welche die Universums- und Sternenthematik untermalten. Alles in allem hatte es etwas Magisches an sich. Odelia hatte bereits eine Vorahnung, um welche Art von Person es sich bei Xenophilius handeln könnte, nach all dem, was ihr bereits begegnet war.

Sie atmete tief durch. Plötzlich umgab eine sanfte Wärme ihre Hand, als Isander seine Finger um ihre schloss. Sie sah auf und ihre Blicke trafen sich für einen Moment. Er nickte. Sie atmete aus, drückte seine Hand leicht zurück, bevor sie sich losließen und die Türschwelle überquerten.

Xenophilius hatte still gewartet, bis sie sich dazu entschlossen hatten, einzutreten. Den beiden den Rücken zugewendet, lief die ihr noch fremde Person voraus, kreiste kurz mit dem Zeigefinger in der Luft. Odelia zuckte leicht erschrocken, als die Tür hinter ihnen ins Schloss fiel. Sie hatte also recht mit ihrer Vermutung. Xenophilius war ein Magier.

Die beiden folgten Xeno zum Tisch, zu welchem keiner der sechs verschiedenen Stühle passte, wo sie schließlich gemeinsam Platz nahmen. Bereits beim Eintreten waren ihr die unzähligen Pflanzen, Kristalle, Fläschchen und Krimskrams aufgefallen. Nichts passte ansatzweise zusammen, alles war viel zu voll und trotzdem war es so stimmig und persönlich. Man könnte wohl Jahre hier verbringen und stets etwas Neues entdecken.

Das Haar schimmerte lila, als Xeno sich nach vorn beugte und dabei einzelne leicht wellige Strähnen ins Gesicht fielen. Haarspangen in Gold und Silber als auch kleine bunte Perlen schmückten das perlblonde Haar. Alles an Xenophilius schien ein wenig seltsam und eigen. Ja, irgendwie einfach magisch. Sowohl die Art, sich zu bewegen, als auch die Zusammenstellung der Äußerlichkeiten passte genau zu all dem, was Odelia in diesem kunterbunten, wirren Haus sah. Es war so speziell und ungewöhnlich, dass es ihr gefiel.

»Also«, durchbrach xier Magier schließlich die Stille.
»Oh, ähm, danke, dass du uns so spontan empfängst«, sagte

Odelia höflich und sah ihren Gegenüber freundlich und etwas schüchtern an.

»Spontan?«, entgegnete Xenophilius und warf ihr einen skeptischen Blick zu, musterte sie einen Moment.

»Ich hatte mit eurem Besuch schon vor einiger Zeit gerechnet.«, ergänzte xier.

»Ach... so?« Sie war überrascht. Und ein wenig verwirrt.

Isander schwieg und sah angestrengt auf die dickbauchige Teetasse vor sich. Xenophilius fliederfarbene Augen blitzten auf, als sie den Albino fixierten.

»Unser Rabe hat doch regelmäßig um Schutzzauber gebeten. Oder zwischendurch gefragt, ob ich in der Gegend einen sicheren Unterschlupf kennen würde. Wie eine Farm zum Beispiel.« Xies Blick fand Odelia, welche den Magier nur noch überraschter ansah. Besagter *Freund*, von dem Isander gesprochen hatte, war nun also genau vor ihr.

»Das wusstest du nicht«, stellte xier nur unbeeindruckt fest, schmunzelte aber ein wenig über ihre Verwirrung.

»Du... hast...«, sie drehte sich zu Isander.

Dessen Lippen kräuselten sich kurz, bevor er mit der Zunge schnalzte und die Luft durch die Zähne presste. Er vermied den Blick angestrengt, weil er sich irgendwie erwischt fühlte, obwohl er nur im Guten gehandelt hatte.

»Habt ihr Hunger?«, durchbrach Xenophilius die Situation und hielt plötzlich einen Teller in der Hand. Wo hatte xier diesen denn so schnell her? Odelia war perplex. Gerade noch hatte sich kein Teller auf dem Tisch befunden.

»Sind das Waffeln?«, fragte der Gestaltwandler fast schon entsetzt.

»Ja, was denn sonst?«, Xeno sah schließlich Odelia an. »Ich habe Sahne und eingekochtes Obst«, lächelte xier sanft.

»Das klingt toll!«, begeistert schloss sie die Hände vor sich zusammen. »Vielen Dank für die Gastfreundschaft«, fügte sie an, lächelte glücklich.

Ihr wurde mit einmal bewusst, wie groß ihr Hunger tatsächlich war. Das Wasser lief ihr im Mund zusammen, als Xenophilius mit feingliedrigen Fingern das Gebäck servierte und alle Zutaten und Beilagen vorbereitete.

»Tee ist hier in der Kanne«, wurde angemerkt, doch Isander unterbrach die Aussage.

»Hast du Vanillemilch?«, fragte dieser stattdessen.

»Vanillemilch?«, Xeno hob die Augenbrauen. »Mhh, das hätte ich dir nicht zugeordnet.« Es war eher eine trockene Erkenntnis.

»Bin eben auch für Überraschungen gut«, entgegnete der Rabe selbstgefällig und zuckte mit den Schultern.

»Ah«, es machte Klick. »Für dich mache ich gern welche«, sagte Xeno und wandte sich erneut Odelia zu.

»Für mich?«

Sie verstand zuerst nicht ganz, realisierte dann aber, dass Isander für sie gefragt hatte.

»Oh... nein, nein, du musst dir nicht extra die Mühe machen!« Sie winkte ab, wollte keine Umstände bereiten. Doch für Xenophilius war es bereits beschlossene Sache. Während xier Magier einmal mehr in die Küche entschwand, lehnte sich Isander Odelia entgegen.

Wann war er so nahegekommen? Sie sahen sich direkt ins Gesicht, nahezu konnte sie seinen Atem spüren. Sie schauderte. Wohlig.

»Das hast du xier aber leicht gemacht«, sein Ton klang tadelnd.

»Leicht?«, sie war verwirrt.

Sie hatte doch nichts gesagt, oder? Seine Hand, die ihre tätschelte, brachte sie zurück zur Besinnung.

»Huch«, machte sie, als sie bemerkte, wie sie sich auf Isanders Oberschenkel gestützt hatte, wohl aus Reflex, um ihn davon abzuhalten, dass er für sie extra Arbeit verursachte.

»Entschuldige«, hauchte sie, spürte eine leichte Wärme in ihrem Gesicht.

»Nicht doch.«

Sanft ließ er sie ihre Hand wegziehen, ein zartes Lächeln stahl sich auf seine vollen Lippen. Die Jüngere setzte sich hin, strich ihre Kleidung zurecht und bettete ihre Hände auf ihrem Schoß.

»Danke«, hauchte sie glücklich.

»Hm«, brummte er nur. Für einen Moment war ihr, als hätte er seine Hand kurz gehoben, aber vielleicht hatte sie es sich auch nur eingebildet.

»Ich hoffe, sie schmeckt«, damit servierte Xenophilius die Vanillemilch in einer wirklich riesigen Tasse.

»Wow. Vielen lieben Dank. Das wäre wirklich nicht nötig gewesen.«

Odelias Augen leuchteten. Es war ewig her, seit sie das letzte Mal ihr Lieblingsgetränk zu sich genommen hatte.

»War ja kein Hexenwerk«, schmunzelte Xeno über den eigenen schlechten Witz.

»Pff..«, gab Isander die Augen verdrehend von sich und Odelia kicherte.

Der weiche Geruch von Vanille stieg ihr in die Nase. Für einen Moment vergaß sie alle Sorgen und fühlte sich geborgen und friedlich. Es erinnerte sie ein bisschen an ihr altes Zuhause, nur die Gegenwart von Isander und Xenophilius ließ es sich mehr denn je nach Heimat anfühlen. Die Augen geschlossen verpasste ließ sie das liebevolle Lächeln Isanders.

Als sie gemeinsam aßen, stopfte sich Xenophilius ein großes Stück Waffel in den Mund und begann zu sprechen.

»Fo... waf kann if fur auf tun?«

»Beiß nochmal ab«, der Albino schüttelte den Kopf.

Odelia verstand die Frage trotzdem.

»Nun, Isander war vor kurzem sehr krank, weil ich ihn ins Wasser gerissen habe. Und naja, ich habe ihn wohl aus Versehen geheilt?«

Das Ende ihres Satzes betonte sie als eine Art Frage, denn sie war sich nach wie vor nicht sicher, was sie da tatsächlich getan hatte. Sie konnte sich an das Leuchten und das Gefühl nur schemenhaft erinnern. Fakt war, dass Isander binnen von Minuten enorme Regeneration zeigte, obwohl er an einer starken Bronchitis gelitten hatte.

»Das kann mir auch mal aus Versehen passieren«, scherzte Xenophilius und schlug die Beine übereinander, während xier sich mehr gegen die Lehne des Stuhls stützte und die Finger miteinander verschränkte. Die vielen Ringe an den Händen fielen ins Auge. Einige fassten unterschiedlich große Kristalle, andere wiederum hatten Symbole eingraviert.

Odelia atmete tief durch.

»Hast du eine Ahnung, wovon das kommen könnte?«, fragte sie schließlich, denn das war der Grund, weswegen sie hier waren.

Ihr Gegenüber in Perlblond schien eine Weile nachzudenken, verzog den Mund ein wenig beim Überlegen, musterte sie eindringlich.

Isander bemerkte, dass Odelia etwas nervös wurde, und strich ihr unterm Tisch über ihre Hand.

»Lass sie los«, sagte Xenophilius nahezu befehlend, ohne sich gerührt zu haben.

Odelia sah ihn überrascht und irritiert an, ließ aber Isanders Hand los, der sie widerwillig von ihr wegzog.

»Deine Energie mischt sich mit ihrer, wenn du sie anfasst. Ich versuche, ihre Aura zu studieren, aber sie lässt dich zu nah an sich ran.«

Xenophilius wirkte als würde xier Isander zurechtweisen, aber klang dabei so unbefangen, dass Odelia eher darüber schmunzeln musste, weil sich der Albino, seinem Gesichtsausdruck nach zu urteilen, künstlich darüber aufregte.

Ja, sie kannten sich definitiv schon lange. Isander war weniger abgeklärt und kühl als anderen gegenüber, aber hatte eine ganz sonderbare Art, auf Xenophilius zu reagieren. Außerdem sah man, dass sie eine ganz eigene Form von Freundschaft führten. Irgendwie machte es sie glücklich, zu wissen, dass Isander jemanden hatte, dem er vertraute und den er, wenn auch auf verschrobene Weise, mochte.

Xenophilius verzog fragend das Gesicht und lehnte den Körper anschließend ein Stück nach vorn.

»Was trägst du für eine Kette?«, wollte xier wissen. Odelia blinzelte, griff sich dann in den Ausschnitt und zog die Kette hervor, die sie seit Beginn ihrer Reise trug. Es war ein goldenes, rankenartig verziertes Amulett mit einem großen Stein in der Mitte, der je nach Lichteinfall unterschiedlich schimmerte. Manchmal war er weiß, manchmal trug er alle möglichen Farben, die Odelia mit den Weiten des Universums in Verbindung bringen würde.

»Lasst mich mal sehen.«

Vorsichtig nahm Xenophilius das Amulett in die Hand, nachdem Odelia es abgelegt hatte, und begutachtete es für einige Sekunden still. Drehte und wendete es, hielt es gegen das Licht, kniff die Augen zusammen.

»Und?«, fragte Isander und Xenophilius' Gesicht wurde ernst. Odelias Herz klopfte nervös.

Warum war es xiem überhaupt aufgefallen? Sie hatte es stets

als normale Kette empfunden, die sie von ihrer Familie irgendwann im jungen Alter bekommen hatte.

»Also...", durchbrach die ein wenig hohe, maskulin klingende Stimme die Stille, während Odelia den Magier hoffnungsvoll ansah.

»Ich hab keine Ahnung.«

Odelia blinzelte irritiert und Isanders Blick verdunkelte sich. Sein Kiefer spannte sich an und er wirkte, als wüsste er nicht, ob er lachen oder weinen sollte. Allem voran schnaufte er laut. Er verstand selbst nicht genau, wieso er sich so komisch fühlte und darauf gehofft hatte, das Xenophilius etwas darin fand, wenn ihn doch allein die schon Vorstellung verstörte.

»Wozu wolltest du es denn jetzt so dringend sehen?«, grummelte er, hatte aber stets den Ausdruck, als würde er mühevoll vermeiden, zu schmunzeln.

Xenophilius lehnte sich zurück, hielt noch immer das Amulett in der Hand.

»Man merkt, dass es von starker Magie umgeben ist, aber so pauschal kann ich nicht beurteilen, worum es sich im Eigentlichen handelt. Dafür müsste ich etwas herumexperimentieren. Dabei sprech' ich auch im Augenblick nur von außen. Was sich innen verbirgt, vermag ich noch weniger zu sagen. Ich habe Vermutungen, aber die lassen sich nur bestätigen, wenn ich die Versiegelung durchbrechen kann.«

Xier Magier schien zu wissen, wovon xier sprach, dennoch schienen viele Fragen ungeklärt.

Aus Odelias Gesicht sprach Entgeisterung. Es war Magie drumrum und innen zu finden? Wie war das möglich, wenn die Bewohner ihrer ehemaligen Gemeinde doch so ein abgeschottetes, strukturiertes und weltfremdes Leben führten? Sie konnte kaum glauben, was sie da hörte.

»Ist das vielleicht der Auslöser für das Heilen?«, wollte Odelia wissen.

»Berechtigte Annahme bei deinem aktuellen Wissensstand, aber nein, das glaube ich nicht.«

Xenophilius zuckte mit den Schultern. Isander spannte den Kiefer erneut an und Odelia gab einen verblüfften Laut von sich, wusste, dass Xenophilius sie gerade mehr oder minder beleidigt hatte, auch wenn es womöglich nicht so gemeint war.

»Na hör mal!«, wollte Isander xien belehren, doch Odelia schüttelte den Kopf. Sie seufzte leise, fühlte sich noch immer unsicher, was sie von dem Ganzen im Generellen halten sollte. Dann spürte sie Isanders Hand auf ihrer, welche sie sachte tätschelte.

Xenophilius stand wortlos auf und verschwand in eines der angrenzenden Zimmer, welches sich offenbar hinter einem der Regale verbarg.

»Was...?«, Odelia sah Isander an, welcher die Augen verdrehte. »Lass dich nicht irritieren, is' echt 'ne schrullige Type.« Sie lachte auf, presste dann die Lippen aufeinander. Recht hatte er ja schon irgendwie. Xenophilius war so ziemlich alles, außer gewöhnlich und vorhersehbar.

»Iss erstmal«, erinnerte der Albino sie an die restlichen Waffeln auf ihrem Teller.

»Ja...«

Sie musterte ihn.

»Ist alles in Ordnung?«, wollte sie wissen.

»Huh?«, gab der Weißhaarige verwirrt von sich.

»Naja... du warst ursprünglich nicht ganz so erfreut, dass wir hermussten, obwohl du es selbst vorgeschlagen hast«, flüsterte sie.

»Ah, ist schon gut. Ist alles in Ordnung, mach dir keine Sorgen«, seine Stimme klang weich und relativ zufrieden. Trotzdem war sie nicht so ganz überzeugt.

»Sicher?«

Er nickte und sowohl sein Blick als auch sein Lächeln waren aufrichtig. Sachte lehnte er sich zu ihr und küsste ihre Stirn. Reflexartig hielt sie kurz die Luft an. Wie ein warmer Rausch zog es durch ihren Körper. Ihr Herz schlug laut gegen ihre Brust, wurde aufgeregt.

Das war neu.

Sie hob ihr Kinn an, bemerkte, wie er sich ihr näherte, so dass sein Atem ihre Lippen streifte. Ihre Augen sahen auf seine vollen Lippen, dann in seine Augen. Ihre Wangen fühlten sich wärmer an, ihr Atem stockte. Er tat es ihr gleich, musterte ihr Gesicht auf die selbe Art und Weise.

»Also...«

Beide zuckten stark und brachten etwas Raum zwischen sich. Blut rauschte spürbar durch Odelias Venen. Drohte, sich rot auf ihren Wangen abzuzeichnen. War das gerade wirklich passiert?

»Ich hab grad mal in einem meiner schlauen Bücher geguckt. Ich kann ein, zwei Methoden probieren, einfach um zu sehen, in welche Richtung sich der Zauber bewegt und wie viel Aufwand nötig ist. Sieht aber schon nach was Längerem aus, das sag ich euch gleich.«

Xenophilius wirbelte durch den Raum, um den Tisch, bis xier zurück auf den Stuhl plumpste. Xier hatte, seitdem dieser den Raum betreten hatte, den beiden keine Beachtung geschenkt. Xeno lehnte sich vor, hatte das Amulett in beiden Daumen und Zeigefingern und hielt es gegen das Kerzenlicht, als wäre das jetzt aussagekräftiger als zuvor. »Spannend.«

Jetzt, da Isander sich wieder gefangen hatte, wollte dieser dringend von der Situation ablenken, in welcher sie sich soeben noch befunden hatten.

»Spannend? Geht's nicht genauer?«, schnaufte er.

»Isander, er hat doch gesagt, er kann Sachen ausprobieren«,

unterbrach Odelia ihn und wand sich an Xenophilius. »...er meint das nicht so.«

Dieser tat es als unbedeutend ab. »Schon gut, schon gut, so war er schon immer.«

Die perlblonden Strähnen fielen in das hübsche Gesicht, als xier sich aufsetzte und sie ansah.

»Wirklich?«, sie war nach wie vor skeptisch, was das anging. In ihrer Gegenwart hatte er sich nie so benommen, nur bei anderen war er grob. Aber das hatte sie bereits auf der Farm bemerkt. Xenophilius schmunzelte und lachte leicht amüsiert auf.

»Na, zu dir ist er ja 'n Schmuserabe.«

Sie konnte nicht wirklich widersprechen. Ihre Aufmerksamkeit blieb daran hängen, dass Xenophilius Isanders Rabengestalt erwähnte. Natürlich wusste xier es, die beiden kannten sich ja schon von klein auf. Und xier hatte die Raben-Sache auch zuvor schon erwähnt. Es war ihr nur nicht bewusst aufgefallen. Ihr Ausdruck musste kurze Verwirrung gezeigt haben.

»Was? Dachtest du, das ist angeboren?«, fragte Xenophilius mit einem skeptischen Unterton.

»Angeboren?«, erwiderte Odelia.

Nun war sie irritiert. Eigentlich hatte sie gar keine Vorstellung davon gehabt.

»Ich... ehrlich gesagt, habe ich nicht drüber nachgedacht«, stellte sie schließlich fest. Die fliederfarbenen Augen leuchteten auf.

»Das schicke Federkleid hat er mir zu verdanken«, lachte Xenophilius, welcher die Hände mit den Flächen nach oben hob, als wäre es das Normalste der Welt.

»W...wirklich?«, fragte die blonde, junge Frau.

»Pff, verdanken«, schnalzte Isander, rollte wiederholt die Augen, gab sich angefressen.

Da war es wieder. Das bockige Kind.

Bei Odelia fiel der Groschen.

»Ach! Das meintest du mit *Mist gebaut*!«

Isander schob die Unterlippe hervor und Xenophilius lachte.

»Er ist etwas nachtragend, musst du wissen. Aber hey, ohne mich wärt ihr jetzt nicht hier.«

Es klang ein wenig selbstgefällig und schadenfroh, doch sie musste zugeben, dass xier Recht hatte.

Isander schnalzte mit der Zunge.

»Wichtigtuer.«

»Ist ´ne Tatsache, Isander, was soll ich dir da sagen«, grinste besagter Wichtigtuer.

Ein Lächeln schlich sich auf Odelias Lippen. So sehr sich die beiden auch anzickten und Sticheleien austeilten, wurde ihr doch bewusst, dass sie eine echte Freundschaft verband. Isander war hier mit ihr, bat denjenigen ohne zu zögern um Hilfe, welcher ihn zum Gestaltwandler gemacht hatte. Trotz des Vorwurfs, den er xier dahingehend zu machen schien, war sein Vertrauen offenbar tiefgreifend, denn sie kannte niemanden der ihn, außer ihr, mit seinem ersten Vornamen ansprach. Und sie zudem mit echten Namen vorstellen würde.

»Achso«, hörte sie Xeno sagen und blickte zu besagter Person auf.

»Du hast vorhin er gesagt, als du von mir gesprochen hast. An sich ist das nicht falsch und es stört mich nicht. Aber mir ist es wichtig, dir zu sagen, dass ich nicht wirklich ein Mann bin.«

Die Jüngere sah ihn ein wenig verwundert an. Bevor sie fragen konnte, ergänzte Xenophilius: »Ich bin nicht-binär. Das heißt, ich empfinde mich keinem der beiden Geschlechter eindeutig zuge-hörig, sondern fühle mich mal feminin und mal maskulin. Meist irgendwas dazwischen.«

Odelia nickte. Sie verstand es aktuell nicht wirklich, fand es aber durchaus faszinierend und akzeptierte, dass Xenophilius eben dem entsprach, was gerade erläutert wurde.

»Wie wirst du am liebsten angesprochen?«, fragte sie, wollte sichergehen, dass sie dem gerecht wurde und den Respekt zeigte, der einem Menschen ihrer Meinung nach zustand. Xeno lächelte sanft.

»Du kannst mich trotzdem mit jeglichen Pronomen ansprechen. Wenn du *er* nutzen möchtest, weil es meiner Optik am ehesten entspricht, wäre das für mich völlig in Ordnung. Ich wollte lediglich klargestellt haben, dass ich kein Mann bin. Aber *xier* wäre für mich am angenehmsten.«

Odelia nickte lächelnd.

»Verstehe, ich werde versuchen es so gut ich kann neutral zu halten«, versprach sie.

Xenophilius nickte und sah auf das Amulett, welches mittlerweile auf dem Tisch lag. Ein Seufzen war zu vernehmen.

»Ich werd' Noaras Hilfe brauchen«, schwang das Gespräch wieder um.

Xenophilius wirkte bei der Aussage plötzlich ernst. Odelia wurde hellhörig. Von dem Namen hatte sie noch nichts gehört. Isander wirkte ein klein wenig überrascht, wusste aber ganz offensichtlich, von wem xier sprach.

»So komplex, ja?«

»Denke«, merkte der Magier an.

Wer ist Noara? Wollte sie gerade fragen, als wie aufs Stichwort jemand die Treppe hinunterkam.

Eine junge Frau mit tiefrotem Haar betrat den Raum. Ihre Präsenz war atemberaubend, ihre Ausstrahlung intensiv. Die roten Augen leuchteten stolz, ihre Körperhaltung zeigte allein beim Treppensteigen deutlich ihr Selbstvertrauen. Odelia war beeindruckt und fasziniert. Sie war noch nie einer Frau begegnet, die so selbstsicher erschien wie diese. Ihre langen Fingernägel kraulten die Katze, welche sie in ihrem Arm hielt. Eine Glückskatze, gefleckt in Weiß, Rot und grau-braunen Tönen.

»Oh, hi«, sagte Noara und betrachtete die drei am Tisch. »Hast gar nicht gesagt, dass wir Besuch bekommen.«

»Jetzt weißt du's ja«, stellte Xenophilius fest und die Rothaarige grinste, während sie xiem mit der freien Hand durch die Haare fuhr. Genießend schloss Xeno die Augen.

»Also, du bist dann Odelia«, stellte die schöne Frau fest, als sie sich zu Angesprochener drehte. Isanders Anwesenheit schien sie weder zu überraschen, noch fremd auf sie zu wirken.

»Ah, ja, genau. Du... bist dann Noara, nehme ich an?«

Odelia räusperte sich kurz und sah die Ältere mit ihren großen, türkisen Augen an.

»Richtig. Freut mich. Dein Freund kann seinen Schnabel nicht über dich halten, deswegen hab ich dich gleich erkannt.« Noara grinste zufrieden darüber, Isander in Verlegenheit gebracht zu haben. Man konnte sehen, wie dieser auf dem Stuhl herumrutschte und die Arme verschränkte. Seine Zunge presste er von innen gegen seine Wange, der Blick verfinsterte sich.

Odelia schmunzelte und strich sanft über seinen Oberarm.

»Ach was«, kicherte sie, lächelte Isander beruhigend an, welcher seine Körperhaltung automatisch etwas lockerte.

»So, und wie sieht's jetzt aus?«, fragte Noara, während sie sich auf den Stuhl fallen- und die Katze hinabließ. Xenophilius gab ihr das Amulett in die Hand, ihre Finger berührten sich einige Sekunden. Anschließend lehnte sie sich zurück, saß aufrecht, so dass ihr großes Dekolleté ins Auge fiel. Sie begutachtete still das Amulett und sah dann kurz Odelia an, dann Isander und anschließend Xenophilius. Ihr Blick wurde ernster, sie presste die bordeaux-geschminkten Lippen fester aufeinander.

»Hast du's schon getestet?«, fragte sie.

»Nein, ich hab' erstmal geguckt, welche Verfahren man nutzen könnte, damit ich's nicht beschädige. Ich denke, ich muss es erstmal aus der Grundbarriere befreien und dann gucken, ob ich Hermetik anwende«, gab Xenophilius zu verstehen.

»Macht Sinn«, nickte Noara zustimmend.

Die beiden schienen sich weiterhin zu beratschlagen und Odelia versuchte, dem Gespräch zu folgen. Allerdings verstand sie ehrlicherweise gar nichts mehr, als sie begannen, magische Fachbegriffe zu nutzen. Eigentlich war es überhaupt nicht das, weswegen sie hergekommen waren, aber es schien für die Magier von regem Interesse und Odelia schätzte, es gab einen triftigen Grund dafür. Daher ließ sie die beiden erstmal in Ruhe. Sie wollte sich soeben leicht an Isander lehnen, als Noaras Stimme sie aus ihren Gedanken riss und ihr Vorhaben unterbrach.

»Wo hast du das her?«, wollte die Rothaarige wissen.

»Huh? Ah... es gehört mir«, antwortete sie. »Naja, also... ich besitze es schon, seit ich klein war, habe es aber erst einige Wochen vor meiner Flucht zum Tragen ausgehändigt bekommen. Meine Eltern haben es mir gegeben. Sie selber trugen auch immer so eins«, erklärte Odelia und musterte die Frau mit der außergewöhnlich starken Präsenz.

»Also gehört es zu eurer Sekte«, fasste Noara zusammen.

Es war nicht wirklich eine Frage, eher eine Feststellung ihrerseits.

Doch Odelia widersprach ihr.

»Gemeinde«, korrigierte die Jüngere.

»Sekte«, betonte Noara noch einmal provokativ.

Die Blondhaarige richtete sich unbewusst auf. Noaras Blick blieb unbeirrt.

»Ich komme aus einer kleinen Gemeinde«, sprach Odelia

langsam und deutlich, fast, als hätte Noara sie zuvor nicht richtig hören können.

»Das ist richtig. Aber das Gemeindeoberhaupt ist ein Sektenführer. Daraus resultiert, dass sowohl deine Familie als auch alle anderen in dieser Gemeinde der Sekte angehören«, gab die selbstbewusste Frau zurück, erläuterte nochmals eindringlich die Erkenntnis.

Odelia räusperte sich und spürte, wie sie innerlich unruhig wurde.

»Meine Eltern sind sehr gläubig und gute Menschen.«

Ihr Ton wurde schroffer, ihr Blick ungewohnt ernst. Ein Beben war im Unterton zu vernehmen.

»Und woran glauben sie?«, folgte die trockene Gegenfrage.

»An den Schöpfer«, antwortete die Jüngere kühl.

»Und wer ist das?«

Odelia stockte kurz. »Jemand, der für die Geschehnisse der Welt verantwortlich ist. Die Welt zu einem besseren Ort machen will«, erklärte sie so, wie sie es all die Jahre erzählt bekommen hatte.

»So. Und... auf welche Art?«, Noaras Stimme hatte einen dezent schnippischen Unterton. Odelia ballte die Fäuste unter dem Tisch.

»Indem sich die Leute an gewisse Regeln halten und sich umeinander kümmern,« sie knirschte mit den Zähnen, ihre Halsschlagader puckerte.

Noara überschlug die langen Beine, ihre Absätze betonten ihren selbstsicheren Ausdruck.

»Jetzt sag mir doch, wie sie sich umeinander kümmern. Indem sie unschuldige Mädchen ertränken?«

Isander setzte sofort an, um aufzuspringen, doch Odelia war schneller.

»Was fällt dir ein!? Meine Eltern haben nichts damit zu tun! Sie würden nie jemandem schaden!«

Ihre Stimme war laut. Sehr laut. Sie schlug beide Handflächen fest auf den Holztisch. Lehnte sich zu Noara vor. Diese zuckte nicht mal mit der Wimper.

»Ich weiß nicht, was dort all die Jahre vorgegangen ist und vor allem, warum das passiert ist«, presste Odelia zwischen den Zähnen hervor, ihre Wangen brannten und ihr gesamter Körper war angespannt. »Aber meine Eltern sind gute Menschen.«

»Es reicht, Noara«, hörte sie Isander dumpf sagen, ignorierte ihn in ihrer Wut allerdings.

»Ich habe nicht von deinen Eltern gesprochen, Odelia. Aber das, was der Sektenführer da gemacht hat, nennt sich *Opferung*. Sowas kommt in Sekten oder Zirkeln oft vor und ist ein Tribut an eine Macht, einen Geist oder jeglichen anderen magischen oder nicht-magischen Wesen, woran auch immer diese Leute glauben. In der Regel wird das mit Macht, Stärke, Unterstützung oder Rat belohnt. In seinem Fall sicherlich mit der Macht, die Menschen um sich herum zu kontrollieren.« Noara sah sie weiterhin genauestens an, während sie all dies erläuterte, als wäre es das Normalste der Welt.

Odelia zitterte.

»Hast du dich nie gefragt, was hinter den Kulissen abgeht?«, fragte Noara Odelia. Ihre roten Augen schimmerten wie Glut im Feuer mit der Spiegelung des Kerzenscheins in sich. »Natürlich«, stellte die junge Frau klar.

»Wieso verschließt du dich dann vor der Wahrheit?«

Noara war nahegekommen und die beiden Frauen sahen sich direkt ins Gesicht. Odelias türkise Augen flackerten, Noaras langgetuschten Wimpern betonten das Blutrot ihrer Iris.

Odelia war so fixiert, dass sie nicht bemerkte, wie sich Isander in die Lehnen seines Stuhles Krallen musste, damit er nicht dazwischenging. Wozu ihn Xenophilius anhielt, hinter ihm stehend.

»Ich verschließe mich vor nichts«, presste Odelia zwischen den Zähnen hervor.

»Oh doch«, sagte Noara. »Vor sehr vielem, Odelia. Ich kann es in deinen Augen sehen. Die Angst, den Terror. Das Leid.«

Für einen Moment wurde alles still in ihr.

»Noara! Hör auf!«, dröhnte Isanders Stimme in Odelias Ohren, sie fühlte anschließend dessen leichte Berührung an ihrem Handgelenk. Sie schüttelte ihn ab.

»Worauf willst du hinaus?«, Odelia wich kein Stück zurück.

»Du kannst nicht ewig weglaufen, Kleines«, provozierte ihr Gegenüber.

»Ich bin kein kleines, zerbrechliches Püppchen!«

Das Blut rauschte, ihr Inneres bebte heftig. Ihre Stimme dröhnte. Odelia kannte sich so nicht.

»Dann zeig es mir!«, Noara lehnte sich mittlerweile ebenfalls über den Tisch, ihre Augen blitzten. »Ich will sehen, wie du es rauslässt. All das in dir. Komm, zeig es mir, Kleines«, betonte sie das letzte Wort, weil sie wusste, dass es Odelia stresste, wenn sie sie so betitelte. »Oder denkst du, du bist zu schwach, dem standzuhalten?«

Die Provokationen zeigten deutliche Wirkung, denn Odelia schlug erneut und diesmal heftiger wütend auf den Tisch. Ihre Finger brannten.

»Ich bin nicht schwach!«

Ein Schrei.

Alles war still.

Um Odelia war es dunkel. Dichte Rauchschwaden umgaben sie, doch sie konnte normal atmen. Langsam öffnete sie die Augen, erblickte tiefste Dunkelheit, bis sich nach einigen Sekunden ein Nachthimmel um sie herum erstreckte.

»Was...?«

Sie vernahm ein tiefes Surren, dann hörte sie Stimmen.

»Odelia«, wisperte es.

Es war Sophie.

»Odelia, du musst uns helfen.«

»Wie...?«, sie konnte spüren, wie es sich in ihr zusammenzog.

»*Nicht einknicken!*«, hörte sie dumpf Noaras Stimme, als wäre sie ewig weit entfernt.

»Wie kann ich helfen?«, fragte Odelia in die Dunkelheit.

»Wir können nicht gehen. Noch dürfen wir bleiben.

Es tut alles so weh, Odelia«, wisperte es leiderfüllt.

Und damit verschwand alles.

Licht blendete sie und ihre Beine gaben nach.

Isander fing sie sofort auf, packte sie fest, hielt sie in seinem Arm.

»Odelia!? Geht es dir gut? Ich bin da, alles ist gut.«

Seine Hand strich über ihre Stirn, während ein strafender Blick auf Noara fiel, welche tief ihre eigene Anspannung ausatmete.

Odelia blinzelte einige Male, hielt sich die Hand schützend vor ihr Gesicht, bevor sie wieder in der Lage war, ihre Umgebung zu erkennen. Sie sah Isander an, dessen Gesicht von Sorge gezeichnet war.

»Danke«, nuschelte Odelia, setzte sich etwas weiter auf als zuvor. Ihr Atem war unruhig und ihre Glieder wogen schwer.

Sie hatte das Zeitgefühl völlig verloren und keine Ahnung, wie lange sie bereits mit Isander am Boden saß, als sie vor sich ein Glas mit Wasser bemerkte, welches von einer Hand mit langen, dunkelroten Fingernägeln gehalten wurde.

»Hier, trink lieber was«, Noaras Ton war wesentlich sanfter als zuvor, Odelia nahm das Glas entgegen und sah sie an. »Lass dir Zeit.«

Sie trank einen Schluck, dann noch einen und trank es schließlich ganz aus. Es fühlte sich plötzlich an, als wäre sie zuvor durch die Wüste gelaufen. Noara stand auf und lief zum Schrank an der Ecke, öffnete eine der Glastüren und nahm ein Fläschchen raus. Odelia folgte ihr nicht mit dem Blick, aber das Klackern ihrer Absatzschuhe verriet ihr, dass sie in den Küchenteil des Zimmers gelaufen war.

»Kannst du mir bitte hochhelfen?«, fragte die Blonde Isander schließlich, welcher sie sofort stützte, um sie hochzuhieven und auf dem Stuhl abzusetzen, bevor er von Xenophilius unterbrochen wurde.

»Lass sie sich lieber hinlegen. Hier hinten aufs Sofa wäre sinn-voller.«

»Okay.«

Isander zögerte nicht, wies Odelia an, sich an ihm festzuhal-ten, ehe er sie hochhob und zur Couch trug.

»Du musst mich nicht tragen«, hauchte sie, festigte den Griff um seine Schultern, die ihr breiter vorkamen, als sie eigentlich wirkten.

»Hm, ich wollte aber«, er grinste leicht, aber seine Augen glänzten feucht. Kurz lehnte sich Odelia gegen ihn, strich mit der freien Hand über sein Schlüsselbein. Vorsichtig setzte er sie ab.

»Danke«, hauchte sie ihm zu.

»Danke«, sagte Odelia nochmals, aber diesmal zu Noara, wel-che mit einem weiteren Getränk vor ihr stand.

Diese nickte nur, verstand, dass es sich nicht auf das Gebrach-te bezog.

»Du solltest das hier trinken, das baut deine Energie wieder auf. Ich denke, die Situation hat dir einiges entzogen.«

Die Jüngere nickte und nahm das Glas entgegen. Kurz nippte sie daran und schüttelte sich sofort angeekelt.

Es schmeckte bitter und säuerlich zugleich, beinhaltete Nuan-cen, von denen sie sich sicher war, etwas Derartiges noch nie ge-schmeckt zu haben.

»Willst du mich vergiften?«, scherzte sie, bevor sie sich Schluck für Schluck mit völlig verzogenen Gesicht das Getränk hinunterwürgte.

»Ach nönö, das würde ich nicht so offensichtlich machen«, stellte Noara klar, setzte sich zu Xenophilius mit auf den Sessel, der für zwei eigentlich viel zu schmal war. Beide schienen sich daran aber wenig zu stören.

Isander streichelte zärtlich über Odelias Waden, deren Beine er über seinen Schoß gelegt hatte, nachdem er sich zu ihr gesetzt hatte.

Xenophilius räusperte sich nach einigen Minuten des Schweigens. Odelia schloss kurz die Augen, dann starrte sie an die Decke.

»Es war dunkel. Ich habe zu Anfang gar nichts sehen können. Nach einer Weile sah es aus wie ein Sternenhimmel«, begann sie zu erzählen. »Daraufhin habe ich zuerst einen tiefen Ton vernommen, konnte aber nicht ausmachen, wo er herkam. Und dann habe ich sie gehört.«

»Sie?«, fragte xier Magier.

»Das Mädchen... dessen Tod ich beobachtet habe...«

Odelia hatte das Gefühl von schwerem Gewicht auf ihrer Brust und doch schien es Stück für Stück etwas leichter zu werden, jetzt, da sie es vor ihnen allen laut aussprach.

»Sie hat gesagt, dass sie nicht gehen könnten und dass es sehr schmerzt. Und dass ich ihnen helfen soll.«

»Also sind es mehrere Seelen«, stellte Xenophilius fest.

Odelia nickte.

Ein paar Tage vergingen, in denen sie bei Xenophilius und Noara unterkamen und auf dem Sofa in deren hauseigener Bibliothek nächtigten. Die beiden Magier hatten versucht, hinter die Versiegelung des Amuletts zu steigen, was sich als wesentlich schwieriger erwies, als sie sich erhofft hatten. Obwohl sie beide sehr wohl über enorme Fähigkeiten verfügten.

Xenophilius hatte ausgeprägte Talente in ausführenden Zaubern, besonderen Künsten, unter anderem eben Verwandlungen. Das wurde spätestens dann greifbar und beeindruckend, wenn man daran dachte, dass xier Isander auf Lebzeiten zu einem Gestaltwandler gemacht hatte. Noara war außergewöhnlich bewandert in Tränken und Tinkturen, was ein ebenso ewig-großes Fachgebiet darstellte. Sie ergänzten sich hervorragend und führten zeitweise wortlos den Gedankengang und das Projekt des anderen weiter, ohne genauere Informationen auszutauschen. Sie sprachen dahingehend eine ganz eigene Sprache miteinander.

Odelia hatte seit der Begegnung mit den Seelen keine weiteren Vorkommnisse gehabt. Dennoch beschäftigte es sie noch immer. Sie war besorgt und versuchte zu verstehen, um was für eine Situation es sich tatsächlich handelte, in der sich die Seelen befanden. Ob es ihr überhaupt möglich sein würde ihnen zu helfen. Odelia fühlte sich verantwortlich, zumal sie wusste, dass Sophie eine dieser Seelen war, welche offensichtlich keinen Frieden fanden.

Die blonde, junge Frau saß draußen am Teich hinter dem großen Haus. Die Temperaturen waren schon um einiges gestiegen und die Sonne kitzelte ihre Nase, ließ ihre Sommersprossen zur Geltung kommen.

Ein entspanntes Ein- und Ausatmen.

Odelia betrachtete ihre Hand und dachte über den Heilungsmoment mit Isander nach. Xenophilius hatte gesagt, es kam nicht von dem Amulett, welches sie dem Magier überlassen hatte, weil sie interessiert war, was es stattdessen damit auf sich hatte. Wobei die beiden Magier noch viel interessierter daran zu sein schienen.

Sie fragte sich, wodurch es dann zustande gekommen war, dass sie solch einen Einfluss auf Isanders Genesung nehmen konnte.

Leise Schritte auf hohem, dichtem Gras waren zu vernehmen und Odelia drehte sich augenblicklich zu dem Geräusch herum. Xenophilius hatte sich ihr genähert, xier trug einen langen dunkelgrünen Cardigan, welcher an den Ärmeln Löcher für die Daumen hatte, so dass es wie Handschuhe wirkte. Die perlblonden Haare schimmerten in der Sonne. Das dunkle Make-Up betonte die fliederfarbenen Augen. Die Piercings an der Unterlippe und dem linken Nasenflügel ließen das sonst eher weiche Gesicht noch auffälliger wirken.

»Probierst du dich aus?«, fragte xier Magier lächelnd. Odelia schüttelte den Kopf.

»Nicht wirklich. Ich wüsste nicht wie«, sagte sie und wandte den Blick wieder zurück auf die Wasseroberfläche, welche sich nur gelegentlich etwas zu kräuseln schien, wenn der Wind mehr Fahrt aufnahm. Zu nah ging sie nicht heran, war noch gebrandmarkt vom letzten Kontakt mit einer Wasserquelle, die keine Dusche war.

»Du solltest es lernen«, merkte Xeno an und hockte sich zu der Blonden.

»Dafür müsste ich wissen, was ich tatsächlich gemacht habe«, stellte sie simpel fest und sah neben sich zu xiem.

»Was willst du denn noch wissen, außer dass du Isander geheilt hast?«

Die Frage war durchaus berechtigt, aber Odelia bevorzugte eine Erklärung oder Begründung dazu, wie es zustande gekommen war. Andernfalls wirkte es nicht greifbar. Wie sollte sie etwas benutzen, was sie nicht verstand?

»Ich weiß, aber...«, setzte sie an, doch Xenophilius unterbrach sie.

»Nicht aber, Odelia. Wir müssen nicht sofort immer alles im Detail verstehen, um zu lernen. Du weißt, dass diese Fähigkeit in dir wohnt. Reicht es nicht erstmal aus, davon zu wissen?«

Für einen Moment ließ sie Xenos Worte in sich arbeiten.
Sie nickte schließlich.

»Ich weiß allerdings nicht, wie ich es gemacht habe. Und wenn ich daran denke, passiert nichts«, erklärte sie und betrachtete ihre linke Hand eingehend.

»Hm«, murmelte xier Magier. »Der Auslöser war sicherlich

die Sorge um Isander. Für den Anfang, bei derlei Fähigkeiten, bedarf es oft eines Triggers.«

»Eines Triggers?« Odelia sah verwirrt aus.

»Ein Trigger ist eine Bezeichnung für einen Auslöser, oft im psychologischen Kontext genutzt, der bestimmte Reaktionen hervorruft, wenn man damit konfrontiert wird. Deine Angstzustände zum Beispiel werden von verschiedenen Sachen getriggert. Wie dem Wasser im letzten Fall, weil es dich an etwas Traumatisches erinnert hat«, erklärte xier Perlblonde, während xiem sich aufs Gras neben sie setzte.

»Ich verstehe. Aber das Heilen ist doch eigentlich was Gutes, oder nicht?«, fragte sie nach.

»Sicher. Man kann auch positive Emotionen oder Reaktionen auslösen. Ich fände es wichtig zu wissen, ob du letztendlich deine Fähigkeiten frei abrufen kannst oder einen bestimmten Grund brauchst. Manchmal entwickelt sich sowas auch nochmal, je nachdem, wie gut man lernt, damit umzugehen. Im Moment wird es für dich sicherlich mit Emotionen verknüpft sein, da dein Bezug fehlt, die Energien in dir zu definieren.«

Sie hörte neugierig zu und dachte über die Worte nach. Um ehrlich zu sein, konnte sie sich aktuell nicht ganz vorstellen, wie man Energien in sich selbst definieren oder spüren sollte. Natürlich nahm sie Veränderungen oder Reaktionen in sich selbst in Bezug auf unterschiedliche Momente wahr. Aber Xenophilius sprach sehr oft von Energien, konnte sie lesen, leiten und verstehen. Für sie war das beeindruckend und etwas, worüber sie zuvor noch nie nachgedacht hatte.

Weitere Schritte holten sie aus ihren Gedanken und Odelia erkannte schon ohne hinzuschauen, dass es sich um Isander handelte. Sie sah hoch und riss erschrocken die Augen auf. Sofort sprang sie auf.

»Oh Himmel, was ist passiert!?«, fragte sie panisch, ihr Herz klopfte heftig, als sie auf ihn zulief. Isander hatte Blut an der Lippe und dem Kinn, sowie ein wenig am Arm.

Er winkte beschwichtigend ab.

»Alles okay, ist nicht meins.«, sagte er und Odelia sah ihn entsetzt an.

»Wie, nicht deins?«

Sie betrachtete ihn eingehend, spürte die Anspannung einen Hauch schwinden, als sie feststellte, dass er tatsächlich keinerlei Verletzungen hatte. Trotzdem war sein Auftreten alles andere als normal.

»Was ist geschehen?«, kam Xenophilius Odelia zuvor, welche Isander fest umarmte, aus Erleichterung darüber dass ihm zumindest physisch soweit, nichts passiert zu sein schien.

Seine Arme wanden sich sanft um sie, strichen über ihren Rücken.

»Ich denke, wir müssen weiterziehen. Ich war eine große Runde fliegen und mir ist ein Mann aufgefallen. Es war zwar viele Kilometer weit weg, aber trotzdem zu nah für meinen Geschmack.« Seine Stimme klang ernst und aufgewühlt.

»Was für ein Mann?«, hakte Odelia nach und sah zu ihm auf, betrachtete unwillkürlich die Blutspur, die er sich schon einmal mit dem Handrücken aus dem Gesicht hatte wischen wollen.

»Es war ein großer Typ, sah ziemlich gefährlich aus. Ich hab' ihn ein wenig beobachtet, weil er mir suspekt vorkam. War so'n Gefühl. Er hat dann tatsächlich Fotos von dir rumgezeigt, in einem Lokal, und nach dir gefragt. Hatte zum Glück keiner direkte Anhaltspunkte. Aber er wurde sehr aggressiv als er mich, während er rauchen war, gesehen hat. Hat auch jemanden bedroht, weil die Person keine Informationen hatte. Um ihn abzulenken, bin ich näher rangeflogen.«

Er räusperte sich, zitterte unterschwellig, was Odelia sofort bemerkte, da sie sich eng an seinen Körper presste.

»Er hat mich gepackt und ich hab ihm... ins Auge gepickt.« Angestrengt atmete er aus.

»Ihhhh...«, machte Xenophilius angeekelt und gleichzeitig entsetzt über die Erzählung.

»Um Himmels Willen«, schluckte Odelia. »Hast... hast du dir wirklich nicht wehgetan?«, wollte sie wissen, verdrängte das verstörende Gefühl in sich so gut sie konnte. Der Albino schüttelte den Kopf.

»Nein, alles okay. Ich... ähm, es war nur ganz schön heftig«, gab er zu, fühlte sich schmutzig und gestresst.

»Ja... das verstehe ich. Ich bin froh, dass dir nichts passiert ist«, sagte sie und griff nach seiner sauberen Hand.

»Komm, du solltest dich erstmal waschen. Und dann überlegen wir, wie es weitergeht.«

Die alte Lagerhalle war etwas zugig. Bei dem Sommerwetter war dies weniger ein Problem. Im Moment machte es sich nur deshalb deutlicher bemerkbar, weil es anfing, in Strömen zu regnen. Es waren drei weitere Monate ins Land gegangen, in denen Isander und Odelia von einem Ort zum nächsten gereist waren, flüchteten. Seit sie bemerkt hatten, dass sie nun auf aggressivere Weise aktiv verfolgt wurden, war der innere Druck wieder stärker geworden. Sie hatten sich vorerst entschieden, Xenophilius' und Noaras Haus zu verlassen. Einfach um sicherzugehen, dass sie die Fährte nicht auf sie lenkten, auch wenn sie wussten, dass sie sich sehr wohl verteidigen konnten. Dennoch wollte Odelia nicht noch mehr Leute in etwas hineinziehen, was sie nicht betraf.

Wann es wohl enden würde? Sie wünschte, es wäre endlich ein Lichtblick am Horizont zu erkennen, der blieb und ihnen entgegenkam und nicht immer wieder in unendliche Ferne zu schwinden schien. Abgesehen davon waren zumindest ihre extremen Träume und daraus resultierenden Panikattacken abgeklungen, so dass es derweil sogar einige Nächte in Folge gab, in denen sie tatsächlich Schlaf fand.

Odelia saß am Rand des Raumes, sah durch das Loch in der Mauer, wie das Blau des Himmels sich in Grau wandelte und das satte Grün der Bäume unter einem Schleier von dichtem Regen verschwand. Es war eigentlich kein unschöner Anblick, aber Sorge machte sich in ihr breit, wusste sie doch, dass Isander gerade irgendwo da draußen herumflog. Inständig hoffte sie, dass er Unterschlupf fand oder zumindest nicht direkt von dem Starkregen betroffen war.

»Odelia...«, hörte sie eine Stimme, tief und dumpf

Sie sah sich um, doch keiner war da. Ihr war bewusst, dass sie niemand Menschliches gerufen hatte, zu vertraut war der Klang, welcher sich wie ein leichter Hall anschließend in ihr ausbreitete. Seit sie mit Xenophilius und Noara über ihre Wahrnehmungen und Fähigkeiten gesprochen hatte, fielen ihr die Unterschiede der Stimmen, auch rückblickend, viel deutlicher auf. Bei dieser Stimme eben handelte es sich um jene, die sie in all der Zeit am häufigsten wahrgenommen hatte. Vor allem in Situationen, die einen besonderen Wendepunkt mit sich gebracht hatten. In den meisten Fällen keinen guten.

»P...s... f«, nahm sie Fetzen wahr und stand augenblicklich langsam auf.

Die Luft um sie herum schien mit einem Mal um einiges kälter geworden zu sein und obwohl sie es auf den Regen schieben könnte, fühlte es sich nicht dementsprechend an.

Ihr Herz schlug lauter. Schneller. Es wirkte wie eine Warnung. Und das gefiel ihr ganz und gar nicht.

Langsam, darauf bedacht, nicht allzu laute Geräusche von sich zu geben, schlich sie hinter einen der großen Betonpfosten, damit sie sich nicht vom Eingang des Treppenhauses her im Blickfeld befand. Sie war sich nicht sicher, weswegen sie das tat, aber irgendwas sagte ihr, dass etwas definitiv nicht stimmte. Odelia kniete sich auf den Boden, machte sich klein, hielt sich aber in einer Position, aus der sie losrennen könnte, wenn es darauf ankäme. Über so etwas überhaupt nachzudenken, war sicher ebenso wenig ein gutes Zeichen.

Da hörte sie es.

Die Schritte, die sie erwartet hatte. Sie waren sehr leise und langsam. Odelia versuchte, ihren Atem zu kontrollieren. In der großen Halle schallte es allerdings sehr schnell und sehr stark, da es nichts gab, was die Geräusche in irgendeiner Form schlucken konnte. Außer ihr und der Person, die sich ebenfalls hier aufhielt.

In ihrem Kopf versuchte sie durchzugehen, wie sie im Ernstfall entkommen konnte. Direkt loszurennen hielt sie für zu auffällig und zu verdächtig, da sie keine Ahnung hatte, wer sich mit ihr hier befand und wo genau. Sie nahm aber an, dass derjenige aktuell noch zu nah am Treppenhaus war. Ihrem einzigen Fluchtweg. Aber ewig zu warten, bis diese Person sie schließlich fand, erschien ihr ähnlich unklug.

»Odelia«, hörte sie es erneut dumpf rufen.

Nicht jetzt, dachte sie, drängte sich mit dem Rücken an den Pfosten. Sie hatte die Warnung doch schon verstanden.

Die Schritte befanden sich rechts von ihr, kamen näher.

Am liebsten hätte sie die Luft angehalten, sie wollte sich das

Atmen aber nicht verbieten, falls sie rennen musste. Stattdessen drückte sie ihre Hand gegen ihren Mund, um die Atemgeräusche zu reduzieren.

Es klang nach großen Schritten. Ihr Herz hämmerte gegen ihre Brust.

Stille.

Etwas machte einen Satz auf sie zu. Odelia sprang auf. Stolpernd rannte sie los, Richtung Treppenaufgang. Die Wände waren zu hoch, um von dem Stockwerk aus nach unten ins Gebüsch zu springen. Die Person folgte ihr. Schnell.

Odelias Puls raste. Ihre Füße trugen sie, so schnell sie konnten. Aus dem Augenwinkel sah sie graue Wände vorbeizischen. Die Treppen. Sie ließ ein paar Stufen aus. Nicht zu viele, sprang die Absätze. Kurz warf sie einen Blick zurück. Ein Mann war hinter ihr, kam näher. Sie griff das Geländer und schwang sich um die Kurve. Er schien sie einzuholen. Odelia schnappte nach Luft.

Vor lauter Schwung krachte sie fast gegen die Wand, konnte gerade so noch ausweichen und in den nächsten Raum einbiegen. Ihr Verfolger hingegen schien kurz ausgebremst.

Sie biss die Zähne zusammen und rannte schneller. Die Schritte hinter ihr wurden lauter, eiliger. Das Atmen war grollend. In ihren Ohren klingelte es.

Plötzlich packte ihren Arm eine Hand, welcher sie sich sofort zu entreißen versuchte. Zu viel Kraft.

Sie wurde zurückgezogen, drehte sich um. Der Mann war groß und in eine Kapuze gehüllt. Muskulös.

Sie holte Schwung und trat kräftig zu. Aus Reflex ließ er locker und keuchte schmerzerfüllt, löste unwillkürlich den Griff und hielt sich für einen Moment die Weichteile, ehe er sich fing und ihr nacheilte.

»Du kleines Miststück!«, zischte er und Odelia rannte.

Sie sah den Ausgang bereits, das Licht näherkommen.

Ein heftiges Schubsen in den Rücken schleuderte sie gegen die Betonmauer. Sie schrie erschrocken auf, drehte sich in dem Moment, in dem sie sich abgefangen hatte, und versuchte wegzurutschen. Doch er packte sie kraftvoll, presste sie gegen die Wand. Seinen Arm drückte er gegen ihren Brustkorb, seine Beine gegen ihre. Ihr Atem stockte. Türkise Augen füllten sich mit purer Angst. Sollte es das gewesen sein?

Odelia stemmte sich mit aller Kraft gegen ihn. Versuchte sich aus seinem Griff zu winden.

Aus dem Augenwinkel sah sie Metall blitzen. Es kam näher. »Lass mich los!«, schrie sie, versuchte zu treten und lehnte sich vor. Wollte in seinen Arm beißen.

Das Messer streifte ihre Kehle.

Sie versuchte sich abzuwenden.

»Hör auf! Lass mich los! Ich hab dir nichts getan!«

Sie schrie, immer wieder. Fühlte sich machtlos, weil ihr zierlicher Körper nicht gegen ihn ankam. So sehr sie sich auch anstrengte.

Die Klinge drückte sich in ihre Haut, ein Stück unterhalb ihrer Kehle. Sie keuchte auf, zitterte heftig. Ein brennender, stechender Schmerz erfüllte ihren Hals, Blut benetzte die Klinge. Sein Blick war psychotisch, das eine Auge vernarbt, als hätte ihn ein kräftiger Schnabel vor einiger Zeit gepickt.

»Du hast lang genug Ärger gemacht«, raunte er. Sein Atem roch widerlich nach schlechten Zähnen und saurer Milch.

Odelia presste die Augen zu und krallte sich in seinen Arm. Ihre rechte Handfläche brannte mit einem Mal wie Feuer und wurde zugleich eiskalt. Tränen lösten sich aus ihrem Augenwinkel.

Das war nicht ihr Ende. Nicht hier. Nicht jetzt. Nicht so.

Er zischte auf einmal schmerzerfüllt auf. Metall klapperte auf dem Boden. Das Messer war ihm aus der Hand gefallen.

»Was...!?«, er versuchte sich ihrem Griff zu entreißen, doch sie hielt seinen Arm weiterhin krampfhaft fest. Schwarze Adern zogen sich rasant an seinem Unterarm entlang. Der Stoff darum zersetzte sich wie unter Einfluss von Säure. Seine Haut begann erst, wachsartig zu werden, dann wurde sie völlig bleich. Die Veränderung breitete sich aus, wechselte zu einem Violetton, bis die Haut grau wurde und immer mehr Substanz verlor. Odelia hatte keine Ahnung, was vor sich ging, hatte die Augen mittlerweile weit geöffnet und beobachtete das Schauspiel voller Entsetzen.

Es blieb nicht nur bei seinem Arm, sondern zog sich entlang seines restlichen Körpers. Er schrie, so laut, dass es Odelia in den Ohren fiepte. Doch sie konnte nicht loslassen, starrte wie gelähmt auf den Mann vor sich, dessen Körper auf ihre Berührung reagierte, von der sie mindestens genauso wenig verstand wie er. Das Einzige, was sie wusste, war, dass sie sterben würde, wenn sie losließ.

Seine Haut welkte unter ihrer Hand.

Odelia fühlte Kälte in sich, die sich von ihrem Arm aus hinaufzog wie das prickelnde, unangenehme Gefühl, wenn man die Hände aufwärmte, nachdem man sie sich im Schnee völlig rotgefroren hatte.

Die rasante Veränderung auf und in seinem Körper wurde untermalt von den seltsamsten Geräuschen. Es klang wie das schnelle Reißen von Fasern, wie Ventil Zischen und fühlte sich beim Hören an, als würde jemand mit Fingernägeln absichtlich über eine Tafel kratzen. Alles in Odelia zog sich krampfend zusammen. Mittlerweile reichten die Adern und das Austrocknen über seinen gesamten Arm, hoch zum Hals und über die Brust. Er schrie voller Schmerz und mit jedem Augenblick klang er hohler, ächzender und verstörender. Der Geruch seines Atems hatte einen unangenehmen, süßlichen Unterton, doch wurde beißender und fauliger, je mehr sein Körper sich veränderte. Odelia hätte es ausgehoben, wäre sie nicht vollkommen paralysiert gewesen. Denn sein Gesicht verlor das Fett und die Spannung, als würde jegliches Leben aus ihm ausgesaugt werden. Das prickelnde, un-angenehm-kribbelnde Gefühl durchzog ihren Körper wie tausen-de Ameisen, die sich durch die Adern drängten.

Die schwarzen Nervaturen hatten sich bereits in seinen Augen gesammelt, färbten das eine offene sichtbar schwarz, ließen ihn grausig vor sich hin starren und einfallen. Die Lippen wurden zu-erst trocken und rissig, dann dörrten sie aus wie altes Fleisch. Sie zogen sich zurück und gaben die gelben Zähne frei, an denen sich das Zahnfleisch ebenfalls zurückbildete, ausgraute, so dass die Zähne um einiges länger erschienen und die ächzenden Geräu-sche nur noch grauenerregender klingen ließen. Der Geruch wur-de ätzender und stechend, faulig-süßlich. Die schwarzen Augen in den trockenen Höhlen starrten Odelia an, die das Geschehen mit weit aufgerissenen Blick beobachtete, sich nicht rühren konnte, obwohl der Druck von ihm gegen ihren Körper schon längst nach-gelassen hatte. Sie war noch immer vollkommen paralysiert. Es fühlte sich wie ewig an und doch war alles binnen Sekunden vor-über. Ein erstickter, röhrend-zischender Schrei war das Letzte, was er von sich geben konnte, bevor sein welker, völlig lebloser Körper zu Boden ging. Ausgedörrt, grau-braun verschrumpelt, wie eine alte, verrottende Pflanze.

Odelia schrie schrill auf, als er fiel, ihre Augen aufgerissen in absoluter Verstörung. Ein Stück von seinem Arm befand sich noch in ihrer Hand, hatte sich wie ein abgestorbener Ast gelöst, als der restliche Körper zu Boden sank. Alles an ihr zitterte wie Espenlaub. Aggressiv schüttelte sie ihre Hand, wollte die Über-reste um jeden Preis von sich wegbekommen. Das Stück zerfiel in ihren Fingern, mit dem Geräusch von komplett vertrockneten Blättern, die man raschelnd, knisternd zerrieb.

Ihr Blut rauschte unangenehm in ihrem Kopf, ihr war übel und schwindlig. Sie taumelte zur Seite und kippte um.

»Odelia!« Seine, ihr allzu vertraute, Stimme schallte durch die Halle, während Isander auf sie zu rannte.

»Odelia, um Himmels Willen! Geht es dir gut? Bist du verletzt!? Du blutest!«

Odelia konnte nicht reagieren, war wie in Trance, nur das Zittern erschütterte ihren gesamten Körper. Seine Stimme wirkte ewig weit entfernt.

Isander griff nach ihr, doch sie schnellte weg.

»Fass mich nicht an!«, schrie sie, noch schriller und verzweifelter als je zuvor. Tränen brachen aus ihr heraus, liefen heiß ihre Wangen hinab. Entsetzt sah er sie an.

Sein Blick folgt ihrem, als sie mit Grauen die nahezu mumifizierten Überreste des riesigen Mannes ansah. Er zuckte erschrocken zusammen, sah Odelia dann entgeistert an. Er hatte sich fast übergeben müssen, fühlte, wie Schauer über seinen Körper zogen. Was war nur passiert?

Sie hockte da wie angewurzelt, konnte die Augen von dem verwelkten Leichnam nicht abwenden. Terror durchfuhr ihren Körper, ließ sie würgen.

Zur Seite gelehnt zog ein betäubendes Gefühl durch sie hindurch, als sie sich übergab. Die Flüssigkeit tropfte von ihrem Kinn, bevor der nächste Schwall aus ihr brach. Isander wollte ihr helfen, rührte sich aber lieber nicht.

Tränen tropften auf den grauen, staubigen Boden, versickerten aber sofort. Sie zitterte heftig, schluchzte laut auf, weinte bitterlich, bevor sie sich ein drittes Mal übergab, was nur noch Überreste mit Magensäure hervorbrachte.

Isander kniff die Augen zusammen, spürte, wie sich ebenfalls Tränen in diesen bildeten. Sein Kiefer spannte sich an. Er hielt die Hand vor den Mund. Es brach ihm das Herz, sie so zu sehen, gleichzeitig fühlte er sich völlig machtlos und erschlagen.

Odelia konnte sich nach vielen, vermeintlich ewigen, Minuten langsam sammeln und bemerkte schließlich, dass Isander die restlichen Sachen geholt hatte. Sie hatte nicht mal mitbekommen, dass er ins obere Stockwerk geflogen war.

»Kannst du aufstehen?«, fragte er und hielt ihr die Hand hin.

Sie spannte sich extrem an, als sie auf diese sah. Sie nickte nur und versuchte, alle Kräfte zu bündeln, um sich an der Wand hochzuziehen, was kein leichtes Unterfangen darstellte. Ihre Beine fühlten sich an wie Butter, die seit Stunden in der Sonne lag. Ihr gesamter Körper zitterte noch immer und schmerzte zugleich bestialisch.

Isander wollte sie stützen, doch vermied es stattdessen, sie zu berühren, da sie sich ihm sehr wahrscheinlich entziehen und damit riskieren würde, sich selbst wehzutun. Deswegen lief er neben ihr, wachte über sie, um im Notfall einzugreifen. Koste es, was es wolle. Innerlich war er von Schuld zerfressen, denn in dem Moment, in dem es drauf angekommen war, war er nicht da gewesen. Er schluckte schwer, als er das Blut sah, welches noch immer aus der Wunde an ihrem Hals hervorquoll.

»Du solltest die Blutung stoppen«, sagte er besorgt, als sie hinaustraten.

Er riss ein Stück von seinem Shirt ab und hielt es ihr entgegen. Sie berührte geistesabwesend ihren Hals. Dann sah sie wie versteinert auf das Blut an ihren Fingern. Sie hatte völlig vergessen, dass ihr eine Schnittwunde zugefügt worden war. Spürte den Schmerz auch nicht, obwohl die Wunde relativ tief war und womöglich eine Narbe hinterlassen würde.

Wie gebannt starrte das Mädchen auf die Flüssigkeit und sah zu, wie das tiefe Rot durch die Wassertropfen schließlich von ihrer Haut gespült wurde.

Seinen Stoff fasste sie nicht an. Schüttelte kaum merklich den Kopf. Stattdessen rupfte sie ein Teil ihres eigenen Oberteils ab und presste es gegen ihre Wunde.

15

Ein markerschütternder Schrei drang in die Ohren des Gestaltwandlers. Es war trotz der Wand zwischen ihnen deutlich zu hören. Er vergrub das Gesicht in den Händen. Das jämmerliche, völlig verzweifelte Schluchzen war niederschmetternd und sein Herz schmerzte bereits auf physischer Ebene. Sein Magen krampfte und sein Nacken spannte. Isander stand vom Bett auf, nahm den alten Teppichstoff unter seinen Füßen kaum zur Kenntnis, obwohl die Oberfläche aufgeraut und kratzig war. Wie automatisch klopfte er an die Holztür, die das Zimmer von ihrem trennte. Er bekam keine Antwort, was wenig überraschend war, öffnete die Tür aber trotzdem ein Stück. Sie bemerkte es gar nicht.

Ihr Körper wand sich auf dem Bett, sämtliche Decken waren bereits zu Boden gesunken, Finger krallten sich in die Matratze.

Zusammengekauert schluchzte sie kläglich, ihre Haare waren zerzaust. Von ihrem Gesicht konnte er fast nichts erkennen, denn sie drückte es in den Stoff unter sich. Isander presste sowohl die Zähne fest zusammen als auch die Lider für einen Moment, spürte wie seine Augen feucht wurden. Er atmete tief durch, bevor er den Blick zurück auf sie richtete und zum Sprechen ansetzte:

»Odelia...«, seine Stimme war ruhig, hatte nur ein leichtes Zittern im Unterton. Sie stockte, zog die Beine eng an ihren Körper.

»Entschuldige... ich wollte dich nicht wecken.«

Die Worte kamen brüchig aus ihrem Mund, leise, getränkt in Tränen, so wie alles um sie herum.

»Ich hab nicht geschlafen...«, merkte er beschwichtigend an. »Kann ich was für dich tun?«

»Nein.« Es wirkte kalt.

Der Albino schluckte schwer, nickte leicht, was sie nicht sehen konnte, da sie ihm den Rücken zugekehrt hatte.

»Okay...«, hauchte er. »Du solltest ein bisschen trinken und vielleicht eine Kleinigkeit essen, falls du kannst.«

Der Teller und ihre Flasche standen unberührt dort, wo er sie am frühen Abend abgestellt hatte. Er hatte nicht angenommen, dass sie etwas davon zu sich nehmen würde, auch wenn sie definitiv Nahrung gebrauchen konnte.

»Ich komme zurecht...«, sagte sie, er räusperte sich. Als ob.

»Odelia...«

»Bitte...«, der Ton war flehend. Beiderseits.

Sie weinte und er fühlte sich durch die Situation gezwungen, sie dabei allein zu lassen. Es widerstrebte ihm zutiefst. Seine Beine wollten sich nicht bewegen, auch wenn er wusste, dass er ihren Freiraum respektieren musste. Es erforderte außerordentlich viel Willenskraft, sich aus ihrem Raum zu bewegen.

Langsam schloss er die Tür und lehnte sich an diese, nachdem sie ins Schloss gefallen war. Sein Körper bebte, der Kopf neigte ganz von allein gen Boden. Tränen tropften auf das Holz, erst eine, dann immer mehr. Er schluckte schwer, wimmerte leise. Langsam rutschte er daran zu Boden, raufte seine weißen Haare, während mehr und mehr Tränen sein Gesicht hinabflossen. Sein Inneres brannte unangenehm, alles schmerzte und fühlte sich unsagbar schwer an.

Odelia vernahm leise Geräusche vor der Tür, starrte an die Wand vor sich, den Rücken zu Isanders Zimmer gedreht. Deutlich konnte sie hören, wie er weinte. Unwillkürlich schluchzte sie auf, hielt sich die Hand vor den Mund, bemühte sich, leise zu sein. Sie sah sich, wie sie aufsprang, die Tür öffnete und ihn in die Arme nahm, ihn fest an sich drückte und ihm sagte, dass sie bei ihm war. Jede Sekunde.

Doch sie konnte nicht.

Sie sah auf ihre rechte Hand. Ihre Haut sah zart aus wie immer. Schmale, feingliedrige Finger. Je länger ihr Blick auf diesen verweilte, desto mehr legte sich ein Schleier darüber und sie sah, wie sich dünne, schwarze Adern formten, sah wie die Haut sich veränderte und austrocknete. Welkte wie eine Blume. Panisch schüttelte sie ihre Hand, gab leidvolle Geräusche von sich. Der Druck auf ihrem Brustkorb breitete sich aus, das beklemmende Gefühl in ihrem Hals wurde stärker. Nach Luft schnappend schaute sie sich hektisch im Raum um, wollte aufstehen. Als sie sich bewegte, fiel ihr etwas auf.

Sie hielt inne. Sah ihre Hand an.
Nichts.
Ihre Haut war porzellanfarben wie immer.
Unberührt, unverändert.

Alles in ihr wollte schreien.

Seit dem Vorfall in der Lagerhalle verstand Odelia die Welt nicht mehr, noch so viel weniger als je zuvor. Immer mehr hatte sie das Gefühl, den Verstand zu verlieren.

Mit einem Mal war ihr übel. Gerade so konnte sie sich noch dazu bringen und sich über den Eimer beugen, der neben ihrem Bett stand.

Einige Zeit war vergangen, bevor sich Isander aufraffen konnte, sich angestrengt abhaltend, erneut in ihr Zimmer zu stürmen. Nun saß er am großen Fenster, hatte es weit geöffnet und beobachtete den Nachthimmel. Die Sterne prangten hell am Firmament. Der Oriongürtel fiel ihm als erstes direkt ins Auge, bevor er auch den Rest des Sternbildes erfassen konnte. Ein Seufzen durchzog ihn, als er den Blick abwendete und über die leeren Straßen gleiten ließ. Ihm wäre nach Fliegen zumute gewesen, doch weigerte er sich, Odelia erneut allein zu lassen. Vor allem in ihrem jetzigen Zustand.

Es war erst etwas über eine Woche vergangen, seit sie dem Mann jegliches Leben entzogen hatte. Danach hatten sie kaum gesprochen. Sie wehrte sich mit allem, was sie hatte, dagegen, dass er sich ihr auch nur mehr als zwei Meter näherte, verhinderte jegliche Berührungen als auch sonstige Interaktionen. Völlig abgeschottet weinte sie stundenlang, schrie entsetzlich im Schlaf, manchmal selbst, wenn sie wach war. Essen bekam sie nicht runter und zu allem Überfluss übergab sie sich sehr häufig. Er nahm an, dass sie mittlerweile nur noch Magensäure ausbrechen konnte, denn mehr hatte sie gar nicht in sich. Deswegen bemühte er sich, sie zumindest zum Trinken anzuhalten, was sie gelegentlich tat. Wenn auch viel zu wenig.

Es fühlte sich wie ewig während Jahre an.

Ein Stein prallte gegen das Geländer vor dem Fenster. Isander zuckte erschrocken, war innerlich sofort in Alarmbereitschaft. Sein Blick traf auf perlblondes Haar. Der dunkelgrüne, grobmaschige Pullover war ausgefranst und ließ nackte Haut durchschimmern. Die fliederfarbenen Augen funkelten im Mondlicht.

»Xeno...«

Isander atmete lang und tief aus. Er konnte sich nicht entsinnen, jemals so unfassbar froh gewesen zu sein, diese Person zu erblicken.

Xenophilius machte sich nicht die Mühe, durch die Tür des Gebäudes zu gehen und über die Flure und Treppen zu der Ferienwohnung zu gelangen. Stattdessen wurde sich für den kürzeren Weg entschieden und xier kletterte die Hausmauer hinauf. Es war nicht extrem hoch, aber trotzdem gab es kaum etwas zum festhalten. Dem Problem begegnete das magische Geschöpf natürlich nicht. Stattdessen kreierte Xenophilius kleine Wolken, welche die Schritte und Griffe abfederten und xier schließlich nach oben brachten.

»Du lässt dir ja auch ständig neue verrückte Sachen einfallen«, stellte Isander fest, sah seinen Gegenüber an. Automatisch erwartete er eine unangebrachte Bemerkung über den außergewöhnlichen Einfallsreichtum seines langjährigen Freundes. Doch Xenos Gesicht war ernst.

Sorge zeichnete seine schillernden Augen. Kein Lächeln, keine Worte. Nur ein Griff nach vorn und Isander fand sich in einer Umarmung wieder. Die Hand des Magiers vergrub sich in Isanders Haaren am Hinterkopf, hielt ihn fest an sich gedrückt. Für einen Moment war der Albino überfordert, schließlich erwiderte er die Umarmung genauso fest. Seine Augen füllten sich erneut mit Tränen.

Für einige Minuten standen sie dort, hielten sich im Arm. Bis Isander die Umarmung letztendlich löste.

»Ich hab' deine Nachricht heut erst bekommen, sonst wäre ich eher da gewesen.«

Es klang wie eine Art Entschuldigung, doch Isander war froh, dass Xenophilius überhaupt gekommen war.

»Ist sie im Zimmer drüben?«, fragte xier, deutete auf die Tür gegenüber.

Der Albino nickte.

»Ihr Zustand ist...«, begann der Weißhaarige, fand aber keine passenden Worte, die das Elend auch nur annähernd beschreiben konnten.

»Verstehe. Ich hab' ein bisschen was mit«, damit klopfte sich Xenophilius auf die Gürteltaschen, woneben xier auch noch einige zusätzliche Fläschchen am Gürtel befestigt hatten.

»Ich denke, wir finden eine Lösung.«

»Es ist...«, Isander rieb sich angespannt über die Stirn. Stieß den aufgestauten Atem aus. »Ich würde ihr gern helfen«, hauchte er mit brüchiger Stimme.

»Das kannst du nicht.«

Die Erkenntnis traf Isander schmerzlich.

»Ich weiß, du würdest dein Leben für sie geben, wenn ihr das helfen würde. Aber gerade kannst du nichts tun. Sie muss es aushalten. Lernen«, Xenophilius sprach die Wahrheit. Xier sagte es nicht, weil xier kein Mitgefühl hatte. Im Gegenteil. Doch er nannte es beim Namen. Isander konnte ihr hierbei nicht helfen.

»Ich weiß...«

Einige weiße Locken rutschten in sein Gesicht, blieben an den feuchten Wangen kleben. Verzweifelt biss er sich auf die Lippe, versuchte sich zu fangen.

Xenophilius nahm einen der Flakons aus seinem Gürtel und drückte diesen in Isanders Hand.

»Trink das und leg dich hin. Du brauchst Schlaf. Oder geh erst 'ne Runde raus.«

Der Weißhaarige musterte das Fläschchen in der Hand. Die Flüssigkeit glimmerte in Dunkelblau und Violett, zwischendurch wurde sie türkis und rosa. Es hatte etwas Galaxieartiges an sich.

»Was is' das?«, fragte er.

»Lass dich überraschen.«

Ein Anflug von Grinsen machte sich auf Xenos Gesicht breit.

»Ich möcht' aber so bleiben, wie ich bin«, stellte Isander klar, sprach schließlich aus Erfahrung.

»Ja, ja, halt mir das doch nicht ewig vor. Das *eine* Mal.« Scherzhaft verdrehte xier Magier die Augen und Isander schien beinahe zu schmunzeln.

Einmal. Tja, das eine Mal hatte sein Leben verändert. Damals hatte er xien angeschrien, hätte xien am liebsten den Hals umgedreht. Und nun war es seine größte Freiheit geworden.

Er sah nach draußen.

»Ich würde eine Runde fliegen, wenn das okay ist.«

Es war mehr ein Flüstern als eine richtige Frage.

»Ich pass' auf sie auf«, sagte Xeno nur, bevor xier zur Tür ging und klopfte. Isander warf einen Blick auf seinen Freund, welcher die einzige Person war, der er Odelias Wohlergehen und Schutz anvertrauen würde. Dann lehnte er sich übers Geländer und ließ sich fallen, ehe er seine dichten Schwingen gegen den Wind drängte.

Odelia antwortete nicht, also öffnete Xenophilius die Tür langsam.

»Geh ruhig schlafen«, wisperte sie. Ihre Stimme war rau, leise und schwach.

»Nicht erschrecken, ich bin's, Xenophilius.«

Doch genau das tat sie, war so sehr auf Isanders vertraute

Stimme eingestellt. Diese hier war um einiges höher, wenn auch bekannt. Sie atmete angestrengt durch, setzte sich langsam ein Stück auf.

»Du solltest dich lieber um Isander kümmern. Er braucht dich...«, sie war froh, wenn Isander nicht alleine war und das Ganze nicht einsam ertragen musste.

Dennoch fühlte sie sich schuldig, wollte nicht noch mehr Umstände bereiten, als sie ohnehin schon tat. Im Übrigen hätte sie Isander gern gesagt, dass er gehen konnte und sollte, weit weg von ihr, dorthin, wo er sicher war. Vor ihr. Stattdessen war nun Xenophilius hier in ihrem Zimmer. Eine weitere Person, die sie gefährdete.

Xenophilius musterte Odelia.

Ihre Wangen wirkten eingefallen, tiefe, dunkle Augenringe zierten das ursprünglich weiche, ehemals fast noch kindliche Gesicht. Die Lippen waren eingerissen und die Haut blätterte ab. Ihr Hautton grenzte an Weißgrau und war fernab ihrer sonst so rosigen Wangen. Die blonden Haare wirkten ebenfalls dunkler als sonst, waren etwas fettig und zerzaust, stellenweise versehen mit Knötchen.

Odelia war ein Schatten ihrer selbst. Für einen Moment musste xier sich sammeln.

»Trink was«, sagte xier, nahm die Flasche vom Nachttisch und hielt sie ihr hin.

»Danke, ich mache das schon«, sagte sie rau weigerte sich sie entgegenzunehmen.

»Du stirbst, wenn du nichts zu dir nimmst« Xenophilius sprach eine Tatsache aus.

Vielleicht wäre es am Ende besser, dachte sie sich. Erschrak sich selbst vor dem Gedanken.

Xier setzte sich mit Abstand auf ihr Bett. »Bitte, trink was. Dein Körper ist ausgezehrt. Isander zuliebe, wenn schon nicht für dich selbst.«

Diesmal klang xier Magier weicher, wenngleich die Aussage einer Erpressung gleichkam. Sie seufzte schwer, streckte schließlich die linke Hand nach der Flasche aus.

»Die andere«, sagte xier.

Sie sah Xeno das erste Mal direkt an. Ihre Augen flackerten. Xier war beständig, aber gleichzeitig sanft.

»Nein«, sagte sie deutlich.

»Mir passiert nichts. Nimm die Flasche in die rechte Hand.« Ihr Atem beschleunigte sich unregelmäßig. Xier kippte die Flasche so, dass sie sie direkt greifen konnte, ohne xies Hand zu nahe zu kommen. Ihr fiel auf, dass Xenos Hand von einem leichten Glimmern umgeben war. Stark zitternd erforderte es alles an Überwindung, bis sie endlich die rechte Hand ausstreckte und die Flasche zaghaft entgegennahm.

»Sehr gut«, sagte Xenophilius. »Siehst du: nichts passiert«, untermalte xier ihren Erfolg.

Odelia atmete tief durch, starrte die Flasche an und sah dann erneut zum Magier, musterte xien eindringlich, ob dieser auch wirklich nichts abbekommen hatte. Xenophilius zeigte beide Hände, so dass sie sie gut sehen konnte. Nichts.

Langsam drehte sie den Deckel auf und hob die Flasche an ihre spröden Lippen. Wasser benetzte diese, dann ihren Mundraum. Ihre Kehle. Sie trank. Einen Schluck, dann mehr, bis die ganze Flasche leer war. Wie hatte sie das Bedürfnis so lang ignorieren können?

»Ich will so nicht sein«, ein Wimmern durchfuhr sie.

»Das weiß ich. Das wissen wir alle«, sprach Xenophilius ruhig.

Sie sank nach vorn, vergrub ihr Gesicht in ihren Händen über den Knien.

»Odelia«, Xenophilius' Stimme hatte etwas Weiches, aber gleichzeitig vernahm sie einen ernsten Unterton.

»Du kannst nicht davor weglaufen. Je mehr du anstaust, desto unkontrollierter wird es.«

»Ich will das nicht...« Sie schluchzte.

»Du hast keine Wahl.«

Ein Stich durchzog sie.

»Du hast keine Wahl, was diese Fähigkeit angeht. Alles, was du tun kannst, ist, sie zu kontrollieren lernen. Das ist deine Wahl. Ehrlich gesagt die einzige, die du hast, wenn du nicht noch jemandem das Leben entziehen willst.«

Seine Worte hämmerten sich wie stumpfe Nägel in ihren Körper, bis sie tief innen alles zerstachen. Sie wusste, dass xier Recht hatte und so sehr es auch schmerzte, schien doch ein wichtiger Teil von ihr langsam wieder an der Oberfläche zu kratzen.

Ihre Hoffnung. Ihr Wille zu leben.

»Du bist nicht alleine, Odelia. Auch wenn du davon viel allein umsetzen musst, du hast Noara, du hast mich und allen voran hast du Isander«, erinnerte sie xier Perlblonde.

»Ich vermisse ihn...«, wisperte sie verzweifelt.

Xeno nickte, bevor dieser sich erhob und zum Waschbecken in der Ecke ging. Xier nahm den Becher, der dort stand, spülte ihn kurz aus und friemelte die Gürteltasche auf. Eine Prise von der Kräutermischung des einen Säckchens, ein Tropfen von einem der Fläschchen und den kompletten Inhalt einer Ampulle füllte xier in den Behälter. Xien Finger glitten über den Rand, als würde xier Klaviertasten unter diesen spüren, versprühten winzige, verschiedenfarbige Funken, ehe das Gebräu kurz aufschäumte und sich in eine milchig-silberne Flüssigkeit wandelte.

Kurz roch xier daran, ehe xier sich zu Odelia drehte und es ihr entgegenhielt.

»In einem Schluck austrinken«, wies Xenophilius an. »Schmeckt ein wenig spannend, lass dich nicht irritieren.«

»Was ist das?«, fragte sie leise, als sie das seltsame Gemisch begutachtete.

»Also, die Frage hab' ich heut schon mal gehört«, stellte xier künstlich pikiert fest. »Das reguliert deinen Stoffwechsel und Energiehaushalt kurzzeitig. Dein Magen kommt etwas zur Ruhe und wenn du Glück hast, reduziert es auch die Träume. Das kann ich dir aber nicht versprechen, dafür kenn' ich deine Energiestränge noch zu wenig.«

Alles in allem klang es für Odelia überzeugend genug, um es anzunehmen. Sie trank die merkwürdig wirkende Flüssigkeit in einem Schluck aus. Ihre Zunge brannte wie Feuer, ehe sich ein süß-saurer, beißender Geschmack ausbreitete und anschließend in einem kühlenden Pfefferminzhauch endete. Ihre Haut prickelte stellenweise, ihr Innenohr schien zu jucken. Alle seltsamen Symptome verflogen binnen Sekunden und Odelia fühlte sich bereits um einiges ruhiger als zuvor. »Danke«, hauchte sie.

»Kein Problem. Ich bleib' erstmal hier, wenn was ist, sag Bescheid«, erklärte xier Magier und betrachtete das ausgezehrte Wesen auf dem Bett.

»Und iss was. Du siehst ganz schön bescheiden aus.«

Sie wusste, dass xier recht hatte und nickte leicht, ließ xier aus der Tür gehen, ehe sie langsam, zittrig nach dem Teller griff. Das Essen vor ihr ekelte sie regelrecht an, jedoch überwand sie sich und nahm einen winzigen Bissen.

Ehe sie sich versah, hatte sie die Portion zumindest knapp zur Hälfte aufgegessen. Ihr Körper fühlte sich sogleich besser, aber auch überfordert. Einige Minuten verstrichen, bevor sie sich hinlegte und ihre Augen zufielen.

16

Es fühlte sich eigenartig an, in Xenophilius' Haus zurückzukehren, nach alldem, was geschehen war. Noara hatte sie mit dem Auto abgeholt, da die Strecke für Odelia in ihrer aktuellen körperlichen Verfassung unmöglich zu bewältigen war. Schon die vier bis fünf Kilometer zu Fuß hatten sie an die völlige Erschöpfung getrieben. Tapfer biss sie sich durch, um keine Anhaltspunkte zu ihrem Aufenthaltswechsel zu hinterlassen. Sie fragte sich, ob es noch mehr gab, die hinter ihnen her waren. Und nach wie vor fragte sie sich, warum sie in den Augen ihrer Verfolger überhaupt relevant war. Eigentlich hatte sie gedacht und gehofft, dass die Suche nach ihr einfach eingestellt wurde. Aber das waren eben auch keine normalen Ermittler oder Detektive gewesen. Der Mann, der unter ihrer Hand zu Grunde gegangen war, war nichts anderes als ein Killer gewesen. Die Frage war, wieso jemand wollte, dass sie auf diese Weise starb.

Sie sah auf ihre Hand. Für ihren Geschmack gab es nach wie vor zu viele Dinge um sie herum und offenbar auch über sie selbst, die sie nicht verstand und von denen sie die Bedeutung erfahren musste, um die Kontrolle über ihr Sein zurückzuerlangen.

Das Haus als solches war unverändert, aber hier und da hatte sich neuer Nippes aufgetan und hatten sich weitere Kristalle im Raum verteilt. Wenn man hineinkam, fühlte man sich wie ein Kinde im Süßigkeiten- und Spielzeugladen. Immer gab es etwas zu entdecken und mit großen Augen wusste man nie, wo man zuerst hinsehen sollte, weil man die nächste Überraschung vielleicht übersehen könnte.

Ständig schweiften ihre Gedanken in unwichtige Richtungen ab, dennoch begrüßte sie dies, denn es hielt sie davon ab, sich mit ihrer eigentlichen Situation auseinanderzusetzen und sich stetig daran zu erinnern, dass sie einem Mann das Leben genommen hatte. Die Schuld klebte wie schwerer, schwarzer Teer an ihr. Zudem zuckte sie bei jedem noch so kleinen Geräusch, hörte ihr Blut rauschen, sobald sie irgendwo Stimmen oder Schritte vernahm, in der Angst, dass jeden Moment eine weitere Person auftauchen würde, die ihr oder, noch schlimmer, Isander etwas antun könnte.

Die Anwesenheit der drei Freunde in dem Haus minderte Odelias innere Beklemmung nicht im geringsten. Während sie auf dem Sofa im unteren Wohnzimmer saß, fiel ihr Blick zu dem Küchentisch auf der gegenüberliegenden Seite des Raumes. Die

Glasfront rechts davon, welche zum angrenzenden Gewächshaus gehörte, ließ warmes, strahlendes Sonnenlicht hineinfallen.

Sie sah bildlich vor sich, wie Isander und sie dort saßen, mit den Waffeln vor der Nase. Wie er sich so nah zu ihr gelehnt hatte. Spürte seinen Atem in ihrem Gesicht, wie warm seine Hände waren, als er ihre hielt, und wie ruhig ihr Wesen wurde, sobald er sich ihr näherte.

Ihr Herz schmerzte.

Nun war alles anders. Isander saß einige Meter entfernt auf einem der Sessel und las. Zumindest versuchte er es. Sein Blick war müde und auch die Haut unter seinen Augen schimmerte in einem dunklen Lila. Die Wimpernränder wirkten vom vielen Weinen sehr gerötet. Man konnte ihm schon aus großer Entfernung ansehen, dass Schlaf und Ruhe aktuell Fremdwörter waren.

Und doch wich er nie von ihrer Seite.

Ihr Herz sehnte sich nach ihm. Und seines schrie ebenso nach ihr.Aber sie wollte nichts riskieren. Konnte nicht riskieren, dass ihm etwas zustieß.

Auch keinen der anderen beiden berührte sie. Sie hielt stetig Abstand, wohl wissend, dass sie zumindest die Möglichkeit besaßen, sich mit Magie in ihrer eigenen Form zur Wehr zu setzen, sollte die Situation dies erfordern.

Dennoch war Odelias Angst zu groß.

Vorsichtig nippte sie an der Vanillemilch aus der großen Tasse in ihren Händen. Der Duft hatte noch immer etwas Beruhigendes, Weiches, Warmes für sie. Ein Hauch von Frieden in alldem. Dann fühlte sie Isanders Augen auf sich gerichtet. Vorsichtig sah sie auf. Er wirkte zuerst, als wollte er schnell wegsehen, doch entschied er sich letztendlich dagegen, als ihre Blicke sich trafen. Für einen Moment schien alles still zu werden.

Seine bläulichen Augen sahen besorgt und müde aus, zugleich so voller Liebe, dass Odelia ein leichtes Kribbeln spürte - und kurz darauf den schweren Stein auf ihrem Herzen um so deutlicher. Alles in ihr verzehrte sich nach ihm, der Art, wie er sie festhielt, seinem Geruch, dem Atem auf ihrer Haut, dem Lauschen seines Herzschlages. Bisher waren nur zwei Wochen gewesen. Zwei Wochen zu viel, um sich von jemandem fernzuhalten, dessen noch so sachte Berührung die Wirkung hatte, alles in ihr zu erwärmen, friedliche Stille auszulösen, die sie sonst nicht fand. Von jemandem, dessen Name allein ihr Herz flattern ließ wie die weißen Flügel seiner atemberaubend schönen Rabengestalt. Jemandem, den man so sehr liebte, dass alles andere völlig unwichtig schien.

»Also...«, Xenophilius' Stimme riss sie aus ihren Gedanken.

Angestrengt blinzelte sie die aufgestiegenen Tränen fort, welche Isander deutlich gesehen hatte und ebenfalls in seinen eigenen Augen wahrnahm. Hatten sie beide doch den Blick vom jeweils anderen nicht abgewandt, ehe sie angesprochen worden waren.

»Noara und ich hatten uns die letzten Tage beraten, was wir mit dir machen können«, fuhr xier fort.

»Mit mir machen?«, Odelias Stimme war kratzig und schwach. »Xeno will sagen, wir denken, du musst lernen, deine Kräfte zu kontrollieren. Wir haben ein wenig herumgeforscht, ob es Anhaltspunkte gibt, wodurch deine Fähigkeiten entstanden sind. Xeno nimmt an, dass deine Familie nicht wirklich magischen Ursprungs ist. Zumindest ist dergleichen nirgends verzeichnet und normalerweise hinterlassen so ziemlich alle magischen Familien irgendwelche Spuren«, erklärte Noara ausführlicher, worauf Xenophilius ursprünglich hinauswollte. »Aber was heißt das für mich?«, wollte die Jüngste wissen.

Xenophilius stieg ein, als wäre es xies Stichwort:

»Das heißt, du hast zwei völlig gegensätzliche Fähigkeiten und keiner wusste, wo sie herkommen könnten. Nun ja, fast keiner.«

Xies Blick fand den Albino, welcher diesen ungewollt erwiderte und den Kiefer sofort anspannte.

»Isander, denkst du nicht, dass es der passende Moment ist, ihr von deiner Beobachtung zu erzählen?«

Besagter stieß hörbar Luft aus, nickte dann aber und legte sein Buch beiseite. Odelia sah ihn an. Er hatte ihr also erneut etwas verschwiegen? Sie schluckte schwer, konnte es ihm aber nicht wirklich verübeln.

Sein Blick hob sich und traf wiederholt ihren.

Standhaft. Beide.

»Ich wollte dir Zeit geben, bevor ich dir davon erzähle. Am Anfang dachte ich auch, dass ich es mir vielleicht eingebildet hatte. Aber nun ist es noch deutlicher geworden«, begann er und wartete auf eine Reaktion ihrerseits.

Sie nickte. Er fuhr fort.

»Wenn ich...«, er seufzte angespannt. »In meiner Rabengestalt ist mir an dir etwas aufgefallen. Es ist nicht sofort zu erkennen, aber je länger ich in der Gestalt verweile, desto mehr kann ich auf andere Ebenen... zugreifen? Ich weiß nicht, ob das der richtige Ausdruck dafür ist«, erklärte der Weißhaarige, rieb sich nervös über die Augenbraue.

»Und was ist es?«

Er wendete sich kurz ab, dann sah er sie wieder an und atmete tief durch, bevor er weitersprach.

»Du trägst Tod in dir.«

Sie schwieg. Schaute ihn an.

Es wirkte auf sie nicht besonders überraschend, nach dem, was sie kürzlich erlebt hatte. Dennoch war ihr nicht ganz klar, was genau für einen Schluss sie daraus ziehen sollte.

»Was... soll das heißen?«, hakte sie nach.

»Das heißt, dass dich eine Aura umgibt, die der Energie des Jenseits' gleicht. Aber nicht erst seit der letzten Situation oder der vom Ritual, sondern schon vorher. Ich denke auch nicht, dass es die Fähigkeit im eigentlichen ist.« Isanders Stimme schwankte leicht, seine Aufregung war spürbar.

Auch wenn er selbst nicht genau wusste, wieso er nervös war. Vielleicht, weil er befürchtete, es könnte sie erneut triggern, und er wollte ihr zusätzlichen Stress eigentlich ersparen.

»Da ist was anderes. Ich glaube du musst ihm begegnet sein«, sagte er schließlich.

Sie sah ihn perplex an, schwieg ein paar Sekunden.

»Dem Tod?«, fragte sie nach, wollte sichergehen, dass sie richtig verstanden hatte, worauf er hinauswollte.

»Ja«, nickte der Albino.

Odelia war verwirrt. Ständig tauchten neue seltsame Dinge auf und alle schienen irgendwie miteinander zu tun zu haben. Sie strich sich über das Gesicht.

»Denkst du, das hat was mit der Reinigung zu tun?«, fragte Odelia, Xenophilius warf ein: »Nein. Deine Energie hat eine andere Verbindung dazu. Du hörst Stimmen und siehst Dinge, du kannst heilen und offensichtlich auch jemandem das Leben entziehen.«

Ihr wurde erneut übel. Wie jedes Mal, wenn das Thema aufkam. Die Bilder rauschten vor ihrem inneren Auge vorbei.

Xenophilius sprach es bewusst aus, denn es war eine Tatsache und xier war der Ansicht, dass Odelia es mit Verdrängung nicht verarbeiten würde.

»Was Isander meint ist, dass du mit dem Tod in Verbindung

stehen musst. Deine Energie weist eine eindeutige Verknüpfung auf. Ist dir vielleicht als Kind mal was passiert?«, fragte xier Magier. Odelia schüttelte automatisch den Kopf, hielt dann aber inne. Es fiel ihr wie Schuppen von den Augen.

»Ah…«, sie zog scharf die Luft ein, sah Isander an, der sie besorgt und gleichzeitig interessiert fixierte.

»Doch, natürlich«, sagte sie.

»Ich… bin als Baby fast gestorben.«

Alles um sie herum war dunkel. Ein zarter Schleier umgab sie, wie ein Hauch von schimmerndem Organza, nur noch feinstofflicher, auslaufend in eine Art glitzernden Staub.

Die Stille schien ohrenbetäubend. Aus der Ferne vernahm sie den dumpfen, unterschwelligen Klang der Stimme ihrer Mutter. Sie rief nach ihr, vermeinte sie. Vielleicht war es eher ein Schreien. So genau konnte sie es nicht definieren. Zu weit weg war das Geräusch, welches gerade noch so zu ihr durchdrang.

Die türkisen Augen suchten die dunkle, scheinbar unendliche Umgebung ab, nach irgendwas Greifbarem, denn nichts um sie herum schien irgendwo zu beginnen oder zu enden.

Ein schwarzer Schatten näherte sich ihr. Dessen langer, samtig anmutender Mantel schleifte auf dem Boden, welcher nichts minder war als ein Hauch von Nichts. Es wirkte, als würden die Schritte gerade so schweben und schließlich irgendwo aufsetzen, wo es diesem lieb war. Die Luft war kalt und wurde wie von Eis durchzogen, je näher die Schritte kamen. Eine Gestalt formte sich aus den Schatten, welche sich wie Nebel um den Körper wanden, in ihrem Dunst zwischen Wirbeln und dicken Schwaden wechselten, bis sie stellenweise in die Atmosphäre übertraten. Odelia rührte sich nicht, fühlte die Kälte nicht, die sie umgab, und alles erstarrte, als das Wesen vor ihr zum Stehen kam.

Die Finger waren auf den ersten Blick hautfarben und etwas gräulich, schimmerten wie ein Chrome-Effekt in Violett, Dunkelblau und Grün. Durchlässig wie Eis zeichneten sich unter der vermeintlichen Haut die Fingerknochen ab, wie sie sich um den Stab wanden, den sie hielten.

Eine Kapuze war tief in das Gesicht gezogen, welche wie der Rest des Umhangs in Schattenrauch auslief.

Ihr Gegenüber hob den Kopf ein Stück, so dass Odelia das

Kinn und die Lippen sehen konnte. Auch hier wies die Haut dieselben Eigenschaften auf.

Ihr hätte kalt sein sollen, doch Odelia war eingenommen von der Stille, der Präsenz dieser Person vor sich.

»Du bist früher hier als erwartet.«

Die außergewöhnlich tiefe Stimme hallte, dröhnte in der Stille wie intensiver Bass, bebte in ihr wieder. Eine Stimmfarbe, fernab von der Welt, in die sie geboren wurde.

»Früher?«, fragte Odelia. »Wo sind wir?«

Ihr Blick fiel auf die große, geschwungene Klinge, welche, ähnlich wie der Rest des Nichts, in Blau- und Violett-Tönen schimmerte und aus einer Art Eis bestand.

»Du bist bei mir. Zumindest beinahe. Wir befinden uns in der Anderswelt. Ein Ort zwischen hier und dort.«

Etwas regte sich in Odelia, als würde es dort, wo ihr Herz saß, reagieren.

»Ich denke nicht, dass ich hier sein sollte.«

»Und doch bist du es.« Einen Schritt kam er näher.

»Ich erkenne dein Gesicht nicht«, stellte sie fest.

Ein Schmunzeln breitete sich auf seinen Lippen aus.

»Wer mein Gesicht sieht, tritt hinter die Anderswelt.«

»Das ist nicht dort, wo ich hingehöre«, sprach sie, ihre Stimme fest und bestimmend.

»Odelia, Odelia. Ich denke, das steht nicht mehr in deiner Macht, zu entscheiden.« Er wiegte leicht den Kopf hin und her.

»Was soll das bedeuten?« Sie musternd ihn.

»Dein Herz, Odelia. Es hat bereits vor einiger Zeit aufgehört zu schlagen.«

Ein Fiepen zog durch ihre Ohren, betäubte sie nahezu, als ihr Gegenüber die Kapuze von seinem Gesicht nach hinten strich.

Sie sank zu Boden, stützte sich mit ihren Händen, welche durchlässig wie Wasserdampf waren.

Sein Antlitz wirkte ganz anders als erwartet, nahezu freundlich. Rotblondes Haar rahmte sein Gesicht, welches ab und zu die Form eines Schädels durchschimmern ließ. Nur die Augen waren schwarz wie die Dunkelheit selbst. Nicht nur die Iris, sondern auch der Augapfel.

Odelia sah ihn an und er sie. Sanft lächelte er, streckte die Hand nach ihr aus.

»Hab keine Angst, es ist Zeit.«

Ihr Blick fiel auf seine Hand, erneut. Sie zögerte.

»Nein«, sagte sie deutlich.

»Nein?« Ein überraschter Laut war zu vernehmen.

»Nein, ich komme nicht mit." Ihre Entscheidung stand fest.

«Und ich habe keine Angst. Aber ich komme nicht mit«, stellte sie klar.

Er gluckste, schmunzelte und richtete sich auf. »So.«

Gelassen lehnte er sich auf seine riesige Sense.

»Ich kann dich zwingen, das ist dir bewusst, oder? Denn du hast die Grenze bereits überschritten.« Die schwarzen Augen waren auf sie gerichtet.

Doch statt sich zu fürchten, sah Odelia ein Funkeln, so endlos wie die Galaxie selbst. Sie raffte sich auf.

Mit einem Mal schnellte sie vor und griff nach seinem Schattenmantel. Seine Augen weiteten sich überrascht, dennoch wich er nicht zurück, ließ sie gewähren.

»Du musst mich gehen lassen. Bitte! Ich weiß es, ich fühle, dass es nicht mein Weg ist, nicht dieser winzige Moment. Ich muss zurück, es wartet so viel auf mich«, ihre Stimme bebte flehend.

»Es ist zu spät«, sagte er ruhig, sah die Seele des Mädchens an, welche sich an ihn krallte.

»Ist es nicht!", widersprach sie. «Ich weiß, dass es eine Möglichkeit geben wird. Lass mich zurück zu meiner Familie. Mein Herz ist stark. Ich bin stark. Ich will leben! Ich will *dieses* Leben«, Odelia wurde lauter, zitterte.

»Du bist schon zu lang hier, Odelia.«

Er verschwieg etwas, sie wusste es.

»Was ist es?«

Er schnaufte leicht, griff nach ihrer rechten Hand. Es war kalt. Und brannte zugleich.

»Odelia, es ist keine leichte Bürde, wenn dich der Tod selbst zurück ins Leben schickt. Überleg es dir gut.«

Die tiefe, außerweltliche Stimme hallte in ihr, in den schier unendlichen Weiten des Nichts, in dem sie sich befanden.

»Ich werde dem gewachsen sein«, ihre Stimme fand ihre Festigkeit wieder.

»Selbstsicher«, bemerkte er, klang fast ein wenig beeindruckt.

»Bitte, lass mich zurück. Ich werde es schaffen und wenn es an der richtigen Zeit ist, sehen wir uns wieder.«

Mit der freien Hand packte er mit einem Mal ihr Gesicht, sie zuckte mit den Lidern, wich aber nicht zurück. Ihr Blick war fest und blieb es, als seine Finger gegen ihre Wangen und ihren Kiefer drückten und er sich über sie lehnte. Ihre rechte Hand brannte, so schmerzhaft ziehend, stechend und heiß, als hätte sie sie auf eine Herdplatte gedrückt. Zugleich fror sie so sehr. Winzige Nadelstiche breiteten sich aus. Sie keuchte schmerzerfüllt auf, zog sie dennoch nicht weg.

Seinen Blick mit dem ihren vereint, drückte er erneut gegen ihren Kiefer, so dass sie ihren Mund öffnete.

Mit den Lippen tat er es ihr gleich. Ein dunkler Nebel bildete sich, kleine schwarze Fragmente, glitzernd wie Turmalin-Splitter, tanzten in dem Dunst, welcher aus seinem Mund trat. Sie atmete ein, kurz, bevor er noch näherkam, so dass sie nur noch wenige

Millimeter voneinander entfernt waren. Ein tiefer Atemzug ließ Odelia den Nebel in sich aufnehmen.

Die Fragmente verschmolzen mit ihrer Seelensubstanz, ein Rauschen breitete sich in ihr aus.

Ihr wurde schwummrig und sie fühlte sich eigenartig. Das Brennen ihrer Hand spürte sie nicht mehr, stattdessen durchzog ein Strom ihr Inneres, ihr Herzschlag dröhnte plötzlich in ihren Ohren.

Eisige Lippen drückten sich auf ihre Stirn.

Ein Babyschrei ertönte.

17

»Du bist als Baby gestorben? So richtig?«, fragte Xenophilius. Noara unterdrückte ein kurzes Schmunzeln auf seine direkte Frage.

»Mhm«, nickte Odelia und ließ für einen Moment ihre Vergangenheit Revue passieren, in der Annahme, dass sie und womöglich die anderen ihre Eigenheiten besser verstehen konnten oder zumindest eine Idee davon bekamen, was ihr Lebensweg für einen Einfluss auf sie hatte.

»Meine Eltern haben mich sehr behütet und einige Sachen durfte ich, als ich kleiner war, nicht ausprobieren oder spielen, weil sie ihrer Meinung nach zu gefährlich waren. Irgendwann habe ich sie gefragt, warum ich dies und jenes nicht durfte«, begann sie zu erzählen.

»Meine Mutter war überrascht und hatte sich entschuldigt, dafür, mich so einzuschränken, und mir schließlich erklärt, dass sie schlicht und ergreifend Angst um mich hatte. Ich habe sie selten so emotional erlebt.«

Odelia atmete durch, räusperte sich.

»Sie hatte erzählt, dass sie bereits während der Schwangerschaft mit mir schon ein paar Komplikationen hatte. Sie lebten erst wenige Jahre in der Gemeinde. Das Krankenhaus arbeitet dort mit sehr natürlichen Methoden und konnte ihr nur bedingt Auskunft darüber geben, wie es mir erging oder welchen genauen Einfluss die Komplikationen auf meinen oder ihren Körper hatten. Deswegen hat sie sich an jemanden gewandt, der kurzzeitig mal bei ihnen untergekommen war. Ein Reisender sozusagen. Obwohl sie ihn wohl sehr eigenartig fand. Ich vermute, er entsprach nicht der Norm.«

Sie dachte kurz nach, versuchte sich an jegliche Details zu erinnern. Isanders Blick lag auf ihr, auch wenn er gelegentlich unruhig hin und her rutschte, seine Sitzposition änderte. Xenophilius und Noara sahen sie still und interessiert an und hörten aufmerksam zu.

»Ich glaube, sie hat erwähnt, dass er seine Hand aufgelegt und gesagt hat, dass ich eine starke Seele besitze, die volles Leben in sich trägt oder sowas in der Art. Sie meinte, sie hatte keine Ahnung, was er damit sagen wollte, fühlte sich aber irgendwie beruhigt. Sie sollte sich angeblich keine Sorgen machen.« Odelia zog ihre Augenbrauen etwas zusammen bei dem Gedanken, erzählte dann aber weiter.

»Bei der Geburt selber gab es aber ebenfalls große Schwierigkeiten und sie hatte schlimme Schmerzen. Mein Körper war sehr schwach und ich soll zusätzlich einige Zeit zu lang falsch gelegen und festgesteckt haben. Mein Herz wollte nicht schlagen. Sie sagte, ich wurde 15 Minuten lang, nach Reanimationsversuchen, tatsächlich für tot erklärt. Bis ich auf einmal wieder geatmet habe und mein Herz normal funktionierte, als wäre nie etwas passiert. Sie nannten es alle ein Wunder«, ihre Stimme zitterte leicht, als sie die Emotionen ihrer Eltern vor Augen hatte.

»Ist es ja auch...«, bestätigte Isander, wirkte dabei sehr bewegt. Vielleicht war er allgemein zur Zeit, für seine Verhältnisse, nah am Wasser gebaut.

Noara schüttelte den Kopf.

»Nein, nein, kein Wunder. Da hängt definitiv was anderes dran. Kannst du dich an was erinnern?«

»Wann? Von der Geburt?« Die Blondhaarige sah verwirrt aus.

»Ja«, bestätigte die Ältere.

»Ähm... Also, du weißt schon, dass... ich da gerade geboren wurde?«, ihre Stimme klang skeptisch. Odelia sah sie befangen an. Die Rothaarige seufzte und blinzelte.

»Das ist mir schon klar. Aber wir sollten dich auf den Stand bekommen, dass wir an dein Unterbewusstes gelangen. Vielleicht liegen dort Erinnerungen an den Moment, wo du die Grenze zwischen Diesseits und Jenseits überquert hast. Wenn du sogar einige Minuten tot warst, wirst du vielleicht gewisse Auslöser oder Verknüpfungen in dir tragen. Weil ich trotzdem niemanden außer dir kenne, der durch eine Nahtoderfahrung automatisch magische Fähigkeiten erlangt.« Das ergab hingegen schon mehr Sinn.

»Aber denkst du, ich habe als Baby irgendwie mit ihm kommunizieren können?"

»Dein Körper sicher nicht, deine Seele aber schon. Seelen haben kein Alter und in dem Zustand zwischen den Ebenen sollten sie, laut allgemeiner Erfahrung, alle Erinnerungen und das Bewusstsein der vergangenen Leben haben. Eben das Alter deiner Seele. Nicht deiner aktuellen Inkarnation.«

»Oh, verstehe. Das klingt auf jeden Fall logischer. Und wie soll das mit dem Abrufen des Unterbewussten funktionieren?«, wollte Odelia schließlich wissen.

»Da gibt es ein paar Methoden. Die seichteste wären wahrscheinlich Meditationen. Aber das könnte bei dir grad vielleicht etwas schwierig sein, wenn wir von deinem derzeitigen geistigen und körperlichen Zustand ausgehen«, erklärte Noara und sah die junge Frau vor sich an. Odelia nickte. Sie konnte sich tatsächlich nicht auf nichts konzentrieren und einfach sein, sondern benötigte stets Ablenkung und Beschäftigung, um nicht völlig durchzudrehen. Denn entweder jagten sie Erinnerungen oder die Stimmen riefen immer lauter. In einem Gemisch, welches sie nicht mehr verstehen konnte. Und in ihrer aktuellen Empfindungslage fühlten sie sich so bedrohlich an wie damals, als sie noch nicht ansatzweise wusste, was es damit auf sich haben könnte.

Xenophilius ergänzte schließlich: »Wir könnten ein paar Rituale ausprobieren, Tränke und Zauber nutzen, um deine Energie zu beruhigen oder zu lenken. Allem voran sollten wir aber auch Fokus darauf legen, dass du lernst, deine Kräfte zu kontrollieren. Ich denke, die beiden Dinge sind nicht wirklich voneinander trennbar, deswegen wäre es sinnvoll, wenn wir uns im gewissen Maße auf beides konzentrieren. Die Kontrolle wirst du brauchen, damit du deinen inneren Frieden wieder zurückgewinnen kannst und niemanden einfach so gefährdest. Das Wissen über den Ursprung sehe ich als notwendig oder hilfreich, um deine Kräfte zu verstehen und gegebenenfalls Möglichkeiten zu finden, diese zu leiten.«

Odelia nickte erneut. So konnte das Ganze definitiv nicht weitergehen. Sie war es Leid, vor sich hin zu vegetieren und in ihrem Elend zu versinken. Hätte sie ihr Schicksal einfach untätig ertragen wollen, wäre sie nicht von zu Hause weggerannt. Aber da war mehr, so viel mehr. Das spürte sie.

18

Gebrochene Sonnenstrahlen fluteten das Zimmer, die Schatten von dichten Blättern waren darin zu erkennen. Das warme Licht kitzelte Odelias Nase, ließ sie blinzeln. Der Raum war eher klein. Vielleicht wirkte er auch nur so, denn er war gefüllt mit deckenhohen Bücherregalen, unzähligen Bücherstapeln, Kisten, Pflanzen und einigen Sitzmöglichkeiten. Eine davon war ein Chaiselongue, auf dem Odelia gerade lag. Die Wände waren bunt dekoriert mit Bildern und Spiegeln, aber keiner hing so, dass sie von ihrer Position aus direkt hineinsehen musste.

Sie zog die dünne Decke näher, grummelte leise, als sie sich streckte. Es war definitiv Morgen, denn die Vögel draußen vor dem Fenster waren äußerst geschwätzig. Es war eine der wenigen Nächte gewesen, in denen sie mehr als drei Stunden Schlaf gefunden hatte. Nahezu Rekord.

Aktuell gelang dies nur durch die Unterstützung der zwei Magier, in deren Bibliothek sie derzeit nächtigte. Isander schlief im Untergeschoss auf einem der Sofas, ab und an kam er hoch, um nach ihr zu sehen. Es ließ ihm keine Ruhe. Mit Abstand ließ sie ihn, je nach ihrem Befinden, zumindest auf dem einzelnen Sessel in der Ecke sitzen, damit sie sich überhaupt in irgendeiner Weise näher waren, als in den letzten zweieinhalb Wochen. Odelia war nach wie vor ängstlich und wollte alles vermeiden, was einen ihrer engsten Vertrauten schaden oder gefährden könnte.

Noara und Xenophilius wollten sicherstellen, dass sie sich zuerst ein wenig erholte und zu Kräften kam, ehe sie mit ihr an ihren Fähigkeiten arbeiten wollten. Odelia wusste allerdings genauso gut wie die beiden, dass es eine Erholung im eigentlichen Sinne nicht geben würde, ohne dass Odelia lernte, ihre Kräfte zu kontrollieren. Dennoch reduzierten sowohl die Magie von Xenophilius als auch die Tränke von Noara ihre Angstzustände soweit, dass sie sich nicht ständig übergab und ab und zu Schlaf fand. Dadurch ging es ihr im Vergleich zu vorher ein ganzes Stückchen besser. Sie war ihnen unglaublich dankbar.

Langsam setzte sie sich auf, das weite Shirt rutschte von ihrer schmalen Schulter. Ihr Schlüsselbein zeichnete sich deutlich ab. Sie war zuvor schon eher dünn gewesen, aber mittlerweile konnte man ihre Knochenkonturen deutlich erkennen.

Mit den dünnen Fingern glitt sie sich durch ihr langes Haar. Es fühlte sich matt und strohig an.

Sie spürte den alten Holzboden unter ihren nackten Füßen, als sie vorsichtig aufstand, versuchte Halt zu finden und gegen den aufkeimenden Schwindel anzukämpfen. Langsamen Schrittes lief sie zur Tür, öffnete diese leise und tapste in das Badezimmer um die Ecke. Nachdem sie sich erleichtert hatte, wusch sie ihre Hände und sah sich im Spiegel an. Der Anblick gefiel ihr nicht wirklich, war sie doch nur eine Ahnung von dem, was sie eigentlich sehen wollte.

Sie wandte sich ab und ging ebenso leise wie zuvor aus dem Badezimmer, schlich die Treppe hinunter.

Unten fiel ihr Blick auf Isander, der leuchtend wie ein Engel auf dem Sofa schlief. Ihr Herz zog sich zusammen. Zu sehr kämpfte sie gegen den Drang an, sich ihm zu nähern, ihn zu berühren und durch seine weißen Locken zu streichen.

Zuerst bemerkte sie nicht, dass sie einen Moment innegehalten hatte, raufte sich dann aber zusammen und tapste auf Zehenspitzen zur Glasfront neben dem Esstisch. Angestrengt leise öffnete sie die Tür zum Gewächshaus. Kurz warf sie einen Blick zurück auf den Albino, welcher zu ihrer Erleichterung weiterschlief.

Der Glasanbau war warm, hell und sonnig. Odelia schloss die Augen, nahm die Wärme in sich auf. Der Erdboden unter ihren Füßen gab ihr das Gefühl, sich ein wenig mehr zu spüren. Als sie die Pflanzen um sich herum betrachtete, fiel ihr nach ein paar Minuten eine Blume ins Auge. Die Blätter in einem satten Grün waren relativ groß im Vergleich zu den sehr kleinen, zarten, weißen Blüten.

»Oh, wie schön...«, hauchte sie nahezu atemlos, ihre Augen strahlten. Sie trat näher heran und hockte sich davor, um die Pflanze genauer anzusehen.

»Es ist wirklich eine«, stellte sie bewegt fest. Ihr Herz schlug erfreut.

Eine Skelettblume.

Sie hatte schon immer eine echte sehen wollen.

»Winzig«, hauchte sie, fast amüsiert über die Größe der Blumen. Dennoch empfand sie nach gefühlter Ewigkeit tatsächlich Freude.

Die Hand hielt sie vor ihren Mund, war von Emotionen überwältigt. Eine Träne rollte über ihre Wange und tropfte hinab, befeuchtete eine der Blüten. Das Blütenblatt wandelte sich langsam. Die weiße Färbung schwand und ließ eine glasig anmutende Oberfläche zurück, durchzogen von zarten, transparent-weißen Adern, die nur bei ganz naher Betrachtung sichtbar waren.

Sie fand es wunderschön.

Odelia kam sich nahezu albern vor, doch sie war so überwältigt von dem, was sie sah, dass ihr Herz anzuschwellen schien.

Einige Minuten vergingen, ehe sie ihren Blick abwenden konnte. Sie bemerkte, dass eine der Pflanzen daneben ausgedörrt war, trocken, gelblich-braun, stellenweise sogar schon schwarz. Doch Odelia konnte spüren, dass noch immer Leben darin zu finden war.

Sie atmete tief durch, bevor sie ihre linke Hand danach ausstreckte. Ihre Fingerspitzen glitten sachte über das ausgetrocknete Blatt. Die Handfläche kribbelte. Es fühlte sich an, als würde Energie in ihren Fingern fließen, wie das Bewegen von Wasser. Langsam breitete sich das Kribbeln über ihre Finger hinaus aus, das Gelb des Blattes färbte sich in zartes Grün, ehe es einen satten Ton zurückgewann, welcher sich über den Rest der Pflanze ausbreitete, bis auch die Blüte wieder aufrecht stand und in intensivem Violett strahlte.

»Danke für die Hilfe.«

Odelia zuckte erschrocken, drückte ihre Hand erleichtert gegen ihre Brust, als sie feststellte, um wen es sich handelte.

»Um Himmels Willen«, atmete sie angestrengt aus, bemühte sich, sich zu beruhigen.

»Hm, naja, ich glaub', so weit bin ich noch nicht«, schmunzelte ihre Gesellschaft. Xenophilius' Haare reflektierten das Sonnenlicht wie Perlmutt. Das Lila seiner Augen erinnerte an das der Blüte, die Odelia soeben zurück in einen gesunden Zustand gebracht hatte.

»So weit?«, fragte Odelia nach.

»Ich meinte... ach, schon gut.« Xier Magier hatte stets eine seltsame Art zu scherzen, aber irgendwie mochte Odelia die verschrobene Weise. Ebenso eigen wie dessen Scherze war auch xies Ehrlichkeit. Die Worte strömten oft eher heraus, als darüber nachgedacht wurde. Dennoch hatte sich Odelia derweil etwas daran gewöhnt. Sowohl Xeno als auch Noara waren keine Personen, die einen in Watte packten, sofern es ihrer Ansicht nach nicht zwingend notwendig war. Es war gut so. Meistens.

»Sieh an, wozu du fähig bist, wenn du dich nicht von Angst beherrschen lässt.«

Odelia war mulmig zumute, nickte dann aber. Sie hatte gar nicht darüber nachgedacht, was sie getan hatte. Und doch saß sie nun vor einer Pflanze voller Leben, welche zuvor so gut wie tot gewesen war. Wie abstrus und widersprüchlich das auf sie wirkte, vermochte sie kaum in Worte zu fassen. Sie schenkte einer welken Pflanze Leben, nachdem sie einen lebenden Mann welken ließ. Seitdem hatte sie an kaum etwas anderes gedacht. Außer der Angst, jemandem das Gleiche anzutun.

»Ich wollte dich nicht stören. Aber ich hatte gehört, dass du hier bist«, sagte Xenophilius in einem sanften Tonfall.

»War ich zu laut? Entschuldige, ich wollte euch nicht wecken« Odelia hatte gehofft, sie wäre bedacht genug vorgegangen, um niemanden aus dem Schlaf zu reißen.

»Schon gut, ich war bereits wach« Xies Lächeln hatte etwas Verschmitztes, was durch die drei Ringe in der Unterlippe unterstrichen wurde.

Es war ungewohnt, Xeno ohne dunkle, durch Make-Up betonte Augen zu sehen. Es änderte aber nichts an deren Intensität.

»Wie hast du deine Magie gelernt?«, fragte Odelia, sah Xeno-philius vom Boden aus an.

Xier schaute nachdenklich an die Glasdecke, welche mit Efeu von außen berankt war.

»Hm... Experimentiert, würde ich sagen. Ich habe zeitig ge-merkt, dass ich Kräfte hatte, wie einige in unserem Waisenhaus. Nur auf eine andere Art.«

»Was hatten denn die anderen für Magie?« Sie war neugierig. Viel wusste sie schließlich nicht über die Existenz von Magie und sie konnte sich nicht genau vorstellen, welche Arten von Fä-higkeiten oder Besonderheiten es in diesem Kontext gab.

»Elemente würde ich es benennen«, antwortete Xenophilius, nickte noch einmal, der Information Nachdruck verleihend. »Ich hingegen hatte zuerst Träume und Vorhersehungen. Visionen eben. Irgendwann habe ich mir vorgestellt, wie der Stift vor mir ein Dreieck malt.«

Odelia wurde hellhörig.

»Hat natürlich nicht geklappt«, grinste xier, was Odelia schmunzeln ließ darüber, dass sie fast geglaubt hatte, es wäre so einfach gewesen.

»Also hab' ich ihn befehligt, indem ich mir irgendwelche Zau-bersprüche ausgedacht habe. Nach einigen Versuchen hat er sich tatsächlich bewegt.« Xenophilius' Blick wurde wacher. »Ab da gab es für mich kein Halten mehr und naja, ich hab's an der einen oder anderen Stelle vielleicht ein klitzekleines bisschen übertrie-ben.« Xier veranschaulichte die Aussage, indem xier Daumen und Zeigefinger so hielt, dass es eine kleine Prise darstellte. Xier grinste und zuckte mit den Schultern.

»Wie zum Beispiel meinen Zimmergenossen in einen Raben zu verwandeln«, Xenophilius klang weitaus stolzer über die Tat-sache, als es Isander lieb wäre.

Sie konnte die rollenden Augen förmlich vor sich sehen.

»Ahh... Ja, davon habe ich schon mal gehört«, sie musste unwillkürlich schmunzeln. Wusste aber, dass es für den Albino anfangs gewiss alles andere als witzig gewesen sein musste.

»Also, hast du dir das alles selbst beigebracht und angeeignet«, sie klang beeindruckt. Irgendwie überraschte es sie nicht, aber dennoch stieg ihre Bewunderung für Xenophilius nochmals.

»Wenn man niemanden hat, der einen fördert oder fordert, hat man alleine natürlich mehr Aufwand. Aber ja, ich hab' mich nicht davon zurückschrecken lassen. Würde aber lügen, wenn ich behaupte, es war alles immer ein Erfolg.« Xier hockte sich neben sie. Achtsam berührte xier die reanimierte Pflanze.

»Aber wir müssen die Dinge, die wir erreichen und lernen, mehr schätzen als das, was wir falsch machen. Richtig oder falsch halte ich eh für ein Konstrukt, welches nur in seltensten Fällen real ist. Denn aus jedem Fehler, den wir begehen, gehen wir als eine neue Version von uns selbst hervor. Dein Geist verändert sich stetig und wenn wir glauben, immer das Richtige zu tun würde uns voranbringen, wäre das doch ziemlich starrsinnig«, Xenophilius' Blick wurde ernster. »Im Vorhinein weiß doch sowieso niemand, welcher der richtige Weg ist. Zumal die beste, noch so gut durchdachte Variante und Entscheidung für einen selbst nicht zeitgleich die eines anderen sein muss.«

»Das hast du schön gesagt«, merkte Odelia an.

Xenophilius' Art, die Welt zu betrachten, half ihr, ihre eigene zu verstehen. Ihr Blick fiel ein weiteres Mal auf ihre Hände.

»Der erste Schritt ist, anzunehmen, was dir geschenkt wurde. Auch wenn du es im Moment als so ziemlich das Gegenteil empfindest. Leben und Tod in sich zu tragen, ist etwas äußerst Außergewöhnliches. Du wärst dumm, wenn du dich dagegen wehrst.« Es war kein Vorwurf, doch eine Tatsache, die sie sich im ersten Moment innerlich sträuben ließ. Sie verstand aber, dass xier Perlblonde recht hatte. Vielleicht vergaß sie derzeit, dass sie nicht nur Dunkelheit in sich trug.

»Ich weiß. Aber... ich verstehe nicht, wieso ich diese Kraft besitze. Wieso musste ich jemanden umbringen? Ich konnte es nicht aufhalten.« Ein Zittern zog sich durch ihre Glieder.

»Konntest du oder wolltest du nicht?«

»Konnte!«, sie sah xier entsetzt an. »Was...?! Denkst du, ich wollte das so!?« Alles in ihr bebte und ihre Arme hoben sich unbewusst vor ihre Brust, boten ihr eine Illusion von Schutz.

»Das habe ich nicht gesagt«, widersprach xier Magier. »Aber die Frage ist, ob du es nicht vielleicht doch hättest aufhalten können.«

Mit einem Mal fühlte sie sich eingeengt und auch unterschwellig wütend. Wieso sagte xier sowas? Xenophilius atmete laut aus, kratzte sich am Kinn, ehe xier weitersprach.

»Hör mal, Odelia, es geht mir nicht darum dir zu unterstellen, dass du ihn umbringen wolltest. Ich denke lediglich, dein Wille zu überleben war größer.«

Sie schluckte schwer.

Ihre Gedanken spielten die Szene erneut vor ihren Augen ab und ihr Magen krampfte auf bestialische Weise. Tief in ihr wusste sie, dass xier recht hatte, auch wenn sie es nicht wahrhaben wollte. Sie hatte überleben wollen und in dem Moment, als die Kraft freigesetzt worden war, angenommen, dass wenn sie losgelassen hätte, er ihr zuvorgekommen wäre.

Sie fühlte sich elend.

Aber sie hatte nicht geahnt, was diese unbewusste Entscheidung für endgültige und grausige Konsequenzen mit sich tragen würde.

»Möchtest du noch ein paar Minuten hier bleiben oder gleich mitkommen?«, fragte Xenophilius, als xier sich langsam aufsetzte.

»Minuten...«, wisperte sie, musste sich erstmal wieder fangen.

19

»**D**arf ich dich was fragen?«, begann Noara, während sie in den Spiegel vor sich sah und mit einem Eyeliner an ihrem Lid einen makellosen Strich zog.

»Natürlich«, entgegnete Odelia, welche auf dem Hocker schräg neben ihr saß und ihr beim Schminken zusah. Sie selbst hatte sich noch nie geschminkt, aber sie mochte es, Noara dabei zuzusehen. Ihr gefiel es, wie sie und Xenophilius ihre Augen betonten und Noaras rote und braune Lippenstifte machten ihre intensive Persönlichkeit nur noch greifbarer.

»Isander und du...«

Odelia spannte sich an. »Was ist mit uns?«

»Es muss schwer sein, sich von seinem Partner so fernzuhalten«, stellte Noara fest. »Wie geht's dir damit?« Die rothaarige Hexe setzte den Stift ab und schaute zu Odelia.

Diese sah sie überrascht an, senkte den Blick dann aber. »Wir sind kein Paar«, hörte sie sich sagen. »Aber es ist trotzdem furchtbar. Ich vermisse alles an ihm. Obwohl ich ihn jeden Tag sehe... ist er so weit weg. Ich bin selbst schuld, aber dennoch...«

Das Gesicht der jungen Frau war gezeichnet von Traurigkeit, das Herz wog schwer in ihrer Brust. Noara sah sie an, ihr Blick war weich und drückte Mitleid aus, mit einem Hauch von Unverständnis.

»Ihr seid nicht zusammen?«, hakte sie nach.

Die Blonde schüttelte den Kopf.

»Nein. Waren es auch nie«, stellte Odelia richtig.

»Entschuldigung, ich hatte es einfach angenommen, weil ihr... naja, eben ihr seid.« Noara sah sie mit ungewöhnlich großen Augen an. Normalerweise wirkten sie sehr sinnlich.

Odelia musste unwillkürlich schmunzeln. Nickte leicht.

Sie hatten es nie ausgesprochen oder waren über die Grenze bewusst hinausgetreten, die ihre Verbindung in eine derartige Richtung definieren würde. Dennoch wusste sie sehr genau, dass ihre Empfindungen für Isander weit über herkömmliche Freundschaft hinaus reichten.

Auch wenn sie vor ihrer Begegnung mit ihm nie selbst in Berührung mit solchen Gefühlen gekommen war. Sie brauchte keinen Vergleichswert, um zu wissen, dass sie ihn liebte. Mehr als irgendetwas sonst. Es mochte geradezu anmaßend sein und vielleicht arrogant, doch ebenso sicher war sie sich, dass es ihm nicht anders erging als ihr selbst.

Die Art, wie sie sich benommen hatten, über all die Zeit hinweg. Es waren die automatischen Berührungen, das Bedürfnis, sich nah zu sein und die Blicke, die den Raum durchquerten, einzig und allein, um den jeweils anderen zu suchen. Es war die Wärme, die in ihr aufstieg, sobald er in ihrer Nähe war, die Geborgenheit und Gewissheit, dass sie trotz all den entsetzlichen Erfahrungen in ihrem Leben immer diesen Jemand an ihrer Seite hatte, der bedingungslos für sie da war.

Odelia hätte sich nicht ansatzweise erträumen können, dass sie so lange Zeit mit ihm gemeinsam verbringen würde, dabei hatte es von Anfang an etwas zwischen ihnen gegeben, was so viel mehr zu bedeuten hatte.

Isander hatte sich dazu entschieden, sie gewissermaßen zu befreien, wenngleich ihm nicht bewusst gewesen war, was genau sie dort hatte ertragen müssen. Rückblickend hatte sie dieses Erwachen aber mehr gebraucht, als sie sich eingestehen wollte. Nichtsdestotrotz war er keinen Moment von ihrer Seite gewichen, obwohl sie so sehr versucht hatte, ihn wegzustoßen. Es noch immer tat. In letzter Zeit mehr als je zuvor.

Es brach ihr das Herz. Aber sie wusste keine bessere Möglichkeit, um ihn zu schützen.

»Ich liebe ihn«, sprach Odelia es erstmalig aus.
Eine Träne benetzte ihren Handrücken, als diese von ihrem Kinn darauf hinuntertropfte.

»Ach, Mäuschen...«, Noaras Stimme war weich und liebevoll. Sie trat einen Schritt näher.

Liebe.

Ein Wort mit so viel Gewicht und Bedeutsamkeit, dass Odelia schon oft bemerkt hatte, wie Menschen davor zurückgeschreckt waren. Aber kein anderes würde Isander für sie besser beschreiben.

»Eure Zeit kommt ganz bald, du wirst sehen«, ermutigte die Rothaarige sie sanft.

»Ja.«

Bald.

Ja, dafür würde sie kämpfen.

Noaras lange Fingernägel fühlten sich angenehm an, als sie Odelia sachte durchs Haar fuhr.

»Hey, soll ich dir vielleicht die Haare machen?«, fragte diese. Kurz stockte die Jüngere, nickte dann aber.

»Gern. Wenn du möchtest.«

Odelia wischte sich den Rest der Tränen aus dem Gesicht, die schließlich versiegten.

»Ja, ich denke, die brauchen auch mal ein bisschen Auffrischung.«

»Kann...«, begann Odelia, doch verstummte, fühlte sich etwas eigenartig.

»Was kannst du?«

»Hm, du trägst immer so schönes Make-up. Ich... naja, meinst du, das ist komisch, wenn ich sowas benutzen würde?«

Noara wirkte kurz etwas überrascht, lächelte dann aber ehrlich.

»Nein, überhaupt nicht. Ich denke, es ist völlig normal, dass du das ausprobieren möchtest. Wieso auch nicht? Make-Up kann einem helfen, sich selbst auszudrücken, Selbstbewusstsein steigern, bestimmte Stimmungen erzeugen. Vor allem auch in einem selbst. Es gibt viele Gründe, welches zu nutzen. Probier's einfach. Vielleicht macht es dir ja Freude. Und wenn nicht, dann nicht«, bestärkte sie Noara, deren langer, roter Flechtzopf über ihre Schulter fiel.

Die blonde, junge Frau nickte.

»Danke. Das... beruhigt mich«, sagte sie schüchtern.

»Ach, ist doch kein Problem. Du kannst gern alles benutzen, was ich hier hab'. Wenn du möchtest helf' ich dir auch«, bot die Ältere an.

»Das fände ich schön. Bei uns hat nie einer Make-Up getragen. Höchstens einen Hauch von Lippenfarbe«, stellte Odelia fest.

»Verstehe.«

Kupferfarbene Klingen rieben aneinander, als Noara das blonde Haar damit durchtrennte. Einzelne Haare fielen nach und nach zu Boden.

»So, ich denke, das reicht. Spitzen sollten wieder gesund sein«, sagte sie und betrachtete ihr Werk.

»Danke«, hauchte Odelia.

»Kürzer willst du's nicht?«, fragte Noara nochmal nach, doch die Blonde schüttelte den Kopf.

»Nein. Ich mag, dass sie mittlerweile so lang sind.«

Als sie ihre Flucht angetreten hatte, hatten ihre Haare einige Zentimeter über ihre Schlüsselbeine gereicht, mittlerweile gingen sie ihr fast bis zur Brust.

»Das kann ich verstehen, ich züchte meine auch schon eine Weile.« Sie schmunzelten.

Wenn Noara ihre feuerroten, dichten Haare nicht in einem langen, geflochtenen Pferdeschwanz trug, endeten sie an ihrem Steiß.

Odelias Haar fühlte sich wieder etwas voller an und durch das Öl auch nicht mehr so strohig und matt wie zuvor.

»Ich bin gespannt, wie er reagiert«, grinste Noara, verschränkte die Arme selbstgefällig.

»Ich auch...«, hauchte Odelia und warf noch einmal einen Blick in den Spiegel, ehe sie langsam nach unten gingen.

Isander hob den Kopf in dem Moment, in dem Odelia den Boden des Raumes betrat. Die Augen wurden größer.

»...Wow...«, hauchte er. Seine Lippen waren ein Stück geöffnet, die Augen wanderten über ihr Gesicht.

Die honigblonden Haare wellten sich über ihrer Schulter, waren oben mit kleinen Flechtzöpfen verziert, die am Hinterkopf von einer Spange gehalten wurden. Einige Strähnen rahmten ihr Gesicht, bildeten einen Kontrast zu ihrer Porzellanhaut. Die Wangen wirkten durch den Rouge rosig, wodurch ihre Sommersprossen mehr in den Fokus rückten. Die Wimpern waren getuscht, ließen das Türkis ihrer Augen strahlen. Ein zarter Hauch von neutralem Lidschatten war zu erahnen. Doch am schwersten fiel es Isander, sich von ihren Lippen zu lösen. Die voluminöse, runde Oberlippe wirkte noch voller, ebenso die nicht viel schmalere Unterlippe, durch den signalbraunen Lippenstift. Dabei handelte es sich um eine rötlich-braune Farbe, dunkler als ein klassischer Nudeton, aber hell genug, um mit dem dezenten Make-Up zu harmonieren.

Ihm stockte der Atem. Schon in ihrem ganz normalen Sein fand er sie wunderschön. Nun sah sie mit einem Mal um einiges erwachsener aus als zuvor und überraschenderweise auch stärker. Es war wie eine Untermalung des Prozesses, den sie inzwischen hinter sich gebracht hatte und eine Visualisierung der Wandlung in ihrem Inneren.

Eine Veränderung, vielleicht auch eine Erkenntnis über sich selbst. Ein Stück weit in eine neue Richtung. Isander hatte das Gefühl, dass Odelia für sich selbst einen wichtigen Schritt gegangen war. Nämlich, sich den Raum zu gewähren, ihre Persönlichkeit und Vorlieben fernab von den festen Regeln und Vorschriften zu entfalten.

»Du siehst... fantastisch aus«, er klang nahezu atemlos.

»Danke...«, hauchte sie.

Am liebsten hätte sie ihn umarmt und ganz fest an sich gedrückt. Stattdessen stand sie dort, wenige Meter von ihm entfernt, und lächelte ihn an. Einen Schritt nach dem anderen.

Odelia schnaufte, Schweißperlen rannen über ihr Gesicht. Ihr Körper zitterte vor Erschöpfung.

Xenophilius seufzte schwer, fuhr sich durchs Haar, war bereit, sie abzufangen für den Fall, dass ihre Beine nachgaben.

»Hältst du's noch aus?«, wisperte xier. Sie nickte nur, hielt die Augen geschlossen.

»Du machst das gut«, bestärkte xier sie, ehe xies sich leicht am Daumennagel knabberte, sie aufmerksam beobachtend.

Odelia hatte ihre Hände ausgestreckt, die Handflächen zeigten gen Zimmerdecke. Abwechselnd fokussierte sie sich auf die linke und rechte Hand, spürte die unterschiedlichen sensorischen Auswirkungen ihrer Kräfte. Die linke Hand kribbelte im ersten Moment stets, ehe sie angenehm kühl wurde, wie die Berührung von nassem Gras nach einem Sommerregen. Energie glitt durch ihre Finger hindurch wie fließendes Wasser in einem Bach, mal sachter, mal kräftiger.

Die Rechte hingegen wurde zuerst kalt und dann heiß im Wechsel, brannte wie die aufgestaute Hitze oberhalb einer Kerze. Manchmal auch wie Wasserdampf, der fast schon Brandblasen hinterließ, bevor man die Hand gerade noch rechtzeitig entzog. Je länger sie es aktiv zuließ, desto vielfältiger wurden die Reaktionen. Manchmal pikste es wie viele kleine Nadeln unter der Oberfläche ihrer Haut.

Xenophilius hatte mit ihr zuvor meditiert und sie dahin geführt, ihre Energieströme im Körper wahrzunehmen und zu leiten.

Sie befanden sich bereits seit Stunden in xieser Forschungsraum, wo sie stand, um die Erdung nicht zu verlieren. Xenophilius saß vor ihr.

Einige Tage zuvor hatten sie mit dem Ganzen begonnen. Anfangs hatte Odelia nichts gespürt, bis Xeno sie das erste Mal bewusst überreizte, um ihre selbst auferlegte Blockade zu lockern.

Xier Magier machte ihr wiederholt klar, wie viel sie von ihrer Energie selbst unterdrückte und sich damit signifikant einschränkte. Also war sie auch diejenige, die den Schlüssel hatte, das zu ändern.

Sie war es leid, sich selbst zu beklagen, auch wenn sie gewiss allen Grund dazu hatte, sich elend zu fühlen. Ihr Wille war es, sich freizukämpfen, ein Leben zu führen, das nicht dauerhaft auf Angst und Selbstzweifeln aufbaute. Sie wollte leben. In allen Facetten. Wollte denen nahe sein können, die sie ehrte und schätzte. Liebte.

234

Odelias Beine gaben nach. Mit den Knien weich wie Pudding fiel sie. Hände packten sie blitzschnell, Arme umfassten ihren schmalen Körper. Ihr Atem war beschleunigt und flach, erfolgte in kurzen, nahezu ruckartigen Zügen.

Finger klammerten sich automatisch an den Körper, welcher sie abgefangen hatte, ehe sie realisierte, was sie tat, und ihre Hände schlagartig zurückzog. Panik keimte auf.

»Schhh... Nichts passiert, du hast mir nichts getan«, beruhigte Xenophilius sie, strich ihr sachte über den Rücken. »Das hast du gut gemacht«, lobte xier sie.

Sie lächelte schwach, erleichtert, ehe sie sich von dem Magier zu dem Sessel lenken ließ, auf welchem sie schließlich Platz nahm.

»Hier, trink einen Schluck.«

Odelia nahm das Glas entgegen und nippte von der Flüssigkeit. Zuerst hielt sie es für Wasser, bemerkte dann aber dass es, wie so oft, mit einer Substanz angereichert war. Wahrscheinlich hatte Noara zuvor wieder einen ihrer Tränke zusammengebraut, da Xenophilius diese Art von Magie meist der Rothaarigen überließ. Auch wenn xier sie prinzipiell beherrschte, empfand xier sie sie nicht als xien Steckenpferd.

Ihr Atem beruhigte sich schnell und auch ihr Kopf wirkte klarer, so dass sie ihre Umgebung wieder vollständig wahrnahm. Ihr war gar nicht aufgefallen, wie apathisch sie eben noch gewesen war.

»Ich denke, das reicht für heut' erstmal.«

»Ich würde gern noch weitermachen«, widersprach Odelia. Xenophilius schüttelte den Kopf.

»Nein. Wenn wir es völlig übertreiben, könntest du genauso gut die Kontrolle verlieren wie beim Aufstauen. Es ist wichtig, eine Balance zu finden. Gerade deine Fähigkeiten im Gegensatz zueinander zeigen das mehr als deutlich.«

Ein Seufzen war zu vernehmen, bevor sie schließlich langsam nickte. »Du hast ja recht.«

»Ich weiß, ich bin ja auch ein Meister meines Faches«, stellte xier selbstbewusst fest.

»Und so bescheiden.« Ein Grinsen schlich sich auf ihre Lippen, während Xeno lachte.

»Gib mir deine Hände«, forderte xier sie freundlich auf.

»Sicher?«, ihre Stimme schwankte.

»Ja, das hatten wir doch schon.« Xier Magier streckte die Hände nach ihr aus, so dass sich ihre Finger zuerst sanft berührten, ehe die Handflächen aufeinanderlagen und xien Daumen sachte über den Handrücken strichen.

Es geschah nichts.

Odelia atmete erleichtert aus, hatte für einen kurzen Moment die Luft angehalten. Die ringbesetzten Finger fuhren über ihre Hände, verschränkten sich mit ihren und hielten sie fest.

Isander lehnte mit dem Rücken an der Wand neben dem Türrahmen, die Augen geschlossen, Arme vor der Brust verschränkt. Er vernahm Lachen. Ein Schauer überzog seinen Körper, er konnte jedoch nicht ausmachen, ob es aus Freude darüber war, sie fröhlich zu hören. Denn in ihm zog es sich unangenehm zusammen, als er einen Blick durch den Türspalt warf und sah, wie Xenophilius Odelias Hände in seinen hielt.

Sein Kiefer spannte sich sichtlich an, er biss die Zähne fest zusammen. Die Halsschlagader puckerte deutlicher. Er kratzte sich am Oberarm, dann am Nacken und wischte sich schließlich leicht über die Stirn, strich sich die Haare aus dem Gesicht. Die Hände ballten sich zu Fäusten, der Blick war an die Decke gerichtet. Warum fühlte er sich so ätzend?

»Belauscht du sie?«

»Was?« Er zuckte, sah die rothaarige Hexe an, die auf einmal vor ihm stand. »Nein«, ergänzte er.

»Klar.« Sie verschränkte die Arme vor ihrem Oberkörper, was ihren Busen nur noch größer wirken ließ. Isander sah ihr ins Gesicht.

»Ach, so ist es nicht«, murmelte er.

Kurz ließ sie es wirken. »Du bist doch nicht etwa eifersüchtig?« Ihre Augenbraue war deutlich angehoben, ihr Blick fast schon ungläubig und pikiert.

»So ein Blödsinn«, der Albino schnaufte genervt.

»Ach du meine Güte. Du bist tatsächlich eifersüchtig.« Sie verdrehte die Augen und packte ihn am Handgelenk, ehe sie ihn in Richtung Küche zog.

Ein ganzes Stück entfernt von dem Raum, in dem die anderen beiden sich befanden.

»Ich bin nicht eifersüchtig«, betonte Isander wiederholt.

»Erzähl doch nicht. Ich seh's dir doch an. Deine Körperhaltung allein verrät dich, von dem albernen Rumgeschnaube mal ganz abgesehen«, fasste Noara ihre Analyse zusammen. Er seufzte angestrengt, wich ihrem Blick aus.

»Komm schon, sei doch froh, dass Odelia sich Xeno so öffnen kann. Es kommt euch doch zugute, wenn sie sich überwindet, xies zu berühren und Xeno in der Lage ist, ihre Zweifel in Stärke zu wandeln. Ist es nicht das, was du willst?«, ihr Ton klang unterschwellig nach Vorwurf. Das passte Isander so gar nicht.

»Aber natürlich will ich das. Ich wünsche mir nichts sehnlicher, als dass Odelia endlich nicht mehr gefangen in ihrem eigenen Leben ist. Ich will, dass sie lachen kann und tun und lassen, was sie möchte. Dass sie frei ist von all dem Leid und all dem Schmerz, der Angst...«, seine tiefe Stimme war lauter als er wollte, bebte wie ein nahendes Gewitter, seine Hände begannen zu zittern und seine Unterlippe ebenso. Die Augen wurden feucht und er biss sich innen in die Lippe, um sich im Zaum zu halten. Noara schaute ihn an, rührte sich für einen Moment gar nicht, atmete dann durch und sah auf ihre Füße, bevor sie den Blick erneut hob und auf ihn legte.

»Schon gut, entschuldige bitte. Ich vergesse wohl manchmal, wie beschissen sich das alles für dich anfühlen muss. Sie so leiden zu sehen, sich von ihr fernzuhalten.«

»Ich hasse es. Ich hasse es so sehr.« Heiße Tränen schienen auf seiner Haut zu brennen, während sie sich ihren Weg die Wangen hinunterbahnten. Angestrengt versuchte der Albino, sie wegzublinzeln, doch die weißen, dichten Wimpern konnten sie nicht aufhalten. Sein Herz fühlte sich stechend an.

Er schluchzte, versuchte Sätze zu formen: »Ich bin dankbar... dass ihr ihr helft. Aber ich würde gern... ich würde auch gern helfen und für sie da sein. Aber ich kann nichts tun, außer auf Abstand daneben zu sitzen und zu warten.« Tiefe Verzweiflung zeichnete jedes seiner Worte.

»Sie möchte dich nur schützen«, erinnerte Noara ihn.

»Ich weiß... Ich... Ich würde ihr alles abnehmen, wenn ich nur könnte.« Er biss die Zähne zusammen und rieb sich über die Augen.

»Ohne dich wäre Odelia gar nicht hier. Du hast schon so viel für sie getan, sie beschützt, ihr Sicherheit und Liebe gegeben. Völlig bedingungslos«, merkte Noara an, ehe sie hinzufügte: »Du denkst, du tust nichts für sie. Aber sie weiß, dass du immer bei ihr bist. Das ist so ein großes Geschenk. Und genau das braucht sie jetzt.«

Ein weiteres Schluchzen brach aus ihm hervor, seine Hand drückte gegen seinen Mund, um die Geräusche zu dämpfen.

»Xenophilius hat die Kraft, sie dahin zu führen, wo sie hingelangen muss. Und dann ist eure Zeit. Ich weiß, sie vermisst dich mindestens genauso sehr wie du sie.« Noara war durchaus nicht die emotionalste Person, doch ihre roten, feucht glänzenden Augen sprachen für ihr Herz. Ihre Hand strich sachte über seinen Oberarm.

»Es wird bald besser. Und bis dahin... halte durch. Auch wenn es schwer ist.« Ihre Worte klangen sanft und ermutigend.

Er nickte sachte, wischte sich die Tränen aus dem Gesicht.

»Isander?«

Dieser schreckte auf, sah Odelia an, die nur wenige Meter von ihm entfernt stand. Ihr Blick wirkte besorgt. Hektisch wischte er erneut über sein Gesicht, setzte ein falsches Lächeln auf.

»Seid ihr fertig?«, fragte er, die Stimme noch kratziger als sie schon von Natur aus war.

»Ja«, antwortete sie kurz, »aber das ist jetzt unwichtig. Warum weinst du?«, wollte sie wissen. Noara entfernte sich von ihm, ließ den beiden den Raum, den sie für sich brauchten.

»Es ist nichts«, wollte er ablenken.

»Das ist nicht *nichts*, Isander...«, stellte sie klar. Sie trat einen Schritt weiter an ihn heran.

»Ich... Es ist nicht wichtig. Ich... bin einfach etwas emotional geworden.« Er wollte ihr nicht mehr Kummer zumuten, nicht eine der Sorgen sein, die sie beschäftigten.

»M—möchtest du mit mir reden?« Sie wollte für ihn da sein, so gut sie momentan eben konnte.

Ihr Herz zog sich zusammen, unterstrich ihre Sorge und den Vorwurf an sich selbst, nicht genug auf ihn einzugehen. Er war immer für sie da. Und sie?

»Du bist sicher erschöpft«, stellte er fest.

Sie schüttelte den Kopf. »Nein. Unwichtig.«

Ein Schritt.

»Ich wollte dich nicht beunruhigen. Ich... mach' mir nur Sorgen um dich«, versuchte er sich zu erklären. Es war nicht gelogen.

»Deswegen weinst du?« Sie spürte, dass er ihr etwas verheimlichte.

»Auch«, wisperte er.

»Was noch?«, wollte sie wissen.

Er schluckte, spürte wie sein Herz gegen seine Brust hämmerte.

Noch ein Schritt.

»Es — es ist dumm«, lachte er beschämt. »Ich... hab' nur gesehen, wie du Xenos Hand gehalten hast und... ach...«

Er kam sich lächerlich vor.

»Weil ich deine nicht halten kann?«

Ihre Stimme zitterte leicht.

Er schluckte. »Ja.«

»Ja...«, wiederholte sie.

Ein Schritt.

»Entschuldige«, kam es über seine Lippen.

»Wofür?«

»Alles«, flüsterte er.

»Ich sollte mich entschuldigen, Isander. Ich war nicht fair zu dir. Ich war nur auf mich fixiert.«

Eine Träne rollte über ihre Wange.

»Ich vermisse dich so sehr«, brach es aus ihm hervor und wieder weinte er.

»Ich dich auch... Ich vermisse alles an dir.« Ein Schluchzen ihrerseits durchbrach die kurze Stille. Ihre Finger pressten sich gegen ihre vollen Lippen, die Hand war zittrig.

Er sah sie an. Sie ihn.

Mit einem Mal bemerkte er, wie nah sie war. Nicht einmal ein halber Schritt trennte sie. Er blickte zu ihr hinunter und atmete tief durch.

»Odelia«, hauchte er.

»Isander...«

Alles fühlte sich an, als wäre es pausiert worden.

Hier standen sie nun, kaum voneinander entfernt.

Das letzte Mal, dass sie sich in irgendeiner Form berührt hatten, war nunmehr gute zwei Monate her.

Ihr Brustkorb hob und senkte sich rasant, sein Kiefer spannte sich an, der restliche Körper schien wie unter Strom. Er wandte alle Kraft in sich auf, um sich nicht zu rühren. Doch er konnte nicht dagegenhalten.

Seine Finger glitten sachte über den leichten Leinenstoff ihres neuen, salbeigrünen Kleides, bis sie sich an ihrer Taille in den Stoff gruben und ihre Haut darunter seine Berührung deutlich wahrnahm. Odelia fühlte seinen warmen Atem in ihrem Gesicht. So nah war sie ihm gekommen. Der Kontakt ließ sie beben. Alles um sie beide herum schien still geworden, ihr Fokus lag vollkommen auf seiner Nähe. Allem entgegen, was in ihr rebellierte, hob sie ihre linke Hand und legte sie auf seine Brust, welche durch sein tiefes Einatmen bei ihrer Berührung anschwellte. Sie konnte seinen Herzschlag unter ihren Fingern spüren, fühlen, wie das Blut in seine Adern gepumpt wurde. Den Blick konnte sie nicht von seinem Gesicht abwenden. Ihm ging es nicht anders. Er war so außergewöhnlich schön. Sie widerstand dem Bedürfnis, ihn an seinem Hemdkragen ein Stück näher zu ziehen. Das musste sie auch gar nicht, denn das passierte von ganz allein.

Ihre Körper berührten sich nun leicht, seine Wärme strahlte auf sie über.

»Odelia...«, wisperte er.

Seine Stimme klang rau. Ein Hauch von Wehklagen und Überraschung war darin zu erahnen. Es ließ sie erschaudern.

»Isander...«, kam es erneut über ihre Lippen, wie eine automatische Erwiderung.

Ihr Herz schlug so laut. Sie sollte sich dem schleunigst entziehen, sprach die Vernunft in ihr. Nein, es war die Angst.

Seine Stirn lehnte mittlerweile nahezu an ihrer, die Gesichter waren nur noch so wenige Zentimeter voneinander entfernt. Es fühlte sich alles an wie in Zeitlupe und doch verstrichen womöglich nur Sekunden, Augenblicke, in denen sie sich einander immer näherkamen, die letzten Hürden überwanden.

Seine große Hand wischte wie in Trance die Strähnen von ihrer Wange, ehe sie sich in diese schmiegte und sie ihren Blick noch weiter hob. Ihre Lider schienen schwer zu werden, als sie seinen Atem einsog. Ihr Körper kribbelte, zugleich fühlte sie sich zittern. Isanders volle Lippen streiften die ihren, ganz sachte, wie ein Windhauch. Odelias Mund öffnete sich einen kleinen Spalt, ehe sie sich ihm entgegenlehnte und sich ihre Lippen miteinander verschlossen. Hände vergruben sich im Stoff der Kleidung des anderen, Herzen trommelten heftig gegen den Brustkorb. Dann lösten sie sich voneinander.

Isander sah sie durch seine dichten, weißen Wimpern an und Odelia wollte nichts sehnlicher, als dass dieser Moment andauerte. Noch nie hatte sie sich so gut, so erfüllt gefühlt wie bei diesem kurzen Kuss.

Sie sah ihn an und er sie.

Ihre Lippen drückten sich fest auf seine. Sofort erwiderte er den Kuss, gab sich ihr hin. Odelia fühlte sich wie auf Wolken, ein warmer Rausch durchzog ihren Körper. Ganz von selbst bewegten sie ihre Lippen nun gegeneinander. Das Atmen fiel ihr schwer durch die Aufregung. Sie wollte nicht darüber nachdenken, was sie taten. Sie wollte gar nicht denken. Sie wollte ihn. Sie wollte leben. Sie wollte lieben. Ihn.

Ihre linke Hand war in seinen Nacken gewandert, während er sich weiter hinabgebeugt und den Arm um ihre Taille geschlungen hatte. Ihre Körper pressten sich eng aneinander, Odelias Finger vergruben sich in seinen Haaren und den rechten Arm umfasste seinen Rücken. Leicht hob er sie an, drückte sie fest an sich. Zwischendurch vergaßen sie zu atmen. Aber um nichts in der Welt wollten sie aufhören.

Als sich ihre Zungen für einen Augenblick streiften, durchzog Odelia ein Zittern. Ein aufregendes, belebendes Zittern. Isander ließ ihr die Wahl, küsste sie weiter wie zuvor, bis sie zögerlich seine Unterlippe mit ihrer Zungenspitze berührte. Sie hatte keine Ahnung, was sie da tat oder ob es so richtig war. Aber das spielte überhaupt keine Rolle, denn sie wollte ihm endlich so nah sein wie möglich und einfach nur spüren.

Sie nahm ein leichtes Beben in Isander wahr, bevor ihre Zungen sich erneut berührten, sich streichelten und umspielten. Es fühlte sich heiß an. Ihr Atem vereinte sich.

Einige Zeit verging, bevor sie schließlich langsam voneinander abließen. Sie hatte gar nicht bemerkt, dass sie außer Atem war. Ihr Körper fühlte sich an wie weiche Butter. Aber gut.

Für ein paar Minuten verweilten sie im Arm und Griff des anderen, bis sie sich direkt anschauten. Isander sah sie mit großen Augen an. Odelia fühlte sich paralysiert. Ihre Wangen waren gerötet und warm. Der Albino musterte sie, konnte kaum begreifen, was soeben geschehen war. Die blonde, junge Frau starrte ihn perplex an, Tränen lösten sich erneut aus ihrem Augenwinkel als sie es realisierte.

»Oh Himmel...«, wisperte sie mit brüchiger Stimme. Ihre Hände zitterten, als sie diese von ihm löste. Aus Reflex wollte sie zurückschnellen, konnte nicht ertragen, ihn in Gefahr zu wissen. Doch er hielt sie fest an der Taille. Seine Kraft war deutlich spürbar.

»Odelia...« Seine Stimme war voller Sehnsucht und so sanft, dass Odelia nicht anders konnte, als zu bleiben.

Seine Augen weiteten sich überrascht, als sie ihn umarmte, wenn auch mit geballten Händen. Seine Arme umfassten ihren zarten Körper. Sie drückte ihn eng an sich, umarmte ihn fester. Er hielt sie und vergrub sein Gesicht in ihrer Halsbeuge.

Isander löste stets so viele Gefühle in ihr aus, Geborgenheit, Sicherheit, Heimat, Vertrautheit...

Liebe.

All das, wonach sie sich so sehnte.

Er war alles, was sie brauchte.

»Stoß mich nicht mehr von dir weg...«, flehte er tränenerfüllt, vergrub seine Finger in ihrer Kleidung.

»Niemals wieder«, schluchzte sie, strich mit der linken Hand über seine Haare.

Xenophilius hatte recht behalten mit all den Dingen, die xier ihr gesagt hatte. Wenn sie sich versagte, ihre Gefühle zuzulassen oder sie gar von sich wegzustoßen, hatte sie nichts erreicht, außer ein Stadium von emotionaler Ausgelaugtheit, welches Empfindungen wie Angst, Kummer und Wut nur umso größeren Raum schaffte und ihr dadurch zu wenig Kontrolle über sich selbst gestattete.

Sie begann wirklich zu verstehen.

Isanders Hände legten sich auf ihre Wangen, ihr Blick richtete sich auf, ehe sie ihre Augen schloss, als seine Lippen erneut die ihren versiegelten.

Reste von ihrem Lippenstift hatten sich um ihrer beider Lippen verteilt, so dass sie selbst kaum noch welchen trug.

Es hätte sie nicht weniger interessieren können im Gegenzug für diesen Moment, der ihr so viel zurückgab, was sie zuvor verloren zu haben glaubte.

21

Odelia lag auf dem Sofa in der Bibliothek, das Mondlicht schien wie ein Silberschweif in das Zimmer, erhellte die Umgebung. Es war alles still, nur das Ticken einer Uhr und das ruhige Atmen von Isander waren zu hören, welcher vor ihrem Sofa auf dem Boden lag und bereits schlief.

Sein Gesichtsausdruck war friedlich.

Die weißen Haare und seine helle Haut schienen unter dem Mondlicht nahezu zu leuchten, ein Anblick, dem sich Odelia kaum entziehen konnte.

Leicht hatte sie sich aufgestützt, beobachtete ihn, indem sie sich etwas über den Rand des Chaiselongue beugte und zu ihm hinuntersah. Ihre Fingerspitzen strichen über ihre eigenen Lippen, ihre Haut kribbelte leicht und ihr Herzschlag beschleunigte sich.

Sie hatten sich wirklich geküsst. Zweifelsohne eines der unerwartetsten Ereignisse in letzter Zeit. Zugleich wohl das schönste und erfüllendste, was ihr hätte passieren können.

Sie würde durchaus nicht behaupten, dass ihre Angst damit beseitigt war, und sicher würde sie auch zukünftig nicht riskieren, ihm in irgendeiner Weise zu schaden. Dennoch änderte es so viel. Sie sah ein, dass ihr Leben nun eben von ihren Fähigkeiten geprägt war und um nichts in der Welt wollte sie dieses beschreiten ohne ihn. Isander war von Beginn an alles für sie und noch so viel mehr.

Nun wo sie die Gefühle und Empfindungen im Bezug auf ihre Fähigkeiten definieren konnte, welche sie in sich wahrnahm, sobald sie ausgelöst wurden, traute sie sich zumindest zu, ihren Alltag etwas unbeschwerter anzugehen. Und sie wollte aufhören, sich dauerhaft für das zu bestrafen, was sie getan hatte.

Xenophilius hatte ihr in den letzten Wochen auch klar gemacht, dass sie womöglich allein durch den Anblick, den sie hatte ertragen müssen, genug gestraft war — sofern man sie überhaupt dafür bestrafen wollte, dass sie sich selbst geschützt hatte.

Und sie wollte Isander nicht mehr von sich fernhalten.

Nun konnte sie es nicht mehr. Nicht seit dem Moment ihres Kontrollverlustes. Ein Kuss, mehr als einer, so innig und ergreifend, bewegend fernab der Vorstellungen, welche sie sich stets verboten hatte. Wozu eigentlich, wenn doch beide immer gewusst hatten, dass zwischen ihnen so viel mehr bestand als Freundschaft? Wie so oft lautete ihre Antwort wohl schlichtweg *Angst*.

Es hatte über die letzten Monate hinweg häufig Momente gegeben, in denen sie an ihr altes Zuhause dachte. Nun, streng genommen waren damit ihre Eltern gemeint. Denn die Gemeinde an sich vermisste sie nicht im Geringsten.

Hatte sie sich dort doch eh nie zugehörig gefühlt. Ihre Eltern fehlten ihr jedoch sehr.

Die Momente mit Isander, Xenophilius und Noara, welche sich so sehr nach Familie anfühlten, erinnerten sie daran, dass sich ihre Eltern noch immer in dem Konstrukt befanden, aus dem sie geflüchtet war. Inständig hoffte sie, dass es ihnen gut ging, und ihr Herz fühlte sich schwer an, wissend, sie dort ihrem Schicksal überlassen zu haben. Sie begriff durchaus, dass es nicht ihre Schuld war, denn sie wollte sich nur selbst schützen. Ihr Lebenswille war wohl schon immer außergewöhnlich stark ausgeprägt. Umso faszinierender und ein wenig grotesk war es, dass sie wohl Tod in sich trug.

Sie streckte ihre rechte Hand gen Decke und betrachtete sie. Nach wie vor sah sie aus wie die Hand einer jungen Frau. Feingliedrig, mittellange Fingernägel, zarte Haut. Nichts Ungewöhnliches. Sie drehte die Innenfläche zu sich. Auch hier — nichts. Oft hatte sie das Gefühl, sie könnte die schwarze Äderung sehen, aber das entsprang einzig und allein ihrer Fantasie. Selbst wenn sie die Fähigkeit bei den Übungen abrief, waren die dunklen Adern nicht zu sehen.

Obwohl ihr bewusst war, dass sie als Baby an der Schwelle zum Jenseits gestanden hatte, der Anderswelt, wie die Magier es nannten, fragte sie sich, wie es möglich war, diese Fähigkeit zu besitzen. War sie direkt in Berührung mit dem Tod gekommen? War der Tod ein Wesen? Oder eine Energie? War der Tod überhaupt irgendetwas Greifbares? Und warum hatten andere mit Nahtoderfahrung diese Fähigkeiten nicht? Sie hoffte, irgendwann auch darauf Antworten zu erhalten.

»Kannst du nicht schlafen?«, fragte eine kratzige, müde Stimme und riss sie damit aus ihren Gedanken.

»Habe ich dich geweckt?«, fragte Odelia leise, drehte sich wieder zu Isander, welcher sie verschlafen anblinzelte.

»Nein. Bin zufällig aufgewacht. Ist alles okay?«, wisperte er.

»Ja, ja, ist alles gut. Schlaf ruhig weiter«, hauchte sie.

Gern hätte sie ihm über's Gesicht gestrichen, stattdessen ballte sie ihre Fäuste automatisch fester, um gegen den Drang anzukämpfen.

»Sicher?«, fragte er nach.

»Ja. Sicher«, bestätigte Odelia, bemerkte aber, wie er sich etwas aufsetzte.

»Was...?« Sie war für einen Moment leicht irritiert. »Schlaf weiter«, sagte sie.

Ein dezentes Lächeln schlich sich unweigerlich auf ihre Lippen, als er seine Hand nach ihr ausstreckte und über ihre Haare strich, ehe er sich zu ihr lehnte und die Lippen sanft gegen ihre Wange drückte. Ihr Bauch kribbelte und ihr Herz schlug schneller. Unbewusst schloss sie für einen winzigen Moment die Augen, genoss die Nähe, die zärtliche Berührung auf ihrer Haut. Lächelnd sah sie ihn an.

»Kein Traum«, stellte er fest, wirkte, als wäre er erleichtert.

»Kein Traum«, wiederholte sie.

»Ist es komisch für dich?«, fragte er schließlich. Setzte sich etwas weiter auf.

»Inwiefern?«, wollte sie wissen, musterte sein verschlafenes Gesicht. Er war süß.

»Wenn ich dich so berühre?«, er klang ungewohnt nervös.

Er hoffte, dass er sie nicht bedrängen würde.

»Nein. Nur neu«, hauchte sie.

»Ja«, nickte er.

»Für dich?«, wollte sie wissen.

»Ähnlich«, stimmte der Albino zu.

Sie schwiegen kurz und Odelia dachte über die letzten Stunden nach. Darüber, wie viel sich durch diesen einen Augenblick zwischen ihnen geändert hatte. Und doch ähnelte ihr Umgang vielmehr dem *Davor*.

»Ich erwarte nicht, dass du all deine Mauern sofort runterreißt. Aber... ich hoffe, dass du mich zwischendurch mehr durchlassen kannst als zuvor«, sprach Isander leise, betrachtete ihr hübsches Gesicht.

Sie sah älter aus. Und langsam nicht mehr so ausgezehrt.

»Davon gehe ich aus«, wisperte sie. »Ich möchte auch nicht mehr alles in mir zurückhalten. Aber ich kann dir nicht versprechen, dass das reibungslos funktioniert«, gab sie zu.

»Nimm dir die Zeit, die du brauchst. Du hast schon so große Fortschritte gemacht. Ich bin sehr, sehr stolz auf dich.« Seine Stimme klang aufrichtig und Odelia fühlte sich tief durchatmen.

Ein Satz, von dem sie nicht gewusst hatte, dass sie ihn hätte hören wollen. Umso mehr wurde ihr bewusst, wie gut ihr genau das tat.

»Danke...« Sanft lächelte sie den Albino an, musterte sein wunderschönes Gesicht.

Berühren konnte sie ihn noch nicht. Aber bald.

»Okay... Also, gute Nacht, Odelia«, flüsterte er, strich ihr sachte über die weichen Wangen, ehe er ansetzte, sich wieder hinzulegen.

»Warte.«

Er hielt inne. Sie lehnte sich vor, bedeutete ihm mit dem Finger, dass er näherkommen sollte, ehe sie ihre Hand wieder zur Faust ballte. Er näherte sich nur ein kleines Stück. Seine Augen weiteten sich, als Odelia sich zu ihm lehnte und ihn sanft auf die Lippen küsste. Im nächsten Moment schloss er die Lider und genoss den sanften Druck, diese zärtliche Innigkeit zwischen ihnen. Alles in ihnen wurde ruhig und aufgeregt zugleich.

»Gute Nacht«, wisperte sie gegen seine Lippen, warmer Atem streifte ihn.
»Gute Nacht.«

Ein Lächeln.

22

Das Rascheln der Blätter der großen Eiche neben ihnen hatte etwas Melancholisches und Gleichzeitig bezauberndes an sich. Die bunten Farben, von gelb übergehend in ein sattes, dunkles Rot, zierten die Baumkrone, von welcher ab und zu einige Blätter langsam zu Boden glitten und das Gras unter sich wie einen Teppich bedeckten.

Auch die restlichen Bäume und Büsche wurden bunter, einige waren sogar bereits kahl. Odelias Blick schweifte über all die Pflanzen und den kleinen Teich zwischen den Bäumen, um schließlich an dem Gebäude vor ihr zu verweilen.

Es war eine Hütte, fernab von allem, mitten auf einer Waldlichtung. Sie bestand aus weiß verputzten Mauern und einem eher niedrigen, bräunlichen Dach. Die eher kleinen Fenster hatten Läden, was Odelia als äußerst niedlich und irgendwie urig empfand.

Xenophilius öffnete die Tür und bat beide hinein. Still folgten Isander und sie ihm.

»Da wären wir. Nicht gerade riesig, aber ich denke, für eine Weile ist es eine gute Option. Vielleicht kommt ihr hier mal ein wenig zur Ruhe«, sagte xier Magier, lächelte sanft.

Odelia war bereits aufgefallen, dass die Energie der Lichtung besonders war und der Bereich des Hauses verstärkte den Eindruck noch mehr. Er trug Spuren von Xenophilius Magie.

Innen war das Haus klein, aber sehr gemütlich. Es gab auf der rechten Seite einen Schlafbereich, wenn man aus dem Flur trat. Das Bett war aus Holz. Weiße und écru-farbene Stoffe lagen daneben auf dem Steinregal, welches sich hinter dem Kopfteil die Wand entlang erstreckte. Wenn man aus dem Flur geradeaus sah, blickte man auf eine Holzschiebetür, wohinter sich wahrscheinlich das Badezimmer verbarg. Links, auf der entgegengesetzten Seite des Schlafbereichs, gab es einen kleinen Kamin mit einer Wohnraumecke. Sie hatte ein cremefarbenes Sofa und eine Küchenzeile mit kleinem Tisch. Alles war hell und freundlich trotz des kleinen Raumes. Odelia fand es toll.

Neugierig sah sie zu Isander, welcher all dies ebenfalls musterte. Sein Gesicht wirkte wenig emotional, bis er schließlich anerkennend nickte. Was in Isanders Sprache zumindest anderen als Odelia gegenüber, soviel hieß wie: Gefällt mir.

»Ich finde es wundervoll«, schwärmte Odelia und sah sich nochmals mit großen, glänzenden Augen um.

Xenophilius lächelte zufrieden. »Schön.«

Es fühlte sich anders an als die Zufluchten über das letzte Jahr hinweg. Selbst wenn sie zwischenzeitlich angenehme Zimmer gehabt hatten, barg dieses eine ganz eigene Bedeutung. Es war weniger Flucht, sondern mehr ein Gefühl von Sein.

Odelia wusste, dass Xenophilius und Noara hart daran gearbeitet hatten, ihnen beiden eine Art Zuhause zu schaffen, wo Odelia sich in ihren Fähigkeiten entfalten und sich gemeinsam mit Isander, zumindest für eine Zeit lang, ein normaleres Leben gestalten konnte.

Sie war aufgeregt, hielt ihre Hände fest. Isander strich ihr sanft über den Rücken, woraufhin sie ihn ansah und anlächelte, was er sofort erwiderte. Vorsichtig lehnte er sich zu ihr hinunter und küsste ihre Schläfe. Ihr Herz schwoll an.

»Ich werde mich für's Erste verabschieden«, unterbrach Xenophilius die Innigkeit der beiden.

»Oh, ja gut. Vielen, vielen Dank. Ich weiß gar nicht, was ich sagen soll«, hauchte Odelia und griff nach Xenos Händen, ehe sie xiem Magier umarmte. Nach wie vor war xier die einzige Person, welche sie bewusst mit ihren bloßen Händen berührte — mittlerweile weniger befangen, was einen großen Fortschritt bedeutete.

»Kein Problem«, lächelte xier, drückte Odelia kurz, ehe xier sich löste und sich an Isander wandte. Beide nickten sich nur zu, doch ihre Augen sagten mehr als diese minimale Geste, bevor Xenophilius schließlich verschwand.

»Willkommen zu Hause«, sagte Isander einige Minuten darauf in die Stille, die in dem Raum nach Xenophilius' Verabschiedung entstanden war.

Odelia drehte sich um und sah ihn an. Ihre Augen wurden feucht, ihr Herz trommelte gegen ihre Brust. Sie nickte.

Ja, das könnte es sein.

Hier.

Mit ihm.

Isander räusperte sich und sah sich weiter um.

»Ziemlich übertriebenes Geschenk so nachträglich zum Geburtstag«, scherzte er. Odelia schmunzelte.

»Auch etwas spät«, stellte sie amüsiert fest, war es doch derweil Oktober, etwa einen Monat nach Isanders Geburtstag.

Ein gutes Jahr war vergangen, seit ihre gemeinsame Reise begonnen hatte. Es fühlte sich unwirklich an.

Die letzten Wochen hatte sie damit verbracht, ihre Fähigkeiten besser kennenzulernen. Isander hatte sich häufig, gemeinsam mit Noara oder Xenophilius, umgesehen und herumgeforscht, was die Verfolgung von Odelia anging. Tatsächlich gab es seit dem Ereignis in der Lagerhalle im Sommer keinen Anhaltspunkt mehr dafür, dass sie in irgendeiner Form gejagt wurden. Um dennoch auf Nummer sicher zu gehen, hatten die beiden Magier viel Zeit und Kraft in Experimente investiert, um Odelia und Isander Schutz zu gewähren und ihnen gleichzeitig zu ermöglichen, ein eigenes, selbstständiges Leben kreieren. Das Rätsel um das Amulett hatten sie noch nicht lösen können, zumal der Fokus auf anderem lag, was von größerer Wichtigkeit war. Das einzige Signifikante war, dass es schimmerte, wenn man es trug, und wieder weiß wurde, sobald man es abnahm. Jedenfalls war das bei Odelia, Isander, Xenophilius und Noara der Fall. Es war nicht eindeutig, was der Grund dafür war.

23

Das Zischen von Butter in einer heißen Pfanne war zu hören, untermalt von Metallen welche aneinanderrieben. Eine zarte, weibliche Stimme summte die Melodie, die aus dem Smartphone neben ihr tönte, worauf sie ab und zu einen Blick warf, um sicherzugehen, dass sie dem Rezept auch genau folgte.

Odelia hatte Gefallen daran gefunden, kochen zu lernen, Musik zu hören und, alle voran, einen kleinen Garten anzulegen. Vor dem Haus hatte sie kurz nach ihrem Einzug ein paar winterharte Pflanzen in den Boden geben können und diese anschließend mit Mulch und Laub bedeckt, damit sie einwurzeln konnten, ehe der Bodenfrost da war. Für andere Gewächse wiederum war es bereits zu kalt, aber sie hatte ein paar Töpfe in der Küche und im Badezimmer stehen, welche sie liebevoll und gewissenhaft pflegte.

Isanders Laptop lag auf dem Couchtisch, gemeinsam mit seiner goldenen Brille. Er selbst nahm gerade eine heiße Dusche, nachdem er das Holz für den Kamin draußen gehakt und geschützt vor der Feuchtigkeit verstaut hatte. Die Hütte selbst besaß durchaus eine Heizung, aber sie hatten keine genaue Ahnung, wie gut es um die Dämmung bestellt war, sollte der Winter wieder so kalt werden wie im Jahr zuvor.

Odelia wuselte fröhlich durch die Küche und schichtete das angebratene Gemüse samt Soße auf die Kartoffeln, um alles anschließend mit Käse zu bestreuen und in den Ofen zu geben. Gedankenverloren wischte sie über die Theke, als sie Isander wahrnahm, der aus dem Bad zu ihr kam.

Seine große Hand legte sich behutsam auf ihre Hüfte und sein Körper berührte sanft den ihren. Wie von selbst lehnte sie sich gegen ihn, fühlte wie seine vollen Lippen ihren Hals streiften, ehe er diese zärtlich auf eine Stelle unterhalb ihres Ohrs drückte. Sie erschauderte wohlig, seufzte zufrieden und schloss für einen winzigen Augenblick genießend die Augen. Vorsichtig umschloss er mit beiden Armen ihre Taille, lehnte seinen Kopf auf ihre Schulter. Beide atmeten den Duft des anderen.

Es war noch immer neu und ungewohnt, aber sie wollte sich auch nicht wirklich daran gewöhnen, denn es fühlte sich so schön und aufregend an, diese Art von Innigkeit mit ihm auszutauschen. Trotzdem entstand es, wie alles zwischen ihnen, völlig natürlich, als wäre es nie anders gewesen.

»Essen ist im Ofen«, hauchte sie und drehte sich in seiner Umarmung zu ihm um, die rechte Hand automatisch zur Faust geballt.

»Riecht schon gut«, sagte er, betrachtete die junge Frau vor sich.

Ihre getuschten Wimpern wirkten lang und voll, ließen das Türkis ihrer Augen leuchten. Die Sommersprossen waren über Nase und Wangen verteilt wie Sterne am Nachthimmel. Ihre vollen, dunkler geschminkten Lippen hatten etwas Sinnliches an sich. Isander presste unbewusst seine eigenen zusammen.

»Was ist?«, grinste sie, spürte einen Anflug von Nervosität, als sie seine Reaktion bemerkte.

»Nichts Bestimmtes. Du bist nur so hübsch«, stellte er fest und sah ihr direkt in die Augen.

Sie lächelte verlegen, freute sich aber über das Kompliment. Es gefiel ihr. Das Gefühl, dass sie ihm gefiel.

»Danke. Du auch«, hauchte sie, lehnte sich vor, stellte sich leicht auf die Zehenspitzen und küsste ihn.

Seine Umarmung wurde sogleich fester und seine Lippen drückten sich gegen ihre. Mit ihrer linken Hand fuhr sie ihm sachte durch die noch feuchten Haare, zog ihn ein Stück näher, als wäre der Kuss selbst nicht nah genug. Ihr Herz schlug schneller und Isander spürte die Aufregung durch seinen Körper huschen.

Die Finger des Albinos gruben sich in den Leinenstoff ihres Kleides, welches, verziert mit Spitze, locker um ihren Körper fiel. Der Ballonärmel war ihren Arm hochgerutscht, gab ihren schlanken Unterarm frei, welcher wie der Rest von ihr über die letzten Wochen endlich an Fettgewebe gewonnen hatte, so dass sie sich wieder als sich selbst wahrnehmen konnte. Sie sah gesünder aus. Glücklicher.

Die feingliedrigen Finger hatten sich in seinem Haar vergraben, während sie beide sich weiterhin dem Kuss hingaben. Die rechte Hand hielt sie durchgehend geschlossen.

Übermannt von Gefühlen griff Isander mit dem einen Arm unter ihren Po, hob sie an, was sie überrascht keuchen ließ, und setzte sie auf die Kücheninsel hinter ihr.

»Isander...«, wisperte sie, doch erwartete keine Antwort.

Stattdessen zog sie ihn enger an sich, küsste ihn innig. Seine eine Hand ruhte kurz oberhalb ihres runden Hinterns, die andere legte er an ihr Gesicht, während er die Lippen gegen die ihren bewegte. Ihre Beine schlang sie um seine Hüften, ohne einen Gedanken daran, was sie tat oder was es auslösen könnte. Hitze breitete sich in und zwischen ihren Körpern aus. Die Lippen geöffnet, ließen sie ihre Zungen einander begegnen. Odelia erschauderte, zitterte leicht vor Aufregung. Isander bemühte sich, die Wärme ihres Schoßes zu ignorieren, aber konnte nicht umhin, sie noch näher spüren zu wollen.

Ein schrilles Geräusch ließ beide auseinanderschrecken. Odelia versuchte sich zu sammeln, auszumachen, wo sie sich befand und was gerade passiert war.

»D-das Essen!«, stellte sie fest, als sie verstand, dass es sich bei dem Geräusch um die kleine Küchenuhr gehandelt hatte.

Isander fühlte sich diesig im Kopf, blinzelte einige Male, ehe er nickte und nach hinten griff, um den Ofen auszuschalten. Die blonde, junge Frau spürte, wie die Hitze durch ihren Körper strömte und alles in ihr kribbelte, surrte und auf ungewohnte Weise angespannt war. Ihr war etwas schwindlig und es fiel ihr schwer, sich zu beruhigen. Beide atmeten kurz und ein wenig angestrengt.

Isander räusperte sich geräuschvoll, sah sie vorsichtig an, konnte den Blick aber vor Nervosität kaum aufrechthalten.

Sie rieb ihre Lippen aneinander, spürte noch deutlich seinen Mundes. Das Kribbeln und die Wärme in ihrem Schoß fühlten sich befremdlich an. Langsam rutschte sie von der Theke, nahm schließlich den Holzboden unter ihren Füßen war.

»M...magst du den Tisch decken?«, fragte sie, klang fast ein wenig schrill, wäre ihre Stimme nicht so leise gewesen.

Der Albino nickte. »Ja, sicher.«

Während er die Teller aus dem Schrank nahm und Odelia die Auflaufform aus dem Ofen, biss er sich auf die Unterlippe. Es erforderte Mühe, sich zusammenzureißen und seinen Körper zu beruhigen. War er zu weit gegangen?

Odelia war unschlüssig, wie sie sich fühlte, bewegte sich wie auf rohen Eiern, weil ihr Körper einfach nicht zur Ruhe kam. Stattdessen spielten sich die letzten Minuten wieder und wieder in ihrem Kopf ab, was ihren Herzschlag deutlich beschleunigte und das heiße, kribbelnde Empfinden, insbesondere zwischen ihren Beinen, nicht abklingen ließ. Vorsichtig warf sie ihm Blicke zu, verstand selbst nicht so recht, weswegen sie sich beide so komisch benahmen. Also saßen sie am Tisch und stocherten im Essen herum. Wirklich Appetit schien keiner mehr von ihnen zu haben.

Die nächsten Tage bestand noch eine gewisse Grundspannung zwischen ihnen, doch Odelia bemühte sich, diese ein wenig zu reduzieren, indem sie Isander normal küsste, sich an ihn lehnte und seine Nähe suchte wie zuvor. Sie hatte bemerkt, dass er sich ein wenig zurücknahm, was ihr gelegentlich zu denken gab. Ein wenig fürchtete sie, dass es ihm vielleicht unangenehm gewesen sein könnte. Aber sie kannte ihn gut und konnte sich auch vorstellen, dass er sie einfach nicht bedrängen wollte. Deswegen war es ihr wichtig, ihm zu zeigen, dass sie die Situation als nichts Negatives empfunden hatte. Seine Haltung ihr gegenüber normalisierte sich dadurch wieder und es beruhigte ihn.

Odelia saß draußen auf einer Holzbank in der Nähe des Teichs und konzentrierte sich auf das Gefühl in ihren Händen. Sie aktivierte abwechselnd die eine und dann die andere Seite, eben die entgegengesetzten Fähigkeiten, um die Energien immer besser kontrollieren und lenken zu können. Aktuell beschränkten sich ihre Übungen vorwiegend auf das Auslösen und abklingen Lassen ihrer Kräfte. Sie wollte eine klarere Kontrolle erlangen, so dass sie mit der Zeit sichergehen konnte, niemanden, insbesondere Isander nicht, aus Versehen in Gefahr zu bringen. Wenn sie ehrlich mit sich war, war sie ein wenig stolz darauf, dass sie ihn überhaupt so nah an sich ranlassen konnte, ihn festhielt und küsste, ohne sofort in Panik zu verfallen. Gleichzeitig empfand sie es als schwierig, dass sie in seiner Gegenwart und den innigen Momenten zwischen ihnen doch viel instinktiver als durchdacht handelte. Die Visualisierung durch das Verschließen ihrer Hand half ihr sehr, die Fähigkeit nicht einfach zu aktivieren. Dennoch wünschte sie sich, dass sie es bald schaffen würde, ihre Handfläche auf Dinge oder Personen legen zu können, ohne dass etwas geschah oder sie befürchten musste, dass etwas geschehen würde.

Ein Schritt nach dem anderen.

Die restlichen Blätter der Bäume raschelten im Herbstwind. Es wurde kühler, denn obwohl die Sonne noch recht warm auf sie schien, spürte sie den nahenden Winter in der Luft, wenn die Brise durch ihr langes, goldblondes Haar wehte, welches sich in die Gelb- und Rottöne der gefallenen Blätter einzureihen schien. Sie übte jeden Tag, mindestens ein oder zwei Stunden. Und sie wurde besser.

Es erforderte viel Kraft, weswegen sie ihre Übung für den heutigen Tag beendete und sich ausschüttelte, nachdem sie aufgestanden war. Ihr Blick streifte über den Teich, welcher von Seerosenblättern geziert war.

»Odelia...«, hörte sie das Säuseln einer weiblichen Stimme. Ein seichter Schauer überflog ihre Wirbelsäule, doch sie fühlte sich nicht mehr so angsterfüllt, wie die Monate zuvor. Sie würde sich bald darum kümmern, dachte Odelia und sah sich um. Sie erwartete nicht, die Form von Sophie irgendwo wahrzunehmen, aber sie wollte, das diese wusste, dass sie sie nicht ignorierte. Also nickte sie.

»Bald. Ich weiß, es ist bestimmt schlimm für dich. Halte noch ein wenig durch. Ich werde mein Bestes geben«, sprach Odelia und schloss für einen Moment die Augen.

Vielleicht würde sie bald ein Stück weit hinter all die noch offenen Mysterien treten können.

Nach einigen Minuten lief sie ruhig zurück zum Haus, genoss noch ein wenig die Sonne, die langsam untergehen wollte.

Drinnen saß Isander an seinem Laptop und tippte auf der Tastatur herum, schrieb einige Absätze für seinen neuen Artikel. Vor einiger Zeit war Isander zusammen mit Noara in seine alte Wohnung zurückgekehrt. Es war eine ziemlich lange Autofahrt gewesen, welche sie viele Stunden gekostet hatte. Sie hatten seine restlichen Sachen mitgenommen, ehe sie für ihn den Schlüssel mit Kündigung per Post abgegeben hatten. Es waren keine großen Dinge dabei, eher Kleidung und ein paar persönliche Gegenstände wie Bilder, Papiere oder Schmuck. Es war zu erkennen gewesen, dass die Polizei in die Wohnung eingebrochen war und sie durchsucht hatte, aber ganz offensichtlich nicht das gefunden hatten, was sie sich erhofften.

So war es besser und der Albino vermisste seine alte Wohnung nicht im Geringsten. Hier mit Odelia war es für ihn ganz anders. Er fühlte sich wohl. Es war das, was er sich unter einem Zuhause-Gefühl vorgestellt hatte. Etwas, was er zuvor nie wirklich kannte. Auch wenn er sein eigenes Leben bestritten hatte, nachdem er aus dem Waisenhaus geflogen war und eine Wohnung und Arbeit gefunden hatte, hatte immer etwas gefehlt. Es bestand stets eine gewisse Leere. Er dachte, es müsste so sein. Dass es ihm nicht vergönnt war, diese Lücke zu füllen. Durch die fehlende Zugehörigkeit irgendwohin hatte er sich immer etwas zwischen den Stühlen befunden, egal was er tat.

Vielleicht hatte ihm lediglich eine Familie gefehlt. Eine weitere Sache, die ihm in der Vergangenheit verwehrt geblieben war. Wobei Xenophilius streng genommen schon immer einen schrägen Teil von Familie darstellte. Aber seit Odelia in sein Leben getreten war, hatte sich so viel verändert.

Hatte er sich verändert.

Ihr gegenüber hatte er nie das Bedürfnis verspürt, sich kühl zu verhalten. Er hatte keine Angst, dass sie hinter seine Fassade sehen konnte.

Odelia war anders.

Odelia war seine große Liebe.

Odelia war seine ganz eigene Familie.

Isander sah auf, als er die Tür hörte, schaute über den Rand seiner Brille und erblickte die blonde, junge Frau. Sie wirkte etwas müde, aber nicht völlig entkräftet. Er fand, dass sie in letzter Zeit wirklich große Fortschritte machte und ihre Reserven besser abschätzen konnte.

»Fertig für heut'?«, fragte er sanft und sie nickte leicht lächelnd, als sie sich neben ihn auf das Sofa setzte.

Sie lehnte ihren Kopf gegen seine Schulter und schaute neugierig auf den Text.

»Bist du vorangekommen?«, wollte sie wissen und sah ihn von der Seite an.

»Ja, bin tatsächlich fertig. Ich muss es nur morgen nochmal in Ruhe überlesen«, stellte er fest, ehe er den Laptop zuklappte und zur Seite packte.

Seinen Arm zog er leicht von ihr weg, damit er diesen um ihre Schultern legen konnte, so dass sie ihren Kopf an seinem Schlüsselbein bettete. Entspannt atmeten beide durch, sachte streichelte er über ihren oberen Rücken.

»Wie kommst du voran mit deinen Übungen?«, fragte Isander schließlich, was Odelia blinzeln und sich leicht lockern ließ, bevor sie ihre Hände vor sich ausstreckte. In seiner Gegenwart schloss sie die rechte Seite automatisch immer fest, was ihr insbesondere dann bewusst wurde, wenn sie die Faust wieder öffnete und die Anspannung spürte, die sich auf ihre Sehnen und die Muskulatur gelegt hatte. So wie jetzt. Vorsichtig öffnete sie, mit den Handflächen nach oben deutend, langsam beide Hände. Ein angestrengtes Ausatmen war zu vernehmen, als sie ihre Innenflächen und Finger begutachtete.

»Es wird anders«, stellte Odelia fest. »Meine Wahrnehmung verändert sich stetig. Jedes Mal, wenn ich die Energien erfühlen kann, fällt mir auf, dass ich einen Schritt vorangehen kann. Ich schaffe es, sie mittlerweile bewusst auszulösen und abzudämpfen.«

Sie erklärte es in einem ruhigen Ton und obwohl es eher eine Feststellung war, betrachtete Isander sie mit einer großen Faszination. Er war beeindruckt von ihr. Wahrscheinlich schon immer, aber ihr Wille und die Ausdauer, die sie in den letzten Wochen an den Tag gelegt hatte, waren bemerkenswert.

Der Albino war der Ansicht, dass es viel Mut erforderte, sich seinen größten Ängsten zu stellen. Die Traumata, die Odelia durchlebt hatte, waren auch für ihn einschneidend gewesen. Ihn holte das Bild von dem verwelkten Überrest des Mannes noch immer ab und zu ein. Doch er hatte ihn nur im Endstadium am Boden liegen sehen und nicht beobachten müssen, wie er selbst das Leben aus ihm entzog. Wie er vor den Augen in Rekordzeit verweste. Der Gedanke alleine ließ ihn Übelkeit verspüren und noch schwerer wog sein Herz bei dem Wissen, das Odelia sich dem Ganzen dauerhaft stellen musste.

»Du bist wirklich schon sehr weit gekommen«, erwähnte Isander anerkennend.

»Danke. Ich... ich bin auch ein wenig stolz auf mich.«, gab sie zu, lächelte zurückhaltend als sie ihre Hände betrachtete.

»Du darfst auch sehr stolz sein«, betonte der Albino, strich ihr sanft über den Rücken. Sie nickte, lächelte breiter und atmete tief durch. Dann wurde sie ernster.

»Ich habe Sophie vorhin gehört«, sagte die Blonde und schloss langsam wieder die Hände, aber weniger krampfhaft als zuvor.

»Was hat sie gesagt?«, hakte der Ältere nach.

»Nur meinen Namen. Wie meistens. Ich möchte gern helfen, denn die Vorstellung, dass sie leiden muss, bricht mir das Herz«, seufzte sie, ihr Ton klang noch immer bedrückter. »Aber ich habe verstanden, dass ich vorher lernen muss, mit dem, was ich besitze, zurechtzukommen. Ich glaube, solange ich mir selbst nicht helfen kann, kann ich auch niemand anderem helfen. Dafür ist diese Kraft zu gefährlich, zu stark.«

»Du klingst ein bisschen wie Xeno. Ich glaub‘, ihr verbringt zu viel Zeit zusammen«, schmunzelte der Albino etwas, wurde dann aber ebenfalls wieder ernster. Odelia nickte lächelnd.

»Wahrscheinlich.«

»Was ich sagen wollte — ich denke auch, dass es seine Zeit braucht, bis du tatsächlich in der Lage bist, da überhaupt auf irgendeine Weise helfen zu können. Es sind auch einfach noch zu viele Dinge ungeklärt, um im Moment etwas zu ändern.« Isander strich sich durch die weißen Locken und betrachtete seine Partnerin voller Demut. »Ich denke, sie weiß, dass du ihr helfen wirst, wenn die Zeit gekommen ist.«

Sie nickte. »Ich hoffe.«

Zaghaft streckte Odelia die linke Hand erneut aus, aber hielt sie diesmal in Isanders Richtung. Ihr Atem beschleunigte sich für einen Augenblick, bevor sie sich konzentrierte und die Faust öffnete.

»Gi...gibst du mir deine Hand?«, fragte sie zögerlich und sah ihn an, die türkisen Augen schimmernd in Hoffnung und einem Hauch Unsicherheit.

Isander sog scharf die Luft ein, spürte, wie sein Herz gegen seine Brust hämmerte. Es war vielleicht eigenartig, über diese Geste so außer sich zu sein. Doch es war alles andere als eine Kleinigkeit.

Vorsichtig streckte er die Hand nach ihr aus, hielt sie über der ihren, ohne ihre Haut zu berühren. Odelia schloss für einen Moment die Augen und atmete tief durch. Die Augen wieder geöffnet, berührte sie mit den Fingerspitzen seine Handinnenfläche. Ein sachtes Streicheln flog kitzelnd über seine Haut, ehe ihre Hand sich gänzlich auf seine legte.

Beide atmeten tief durch. Ihre Berührung fühlte sich warm an, fast ein wenig elektrisch geladen. Es war nicht ihre Fähigkeit oder dergleichen. Es waren lediglich die Energien, die sie austauschten. Die Geste, die in der Vergangenheit so unbekümmert und natürlich entstanden war. Sie hatten sich dauernd an den Händen gehalten und berührt. Nun wurde ihnen noch einmal bewusst, wie wichtig diese Momente für sie beide gewesen waren und immer sein würden.

Isander wollte ihr die Kontrolle überlassen, aber es fiel ihm schwer, dagegen anzukämpfen, ihre Hand nicht einfach fest in seiner zu halten. Odelia ging es ähnlich, mit dem Vorteil, dass sie die Entscheidung für sie beide treffen konnte — durfte, denn er vertraute ihr bedingungslos. Ihre Finger glitten zwischen seine, bis ihre Handflächen eng aneinandergepresst waren, und sie die Finger endgültig verschränkten. Sich einfach nur festhielten.

Es war befreiend.

Einfach.

Sie atmeten beide tief durch. Ein feuchter Film bildete sich an Odelias Wimpernrand, ehe sich eine kleine Träne löste und über ihre Wange lief. Isander nickte und blinzelte seine Tränen erfolglos weg. Beide schluckten deutlich. Türkise Augen trafen auf milchig-blaue.

»Danke«, hauchte Isander kaum hörbar.

Die Jüngere schüttelte den Kopf.

»Ich danke dir...«, wisperte sie zurück, ehe er lächelnd ihre Hände an seine Lippen hob und einen Kuss auf Odelias Handrücken drückte.

Kurz schloss sie die Augen und genoss den Moment, spürte, wie sich die Wärme in ihr ausbreitete und ein Gefühl von Leichtigkeit Einzug hielt.

»Ich liebe dich...«

Ihre Stimme war klar und weich. Isanders Augen weiteten sich, das Herz schlug ihm bis zum Hals. Odelia drückte seine Hand fest.

»Ich...«, stammelte er vor Überraschung. Ihm fehlten die Worte, bis er sich nach einigen Schrecksekunden schließlich sammeln konnte.

»Ich liebe dich. Ich liebe dich auch!«, platzte es aus ihm heraus, als er sie losließ, sich hastig vorlehnte und sie fest in die Arme schloss. »Oh, du hast gar keine Ahnung, wie sehr ich dich liebe.«

Ihre Finger vergruben sich in dem Stoff seines Pullovers. Sie schluchzte laut auf, dicke Tränen kullerten ihre von Sommersprossen gezierten Wangen hinunter.

»Erschreck mich nicht so«, wimmerte sie, lachte leicht über ihre Panik, die aufgekeimt war, als er kurz geschwiegen hatte.

Auch er schmunzelte unter Tränen, drückte sie fest an sich.

»Entschuldige«, nuschelte der Albino gegen ihren Hals, atmete ihren süßen Duft ein.

Nach einigen Sekunden lockerte er die Umarmung ein wenig und lehnte die Stirn an ihre, nachdem er seine Brille zur Seite gelegt hatte. Ihre Blicke trafen sich erneut, die Gesichter gezeichnet von nichts Geringerem als Liebe, Glück und Dankbarkeit. Dafür, diesen Moment erleben zu dürfen. Zärtlich verschloss Isander ihre Lippen mit seinen und spürte einmal mehr, dass sein Herz endlich zu Hause war.

Die Wintersonne kitzelte ihre Nasenspitze, als deren muntere Strahlen durch das kleine Fenster in das Zimmer fielen. Odelia blinzelte verschlafen, streckte sich leicht, ehe sie weiter zur Seite rollte und sich an den warmen Körper neben ihr kuschelte. Der vertraute und beruhigende Geruch von Isander stieg in ihre Nase, was sie zufrieden lächeln ließ. Die Augen geschlossen, rutschte sie noch ein Stück näher, was Isander dazu veranlasste, seinen Arm zu heben und diesen um ihren schmalen Körper zu winden. Sein Gesicht vergrub er in ihrem dichten Haar. Er seufzte wohlig. Einige Minuten genossen sie die Stille und die Wärme des anderen, lauschten dem entspannten Atmen.

Sanft streichelte Odelia mit ihren Fingerspitzen Isanders Rücken, der Stoff trennte sie nur kurzzeitig von seiner Haut, denn sie schob das Shirt ein Stück nach oben und kraulte seinen unteren Rücken. Sie verschwendete nicht einen Gedanken daran, was sie tat, wollte lediglich sein weiche Haut fühlen. Er seufzte wohlig und genoss ihre Berührungen zutiefst. Es war entspannend und ein Gefühl von Geborgenheit durchströmte ihn. Schläfrig streichelte er ihre Schulter, um welche er seinen Arm gewunden hatte, und zog sie noch ein wenig enger an sich heran. Als sie müde aufsah, drückte er ihr einen Kuss auf ihre Lippen. Dieser war wie sie beide unbekümmert und entspannt.

Die letzten Wochen hatte Odelia damit zugebracht, sich weiter auszubilden. Sie befolgte die Anweisungen und Tipps von Xenophilius. Xier hatte ihr mehrere Meditationstechniken und Formen von Selbsthypnose erklärt und einige davon mit ihr zusammen ausprobiert, die einen erfolgreicher als die anderen. Wenn Xenophilius nicht bei ihnen war und sie nicht zu Besuch in deren Haus, setzte sich die blonde, junge Frau oft an den Teich. Es war ziemlich kalt, schließlich war es bereits Winter. Aber es war angenehmer für sie, an der frischen Luft zu verweilen. Im Grunde war sie schon immer ein Naturmensch gewesen.

Zwischendurch hatte es bereits vereinzelt geschneit und der Teich wies zeitweise an einigen Stellen eine dünne Eisschicht auf. Diese sah aus, als wäre sie aus kleinen Flocken, die sich wie Kristalle aneinanderreihten. Manchmal formten sie Spitzen und versuchten, die gegenüberliegende Seite zu erreichen. Die Mitte war wohl doch zu warm, um eine durchgehende Decke auf dem Teich zu formen. Alles in allem war der Winter sowohl in der Gegend, aus der sie stammte, als auch hier, weiter im Nord-Osten des Landes, eher nass und mäßig kalt statt schneereich.

Isander wartete meist drinnen mit heißem Tee oder heißer Vanillemilch auf sie, damit sie sich aufwärmen und neue Energie schöpfen konnte, da sich die Rituale und Übungen als sehr kräftezehrend erwiesen. Aber sie hatte das Gefühl, dass sie vorankam und Stück für Stück mehr über ihre Energien lernte. Über das, was sie in sich trug.

»Wo willst du hin?«, grummelte Isanders tiefe, kratzige Stimme, als Odelia sich langsam aus seiner Umarmung zu befreien versuchte.

»In das Bad und dann raus«, hauchte sie ihm entgegen.

Er kniff die Augen zusammen und unterstrich seine Unzufriedenheit mit zusammengezogenen Brauen.

»Solltest vorher essen«, murmelte der Albino verschlafen. Sie lächelte leicht.

»Ich kann danach essen«, entgegnete sie und schaffte es schließlich aus seinem Klammergriff.

»Brauchst doch Energie«, argumentierte er, mehr schlecht als recht, denn seine Müdigkeit schien noch jegliche körperlichen und geistigen Funktionen einzuschränken.

»Mach dir keine Sorgen, ist nur kurz.«

Odelia strich ihm zärtlich mit der linken Hand über sein Haar und beugte sich über ihn, ehe sie ihm einen sanften Kuss auf den Kopf drückte. Damit stand sie auf und ging ins Bad.

Frisch gewaschen und angezogen verschwand sie durch die Haustür. Die Luft war kühl und feucht, aber belebend. Odelia schätzte den Geruch von Wald um sie herum sehr. Die Wintersonne wirkte heute Morgen greller, was sie zusammen mit dem eisigen Geruch darauf schließen ließ, dass es bald schneien würde.

Sie passierte ihr kleines Blumenbeet, warf einen Blick auf die bedeckten Pflanzen und lief hinüber zur Schaukel neben dem Teich. Auf diese ließ sie sich nieder und wippte leicht hin und her, die Füße noch mit den Zehenspitzen am Boden.

Sie griff an den Seilen vorbei nach vorn, so dass diese gegen ihre Schultern drückten. Die Hände streckte sie aus.

Es kribbelte, erst links, dann rechts. Sie wechselte. Genauso leicht wie es ihr fiel, sie zu aktivieren, wurde es mittlerweile sie abzudämpfen. Es fühlte sich gut an. Sie wusste auch, dass es Zeit war, über diese Übungen hinauszugehen. Sie wollte mehr in die Tiefe gehen. Wissen, wozu sie tatsächlich fähig war, auch wenn ein Teil von ihr sich noch immer sträuben wollte. Doch das nützte nichts. Früher oder später würde sie erneut damit konfrontiert werden, egal ob sie ihre Fähigkeiten nun beherrschte oder nicht.

Ihre Hände betrachtend, die sich äußerlich rein gar nicht veränderten, fiel es schwer, sich vor Augen zu halten, dass sie in gewisser Weise auch Leben schenken und nicht nur nehmen konnte. Und das war eigentlich viel zu kostbar, um es als unwichtigeren Teil wahrzunehmen. Es war schlichtweg ihre Angst, welche sie mehr Fokus auf das kalte Brennen ihrer rechten Hand richten ließ.

Langsam hob sie die Füße gänzlich vom Boden und wippte leicht nach vorn und zurück, betrachtete noch immer ihre Hände, während sie mit ihrem Körper das Gleichgewicht hielt.

Das Leben hier mit Isander hatte sie sehr verändert. Sie war grundlegend ruhiger geworden. Glücklicher.

Ein Lächeln huschte über ihre Lippen. Sie war dankbar, dass er sie auch in dunklen Momenten daran erinnerte, dass es mehr gab als das, was hinter ihr lag.

Eine einzelne Schneeflocke rieselte auf Odelia hinab. Sie legte sich auf die Innenfläche ihrer rechten Hand und schmolz bei der Berührung sofort dahin, so dass sie gerade noch die kristallisierte Form erfassen konnte, ehe nur noch ein kleiner Wassertropfen auf ihrer Haut zurückblieb.

War es das, was diese Seite ausmachte? Den Kreislauf beenden? Oder neu zu beginnen?

Ihr Blick hob sich gen Himmel. Sie konnte sehen, wie kleine vereinzelte Flocken auf sie zu kamen. Ihr Atem formte eine dezente Dampfwolke. Kälte erinnerte sie immer an etwas Vertrautes.

25

Ein tiefer Atemzug.

Die Rippen weiteten sich, schafften Raum für den Sauerstoff, welcher sich in ihrer Lunge ausbreitete, ehe sie langsam und kontrolliert ausatmete.

Seit Stunden saß sie hier, am Rand des kleinen Teichs neben der Schaukel. Blätterrauschen war zu vernehmen und der sanfte Klang von sich bewegendem Wasser.

Der bewusste Bezug zu ihrem Körper schwand langsam, so dass die Energie in ihrem Inneren im Fokus stand. Es war keine einfache Meditation, eine, die nur entfernt dem ähnelte, was sie zur Beherrschung ihrer Kräfte nutzte und gelernt hatte. Es war schwieriger, den Fokus zu halten, die Energien zu bündeln und zu erkennen, wie sie reagierten. Die Anstrengung merkte sie in jeder Sekunde. Ihr Körper machte diese in Form von großer Ermüdung deutlich und ihr Geist wollte sich nicht lösen von dem, was um sie herum und in ihr drinnen vonstatten ging.

Erschöpft stieß sie Luft aus, ein Laut der Frustration, ehe sie die Augen öffnete.

Stille.

Wieso kam ihr mit einem Mal alles so viel leiser vor als vor wenigen Sekunden noch? Nur ein sachtes Vogelzwitschern aus der Ferne, jedes andere Geräusch war verstummt.

Sie entschloss sich aufzustehen, sich zu strecken und auszuschütteln. War sich nicht ganz sicher, ob sie direkt ein weiteres Mal neu ansetzen oder sich eine kurze Pause gönnen sollte, bevor sie fortfuhr.

»Odelia...«

Da war es. Die Stimme, die sie nach wie vor nicht eindeutig zuordnen konnte und doch jedes Mal wiedererkannte. Derweil hatte sie dennoch eine Idee, um wen oder was es sich handeln könnte.

»Ich bin hier«, sagte sie. »Ich will mit dir sprechen«, fügte sie hinzu, klang dabei standhaft und sicher. Ja, es war Zeit, weitere Antworten zu erhalten.

»Bitte sprich mit mir!«, forderte sie, sah sich um, schloss dann die Augen, um sich auf das Gefühl zu konzentrieren, welches in dem Moment in ihr ausgelöst worden war, als sie die Stimme gehört hatte.

Die Handfläche auf der rechten Seite begann sich anzufühlen wie Haut mit einem Sonnenbrand. Starker Sonnenbrand, in dem Stadium, in welchem die Haut langsam Blasen schlug und sich schließlich schälen würde.Sie hielt die Hand geöffnet, widerstand dem Bedürfnis, sie zu einer Faust zu ballen, um die Kraft symbolisch einzudämmen. Gerade brauchte sie sie. Wollte sie sie.

Ein kalter Hauch streifte Odelia, umgab sie wie ein Film auf ihrem gesamten Körper. Es fühlte sich an, als wäre die Temperatur plötzlich um gute 20 Grad gesunken. Das Brennen in der rechten Hand kontrastierte dazu auffallend. Da es mit einem Mal so eisig war, traute sich Odelia kaum zu atmen, war sich auch nicht sicher, ob sie die Augen geschlossen halten oder öffnen sollte. Sie entschied sich für letzteres.

Im ersten Moment hatte sie das Gefühl, als würde sich ein Schleier vor ihre Augen legen, denn dichter Nebel versperrte ihr die Sicht. Einige Male blinzelte sie, um den Blick zu klären. Das Ergebnis war ein verschwommenes Bild, getränkt in grauen, dichten Nebelschwaden. Nur leicht ließ sich in ihrem peripheren Blickfeld die Umgebung erahnen, in der sie sich eigentlich befand. Diese wurde allerdings ebenfalls verschleiert durch dunkle Schwaden, die irgendwie surreal waren in ihren Formen und Farben. Untertöne von Violett und Blau dominierten die Überlagerung der Sphären.

Schwarzer Rauch, verlaufend in kleinen, nahezu glitzernden Partikeln, schwebte an ihren Seiten vorbei nach vorn.

Das Zentrum der Kälte bewegte sich hinter ihr.

Odelias Herzschlag war deutlich in ihrem Ohr, untermalte die Stille und ihre aufkeimende Nervosität. Ob sie zu weit gegangen war? Würde sie sterben? Hatte sie sich von Isander verabschiedet für den Fall? Sie war sich nicht mehr sicher.

»Du könntest jemanden Nerven kosten«, sprach die dröhnende Stimme, erschütterte sie bis aufs Mark und doch fühlte sie sich so greifbar und familiär an, dass es nahezu abstrus war.
Sie atmete tief durch, ehe sie sich umdrehte und die Gestalt vor sich ansah, welche die Kapuze aus dunklem Nichts tief im Gesicht trug.

»Du bist hier«, sagte sie.

Vielleicht war es eine Art Begrüßung, vielleicht die überraschte Feststellung, dass es tatsächlich gelungen war, dieses Ereignis zu erschaffen. Demjenigen zu begegnen, der ihr so viele Fragen beantworten konnte.

Der Tod.

Widersprüchlicherweise hatte sie in diesem Moment keine Angst, obwohl ihr ganzes Leben, insbesondere in den letzten Jahren, allein davon bestimmt war, vor dem Tod zu flüchten und Panik zu spüren vor dem, was dieser in ihr und allen anderen um sie herum auslösen könnte.
Und doch stand sie hier, vor diesem Wesen, als wären sie alte Bekannte.

»Odelia.«

Da war es. Die Vertrautheit. Die Stimme, die sonst Furcht in ihr ausgelöst hatte. Nun fühlte es sich an wie ein sanftes Streicheln auf ihrer Seele.

»Ja...«, hörte sie sich antworten, mit einem Hall, als befänden sie sich in einem riesigen, leeren Raum.

»So sieht man sich wieder«, sprach er, ruhig und langsam.

Es wirkte wie eine Erkenntnis, ob sie gut oder schlecht war, wusste sie nicht einzuordnen. Letztendlich spielte es auch keine Rolle.

»Wie soll ich dich nennen?«, fragte sie.

»Wie immer du willst. Ich habe keinen Namen und viele zugleich.«

Sie verstand und tat es gleichzeitig nicht.

»Findest du es nicht riskant, mich herbeizusehnen?«

»Durchaus«, bestätigte sie. »Aber ich denke, du bist ein bedeutender Teil in meinem Leben und die Möglichkeit, Fragen beantwortet zu bekommen und zu verstehen, ist das Risiko wert.«

»Mh«, machte er nun, verlagerte sein Gewicht von einem Bein auf's andere, veränderte seinen Griff an der Sense.

Die Finger schimmerten an der Oberfläche in unterschiedlichen Farben, bei genauem Hinsehen sah man die Knochen durch. Wenn sie ehrlich war, erinnerte sie seine Körperstruktur an den einer Qualle, so durchlässig, teilweise leuchtend und irgendwie eigenartig.

»Deine Art entspricht nach wie vor deinem Seelenkern.«

»Ist das gut?«

»Sonst wärst du nicht hier.« Es war keine Bestätigung und doch ließ seine Aussage einen Anflug von Stolz erkennen.

»Ich habe Fragen an dich.«

»Das sagtest du bereits. Wir können nicht ewig hier verweilen, zusammen. Also beginn.«

»Ich höre deine Stimme häufig. Wieso rufst du nach mir?«

»Weil es Dinge gibt, die du wissen und verstehen solltest. Oder schlicht, um dich zu warnen.«

»Wie in der Lagerhalle? Oder bei dem Ritual...« Sie erinnerte sich an die Hand, die sie damals verstummen ließ.

»Wieso schützt du mich?«, kam es ihr in dem Kontext in den Sinn.

»Aus Erfahrung kommt alles zur richtigen Zeit zu einem. Ob man das möchte oder nicht, spielt dabei keine Rolle. Du weißt genau wie ich, dass das Auslösen deiner Fähigkeiten nur eine Frage der Zeit war. Die eigentliche Frage, die dir auf der Seele brennt, ist, warum du sie besitzt. Deine Antwort lautet: Weil ich sie dir gegeben habe.«

Odelia fühlte sich tief durchatmen. Die Luft war eisig wie tiefster, schneereicher Winter und trotzdem spürte sie keine physische Reaktionen auf eine solch' intensive Kälte. Seine Worte beantworteten nicht die gestellte Frage, dafür aber eine andere.

»Wieso?« Der Ton klang überraschend flehend.

»Seelen, egal in welcher Form sie inkarnieren, kommen mit einer Aufgabe auf diese Welt, in dieses Universum. Deine erste Aufgabe war das Leben an sich, denn dein Wille war stark genug, den Tribut zu akzeptieren, den es fordert, um vom Tod selbst zurückgeschickt zu werden. Du verstehst sicher, dass ich nicht für das Leben verantwortlich bin. Denn meine Aufgabe besteht darin, eine Seele abzuholen, anzunehmen, zu geleiten und den Übergang ins Jenseits zu schaffen, wo diese friedlich existieren kann, bis ihre neue Lebensperiode anbricht. Ich richte also nicht willkürlich, wie viele vermuten. Ich bin lediglich da, sobald eine Seele in die Anderswelt tritt, einer Ebene zwischen Leben und Tod, und deutlich macht, dass sie bereit ist für die letzte Reise in diesem Zyklus.«

»Ist man nur in der Anderswelt, wenn man stirbt?«

»Nicht ausschließlich, aber vorwiegend. Wie du siehst bist du hier und lebst — Noch.«

»Wieso ruft Sophie nach mir? Warum bittet sie um Hilfe? Und was mache ich mit der Fähigkeit, die ich von dir habe?«

»Die Fähigkeit hat dich gefunden, weil du sie brauchen wirst. Es ist nicht so komplex, wie du vielleicht denkst. Aber sie zu kontrollieren und zu tragen, ist eine andere Aufgabe, der du dich mittlerweile stellst. Sophie, das Mädchen aus dem Ritual, ist wie die anderen Seelen, die das Prozedere hinter sich gebracht haben, an einem Ort, wo Seelen nicht sein sollten.«

»Das heißt?«, hakte Odelia nach.

»Das heißt, es gibt eine weitere Ebene, weniger endgültig als das Jenseits, doch zu abgetrennt von der Anderswelt, als dass ich allein etwas dagegen tun könnte. Die Seelen, die dort gefangen sind, leiden Qualen, Schmerzen, Angst.«

Sie zog scharf die Luft ein, versuchte sich zu fokussieren und nicht die Fassung zu verlieren.

»Wie kann das sein?«

»Das Ritual ist mit einer kosmischen Energie verknüpft, die sie wohl genau dort hinschickt. Ich nehme an, dass daraus Macht gezogen wird.«

»Das ist ja grauenvoll.«

»Dem kann ich nicht widersprechen.«

»Wie kann ich das lösen?«

Er schwieg. Sie sah ihn an, konnte lediglich sein Kinn sehen und die Lippen, durch welche erneut die Schädelknochen und Zähne durchschienen. Ihr Blick fiel auf ihre Hände.

Ehe sie sich versah, wirbelten die Schatten um sie herum, dichte Schwaden bildeten sich, verdeckten ihr die Sicht. Automatisch riss sie die Augen auf und blickte auf, doch sie sah nur Dunkelheit.

26

»**O**delia! Odelia!«

Die Stimme war dumpf, wirkte so weit weg, ehe sich Odelia endlich rührte und blinzelte. Die Sicht war verschwommen, ihr Kopf dröhnte.

»Odelia!« Isanders Stimme wurde klarer und lauter.

»Wo bin ich?«, fragte sie benommen, unfähig, ihre Umgebung auszumachen.

»Du bist im Garten. Mann, ich bin so froh, dass du wach bist«, erklärte er kurz und atmete erleichtert aus.

»Ah«, keuchte sie, während er ihr half, damit sie sich weiter aufsetzen konnte. Der Arm des Albinos stützte sie am Rücken, ihr volles Gewicht lehnte an ihm.

»Danke«, hauchte die Blonde.

»Geht es dir gut?«, fragte er besorgt, hielt sie fest und sicher.

»Ja... ja, ich denke schon.«

Ein weiteres erleichtertes Seufzen war zu hören. Sanft fuhren seine Finger durch ihr dickes Haar, strichen ihr die Strähnen aus dem Gesicht. Sie fühlte, wie sie sich augenblicklich entspannte, als er sie streichelte und ihr Körper an seinem ruhte. Für einen Moment schloss sie ihre Augen und genoss seine zärtlichen und liebevollen Berührungen, bevor sie ihre Lider wieder öffnete und ihre Umgebung langsam vollständig wahrnahm.

Isander half ihr auf, stützte sie, um zurück ins Haus zu gelangen. Wo sie sich, nach dem Entledigen der Winterkleidung, auf das Bett fallen ließ und an den Baldachin aus durchlässigem, hellem Leinenstoff schaute, welcher sich über das Kopfende des Bettes erstreckte.

Der Gestaltwandler legte sich zu ihr, rutschte näher und strich über ihre Wange. Sie sah ihn an und lächelte.

»Ich wollte dich nicht erschrecken«, sagte sie ruhig und ein wenig entschuldigend.

»Was hast du erlebt?«, wollte er wissen, musterte ihr hübsches, herzförmiges Gesicht.

Ein tiefer Atemzug.

»Ich habe den Tod getroffen«, hörte sie sich sagen.

Es klang unwirklich, genauso wie sich die Erfahrung selbst angefühlt hatte.

Isanders Atem stockte. Er schluckte. »Wie?«

»Ich habe vorher lang meditiert«, erzählte sie. »Aber es ging komischerweise erst danach.« Es fiel ihr erst wirklich auf, nachdem sie es ausgesprochen hatte. War das nicht seltsam?

»Hm, vielleicht musste die Energie erst in Bewegung kommen«, mutmaßte er, wurde nervös bei der Vorstellung, dem Tod gegenüberstehen zu müssen. Wenngleich er es für eine faszinierende Erfahrung hielt, beneidete er seine Partnerin nicht im Geringsten darum.

»Kann sein«, nickte Odelia, ehe er schließlich fragte:

»Wie war es?«

Sie sah nach oben zu dem weißen Stoff, der so einen Kontrast zu den Bildern in ihrer Erinnerung bildete.

»Hmm«, machte sie. Ja, wie war es?

»Eigenartig. Kalt. Seine Gestalt war...« Sie überlegte kurz, um eine ansatzweise passende Beschreibung zu finden. So richtig gerecht wollten dem allerdings keine Worte werden. »Beeindruckend und zugleich sonderbar. Ich weiß nicht, wie ich ihn mir vorgestellt hätte.«

Odelia beschrieb Isander jedes noch so kleine Detail ihrer Begegnung und Unterhaltung mit dem Tod höchstpersönlich. Sie war in gewisser Weise aufgeregt, gleichzeitig fühlte sie sich ruhiger und ausgeglichener als zuvor. Vielleicht war der Moment notwendig gewesen, damit sie ihre Ängste aus einem anderen Blickwinkel betrachten konnte.

»Also hat er impliziert, dass du die Kraft irgendwann brauchen wirst«, stellte Isander fest.

Odelia nickte leicht.

»Ich glaube schon. Aber im Moment möchte ich mir darüber noch keine Gedanken machen. Ich meine, ich habe sehr wohl gesehen, wozu ich sie bereits... naja, gebraucht habe. Wenn man es so formulieren möchte.«

Der Blick des Albinos ruhte auf ihr. »Nach wie vor denke ich, dass es richtig war.«

Leicht schnaubte sie, mit einer Andeutung von Lächeln.

»Aus unserer Position betrachtet ... durchaus logisch.«

Isander zuckte mit den Schultern. Er war sicherlich befangen, aber für ihn lag die richtige Wahl klar auf der Hand.

Seiner Meinung nach hatte derjenige, der Odelia angegriffen hatte, einzig und allein um sie kaltblütig zu töten, den Tod eindeutig mehr verdient, als ein junges Mädchen, welches von zu Hause weggerannt war, um sich zu schützen.

Mittlerweile lagen beide nah aneinander, jeweils auf dem Rücken, und sahen an die Decke beziehungsweise den Baldachin über ihnen, als würden sie die Sterne am Himmelszelt betrachten.

»Du bist nicht allein. Niemals. Egal was dich, uns, in Zukunft erwarten wird.« Isanders Stimme war tief und weich. Seine Worte hüllten Odelia in Wärme. Sie lächelte sanft und griff mit der linken Hand nach seiner. Ihre Finger verschränkten sich und tiefes Atmen füllte den Raum.

»Ich danke dir. Du auch nicht. Und ich hoffe, du weißt, dass ich dich immer beschützen werde.«

Odelia wollte Isander die Sicherheit, die er ihr stets vermittelte, ebenso zurückgeben. Nichts davon war für sie selbstverständlich, auch wenn sie wusste, dass sie beide für den anderen alles tun würden.

Bedingungslos.

Ein Lächeln zierte Isanders volle Lippen. Er nickte leicht und hob ihre Hände, küsste Odelias Handrücken zärtlich.

Er war fasziniert davon, wie ruhig sie seit der Begegnung geworden war. Es wirkte grotesk, wenn man bedachte, wen sie getroffen hatte. Und doch fühlte er eine deutliche Erleichterung in ihrer Ausstrahlung. Bereits die letzten paar Monate, die sie hier zusammenlebten, hatten viel verändert. Aber dies war ein sehr prägnanter Einschnitt.

Ein guter, wie es aussah. Wahrscheinlich war es ein wichtiger Schritt voran, sowohl um sich selbst zu verstehen als auch die Dinge, die passiert waren und passieren würden. Am Ende war es ihm egal, was es war. Er war lediglich glücklich zu sehen, dass es

Odelia immer besser ging. Dass sie die Stärke, welche sie all die Zeit in sich getragen hatte, mehr und mehr nach außen hin verkörperte. Isander war beeindruckt und stolz auf sie. Jeden Tag.

Odelia drehte sich zur Seite, ließ seine Hand nicht los. Sie sah ihn an, musterte sein Gesicht in der Dunkelheit, die mittlerweile den Raum füllte, da die Sonne bereits untergegangen war und der Mond seit einiger Zeit hoch am Himmel stand. Sie atmete tief ein und aus, was Isander aufhorchen ließ, so dass er sich ebenfalls zu ihr drehte. Sein Blick war fragend. Ebenso wie ihrer.

»Darf... ich dich berühren?«, fragte die blonde, junge Frau vorsichtig und sah den Größeren vor sich an.

»Das tust du doch bereits«, stellte er fest und drückte ihre linke Hand. Sie lächelte sachte.

»Ich weiß, ich meine aber etwas anderes.«

»Die Antwort ist *ja*«, sagte er sofort.

Ihre Augen weiteten sich überrascht. »Du weißt doch gar nicht, worauf ich hinauswollte...«, bemerkte sie leicht schmunzelnd.

Isander schüttelte den Kopf. »Die Antwort wird immer *Ja* sein.«

Sein Tonfall war fest und ernsthaft. Odelia schluckte kurz. Erneut atmete sie tief ein und aus.

»Darf ich dich... mit meiner rechten Hand anfassen?«, fragte sie schließlich geradeheraus. Ein Anflug von Angst wollte sich in ihr ausbreiten. Doch sie dachte an die außerweltliche Begegnung vor wenigen Stunden und beruhigte sich selbst so gut sie konnte.

Isanders Augen wurden groß und sein Herz schlug kräftig gegen seinen Brustkorb.

Er hatte keine Angst. Es war die Aufregung und das Staunen über diesen großen Schritt. Selbst wenn sie sich im letzten Moment dagegen entscheiden würde — er wusste, wie viel Überwindung allein die Äußerung ihres Willens erforderte.

»Natürlich«, antwortete er ihr schließlich und musterte sie einen Moment, um auszumachen, wie es ihr mit dem Entschluss ging. Odelia konzentrierte sich auf ihre Energie und öffnete langsam die rechte Hand. Ihre Atmung war deutlich sichtbar und die Nervosität dadurch sehr präsent. Trotzdem behielt sie ihre Emotionen bei sich und nahm ihren gesamten Mut zusammen. Vorsichtig streckte sie ihren Arm nach ihm aus. Isander rührte sich nicht und ließ sie gewähren. Er beobachtete sie aufmerksam. Vielleicht war es naiv und riskant, aber er vertraute ihr blind.

Sachte berührte Odelia Isanders an seinem Oberarm mit ihren Fingerspitzen. Es glich vorerst mehr einem Hauch statt einer vollen Berührung, aber der Schritt war so groß, dass es sie beide kurz erstarren ließ.

Es verstrichen mehrere Augenblicke, bis Odelia schließlich ihre volle Handfläche auf Isanders nackten Oberarm legte. Seine Haut war warm und weich, die Muskulatur spannte sich unter ihrer Berührung reflexartig an. Sie konnte deutlich fühlen, wie seine Energie durch seinen Körper floss, wie das Blut durch die Adern gepumpt wurde und jede Zelle arbeitete. Es war eine gänzlich andere Wahrnehmung als auf der linken Seite und doch waren sie sich im Grunde sehr ähnlich. Beide ihrer Fähigkeiten hatten, wenn sie wollte, Einfluss auf die verschiedensten Lebensströme im Inneren eines Körpers oder generell eines Lebewesens. Es war eigenartig, wenn sie so darüber nachdachte, dass Leben und Tod nah beieinander lagen. Ihr Herz raste, aber sie schaffte es, trotz der anhaltenden Nervosität, Ruhe zu bewahren und ihre Energien im Zaum zu halten.

Vorsichtig hob sie den Blick und sah erstmalig nicht mehr auf Stelle, die sie berührte, sondern in Isanders Gesicht.

Er lächelte sie voller Stolz an. Und sie erwiderte das Lächeln.

Eine kleine Träne löste sich aus ihrem Augenwinkel, welche sie wegblinzelte und selbst ein wenig darüber schmunzelte. Ihre Hand glitt weiter seine Schulter hinauf, griff sachte nach ihm und zog ihn leicht zu sich. Isander reagierte sofort und rutschte näher, legte seine freie Hand an ihre Wange. Mit einem Kuss versiegelte er ihre Lippen.

Odelia fühlte sich durch diesen, nach außen hin vermeintlich kleinen, Schritt so frei wie nie zuvor in ihrem Leben. Es fühlte sich an, als wäre dieser stetige Druck auf ihrer Brust endlich gelöst, wie die Reaktion auf das Ablegen eines viel zu fest geschnürten Korsetts.

Tränen flossen über ihr Gesicht, als sie Isanders Hand losließ und beide Arme um seinen Hals wand. Sie zog ihn näher und seine Hände umfassten ihre Taille. Der Albino war ebenso bewegt und weinte mit ihr. Wie überwältigend musste dieser Moment erst für Odelia sein, wenn schon sein gesamter Körper von Aufregung und Erleichterung durchströmt wurde.

Ihre linke Hand vergrub sie in seinen weißen Locken, während die rechte Handfläche auf seiner Schulter ruhte.

Ihre Lippen bewegten sich gegeneinander, während sich ihre Körper enger schmiegten. Der Albino stützte sich auf seine Ellenbogen, nachdem Odelia ihn an sich gepresst hatte, so dass sie beide etwas an Halt verloren und er schließlich gänzlich auf ihr lag. Mit seinen Armen stützte er sich nun neben ihrem Kopf ab, so dass sie Freiraum hatte, aber er genug Stabilität. Mit den Händen streichelte er über ihr Haar, während sie den Kuss wieder aufnahmen.

Ein undefiniertes Vibrieren durchzog Odelias Körper. Es kribbelte überall, so dass sie für einen Moment schnell ihre Hände von ihm nahm, um sicherzugehen, dass es nicht daran lag.

Tat es nicht.

Stattdessen flimmerten Bilder vor ihrem inneren Auge, welche die Erinnerung an die Situation auf der Küchentheke weckten.

»Alles okay?«, fragte Isander sanft gegen ihre Lippen. Die Augen halboffen prüfte er ihr Gesicht nach Anzeichen von Unwohlsein.

Sie nickte.

»Ja«, hauchte sie ihm entgegen. »Mein... Körper hat etwas komisch reagiert. Ich wollte nur sichergehen, dass dir nichts passiert«, sagte sie schüchtern. »Aber es lag nicht daran.«

»An was dann?«, wollte er wissen.

Für einen Moment wirkte er überraschend naiv. Sie schluckte leicht, wusste es schlecht zu erklären.

All das war sehr neu für sie und so ganz verstand sie ihre körperlichen Reaktionen auf seine Berührungen immer noch nicht, war es ihr doch tatsächlich nie wirklich erklärt worden. Ihre Wangen zierte ein leichtes Rosa.

»Ich... also, wenn du mich so küsst... und du so nah bist... dein Gewicht auf mir...« Sie klang, als wäre sie außer Atem, als sie sprach, und Isander realisierte plötzlich, was die Ursache dafür war. Er erschauderte wohlig. War mit einem Mal mindestens ebenso aufgeregt wie sie.

»Ist es dir zu viel?«, fragte er liebevoll.

Sie schüttelte den Kopf. »Nein. Ich... möchte nicht, dass es aufhört«, wisperte sie.

Die goldblonden Haare rahmten ihr Gesicht. Wie auf's Stichwort lehnte er sich zu ihr hinunter und küsste sie erneut.

Der Druck seiner Lippen verstärkte sich, ehe er sie sanft dazu anleitete, ihren Mund ein Stück zu öffnen. Es war nicht das erste Mal, dass sie sich so intensiv küssten. Aber diesmal fühlte es sich anders an.

Als wäre es der Anfang von mehr.

27

Odelias Finger vergruben sich in seinen weißen Locken. Isander hatte seine großen Hände auf ihrem Kopf abgelegt, streichelte immer wieder über ihr dichtes, langes Haar. Der Kuss wurde seit einigen Minuten so gut wie nicht gelöst, nur für kurze Momente, um Luft zu schnappen oder zum Nachjustieren ihrer Körperhaltungen.

Die Jüngere spürte das Gewicht des Albinos auf sich, auch wenn er sich durch seine Ellenbogen abstützte. Mit der rechten Hand strich sie ihm sachte über seine Seite, fuhr über dem Stoff seines Shirts Richtung Taille, ehe sie sie wieder nach oben gleiten ließ. Um die Liegeposition zu entspannen, öffnete Odelia ihre Beine ein Stück, so dass Isander mehr dazwischen rutschte. Ein etwas unschuldiger Gedanke, denn die kleine Bewegung hatte viel Wirkung, auf sie beide.

Isander ließ sich unwillkürlich auf sie sinken und ihr Schoß berührte dadurch seine Leistengegend. Schlagartig durchzog Hitze ihren Körper. Es kribbelte. Die unbewussten und unbeholfenen Bewegungen ihres Beckens, als sie sich ihrem Kuss weiter hingab, ließen Odelia erregt seufzen. Ihre Wangen wurden heiß. Diese Art Geräusche und Reaktionen waren ihr neu.

Den Kuss leicht lösend sah sie Isander schüchtern an, dessen blasse, durchscheinende Haut an einigen Stellen rötliche Flecken aufwies.

»Ich.. ich weiß nicht, was ich da mache«, gestand sie murmelnd, spürte ihr Herz gegen ihre Brust hämmern. Sie war plötzlich so nervös.

»Ich... ich auch nicht so genau«, antwortete er atemlos und sah sie an. »Fühlt... fühlt es sich für dich angenehm an?« Isanders Stimme klang etwas besorgt. Wie immer wollte er nichts tun, was sie bedrängen würde oder sie in irgendeiner Form später bereuen könnte. Doch sie nickte.

»Ja. Schon. Und für dich?« Die Nervosität war deutlich zu hören, aber ihre Stimme barg eine gewisse Festigkeit, die die Ehrlichkeit ihre Worte unterstrich.

Er nickte auf ihre Gegenfrage hin.

»Für mich auch.«

»Ich, ähm...«

»Du *ähm*?«, hakte er nach.

»Es fühlt sich komisch an, wenn ich sowas sage«, stellte sie fest.

»Es sind nur wir beide«, hauchte der Albino.

Er hatte Recht. Sie waren zu zweit. So wie immer. Auch wenn die Situation neu und ungewohnt war, änderte es nichts daran, wie sie miteinander umgingen. Dass er es war, mit dem sie sprach. Odelia lächelte.

»Ich«, begann sie also, »würde deine Haut gern mehr berühren.

Und deine Hände auf meinem Körper spüren. Ich würde gern... mehr davon erleben, fühlen.«

Die Nervosität schwang mit, als sie sich diese ungewohnten Worte sagen hörte. Doch Isanders tiefes Durchatmen und Nicken zeigten ihr nochmals deutlich, dass es ihm ähnlich erging und es ihm gut tat, zu wissen, was sie wollte.

Volle Lippen drückten sich gegen ihre Stirn, ehe der Weißhaarige sich vorsichtig aufsetzte. Die Jüngere sah ihn an, wie er zwischen ihren Beinen saß und sein Shirt am Saum griff, um es schließlich über seinen Kopf zu ziehen.

Der Anblick allein machte sie noch unruhiger. Vielleicht hatte sie sogar kurz vergessen zu atmen, derart anziehend fand sie ihn. Unweigerlich erinnerte sie sich an den Moment, als sie ihn im Inn unerwartet mit nacktem Oberkörper gesehen hatte und völlig die Fassung verlor. Es war das erste Mal gewesen, dass sie überhaupt jemals so eine Form von Empfindung in sich wahrgenommen hatte. Seitdem war es in seiner Gegenwart häufiger vorgekommen, aber nie so intensiv wie jetzt.

Ihre Augen huschten über jedes Detail seines Körpers. Die deutlich sichtbaren Schlüsselbeine, seine nahezu lichtdurchlässige Haut, die im Mondlicht aussah wie aus Alabaster gefertigt, die Muskulatur, die sich darunter dezent abzeichnete. Seine Brustwarzen waren hellrosa und vollendeten diese einzigartige Schönheit. Wie von selbst streckte sie die Hand nach ihm aus und er lehnte sich ihr entgegen, soweit, dass sie mit den Fingerspitzen über seine Brust streichen konnte.

Isanders Haut war weich und die Muskeln wesentlich fester, als sie im ersten Moment anmuteten. Genießend schloss der Albino die Augen, ehe er seine Hand sanft über ihre Taille gleiten ließ. Sachte schob er ihr Oberteil etwas nach oben, kostete das Gefühl von ihrer Haut unter seiner Hand aus. Er wollte innehalten, wollte es langsam angehen lassen, doch Odelia umschloss vorsichtig seine Hand mit der ihren und führte ihn weiter hinauf zu ihrem Busen. Erlaubte ihm, eine weitere Grenze zu überschreiten.

Isander schluckte hörbar, folgte ihrer Anleitung nur zu gern. Er lehnte sich wieder zu ihr hinunter, so dass sein Oberkörper ihren berührte. Ihre Lippen streiften sich und sie öffnete sachte den Mund, nippte an seiner vollen Unterlippe, ehe sie sich innig küssten. Die Hand des Älteren umfasste ihre Brust über dem Oberteil. Odelia konnte sich innerlich zittern fühlen. Ganz von selbst drückte sie sich gegen seine Hand. Das Kribbeln in ihr wurde stärker.

Er genoss jeden noch so kleinen Ton, der ihren Mund verließ, als er zärtlich über ihre Brustwarze strich. Nur der Stoff trennte sie noch.

Odelia ließ von ihm ab. Er stoppte.

»Alles okay?«, wollte er wissen, während Odelia bereits nickte, sich aber etwas aufsetzte.

»Zu viel Kleidung...«

Der Weißhaarige grinste leicht und nickte. Damit zog er sie ein Stück näher und schob mit beiden Händen ihr Oberteil, mitsamt Spitzenbustier, nach oben, um es ihr schließlich gänzlich auszuziehen.

Isander fühlte sich geehrt, sie so sehen und erleben zu dürfen. Ihr Busen fühlte sich weich an, als er mit seiner Hand über ihr Dekolleté fuhr. Seine Berührung ließ Odelia tief durchatmen. Sie genoss die Zärtlichkeit.

Es fühlte sich noch immer nahezu verboten für ihn an, doch er kam nicht umhin, ihre Brüste genauer anzusehen. Unbewusst biss er sich auf die Unterlippe.

Sie versteckte sich nicht, obwohl er davon ausgegangen war, dass es ihr vielleicht doch peinlich sein könnte. Stattdessen sah sie ihn an, beobachtete, wie er sie ansah. Dann rutschte sie wieder näher an ihn heran. Ihre Hände legte sie beide ganz sanft auf seine Wangen. Seine Augen weiteten sich, überrascht über die Geste und den Mut ihrerseits. Furcht kannte er vor ihr keine.

Sie beugte sich vor, zog sein Gesicht näher. Der Kuss war mit einem Mal viel ungehaltener, inniger. Ja, fast schon gierig. Mit einem Arm umfasste er ihren Oberkörper, während er sich dem Kuss hingab, ihre Zunge sanft umspielte. Wohliges Seufzen und Keuchen füllte die Stille, unterbrochen von einem zarten Stöhnen, welches Isander beben ließ, während er Odelias Brüste streichelte.

Isanders Finger glitten die Oberschenkel seiner Partnerin entlang, wodurch sie ihre Beine wie von selbst ein wenig weiter öffnete. Behutsam, aber zielgerichtet, berührte er die zarte Haut am Rand ihres Slips. Ihr Atem wurde noch unruhiger, sie spürte eine innere Anspannung. Das Kribbeln in ihrem Schoß hatte sich schon längst in eine Art Puckern gewandelt. Es war heiß und prickelnd und wenn sie sich bewegte, bemerkte sie eine gewisse Nässe, die sich ausbreitete. Auch wenn sie es in einer schwächeren Form bereits zuvor erlebt hatte, fühlte sich das Ganze doch sehr befremdlich an, viel intensiver, so dass es sie nervös machte. Gleichzeitig wollte sie wissen, wie sehr sich das Gefühl verändern würde, wenn er sie genau dort berührte, wo sie ihn gerade innig ersehnte.

Ihre Finger pressten sich fester in Isanders Schulter. Dichte Wimpern rahmten seine milchig-blauen Augen, die auf ihr ruhten, damit sie keinen Moment verpassten. Er setzte an, um Erlaubnis zu bitten, doch Odelia nickte schneller, als er fragen konnte, was ihn schmunzeln ließ. Behutsam glitt er unter den Bund ihrer Unterhose und streichelte ihren Venushügel. Odelias Atmung beschleunigte sich. Ihr Herz hämmerte gegen ihre Brust. Langsam wagte er sich weiter voran, bis er seine ganze Hand sachte auf ihre Vulva legte. Er hielt inne, bemerkte, wie sie die

Luft einsog und ihr Körper vor Aufregung zitterte. Sanft strich er ihr mit der freien Hand über ihre Wange, wischte Strähnen aus ihrem Gesicht, um ihr anschließend einen Kuss auf die Stirn zu geben. Odelia lächelte und schloss kurz die Augen, nahm die Intensität ihrer Gefühle wahr und wollte keinen Eindruck verpassen.

Sie schätzte es sehr, dass Isander ihr viel Zeit gab und ihr immer Sicherheit vermittelte.

Die Wärme und der leichte Druck seiner Handfläche auf ihrem Schoß reichten ihr nicht aus. Sie mochte die Berührung, aber das Puckern wurde stärker und ein unterschwelliges Ziehen breitete sich aus. Sie öffnete die Augen etwas und zog ihn noch näher, küsste ihn und neigte ihre Beine weiter auseinander. Isander hatte die Hitze und Feuchtigkeit bereits zuvor bemerkt, aber nun konnte er fühlen, wie seine Finger benetzt wurden. Es erregte ihn in einem Maße, welches ihm bis dato ebenfalls fremd gewesen war. Auch wenn er nach außen wirkte, als hätte er mehr Erfahrung, war sein Wissen auf dem Gebiet rein theoretischer Natur. Er besaß Odelia gegenüber allerdings den Vorteil, dass er seine jugendliche Neugier damals mit Recherche stillen konnte und dadurch ein recht gutes Verständnis von der Thematik besaß.

Mit seinen Fingerspitzen glitt er über die feuchten Schamlippen, erhöhte sachte den Druck und begann leichte, kreisende Bewegungen um und auf ihrer Klitoris auszuführen.

Odelia stöhnte lustvoll, presste ihren Körper gegen seinen, öffnete ihre Beine noch ein Stück weiter. Ihr Becken bewegte sie seinen Berührungen entgegen. Mit der linken Hand hielt sie sich an seinen Haaren fest, zog unbewusst daran, so dass sein Kopf sich in den Nacken legte und er unweigerlich aufkeuchte. Mit den geöffneten, vollen Lippen und den dichten, weißen Wimpern wirkte er auf Odelia atemberaubend sinnlich. Es ließ sie erschaudern, doch das elektrisierende Gefühl, welches seine Finger auslösten, wollte sie zeitgleich um den Verstand bringen. Unruhig ließ sie von seinen Locken ab und streichelte über seinen Oberkörper, hinunter zu seinen Hüften. Isander hielt inne.

Die Jüngere sah ihn irritiert an.

»Ha...hab ich was falsch gemacht?«, fragte sie atemlos, die Stimme zittrig vor Erregung.

»Nein, nein gar nicht«, beschwichtigte er sie, lächelte etwas nervös.

»Nein, ich wollte nur...«, der Albino stockte kurz, ehe er räuspernd fortfuhr: »Ich bin womöglich recht empfindlich. Männer... kommen oft schneller zum, ähm, Höhepunkt, wenn die Erregung zu groß und man, naja, unerfahren ist — so, wie ich.«

Es war ihm etwas peinlich, doch er wollte ehrlich sein und sie nicht unnötig irritieren, da ihm klar war, dass sie so gut wie nichts über Sex wusste. Odelia blinzelte überrascht, nickte dann aber verständnisvoll und lächelte. Zärtlich strich sie über seine Wange.

»Ich weiß ehrlich gesagt gar nicht, was ich mir wie vorstelle oder was ich erwarten soll. Wobei ich angenommen habe, dass du das schon mal... gemacht haben könntest. Nicht, dass das wichtig wäre. Ich möchte nur, dass es sich für dich gut anfühlt. Für mich... fühlt es sich wahnsinnig gut an...«

Sie biss sich auf die Unterlippe, spürte, wie sich die Hitze auf ihren Wangen ausbreitete. Isanders Herz schlug ihm bis zum Hals. Es berauschte ihn, dass Odelia es so genoss, wie er sie anfasste und allein die Vorstellung, dass sie ihn ebenfalls auf diese Weise berührte, brachte ihn um den Verstand.

»Darf ich?«, fragte sie mit weicher Stimme nahe seines Ohrs, was ihn erbeben ließ.

Er nickte.

Für einen Moment hatte er seine Hand von ihr genommen, so dass sie sich beide ihrer Unterwäsche komplett entledigen konnten. Odelia musterte Isanders Körper fasziniert und er tat es ihr gleich. Ihre Wangen glühten, als sie sein hartes Glied so völlig unbedeckt sah. Es fühlte sich aufregend an und irgendwie verboten. Sie hatte sich nie darüber Gedanken gemacht, was sie zu erblicken erwarten würde. Wie es auszusehen hatte. So absurd es vielleicht klang, sie mochte den Anblick seiner gänzlichen Nacktheit. Die Sichtbarkeit seiner Erregung.

Für einen weiteren Moment vergaß sie zu atmen. Langsam hob sie den Blick und sah Isander in die Augen, der ebenfalls erst jetzt wieder in ihr Gesicht schaute.

»Ich weiß nicht, ob ich's dir schon gesagt hab', aber du bist wirklich, wirklich wunderschön. Und... unglaublich sexy«, raunte er, die Stimme gefüllt von Lust.

Gänsehaut breitete sich auf ihrem Körper aus. Sein Tonfall war neu, aber sehr erregend.

Die Bezeichnung *sexy* hatte sie mittlerweile gelernt, wobei es sie überraschte, so wahrgenommen zu werden. Es hatte etwas Bestärkendes.

»Du auch«, hauchte sie, ehe sie einander hastig küssten.

Odelias Finger umschlossen vorsichtig sein Glied, während seine zurück zwischen ihre Beine fanden, wo er ihre Klitoris erneut zu massieren begann. Ihre zarte Stimme wandelte sich in kräftiges, lustvolles Seufzen, ihr Becken bewegte sich im Rhythmus.

Isanders Stöhnen glich einer tiefen bespielten Basssaite, dröhnend und surrend hallte es in Odelia wider, als sie ihre linke Hand von seiner führen ließ und sie an seinem harten Penis auf und ab bewegte. Sie konnte die Äderung spüren, fühlen, wie Blut gepumpt wurde, nahm die Ansammlung von Flüssigkeit unter der sensiblen Haut wahr. Sie lehnte den Kopf gegen sein Schlüsselbein, lauschte seinem Herzschlag und dem Brummen seiner Stimme, welches intensiv durch ihren Körper zog.

Isander spannte sich an, zitterte mit einem Mal und zuckte immer wieder. Odelia sah überrascht in sein Gesicht, hörte, wie er lauter wurde und fühlte, wie er ihre Hände etwas schneller bewegte, bevor er innehielt und die Luft ruckartig ausstieß. Mit geschlossen Augen atmete er tief durch, beruhigte sich langsam. Die weißen Locken waren ihm ins Gesicht gefallen und Odelia konnte den Blick nicht abwenden. Sie hätte nicht damit gerechnet, dass diese Form von Ausdruck sie so faszinieren würde.

Kurz darauf bemerkte sie eine etwas dickere Flüssigkeit an ihrer Hand, als er seine lockerte und sie sein erschlaffendes Glied langsam losließ. In der Dunkelheit des Raumes konnte sie nicht sagen, was ihre Haut benetzte. Isander wandte sich kurz ab und griff hinüber zum Nachttisch, um ein Taschentuch zu nehmen und ihre Hand damit schließlich abzuwischen. Sie sah ihn an, bemerkte, dass seine Wangen dunkler wirkten.

»Ist das… der Höhepunkt?«, fragte Odelia, war dabei so unschuldig, dass Isander leicht schmunzeln musste, während er nickte.

»Ja. Bei Männern äußert er sich so. Das Sperma, also die Flüssigkeit, dient zum Zeugen von Nachkommen«, erklärte er unbeirrt. Sie seufzte leise.

»Manchmal fühle ich mich ziemlich ungebildet«, stellte sie fest und war ein wenig beschämt darüber. Doch Isander strich ihr über das Gesicht und sah ihr tief in die Augen.

»Das macht gar nichts. Dir wurde so vieles verwehrt und nicht wirklich erklärt. Woher sollst du es denn wissen, wenn es keine Quellen gab, um es alternativ selbst zu lernen?«

Ein leichtes Nicken ihrerseits folgte.

»Jetzt lernen wir es eben zusammen«, lächelte der Gestaltwandler und küsste die junge Frau. »Ich hoffe nur, ich verschrecke dich nicht.«

»Nein, gar nicht. Es war... einnehmend. Du, deine Reaktion.«

Sein Lächeln wurde breiter.

»Ich brauch' ein bisschen«, sagte er. »Also, nur falls... wir heut noch weitergehen wollen. Wenn du möchtest, kannst du dich erstmal hinlegen und... den Rest mir überlassen.«

Ein verschmitzter Ausdruck legte sich auf sein Gesicht und er zwinkerte vielsagend. Odelia spürte die Aufregung durch ihren Körper strömen.

Isander bewegte seine Finger geschickt, lockte Töne aus ihr hervor, von denen sie nicht geahnt hatte, sie von sich geben zu können. Seinen Kopf bettete er auf ihrem Bauch, wo er ab und zu sanfte Küsse verteilte, ehe er mit der Fingerspitze behutsam gegen ihren Eingang drückte. Sie zog scharf die Luft ein. Nicht, weil es schmerzte oder unangenehm war, sondern weil es eine Art Lustwelle auslöste. Kurz hielt er inne, um ihre Reaktion zu sehen. Sie ließ ihn nicht lange warten und bewegte ihr Unterleib ihm entgegen.

»Sag mir, wenn etwas wehtut oder ich aufhören soll«, hauchte er gegen ihre Haut, sah kurz zu ihr auf, was sie nicken ließ. Mit seinem Finger drang er ganz langsam in sie. Ein genussvolles Stöhnen verließ Odelias Lippen, ihr Kopf drückte sich in das Kissen unter sich.

Eigentlich hatte Isander auch keine Zeit zu pausieren, denn sie bewegte ihre Hüften automatisch. Er passte sich dem Rhythmus an und drang langsam etwas tiefer, dann so tief er konnte.

Ihre Zehen krümmten sich und ihre linke Hand griff nach seiner Schulter.

»Isander...«, stöhnte sie zitternd, als er seinen Finger zurückzog und anschließend wieder tiefer in sie führte. Er wiederholte die Abfolge, erhöhte das Tempo und die Intensität nach und nach, ehe er einen zweiten Finger dazunahm.

Odelia keuchte erstickt, als sie die größere Fülle wahrnahm. Ihr gesamter Körper bebte.

Er führte Stoßbewegungen aus, hielt den Rhythmus bei, bis Odelias Stimme höher wurde und ihr Körper heftig zitterte. Sie spürte eine Art elektrischen Rausch. Einige Male wiederholten sich die ekstatischen Wellen, die sie Zucken und ungehemmt stöhnen ließen, ehe sie langsam versiegten und Isander seine Bewegungen einstellte.

Sie hatte für einen Moment jeglichen Bezug zu Raum und Zeit verloren und ihre sonst so starke Kontrolle völlig losgelassen. Nach Luft schnappend sah sie ihn an, fühlte ihre Hände und spürte Panik aufsteigen.

Der Albino verstand.

»Schh... ist alles okay. Bin unversehrt und alles andere auch«, beruhigte er sie, rutschte zu ihr hoch und schloss sie in seine Arme. Zutiefst erleichtert atmete sie aus, ließ die Eindrücke zu, die das Ereignis eben mit sich gebracht hatte. Sie umarmte ihn fest, schmiegte sich eng an seinen nackten Körper. Über ihren Rücken streichelnd küsste er ihr Haupt.

»Geht's dir gut?«, fragte er sanft.

»Ja... ja, sehr gut. Das war unglaublich. Ich wusste nicht, dass man sich so fühlen kann.«

Er lächelte beruhigt, drückte sie fest an sich.

»Das wurde dir aus gutem Grund vorenthalten«, scherzte er und sie kicherte.

»Wahrscheinlich.« Kurz überlegte sie. »Ich dachte immer, man macht das nur, um Kinder zu bekommen.«

»Ah, naja, das ist zumindest der evolutionäre Ursprung. Aber das ist in den meisten Fällen heutzutage nicht mehr der einzige Grund. Sex kann auch einfach zum Vergnügen sein.«

»Ich weiß, das ist jetzt sicher eine blöde Frage«, begann sie, »aber war das jetzt so, wie Sex sein sollte?«

Odelia kam sich dumm vor. Aber es ergab für sie keinen Sinn, dass auf diese Weise eine Schwangerschaft entstehen könnte. Er hob etwas überrascht die Augenbraue.

»Oh, nein. Nein, das ist keine blöde Frage. Nein, das war... nennen wir es Vorspiel.«

»Vorspiel?«

Was für eine seltsame Bezeichnung, dachte sie.

»Naja, es ist ein Teil vom Sex. Sich berühren, befriedigen, ausprobieren, spüren. Es gibt so viele Varianten und Möglichkeiten. Das, was man herkömmlich als Sex bezeichnet, ist, wenn ich mit meinem Glied in dich dringen würde.« Den letzten Teil wisperte er in einer besonders tiefen, rauen Tonlage in der Nähe ihres Ohres. Sein heißer Atem kitzelte ihre Haut, ließ sie erschaudern und kurz die Luft anhalten. Sie schluckte hörbar.

»Ich möchte es spüren.«

»Was?«

»Dich. In mir.«

Ihre Antwort war klar und Isanders Körper kribbelte heftig. Diesmal schluckte er hörbar.

»Bist du dir sicher?«, hauchte er, hatte sich ihr mit dem Gesicht genähert, so dass ihre Lippen sich beinahe berührten.

»Ja... wenn du es auch möchtest...«, flüsterte sie, küsste ihn ganz sachte und wartete auf seine Reaktion. Ein Lächeln schlich sich auf sein Gesicht.

»Okay. Warte kurz.«

Isander löste ihre Umarmung etwas widerwillig und drehte sich zum Nachttisch um und kramte in der Schublade. Odelia war sich nicht sicher, was er dort zu finden hoffte. Während sie ihn beobachtete, konnte sie ihren Herzschlag deutlich wahrnehmen. Sie war wieder aufgeregt.

Mit einem kleinen, glänzenden Viereck in der Hand drehte er sich wieder zu ihr.

»Was ist das?«, fragte sie neugierig und er räusperte sich.

»Das ist ein Kondom. Ist nur zum Schutz, zum Beispiel vor Krankheiten. In unserem Fall, damit du nicht schwanger wirst«, erklärte er und biss in die eine Ecke, um die Packung aufzureißen.

»Oh...«, machte Odelia interessiert, war mehr als dankbar für die Möglichkeit, denn sie hegte aktuell definitiv nicht den Wunsch, ein Kind zu bekommen. Auch wenn die Vorstellung, mit Isander irgendwann eine Familie zu gründen, ihr nicht im Geringsten widerstrebte. Nur eben nicht schon jetzt.

Sie beobachtete, wie er etwas aus der Hülle fischte und nach unten griff, um es über seinen, mittlerweile wieder erigierten, Penis zu streifen. Sie leckte sich unbewusst über die Lippe.

Es hatte etwas Anziehendes für sie, zu sehen, wie er sich anfasste. Sein Blick hob sich, während er noch ein paar Mal über sein Glied strich. Er lehnte sich zu ihr und küsste sie. Erst leicht, dann mit mehr Verlangen, verlagerte sein Gewicht, so dass sie schließlich unter ihm lag.

Odelia genoss es, sein volles Gewicht auf sich zu spüren. Das Gefühl seiner nackte Haut auf ihrer.

Ja, es war richtig so.

Die Stirn aneinandergelehnt sahen sie sich in die Augen. Odelia küsste ihn innig. Die Beine spreizte sie so weit, dass seine Hüfte dazwischen Platz fand und ihre Haut sich berührte.

Überwältigt keuchten beide auf, doch wie von allein bewegten sie sich, rieben aneinander. Sein Glied glitt zwischen ihren

Schamlippen entlang. Das Stöhnen beider Stimmen erklang in Harmonie miteinander. So fühlte es sich ganz anders an als zuvor.

Vorsichtig drückte er sich gegen sie, spürte, wie erregt sie war — wie erregt er war. Langsam und behutsam drang er schließlich in sie. Seine Spitze war bereits in ihr, ließ sie keuchen. Es kostete Isander viel Anstrengung, sich nicht zu schnell zu bewegen. Er fühlte sich wie benebelt.

Die Gefühl von Fülle breitete sich aus, bis er schließlich völlig in ihr versank. Sie gänzlich vereint waren.

»Odelia...«, raunte er kratzig gegen ihre Lippen.

Ihre Finger in seinen Locken vergraben, schnappte sie nach Luft. Es war ungewohnt, voll, heiß und fühlte sich umwerfend an. Ihre Enge ließ sein Blut rauschen.

Odelia hatte gehört, es müsse wehtun, doch auch wenn Isanders Glied nicht unbedingt klein war, schmerzte nichts. Es war nur neu und im ersten Moment eine Mischung aus befremdlich und völlig erregend.

Er strich ihr über die Stirn, streichelte ihr Haar und wartete einen Augenblick, ehe er begann, sich zu bewegen.

Die blonde, junge Frau weitete die Augen und öffnete den Mund, stöhnte fast erstickt von dem Gefühl der Reibung in ihrem Inneren.

»Ohh... Isander.«

Sein tiefes Raunen vibrierte in ihr. Odelia vergaß alles um sich herum, als er begann, sie zusätzlich zu liebkosen, während er sie immer wieder voll ausfüllte. Sie bewegte sich mit ihm und umklammerte seine Schultern.

Genussvolle Geräusche füllten den Raum, während ihre Körper immer mehr miteinander verschmolzen. Die Küsse waren leidenschaftlich, fahrig durch die Intensität ihres Aktes. Odelia konnte spüren, wie sie sich ihm völlig hingab, sie jeglichen Gedanken ablegte und wie stark alles auf ihn reagierte. Es dauerte nicht lang, bis dieses elektrisch geladene Gefühl zurückkehrte, das Zittern und Beben sich auf ihre Bewegungen auswirkte.

Die Enge um ihn trieb Isander an den Rand des Wahnsinns. Jede Faser seines Seins gehörte ihr. Mit jedem weiteren Stoß zuckte ihr Körper heftiger und er begann ebenfalls zu zittern. Sie griff nach seiner Hand, verschränkte die Linke mit seiner und bewegte die Hüften stark gegen ihn.

»Isander«, stöhnte sie haltlos, was er mit ihrem Namen erwiderte, ehe sie wieder diese Welle über sich brechen fühlte, diesmal etwas anders als beim ersten Mal. Isander keuchte heftig, als er sich ergoß und anschließend auf sie sackte.

Angestrengtes Atmen durchdrang die Stille.

28

Odelia spürte den kalten Wind durch ihr Haar wehen. Die frostige, nasse Luft hatte etwas Beißendes an sich. Eine seichte Schneedecke lag stellenweise über der kleinen Stadt. Vor kurzer Zeit hatte sie begonnen, sich unter fremde Menschen zu wagen. Auch wenn es stets einen komischen Beigeschmack hatte, wollte Odelia sich nicht ewig vor allem verstecken. Sie weigerte sich, ihr Leben davon bestimmen zu lassen, was eventuell passieren könnte.

Die kleine Stadt, einige Kilometer von ihrer Hütte entfernt, war beschaulich. Aktuell erstrahlte sie mit festlicher Beleuchtung, Kränzen und sonstiger weihnachtlicher Dekoration. Alles funkelte und glänzte und zusammen mit dem Schnee wirkte es malerisch und märchenhaft. Es war ungewohnt für Odelia, auch wenn sie im Jahr zuvor Weihnachten mit Isander bei Familie Davis verbracht hatte, war es für sie noch immer faszinierend und neu.

Denn in ihrem alten Zuhause zelebrierten sie die Festlichkeit viel gemäßigter. Es hatte auch nicht viel mit dem Inhalt zu tun, den die Menschen außerhalb der Gemeinde feierten.

Die bunten Farben, die glänzenden Lichter und die gemütliche, freudige Atmosphäre gefielen ihr allerdings viel besser. Überall roch es nach Gebäck und Schokolade, gleichzeitig nahm man den Duft von Tannen und Kiefern wahr.

Sie erledigte ihre letzten Einkäufe, denn die Feiertage standen direkt vor der Tür und sie wollte außer Lebensmittel auch noch Geschenke für die beiden Magier und selbstverständlich Isander besorgen.

Allein der Gedanke an ihn ließ sie lächeln. Es war sonderbar, wie viel sich mit einem Tag gewandelt hatte. Die Intensität ihrer intimen Erfahrungen hatte ihre Beziehung auf eine andere Ebene gebracht und insbesondere Odelia nachhaltig verändert. Ein wenig lag ihr erstes Mal bereits zurück und entgegen der Befürchtung, dass ihr Mut und ihr Bewusstsein bezüglich ihrer Fähigkeiten abflachen könnten, fühlte sie sich energetischer und erfüllter als jemals zuvor. Ein Empfinden, welches ihr so lang verwehrt geblieben war.

Sie konnte nun ehrlich sagen, dass sie wirklich glücklich war.

Goldblonde, dicke Strähnen fielen vor ihr Gesicht, als sie sich über die Auslage des Stands beugte. Es waren kleine, geschnitzte Figuren, die liebevoll in unterschiedlicher Größe und Variation aufgestellt wurden. Es roch nach Weihrauch und Holz, mit einem Unterton von Gewürzen. Zimt und Nelken traten am deutlichsten hervor. Eine von den größeren Figuren erhaschte ihre Aufmerksamkeit. Wenig überraschend handelte es sich um einen Raben, aufwändig gearbeitet, mit einem leicht geöffneten Schnabel, in den man vermutlich etwas klemmen oder hängen konnte, wenn man wollte. Er wirkte stolz und stark, ein bisschen frech, verschmitzt und trotzdem geheimnisvoll. So wie Isander.

Ein wenig schüchtern und äußerst höflich, fragte Odelia nach langem Zögern endlich nach der Figur, woraufhin der Verkäufer sie kurz musterte. Offenbar war ihm aufgefallen, dass sie sich nicht eher getraut hatte. Er nannte ihr einen günstigeren Preis, was sie feststellte, als sie nach ihrem Kauf das kleine Etikett an der Kralle des Rabens fand. Sie bedankte sich mehrmals und war gerührt von der Freundlichkeit. Freudestrahlend nahm sie das, in Papier gewickelte, Stück entgegen und legte es behutsam in ihre Tasche.

Breit lächelnd entfernte sie sich etwas von dem Stand und der Mitte des Marktplatzes, strich sich die Haare aus dem Gesicht, bevor sie aufsah. Sie schaute über die Stände hin zu den Läden, um zu überlegen, was ihr noch von ihrer mentalen Einkaufsliste fehlte.

Sie hielt inne.

Wie versteinert starrte sie geradeaus und erblickte eine dunkelhaarige Frau, die auf der anderen Straßenseite stand und sie ansah. Ihr Herz raste mit einem Mal und Blut rauschte in ihren Ohren. Schlagartig wurde ihr übel.

Die Frau trug eine zerrüttete Föhnwelle und einen schwarzen Mantel. Das Muttermal an ihrer Wange oberhalb der Lippe war markant und eindeutig. Das Braun ihrer Augen war leicht grünlich und hell. Ihr Gesicht wirkte generell aber etwas anders, als Odelia es in Erinnerung hatte.

Mit einem Mal fühlte sie sich wie betäubt und verkrampfte ihre Hände. Ihre Gedanken rasten so schnell, dass sie keinen davon fassen konnte und ehe sie sich versah, war die Frau direkt vor ihr.

»Odelia, es ist so schön, dich zu sehen.«

Panik brannte in ihrer Brust.

»Was machst du hier?«, brach es zittrig aus der Jüngeren hervor.

»Lass... lass uns zusammen einen Tee trinken. Wäre das in Ordnung für dich? Ich weiß, es muss überraschend sein.«

Die Stimme der Älteren klang weich und nahezu liebevoll.

Ein wenig gedrückt.

Nein. Gebrochen.

Odelia nickte, blinzelte ungläubig und konnte sich nur mit Mühe losreißen, um sich zu bewegen.

»Hier drüben«, deutete die Blonde auf ein kleines Café, in dem sie einmal mit Noara einen Nachmittag verbracht hatte.

Darin angekommen, stellte Odelia ihre Tasche ab und legte ihren Mantel über ihren Stuhl. Die Ältere entledigte sich ihres Mantels ebenso, hängte diesen aber an den Kleiderhaken hinter sich. Odelia atmete tief durch und rieb sich die Hände unter dem Tisch, die Fingerknöchel gerötet von der Kälte. Sie ballte die Fäuste. Sie war zu aufgeregt und angespannt, als dass sie ihre Hände offen lassen konnte. Es fühlte sich sicherer an, sie geschlossen zu halten.

»Du siehst so verändert aus. Erwachsen und so...« Die Frau musterte sie eingehend, ehe sie lächelte und seufzte. »Du siehst hübsch aus. Geht es dir gut?«

Weder waren das Fragen, die Odelia erwartet hatte, noch wusste sie recht, was sie überhaupt sagen sollte. Plötzlich fühlte sie sich wie in einem neuen Fiebertraum. Außerdem empfand sie einen Anflug von Wehmut, als sie dieser Frau gegenübersaß.

Sophies Mutter.

Odelia biss sich auf die Unterlippe, fand keine Worte und sah die Dunkelhaarige, Janet, einfach nur an. Der Druck auf ihrer Brust wurde stärker und Janet räusperte sich. Ihr Gesicht war fahl geworden. Der einst feine Tweedstoff ihrer Jacke hing an ihr, wie das alte Leben, was sie hinter sich lassen wollte. Ja, das war es, was sie verändert wirken ließ.

Also nickte Odelia schließlich und sammelte ihre Worte.

»Mir geht es sehr gut, ja«, antwortete die Blonde ruhig, schluckte schwer. »Wie... geht es dir?«

Odelia stockte kurz. War das eine angemessene Frage? Wahrscheinlich nicht.

»Es tut mir so leid...«, hörte sie sich wispern und Janet atmete tief ein.

Ihre Augen waren voller Kummer.

»Ich danke dir. Sophie... hat dich immer sehr gemocht.«

»Wirklich? Ich hatte angenommen, mich fanden alle ausnahmslos seltsam.« Ein leichtes Schmunzeln schlich sich in ihre Stimme.

Die Braunhaarige zuckte mit den Schultern.

»Entspricht wohl auch der Wahrheit. Du warst eben schon immer auf deine Art besonders.« Es klang nicht abwertend. Lediglich wie eine Feststellung.

»Was bringt dich hier her? Es ist kein Zufall, dass du hier bist, nehme ich an.« Odelias Blick ruhte auf ihrer Gesprächspartnerin.

Die gesamte Situation war eine Begegnung mit einem Phantom ihrer Vergangenheit.

»Kein Zufall«, bestätigte sie, bevor sie Tee für sie beide bestellte und eine Vanillemilch für Odelia, als wäre es völlig selbstverständlich, sich daran zu erinnern.

»Du wirst angestrengt gesucht«, begann Janet zu sprechen, während sie den Tee in ihrer Tasse langsam mit dem silbernen Löffel umrührte, welcher zuvor auf der Untertasse platziert wurde. Die bräunliche Flüssigkeit mischte sich in Schwaden mit der weißen Milch, bis es ein einheitlich wirbelndes, helles Braun ergab.

»Ich weiß.«

Ein Räuspern.

»Odelia, ich bin nicht hier, um dich zurückzubringen. Das möchte ich erstmal klarstellen.«

»Weswegen solltest du sonst hier sein? Es ist nicht gerade um die Ecke.« Nein, es waren sogar viele, viele Stunden bis zu ihrer alten Heimat.

»Ich wollte dich finden, bevor es jemand anderes tut. Denn deine Entscheidung, von zu Hause wegzulaufen, kam sicherlich nicht von ungefähr.«

Odelia wurde hellhörig. Es glich nicht ansatzweise der Art und Weise, wie in der Gemeinde sonst über Ungereimtheiten gesprochen wurde. Wenn jemand entgegen der allgemeinen Meinung handelte, wurde die Person dazu angehalten, ihr Verhalten zu überdenken. Natürlich gab es keinen Anlass für widrige Denkweisen. Denn in der Gemeinde existierten keine Probleme. Keine Ungerechtigkeiten. Es war eben eine richtige Sekte.

Doch Sophies Mutter sprach mit ihr, als würde sie all diese Dinge sehen können. Vielleicht lag es am Verlust ihrer Tochter, von dem sich Odelia gar nicht ausmalen wollte, wie schlimm diese Last und Schuld an ihren Schultern hing. Und wie schwer ihr Herz sein musste.

»Wie... geht es meinen Eltern?«, wollte Odelia wissen, spürte wie ihre Anspannung wieder präsenter wurde. Sie vermisste sie sehr.

»Sie sorgen sich sehr um dich. Ich denke, sie haben Angst, dass dir etwas zugestoßen sein könnte. Und sie hoffen, dass man dich findet und zu ihnen zurückbringt.«

»Ich werde nicht mehr zurückkommen«, stellte Odelia klar und war aber durchaus erleichtert, von ihrem Wohlbefinden zu hören. Sie hoffte, dass sie ihre Eltern irgendwann befreien konnte, aber aus einem anderen Grund würde sie wohl nicht mehr dorthin zurückkehren.

Janet atmete tief durch. »Das habe ich mir bereits gedacht.«

Eine ernste Frage brannte Odelia auf der Seele, doch sie wusste weder, wie sie sie formulieren sollte, noch ob es sich um den richtigen Moment dafür handelte, sie zu stellen. Nichtsdestotrotz brach es aus ihr hervor.

»Weißt du, was mit Sophie passiert ist?«, wollte sie wissen und spürte, wie feucht sich ihre Augen mit einem Mal anfühlten. Wie ihr Inneres zu zittern begann.

Janets schlanke Finger verkrampften sich um den Henkel der feinen Porzellantasse. Angestrengtes Atmen war zu vernehmen. Sie schwieg.

»Denn ich weiß es. Ich habe es gesehen.« Odelias Stimme schwankte stark, ihre Hände ballte sie noch fester zu Fäusten.

Janets Blick schnellte nach oben in Odelias Gesicht.

»Du armes Kind...« Die braun-grünen Augen füllten sich mit Tränen, ihre Stimme war voller Trauer und Mitleid.

»Ich konnte nichts tun«, wisperte Odelia, fühlte sich noch immer schuldig. Schuldig einer Tat, die sie nicht begangen hatte.

»Odelia... Liebes, du bist nicht Schuld an Sophies Tod. Es ist niemandes Schuld...«, wollte sie Odelia beschwichtigen. Doch Odelia schüttelte den Kopf.

»Doch! Es ist Judes Schuld.« Ihre Stimme war viel lauter, als sie wollte, und die Gäste in ihrer Nähe sahen auf.

Das Lokal war nicht allzu voll und die Leute in den Ecken des Raumes hatten sie deutlich vernommen.

Odelia zitterte. Und Janet sah sie irritiert an.

Sie gab ihm prinzipiell auch die Schuld, seine Fürsorgepflicht verletzt zu haben. Und ein seltsamer Unterton schwang stetig mit, wenn sie an die Geschichte dachte, die ihr erzählt worden war. Insbesondere, da Odelia nahezu im selben Atemzug verschwand. Alles in allem war der Vorfall sehr suspekt.

Doch ihre Trauer grenzte an Wahnsinn, seit sie ihre Tochter zu Grabe tragen musste, so dass sie lange nicht in der Lage gewesen war, sich mit all dem auseinanderzusetzen. Das Einzige, was sie wusste, war, dass sie dort nicht mehr bleiben konnte, ohne den Verstand zu verlieren und dass sie Odelia helfen musste. Wenn sie schon ihrer Tochter nicht hatte helfen können.

Schnell packte Janet genügend Geld auf den Tisch, um die Rechnung zu bezahlen, und stand auf, um ihre Jacke zu nehmen.

»Wir sollten woanders reden«, sagte sie hastig, sah, wie sich Odelias Gesichtsfarbe zu weiß wandelte.

Die Jüngere nickte und folgte dem Beispiel der Dunkelhaarigen. Sich verabschiedend verließen sie zügig das Lokal. Odelia deutete auf die kleine Kopfsteinpflasterstraße, die Richtung Wald führte. Am Ende dieser setzten sie sich auf die Bank am Waldrand, ein ganzes Stück entfernt vom Trubel der Stadt.

Es war plötzlich beklemmend ruhig.

»Ich gebe Jude auch die Schuld«, begann Janet und klang dabei, als würde sie ein unangemessenes Geständnis ablegen.

Odelia wurde übel bei der Vorstellung, ihr die Wahrheit zu offenbaren, doch sie verdiente sie. Denn Sophie verdiente, dass ihre Mutter davon erfuhr.

»Es ist nicht so, dass er nicht aufgepasst hat.«

Odelia konnte nur mutmaßen, welche Erklärung Jude Janet vorgesetzt hatte. Einen plötzlichen Tod, getarnt als tragischer Unfall und Wille des Schöpfers, hatte es bereits einige Jahre zuvor gegeben.

Sie schluckte angestrengt. Es fühlte sich an, als hätte sich ein dicker, fester Kloß auf Höhe des Kehlkopfes gebildet.

»Er... er hat sie umgebracht.«

Damit war es gesagt.

Janets Augen spiegelten blankes Entsetzen.

»Was...«, stammelte sie und fühlte, wie ihre Stimme augenblicklich versiegte. Sie hoffte inständig, sich verhört zu haben.

Odelia rollten Tränen über das Gesicht.

»Sophie... wurde ertränkt. Er hat sie umgebracht. Jude hat sie unter Wasser gedrückt und erstickt. Und ich habe mich nicht rühren können, um ihr zu helfen. Ich stand da wie versteinert, bis ich flüchten konnte, bevor er mich bemerkte.«

Odelias Worte überschlugen sich beinahe, als es herausbrach, während sie schluchzte. Es tat ihr so unendlich leid, Janet all diese furchtbaren Dinge über Sophies Ableben zu offenbaren. Sie wünschte, sie hätte ihr sagen können, sie wäre sanft eingeschlafen. Aber das war fernab der Realität. Die Realität war grausig. Abstoßend und wahnsinnig.

Ein schrilles, quietschendes Geräusch entwich der Kehle der Älteren. Ihr ganzer Körper wirkte wie erstarrt. Die heftig zitternde Hand presste sie gegen ihren Mund. Sie schluchzte laut, während sie nach Luft rang. Die trauernde Mutter rutschte wie in Zeitlupe von der Bank zu Boden, weinte so bitterlich und schrie mit einem Mal markerschütternd ihren Schmerz heraus.

Heiße Tränen fielen hinab und ließen den Schnee unter sich wieder zu Wasser werden. Odelia hockte sich langsam zu ihr, konnte ebenfalls nicht aufhören zu weinen.

Dann hörte sie Schritte.

Sie schnellte herum. War es doch eine Falle gewesen? Ihr Herzschlag hämmerte heftig gegen ihre Brust. Unbewusst machte sie sich bereit, zu fliehen. Und doch hatte sie das Gefühl, etwas Vertrautes in der fremden Präsenz wahrzunehmen.

Die Silhouette eines großen Mannes war verschwommen hinter ihren Tränen zu erkennen. Die weißen, lockigen Haare fielen über seine Schultern, als er auf sie zu rannte.

»Odelia! Geht es dir gut?!« Isanders Stimme klang panisch, als er seine Freundin mit der Frau weinend am Boden hocken sah. Ein Hauch von Erleichterung machte sich in ihm breit, als er feststellte, dass beide unversehrt wirkten. Zumindest äußerlich.

Odelia nickte, verweilte aber bei der Frau auf dem Boden, die hysterisch weinte und all ihre Trauer nochmal auf eine völlig neue Weise zu durchleben schien.

»Sophies Mutter«, formte sie tonlos mit den Lippen zu Isander, welcher überrascht die Augen aufriss. Der erste Reflex war sein Beschützerinstinkt, welcher Odelia am liebsten direkt von ihr weggezogen hätte. Doch es stand außer Zweifel, dass die Frau in ihrem Zustand gar nicht in der Lage war, sich überhaupt mit Odelia zu befassen.

Er hockte sich zu den beiden und sah Odelia an.

»Du solltest auf die Bank zurück, sonst verkühlst du dir noch was«, merkte Isander besorgt an und Odelia nickte leicht, rührte sich aber nicht.

Der Albino verstand durchaus, dass es sich um einen Ausnahmezustand handelte und verweilte mit den beiden Frauen am Boden. Vorsichtig strich er Odelia über den Arm. Innerlich stellte er sich bereits darauf ein, dass sie sich ihm entziehen würde, aufgrund der auf sie einprasselnden Eindrücke. Doch sie tat es nicht. Stattdessen lehnte sie sich leicht seiner Berührung entgegen. Erleichtert atmete er auf.

Das Schluchzen und das verzweifelte Schreien hatten sich mittlerweile in apathisches, eintöniges Wimmern gewandelt. Odelia ließ sie alle Emotionen rauslassen, sah sich nicht in der Position, ihr den Schmerz zu nehmen, und wollte sie auch nicht daran hindern, die Gefühle zu erleben, die sie aufgrund dessen empfand.

Nach einer Weile begann Odelia zu zittern. Sie fror sichtbar und Isander hielt sie erneut dazu an aufzustehen. Also erhob sie sich in eine hockende Position. Soweit, dass sie leichter aufstehen konnte und setzte an, Janet hochzuziehen, damit sie sich zumindest auf die Bank setzen konnte. Doch Janet konnte in ihrem Wahn voller Trauer und Wut keinen klaren Gedanken fassen. Sie spürte Odelias Hände an ihren Oberarmen und begann reflexartig, um sich zu schlagen. Odelia wich mit ihrem Kopf aus, wusste, dass die Handlungen nicht dem Zweck dienten, nach welchem sie gerade aussahen. Isanders Kiefer spannte sich an.
Odelia hielt sie mit beiden Händen fest, gab ihr Zeit, sich zu fangen, auch wenn es sie anstrengte und sehr mitnahm. Janets Blick fand Odelias Gesicht. Dicke Tränen quollen aus ihren grünen Augen. Schuld sprach aus ihnen. Mit einem Mal ruckte Janet nach vorn und umarmte Odelia fest. Sehr fest. Und wimmerte. Liebevoll strich sie Odelia über ihr blondes Haar, säuselte Worte,

die sie zuerst nicht verstand, bis sie sich deutlicher herauskristallisierten.

»Es tut mir so leid. Du armes Kind... dass du das mitansehen musstest... Es tut mir so leid.«

Odelia schluchzte leicht und hielt Janet fest im Arm.

»Ich wünschte, ich hätte etwas tun können«, hauchte sie.

»Ich weiß, ich mache dir keinen Vorwurf«, wiederholte Janet erneut.

Nein, Odelia machte sie keinen Vorwurf. Stattdessen verstand sie umso mehr, wieso sie weggelaufen war. Hätte ihr doch das gleiche Schicksal wie ihrer Sophie blühen können. Sie hätte wütend sein können, dass es ihre Tochter anstelle von Odelia getroffen hatte. Aber das wäre nicht fair. Schließlich war es nicht die Schuld dieses Mädchens, dass sie mit Sophie in die Sekte gelangt war, nachdem sie eine schlimme Scheidung hinter sich gebracht hatte und ein neues Leben hatte anfangen wollen. Dort, wo sie niemand kannte. Das hatte sie sich anders vorgestellt. Wäre sie nur nicht dorthin gegangen, dann hätte sie ihre Tochter noch bei sich.

Ihre geliebte Sophie.

29

Eine Wolldecke um die Schultern gelegt, saß Janet Odelia an dem kleinen, runden Esstisch gegenüber, welcher sich in ihrem und Isanders Cottage befand. Sie nippte am Kräutertee und starrte anschließend auf die Tasse und ihre Hände, welche das Porzellan umschlossen. Die langen Nägel waren angerissen und leicht rau. Es widersprach ihrem ehemals so penibel gepflegten Erscheinungsbild, aber was hatte das alles noch für einen Sinn? Was hatte ihr Leben für einen Sinn, nachdem ihrer Tochter ein solches Schicksal widerfahren war?

Sie schaute auf und sah in Odelias Gesicht. Deren Blick war mitfühlend, ja, gar liebevoll. Nicht wertend.

Nachdem Janet Sophies Tod damals realisiert hatte und Odelia verschwunden war, waren ihr die Leute in der Gemeinde wieder so seltsam wie zu Anfang vorgekommen. Es war in der Vergangenheit befremdlich gewesen, dass alle so unsagbar freundlich waren. Künstlich freundlich, mochte man meinen. Doch gleichzeitig hatte sie sich aufgenommen gefühlt, Zuflucht gefunden vor ihrem gewalttätigen Ex-Mann. Zwar fristete sie immer eine Art Außenseiter-Dasein innerhalb der Gemeinde, da sie als Alleinerziehende nicht dem perfekten Familienbild entsprach, doch die Innigkeit der Gemeinschaft und der Glaube gaben ihr Hoffnung und Sicherheit. Sicherheit...

Wie grotesk.

Jetzt fühlte sie sich so unendlich schuldig.

Odelia zu suchen war einem plötzlichen Drang entsprungen. Ein Gefühl, als wollte ihre Tochter ihr mitteilen, dass sie das Mädchen beschützen musste. Sie wusste nicht warum. Vielleicht lag es an dem Verlust und wirkte wie eine Art Ausgleich, auch wenn Sophies Tod nicht einmal ansatzweise aufzuwiegen war. Was auch immer es ursprünglich gewesen war, nun war ihr klar, weswegen sie Odelia hatte finden müssen.

Janets Blick fiel auf den großen, schlanken Mann mit den weißen Haaren und der weißen Haut. Er beobachtete sie stets aus dem Augenwinkel, saß aber ein Stück entfernt auf dem Sofa, so dass sie und Odelia Raum hatten, und trug einseitig Kopfhörer.

Odelia folgte ihrem Blick, musterte Isander kurz und lächelte ihm sachte zu. Die meiste Zeit über hatten sie geschwiegen, seit sie Janet mit zu sich nach Hause genommen hatten. Zuerst war sie unsicher gewesen, ob es sich um eine gute Idee handelte. Isander war alles andere als begeistert gewesen von dem, mehr oder weniger stillschweigenden, Vorschlag ihrerseits. Doch die junge Frau vertraute auf ihr Bauchgefühl und dieses sagte ihr, dass sie

Janet weder alleine lassen konnte noch wollte. Sie war sich sicher, dass sie sie nicht verraten würde. Nicht nach dem, was sie hatte erfahren müssen. Nicht, nachdem sie bereits aus der tiefen Manipulation ausgebrochen war.

»Ist er dein Freund?«, fragte Janet. Ihre Stimme war kratzig und belegt vom vielen Weinen und Schreien. Odelia sah sie an und lächelte wie von selbst. Sie begann unweigerlich zu strahlen. Dann nickte sie.

»Ja, ist er.«

»Er ist...«, kurz ruhte der Blick der Älteren auf dem Albino. Er widersprach wirklich allem, was Odelia anerzogen worden war.

»Außergewöhnlich?«, unterbrach die Blonde sie und lächelte sanft. »Ja, Isander ist außergewöhnlich schön, finde ich«, ergänzte die junge Frau, verströmte dabei pure Liebe, was Janet sehr beeindruckte. Es war nicht im Geringsten das, was sie hatte sagen wollen. Das wusste auch Odelia. Doch das einst so zurückhaltende, ängstliche Mädchen so zu sehen, erfüllte die Brünette mit einem klitzekleinen Funken Hoffnung.

»Ja, er ist in der Tat außergewöhnlich«, stimmte sie ihr also zu. »Seit wann lebt ihr hier zusammen?«, fragte sie neugierig.

»Seit ein paar Wochen erst. Davor sind wir hauptsächlich... geflüchtet.« Ein Seufzen passierte Odelias Lippen, ehe sie nochmals nickte.

»Das muss hart gewesen sein«, stellte die Ältere fest und musterte das Mädchen vor sich. Nein, sie war kein kleines Mädchen mehr.

Sie konnte sehen, wie Odelia gereift war. Nicht nur körperlich, sondern in ihrem ganzen Wesen. Sicher waren die Umstände nicht ganz unschuldig daran, dass sie plötzlich erwachsen sein musste, aber auch die Beziehung schien einiges dazu beigetragen zu haben. Vielleicht gab es da auch noch etwas anderes. Schließlich wusste sie nicht, was sie tatsächlich alles erlebt hatte.

»Nun ja, ich würde es gewiss nicht als einfach oder angenehm beschreiben«, stimmte sie zu und sah Janet an.

»Wann bist du ihm begegnet?«

»Gleich zu Anfang. Er hat mich gerettet und ist mir seitdem nicht von der Seite gewichen. Er hätte jederzeit gehen können«, begann sie zu erzählen. »Isander ist wirklich... wirklich ganz besonders. Er hat mich nie bedrängt, aber war immer da. Er ist immer da. Ich war nie allein, auch in den dunkelsten Momenten stand er mir bei, so gut er es konnte. Selbst als ich ihn weggestoßen habe, aus Angst... hat er gewartet und mir geholfen, mich wiederzufinden. Ich liebe ihn von ganzem Herzen. Ich hatte großes Glück, auf wunderbare Menschen zu treffen. Das erste Mal in meinem Leben fühle ich mich zu Hause. Es ist manchmal wie ein Traum.« Odelia atmete tief durch, bevor sie weitersprach: »Natürlich würde ich lügen, wenn ich behaupten würde, dass es mir jeden Tag gut geht. Es gibt vieles, was ich noch nicht verstehe oder was ich noch über mich und alles drumherum lernen muss. Das fordert mich oft sehr heraus, aber ich fühle mich selbst. Langsam nehme ich mich als eigenständige Person wirklich wahr. Ohne Erwartungen von außen. Ohne dass ich in ein Muster passen muss. Sondern ich darf der Mensch sein und werden, der ich tatsächlich bin.«

Odelias Worte sprudelten aus ihr heraus und wurden von ihren Emotionen getragen. Jeder Satz fühlte sich an wie eine Offenbarung und Janet konnte nicht umhin, zu sehen, wie Odelia aufblühte. Wie jede Faser in ihrem Körper vor Leben strotzte. Es bewegte sie so sehr, dass sich Tränen aus ihrem Augenwinkel lösten und über ihre fahlen Wangen rannen. Wie von selbst griff sie nach Odelias Händen und hielt sie fest. Die Jüngere zuckte, ließ sie dann aber gewähren und umschloss die langen, dünnen Finger mit ihren.

»Das ist mit Abstand das Schönste, was ich seit Ewigkeiten hören durfte«, schluchzte die Brünette und sah in die türkisen Augen, welche sich ebenfalls mit glitzernden Tränen füllten.

»Ich danke dir«, wisperte Janet.

Odelia löste sich schließlich aus dem Griff und sah Janet sanft an, ehe sie zu sprechen begann:

»Du siehst müde aus. Wenn du möchtest, kannst du gerne ein Bad nehmen, um dich ein wenig durchzuwärmen.«

Der Ausdruck in den grünlichen Augen war dankbar und eine leichte Kopfbewegung folgte, die ein Nicken hätte sein können.

»Das ist sehr lieb von dir. Aber ich möchte euch keine Umstände machen.«

»Machst du nicht. Ich hätte es dir sonst nicht vorgeschlagen«, erklärte Odelia und stand auf, um die Ältere zum Badezimmer zu geleiten.

Dort zeigte sie ihr alles, was sie brauchte, und ließ Wasser ein. Anschließend gab sie ihr ein paar lockere Sachen zum Umziehen.

Nachdem sie die Badtür geschlossen hatte, begab sich die Blonde zum Sofa und lehnte sich an ihren Partner, welcher sogleich die Kopfhörer ablegte und den Arm ausbreitete, um sie zu halten.

»Ist es in Ordnung für dich, wenn wir sie hier schlafen lassen?«, fragte Odelia, hatte die Entscheidung bereits ein wenig über seinen Kopf hinweg getroffen. Dennoch wollte sie wissen, was er empfand, und würde durchaus auf seine Beobachtungsgabe und Intuition berücksichtigen. Schließlich spürte Isander stets, wenn etwas nicht mit rechten Dingen zuging.

»Bist du dir sicher, dass du dich damit wohlfühlst?«, stellte er die Gegenfrage und Odelia zuckte leicht mit den Schultern.

»*Wohlfühlen* ist in dem ganzen Kontext womöglich eher ein unpassender Begriff. Aber ich würde mich unwohler fühlen, wüsste ich sie nach dem Schock allein auf sich gestellt. Ich denke, das bin ich ihr schuldig. Nicht nur wegen Sophie, sondern weil ich sehe, dass sie es gut mit mir meint«, erklärte sie ihre Gedanken leise, um zu vermeiden, dass Janet sie hörte. Isander musterte sie und schwieg einen Augenblick, ehe er nickte.

»Ich denke auch, dass sie deine Nähe gerade braucht.«

»Hast du ein schlechtes Gefühl?«, wollte Odelia nochmal genauer wissen. Kurz überlegte er und sammelte all seine Eindrücke der letzten Stunden.

Dann schüttelte er den Kopf.

»Nein.«

Die Jüngere bemerkte ihr eigenes erleichtertes Ausatmen, ehe sie sich weiter in seine Umarmung sinken ließ.

Seit dem Zusammentreffen mit Sophies Mutter waren weitere Wochen vergangen. Es war der sechste Januar, fünf Tage vor Odelias achtzehnten Geburtstag. Sie hatte, gemeinsam mit Isander, geholfen, Janet eine Unterkunft in der kleinen Stadt zu finden, in der sie sich begegnet waren. Die Ältere hatte beschlossen, Odelias Beispiel zu folgen, sich gänzlich von der Gemeinde zu distanzieren und ein neues Leben zu beginnen. Was hatte sie schon zu verlieren?

Janet war dankbar, Odelia begegnet zu sein. Es wirkte, trotz der grausigen Nachricht über den Hergang des Todes ihrer Tochter, als wäre ihr dadurch ein neuer Lebenswille eingehaucht worden. Sie wollte Sophie ehren, indem sie nicht aufgab, und ein Auge auf das Mädchen haben, welches den Kreislauf durchbrechen konnte.

Der Morgen war grau und kalt, Regen mischte sich mit einzelnen Schneeflocken. Das Wetter schwankte sehr, wodurch der Schnee nicht dicht liegenblieb.

Schneereste hatten sich in braunen Matsch gewandelt und nur auf den Wiesen glitzerte noch ein Hauch von Weiß.

Hier stand sie nun, vor dem großen Haus mit braunen Fensterläden und zum Winter hin leeren Blumenkästen. Mit der Steintreppe, die zur Eingangstür führte und dem perfekt gestalteten Garten. Sie war nicht die gepflasterte Auffahrt entlanggelaufen, sondern über die Trampelpfade, war durch die hohen Hecken der Nachbarschaft geschlichen, nachdem sie den Wald passiert hatte, begleitet von einem weißen Raben, der ihr den Weg wies.

Sie konnte eine starke Übelkeit spüren und unangenehmes Zittern, welches sich Stück für Stück weiter durch ihren Körper zog. Alles wirkte haargenau so wie zu dem Zeitpunkt, als sie all dies hinter sich gelassen hatte. Als wäre die Zeit stehengeblieben und sie wäre als Einzige vorangegangen.

Dementsprechend nahm sie an, dass auch alle Abläufe dieselben sein würden, zu welchen Uhrzeiten sich wer wo befand und welche Aufgaben zu verrichten waren. Bis jetzt hatte es sich definitiv bewahrheitet, denn sie hatte unbemerkt an sämtlichen Häusern vorbeigehen können. Jeder der Bewohner war zu dieser Uhrzeit an einem ganz bestimmten Ort. Dem Gemeindehaus. Welches sich nur einen Garten weiter befand, auf dem höchsten Punkt des Dorfes.

Odelia war in Grün- und Brauntönen gekleidet und ihre Haare waren unter einer Mütze versteckt, damit man sie möglichst schlecht von weitem sehen konnte. Zudem war es für sie von Vorteil, dass das Vertrauen in der Gemeinde so groß war, dass alle stets die Türen unverschlossen hielten, was ihr ermöglichte, in das Haus mit den Fensterläden zu gelangen.

Der Garten war ebenfalls so, wie sie ihn in Erinnerung hatte. Eine überdachte Terrasse, zu der ein Pfad aus Steinplatten führte, ein kleiner Teich mit Goldfischen und eine Schaukel, weniger urig als in ihrem neuen Zuhause. Ein Baumhaus, welches sie mit ihrem Vater gebaut hatte, und hohe, gepflegte Hecken.

Alles war wie immer. Und doch so fremd.

Obwohl sie hier aufgewachsen war, fühlte es sich so vollkommen anders an. Irgendwie falsch.

Odelia sputete sich und öffnete vorsichtig und leise die Hintertür. Der Flur war dunkel, nur das Licht, welches durch die Glasscheiben der Türen fiel, erhellte streifenweise den Korridor. Sie wollte vermeiden, sofort in Sicht der Haustür zu sein, für den Fall, dass ihre Eltern nicht allein nach Hause kamen. Eigentlich widerstrebte es ihr, nach oben zu gehen, da eine Flucht sehr umständlich wäre. Aber weder die Küche noch das Wohnzimmer waren Optionen, da sie für jeden als Gemeinschaftsräume zugänglich waren. Schlafzimmer galten hingegen als privat und tabu für Besucher. Es gehörte sich einfach nicht, in diese Gemächer zu treten, wenn man nicht zur Familie gehörte.

Alles war still. Äußerst bedacht schritt sie die Holztreppe hinauf, nachdem sie die Schuhe ausgezogen hatte, die sie nun in der Hand trug, um mit den nassen, dreckigen Sohlen keine Abdrücke zu hinterlassen. Ihr Herz hämmerte gegen ihre Brust.

Alles roch wie früher. Alles sah aus wie früher.

Es war noch gar nicht so lang her. Und doch fühlte es sich an, als läge eine Ewigkeit zwischen ihrer Flucht und der Wiederkehr. Der Flur im oberen Geschoss war sehr breit und von der Treppe aus blickte man auf ein Klavier. Auf der linken Seite befand sich ihr Zimmer. Naja, streng genommen ihre zwei Zimmer. Denn das vordere war ihr Lern- und Spielraum gewesen, dahinter war ihr

Schlafgemach, in welchem sie sich bevorzugt aufgehalten hatte. Auf der rechten Seite gab es ein Bad und weiter hinten das Schlafzimmer ihrer Eltern. Wie besprochen, ging sie zuerst in ihre alten Räume. Das bedrängende Gefühl von Angst kroch an ihr hinauf. Es kribbelte unter ihrer Haut und ihr Atem beschleunigte sich unwillkürlich.

Der Raum war, wie der Rest des Hauses, unverändert und leer. Alles lag fast exakt dort, wo sie es zurückgelassen hatte. Bis auf ein paar Notizbücher und Zettel, von denen sie annahm, dass ihre Eltern nach Anhaltspunkten gesucht hatten, weswegen sie verschwunden war. Sie bog in ihr Schlafzimmer ein und begab sich zu dem Fenster an der Seite ihres alten Bettes. Das dichte Geäst des Baumes davor versperrten die Sicht von außen. Sie klopfte sachte gegen die Scheibe und erhielt ein Klackern als Antwort. Der weiße Schnabel erschien in ihrem Blickfeld. Erleichtert atmete sie aus.

Behutsam öffnete sie das Fenster, so dass der Albinorabe hineinfliegen konnte.

Mit einem kräftigen Flügelschlag wirbelten Federn auf und umgaben das Tier wie ein tosender Wind, ehe sich die Gestalt vergrößerte und die menschliche Form von Isander zum Vorschein kam. Weiße Locken fielen in sein markantes Gesicht. Seine Augen wirkten weich, als sie auf ihre trafen. Sofort eilte sie zu ihm und umarmte ihn fest. Für einen Moment taumelte er, ehe er sie in seine Arme schloss und ihr Haupt küsste. Isander spürte ihre Angst in sich widerhallen. Es war surreal, sich hier zu befinden. Vielleicht sogar leichtsinnig. Doch er wusste, dass Odelia nicht zur Ruhe kommen würde, ehe sie ihre Eltern nicht aus den Fängen der Sekte befreit hatte. Oder es zumindest versucht hatte.

Für einige Augenblicke hielt er sie einfach nur fest und wollte ihr zumindest einen Anschein von Sicherheit vermitteln, auch wenn sie beide genau wussten, dass sie hier alles andere als sicher waren.

»Das ist also dein Kinderzimmer...«

Isanders tiefe Stimme durchbrach flüsternd die Stille. Odelia nickte und sah sich um. Der hellgelbe Bettbezug aus dichter Baumwolle war ordentlich glatt gestrichen und die Kissen hübsch arrangiert. Alle Bücher, die sie zuletzt gelesen hatte, lagen an ihrem Platz auf dem Nachtschränkchen und die Kommode war mit einer Blumenvase dekoriert.

Mit frischen, gelben Blumen. Als wäre dieses Zimmer noch immer bewohnt.

Wie surreal, dachte Isander und auch Odelia war eigenartig zumute.

»Es ist, als wäre ich nie weg gewesen...«

»Wie fühlst du dich?«, wollte der Ältere wissen.

Odelia atmete tief durch, während sie sich noch immer in seinem Arm befand.

»Ich habe kein gutes Gefühl. Aber ich muss es versuchen...«

Damit erinnerte sie sich selbst daran, die ganze Sache nun auch durchzuziehen, nachdem sie den Weg und das Risiko auf sich genommen hatten.

Es war ihr nicht egal, was mit allen anderen passieren würde, doch ihr Fokus lag darauf, ihre Eltern aus der Sekte zu befreien und in Sicherheit zu bringen, bevor sie offizielle Behörden kontaktierten, um die Sekte aufzulösen. Aber zuvor brauchten sie weitere Anhaltspunkte, inwieweit die Polizei hier in der Umgebung in die Sekte involviert war. Aufgrund der Ermittlungen nach ihrem Verschwinden waren sich weder Isander noch Odelia sicher, ob sie den Leuten wirklich vertrauen konnten. Am Ende war es vielleicht auch einfach ihre Paranoia, die sie in der gesamten Zeit aufgebaut hatten, durch die stetigen Ereignisse und das Gefühl, nirgends wirklich sicher zu sein.

Denn auch wenn sie Sophies Mutter vertrauten, trauten sie nicht den Kontakten um sie herum. Wer wusste schon, wer Janet bereits auf der Spur war, wenn besagte es geschafft hatte, Odelia zu finden?

Die letzten Wochen vor ihrer Rückkehr in die alte Heimat waren, insbesondere für Odelia, von einer Art Wehmut untermalt. Es war sowohl befreiend als auch traurig für sie gewesen, Sophies Mutter zu begegnen. Janet hatte noch einige Tage mit ihnen verbracht, sogar an Weihnachten war sie zu Besuch gekommen, was sie gemeinschaftlich mit den beiden Magiern in der kleinen Hütte gefeiert hatten. Es war weniger Weihnachten im herkömmlichen Sinne gewesen. Eher ein gemütliches Beisammensein, gutes Essen und heitere Gespräche, umgeben von Kerzenlicht und handgebundenen Kränzen. Obwohl sich die Situation für Odelia so festlich und herzerwärmend angefühlt hatte, hatte sie der Gedanke gequält, ihre Eltern in diesem unwissenden Zustand zurückgelassen zu haben. Sie wollte ihnen sagen, dass es ihr so gut ging wie nie zuvor. Und sie wollte, dass sie frei waren und sicher.

Isander und sie hatten daraufhin viele intensive Unterhaltungen geführt und waren zu dem Entschluss gekommen, dass sie den Schritt wagen mussten, ihre Eltern zu befreien, es zumindest zu versuchen. Es war gefährlich und wahrscheinlich leichtsinnig. Und obgleich Isander Zweifel hegte und lieber noch gewartet hätte, hatte er sich an eine Planung des Vorgehens gesetzt und verstanden, dass Odelia sich von ihrer Vergangenheit nicht lösen konnte, ehe diese Angelegenheit nicht angegangen worden war. Er konnte nur minder gut nachvollziehen, wie es sich für sie anfühlen musste, denn er selbst hatte nie Eltern. Doch er hatte versucht, es sich vorzustellen, mit den Menschen, die ihm wichtig waren, anstelle von Eltern. So war ihm klar geworden, dass sie irgendwann allein gehen würde, wenn er nicht von sich aus auf sie zukam. Sie war zwar bereits besser darin geworden, Hilfe zuzulassen oder darum zu bitten. Aber er wusste so gut wie sie, dass sie ihn schützen wollte. Das beruhte auf Gegenseitigkeit.

Nun waren sie hier. Hier in Odelias altem Zimmer, an dessen Fenster er regelmäßig geklopft und nach ihr gesehen hatte, während sie auf ihrem Bett im Halbdunkel gesessen hatte. Zusammengekauert, die Beine eng an ihren Körper gezogen und zitternd. Manchmal hatte sie sich die Ohren zugehalten, als würde dies die Stimmen fernhalten, die sie hörte. Die Seelen, die nach ihr riefen. Und den Tod, der sie umgab. Ja, als Rabe sah er es. Dieses außerweltliche Glimmern, wie schwarzes Glitzern in kaum sichtbarem Nebeldunst. Manchmal hatte dieser Nebel einen Hauch von Blau oder Violett. Meistens dominierten aber die glitzernden Splitter, die an schwarzen Turmalin erinnerten.

Odelia hatte damals so klein und ängstlich gewirkt.

Jetzt stand sie hier direkt neben ihm. Eine junge, starke Frau, die soeben von ihrer Vergangenheit eingeholt wurde und Mühe hatte, die innere Balance und Stärke aufrecht zu erhalten, die sie sich so hart erarbeitet hatte. Er wusste, dass sie nicht zu diesem kleinen, gehorsamen Mädchen zurückkehren wollte, würde. Aber es war in Ordnung, dass sie sich unwohl fühlte. Konfrontiert. Sie war nicht schwach, nur weil sie ein wenig das Gleichgewicht verlor.

Sie war durch die Ereignisse so gereift und erwachsen geworden, dass es gelegentlich schwierig war, sich vorzustellen, dass sie noch nicht einmal achtzehn Jahre alt war.

Isander sah Odelia stillschweigend an, bis sie seinen Blick bemerkte und diesen erwiderte.

»Was ist los?«

Er schüttelte den Kopf. »Nichts, ich habe nur festgestellt, wie stark du bist.«

Sie stutzte, lächelte dann nahezu verlegen.

»Eher leichtsinnig«, entgegnete sie ihm und sah ihm in die Augen.

»Ich finde dich nicht leichtsinnig. Es ist ja nicht ungeplant. Und du bist nicht allein.«

Damit hatte er zumindest recht. Odelia lehnte sich leicht gegen ihn.

»Danke, dass du bei mir bist.«

»Immer.«

Der beinahe innige Moment wurde durchbrochen von einem Geräusch, welches Odelia einen Schauer die Wirbelsäule entlangjagte und auch Isander horchte angespannt auf.

Es war die Haustür.

31

Minuten fühlten sich wie Stunden an, während das junge Paar in dem ehemaligen Kinderzimmer verweilte und sich aneinander festhielt. Odelia wappnete sich mental für das Zusammentreffen mit den zwei Menschen, die sie so sehr vermisste und gleichzeitig unterschwellig fürchtete. Es war ein Gefühl, welches sie gar nicht erwartet hatte zu empfinden. Schließlich wusste sie nicht, wie es ihnen in der gesamten Zeit ergangen war, welcher Gehirnwäsche Jude sie unterzogen haben könnte oder welche Spuren ihr Verschwinden hinterlassen hatte. Es waren nur Mutmaßungen, die durch ihren Kopf schwirrten. Hektisch und bedrohlich.

Sie versuchte, ihre Gedanken abzuschütteln, während sie wie versteinert durch die offene Tür auf die des gegenüberliegenden Zimmers starrte, als würde sie sich jeden Moment öffnen. Theoretisch war es seltsam zu erwarten, dass jemand in das Zimmer trat, da niemand damit rechnen konnte, Odelia hier anzutreffen.

Jedoch schienen ihre Eltern regelmäßig hier hineinzukommen, was sowohl die frischen Blumen auf der Kommode als auch die penibel gesäuberten Oberflächen und Textilien bewiesen.

Ihr Plan war es ohnehin gewesen, bis zum späten Abend zu warten, um mit ihren Eltern in Kontakt zu treten. Ursprünglich hatten sie überlegt, ob Isander in der Zeit nach Informationen suchen sollte, hatten sich aber letztendlich dazu entschlossen, die direkte Konfrontation lieber gemeinsam zu bestreiten.

Schritte näherten sich. Eine Diele vor Odelias Zimmer knarzte und auf eine kurze Stille folgte das Betätigen der Türklinke.

Odelia hielt die Luft an und wagte es nicht, sich zu rühren. Gleichzeitig begab sich ihr Inneres, ebenso wie Isander, in Abwehrhaltung.

Ein hellblonder Schopf war in der Tür zu erkennen. Die Haare wirkten ein wenig stumpf und das Gesicht melancholisch. Odelias Herz raste und schmerzte zugleich. Ihre Mutter sah auf den leeren Schreibtisch vor sich und seufzte, bevor sie sich zum Schlafzimmer drehte und einen Schritt hineintrat. Isander und Odelia unterdrückten automatisch ihre Atemgeräusche. Zuerst fiel der Blick der Älteren auf die Blumen, dann schweifte er in Richtung Bett. Sie zuckte heftig. Und schrie. Ihr Schrei war schrill und laut.

»Mama! Mama, alles okay, ich bin es nur«, beschwichtigte Odelia sie nach ihrem eigenen Schreckmoment und trat einen Schritt auf ihre Mutter zu.

»Odelia...«

Ihre grauen Augen füllten sich sofort mit Tränen, wenngleich sie wie versteinert auf die junge Frau vor sich starrte, welche ihre Tochter war und doch so völlig fremd aussah.

»Oh Himmel, du bist es wirklich. Mein Kind...«

Dicke Tränen kullerten ihre Wange hinunter, sie streckte ihre

Hände zitternd nach dem Mädchen aus, berührte sein Gesicht, um sich zu vergewissern, dass sie nicht träumte.

Odelia zitterte ebenfalls und spürte, wie ihre Emotionen hervorbrachen.

Schnelle Schritte näherten sich außerhalb des Zimmers und nur kurz darauf hörten sie die besorgte Stimme von Odelias Vater.

»Magarete, geht es dir gut!? Was ist passiert!?«

Er stürmte hinein, doch taumelte ein ganzes Stück zurück, als wäre er gegen eine unsichtbare Wand gelaufen, in dem Moment, in dem er seine Tochter erblickte. Odelias nahm sie fest in den Arm und Ernest, ihr Vater, bemerkte plötzlich eine weiße Gestalt. Blitzschnell griff er nach der Blumenvase und hielt sie zum Angriff bereit. Einzelne Blumen fielen auf den Boden.

»Wer sind Sie!? Und was machen Sie im Zimmer meiner Tochter!? Haben Sie sie verschleppt? Antworten Sie mir!«

Man konnte sehen, wie Odelias Vater bebte. Odelia löste sich ruckartig von ihrer Mutter, welche erneut vor Schreck aufschrie, als sie Isanders Anwesenheit realisierte.

»Vater, hör auf! Er ist nicht gefährlich. Bitte, beruhig dich.«

Odelia hielt die Hände beschwichtigend vor ihren Körper und näherte sich Isander ein Stück, um zu beweisen, dass sie bei ihm sicher war.

»Geh von ihm weg, Odelia!« Magarete klang schrill, als würde sie fürchten, die weiße Haut könnte Unheil auf Odelia übertragen. Die junge Frau war entsetzt, zugleich hatte sie eine derartige Reaktion befürchtet. Es fühlte sich grausam an, dass Isander so etwas ertragen musste.

»Hört auf! Isander ist nicht gefährlich. Er ist mein Partner.« Ihr Ton war fest, ernst und eindringlich.

Ihre Eltern stutzten und sahen Odelia an, als könnten sie nicht glauben, was sie soeben von ihr gehört hatten. Es war fast weniger die Tatsache, dass sie den Albino als ihren Partner betitelte, als die Art, wie sie es zum Ausdruck gebracht hatte. Die blonde, junge Frau griff mit der linken Hand nach Isanders, welcher ihre Finger mit seinen umschloss. Er atmete tief durch und überspielte seine eigene Unsicherheit.

»Bitte beruhigt euch. Wir sind hier, weil ich mit euch sprechen muss. Es ist wichtig.«

»Odelia, wo warst du nur? Wieso bist du plötzlich verschwunden? Und, oh Himmel, was ist dir nur zugestoßen? Und wie siehst du überhaupt aus? Was macht dieser fremde, seltsame Mann bei dir und... warum hast du dich nicht gemeldet? Wir sind beinahe umgekommen vor Sorge.«

Odelias Mutter stellte alle Fragen, die ihr in den Sinn kamen, auf einmal und kämpfte gegen das Verlangen an, ihre Tochter aus den Händen dieses unheiligen Mannes zu reißen. Es war sein Glück, dass sie sich nicht traute!

Er hatte Odelia manipuliert und entführt. Da war sie sich sicher. Sonst wäre sie nie von Zuhause weggelaufen. Schließlich hatte das Mädchen schon immer eine unangebrachte Schwäche für diese seltsamen Wesenheiten, die nichts Gutes bedeuten konnten.

Sie hatte gewusst, dass der weiße Rabe Unheil bringen würde.

Odelias Blick war ernst und dunkel, als sie ihre Eltern ansah und zu sprechen begann:

»Ich beantworte euch all die Fragen. Aber vorher bitte ich euch, alle Türen und Fenster zu schließen. Es darf niemand wissen, dass wir hier sind. Das ist sehr wichtig. Wir sind alle in großer Gefahr.«

Magarete zog scharf die Luft ein und Ernest biss fest die Zähne zusammen, rückte nervös seine Brille zurecht, bevor er seine Tochter eindringlich musterte. Die ältere Frau wollte soeben ansetzen, eine weitere Frage zu stellen, als Ernest die Hand hob, um sie zu unterbrechen, und schließlich nickte. Er verließ wortlos das Zimmer und kontrollierte alle Fenster und Türen. Magarete konnte kaum glauben, dass ihr Mann sofort handelte. Sie spürte Angst. Doch Odelia war hier. Ihre geliebte Tochter.

Jemand sollte der Gemeinde die frohe Botschaft verkünden. Allerdings wirkte das Mädchen so ernst, dass sie sich fragte, warum sie glaubte, sie alle in Gefahr zu wissen.

Es dauerte nicht lang, bis Ernest zurückkam und Odelia tief in die Augen sah.

»Ich habe alles abgeriegelt und alle Fenster kontrolliert. Die Vorhänge sind zu. Möchtest du trotzdem lieber hier oben sprechen?«

»Danke, Vater. Ja, das wäre mir lieber«, bestätigte sie und atmete tief aus.

Damit setzte sie sich auf ihr Bett und zog Isander vorsichtig zu sich, welcher sich daraufhin neben ihr niederließ. Ernest holte den Stuhl aus Odelias Schreibzimmer, während Magarete auf dem Lesesessel Platz nahm.

Odelia spürte einen leichten Krampf in der rechten Hand, wodurch ihr auffiel, dass sie sie die ganze Zeit zur Faust geballt hatte. Die Linke hielt noch immer Isanders, welcher seine Freundin aufmerksam beobachtete.

Dann nahm sie einen tiefen Atemzug.

»Jude ist ein Mörder«, sagte Odelia.

»Um Himmels Willen, sowas kannst du doch nicht sagen!«, ermahnte ihre Mutter sie, konnte kaum glauben, dass ihre Tochter solche Dinge behauptete, überhaupt in den Mund nahm.

»Magarete.« Ernests Blick wirkte tadelnd, Angesprochene verstummte unverzüglich und presste die Lippen aufeinander.

»Ich habe gesehen, wie er Sophie ertränkt hat. Es war kein Unfall und es war kein Versehen. Er hat sie unter Wasser gedrängt und sich daran erfreut, wie sie...«, Odelia atmete tief durch, sammelte den Mut, um weiterzusprechen »...wie sie vor seinen Augen ertrank. Ich war zufällig unten im Gewölbe, weil ich etwas gehört hatte und... ich konnte mich nicht rühren, nicht helfen. Ich war starr vor Angst. Und dann bin ich weggelaufen.«

Isanders Hand drückte ihre bestärkend, hielt sie wieder einmal durch eine ihrer schlimmsten Erfahrungen hindurch.

Magaretes als aus Ernests Gesicht wurden blass. Diesmal war sie nicht so diskutierfreudig. Ernest stand abrupt auf und ballte die Fäuste. Er trat einen Schritt auf Odelia zu und sah sie fest an, ehe er betont deutlich sprach:

»Ich weiß, du sagst das sicher nicht aus Spaß. Aber ich frage dich nochmal direkt: Bist du dir hundertprozentig sicher, dass er sie... umgebracht hat?«

»Ich wünschte, es wäre nicht wahr. Aber ich habe diese widerwärtige Freude in seinen Augen gesehen. Wie er sich daran ergötzt hat, als sie unter... unter Wasser versucht hat, gegen ihn anzukommen.«

Odelia schluchzte auf. Ihr gesamter Körper bebte. Hier fühlte es sich alles wieder so nah an. So bedrohlich und deutlich sichtbar vor ihrem inneren Auge.

Ernest stand da wie angewurzelt und wurde immer bleicher. Dann riss er sich los, hockte sich vor seine Tochter und zog sie in seinen Arm. Er hielt sie fest, konnte spüren, wie sie zitterte bei den Erinnerungen an diese grausame Tat. Sie log nicht.

Isander ließ sanft ihre Hand los und Odelia umarmte ihren Vater. Dieser strich ihr übers Haar, als wäre sie wieder sein kleines Kind.

Magarete war grenzenlos entsetzt und starrte ins Leere. Es war ihr unmöglich, einen klaren Gedanken zu fassen.

Einige Momente verstrichen, in denen sie so verweilten, ehe sie sich wieder auf ihre vorherigen Plätze setzten und Odelia mit dem Erzählen fortfuhr. Sie erläuterte ihre Beobachtungen und Rückschlüsse, zum Beispiel, dass sie festgestellt hatte, dass es diese Art Erklärungen von einem plötzlichen Tod während einer Reinigung schon vorher gegeben hatte. Sie erzählte von Janet, die sie aufgesucht und Isander, der sie stetig gerettet hatte.

Magarete stand in einer der Gedankenpausen auf und stieß geräuschvoll ihren Atem aus. Sie wirkte steif und seltsam emotionslos.

»Ich werde uns etwas zu essen und zu trinken holen. Du — ihr seid bestimmt hungrig. Ich bin gleich wieder da.«

Damit verließ sie den Raum und lief die Treppe hinunter. Isander gefiel der fehlende Ausdruck in ihrem Gesicht nicht und sah Odelia schweigend, aber vielsagend, an. Diese verstand seine Bedenken und folgte ihrer Mutter nach unten. Ihr Vater hatte tatsächlich alles abgeriegelt und sämtliche Vorhänge zugezogen. Es fühlte sich seltsam an, das Haus zu durchqueren, als wäre alles völlig normal. Ihre Mutter stand in der Küche und hatte sowohl Brot und Käse aus dem Kühlschrank geholt, als auch eine Flasche voller Vanillemilch. Sie nahm den Teekessel zur Hand und drehte das Wasser auf. Odelia stand seitlich der Theke und beobachtete ihre Mutter, die noch immer mit starrem Blick ihre Aufgaben erledigte und nach außen hin wirkte, als wäre nichts geschehen.

Doch dann bemerkte sie es.

Während die beiden Frauen das Zimmer verlassen hatten, stand der ältere der Männer vor Odelias Bett und betrachtete eingängig den weißhaarigen Eindringling, den seine Tochter als ihren Partner vorgestellt hatte.

Isander bemerkte sofort den Blick auf sich. Deswegen sah er auf und erwiderte diesen, bevor er ebenfalls aufstand und Ernest gegenübertrat.

»Ich möchte mich nochmal richtig vorstellen. Mein Name ist Isander Fay Verlice. Ich bin einundzwanzig und lebe seit meinem siebzehnten Lebensjahr allein. Aufgewachsen bin ich in einem Waisenhaus, weil ich Albinismus habe, eine Störung der Melaninproduktion im Körper, wodurch Haut und Haare weiß sind und meine Augen durchlässiger, wodurch sie empfindlicher auf Sonne reagieren. Es ist nicht ansteckend und auch nicht gefährlich. Mein Einkommen erarbeite ich mir durch Schreiben für Zeitungen und Ähnliches.«

Isanders Stimme war fest, hatte aber, wenn man ihn gut kannte, eine Nuance an Nervosität in sich.

»Warum erzählst du mir das alles?«, wollte Odelias Vater nach einigen Sekunden des Schweigens wissen.

»Odelia ist hierhergekommen, weil sie Sie und ihre Frau in Sicherheit wissen möchte. Weil sie so außergewöhnlich stark ist, weil sie die ganzen Monate so viel gekämpft hat und Furchtbares durchleben musste, was sich vollkommen ihrer Vorstellungen entziehen wird. Und ich möchte, dass sie wissen wer ich bin, denn ich werde ihr nicht von der Seite weichen, egal was passiert. Ich liebe Odelia mit jeder Faser meines Seins und ich bin hier, weil ich sie beschützen will.«

Ernests Gesicht durchlief Regungen, die sich zwischen Staunen, Rührung und Bedauern befanden. Und etwas, was Isander zuerst nicht einordnen vermochte.

Vermutlich war es... Anerkennung.

»Große Worte.«

Er sah Isander an und atmete tief durch, bevor er weitersprach.

»Odelia war schon immer ein wenig eigensinnig. Dass sie jemanden wie dich gefunden und an ihrer Seite hat, sollte mich wohl minder überraschen. Trotzdem fühlt es sich befremdlich an, meine Tochter plötzlich so erwachsen zu sehen.« Mit einem Mal wirkte er traurig. »Ich wünschte, ich hätte ihr all das ersparen können. Aber so ist es nun mal. Deswegen möchte ich dir als ihr Vater danken, dass du für sie da warst. Sie sprach sehr aufrichtig von dir.«

Isander hielt für einen Moment die Luft an ehe er sprach.

»Ich werde auch weiterhin für sie da sein.«

Ernest nickte leicht.

»Ich kann mir vorstellen, dass es sich seltsam anfühlt. Alles ist mit einem Mal auf den Kopf gestellt, aber es gibt ein paar wichtige Dinge, die ich Sie fragen muss.«

»Worum geht es?«

Odelia sah, wie die Hände ihrer Mutter zitterten, als sie den Kessel hielt und das Wasser einfüllte. Und das Zittern wurde stärker. Auch ihr Gesicht zuckte unwillkürlich, als ihr das Wasser überschwappte und über den Rand der Spüle hinaus spritzte.

»Mama«, hauchte Odelia und trat einen Schritt auf sie zu. Das Zittern übermannte nun Magaretes gesamten Körper, so dass sie schließlich den Kessel fallen ließ und selbst zu Boden rutschte. Sie weinte.

»Mama!« Odelia kniete sich zu ihrer Mutter auf den Holzboden und berührte sie sanft mit der linken Hand an ihrer Schulter.

Ein lautes Schluchzen drang in Odelias Ohr und unruhige Hände versuchten sich vor das Gesicht zu legen, damit das Mädchen die Tränen nicht sehen konnte. Doch es half nichts. Magarete zitterte wie Espenlaub, fühlte sich ausgeliefert, erschüttert und quälte sich mit Schuld. Ihr gesamtes Leben zog an ihr vorbei und im Boden schien sich unter ihr ein riesiges Loch aufgetan zu haben. Odelias Augen füllten sich ebenfalls mit Tränen. Ihre Mutter so zu sehen war ihr fremd und es schmerzte ungemein. Doch endlich eine derartige, durchaus angemessene, Reaktion zu sehen, fühlte sich richtig an. Sie umarmte sie fest und lehnte ihren Kopf an den ihrer Mutter. Magaretes zitternde Hand griff nach ihrem Arm und hielt sie eng an sich gepresst. Odelia war hier. Und sie war am Leben.

»Odelia sprach oft davon, dass die Sekte... Gemeinde hier gewissen Regeln unterliegt und jeder davon weiß und danach lebt. Wir wurden sehr lange verfolgt und Odelia wurde angegriffen«, erzählte Isander und Ernest stockte der Atem.

»Um Himmels Willen...«

»Ich... Es war... verstörend.« Kurz atmete der Albino durch.

»Am Anfang war es ganz klar Polizei, die nach ihr gesucht hat, aber irgendwann schwang es über zu Kriminellen. Wir möchten herausfinden, inwieweit die Sekte in Behörden in der Umgegend verstrickt ist und ob wir sie nutzen können, um die Machenschaften zu zerschlagen. Intern wird es sehr schwer, dagegen anzukommen. Zumal Jude ein Mörder ist. Und offensichtlich nicht nur einmalig.«

Odelias Vater rückte seine Brille zurecht und verschränkte die Arme, als er tiefer in den Sessel sank und verzweifelt schnaufte.

Was hatte sein kleines Mädchen nur alles ertragen müssen?

»Ich dachte, Sie könnten am ehesten mehr darüber wissen. Ihre Frau wahrscheinlich weniger...«

»Hmm, ich weiß nur, dass Jude mit der Polizei zusammen gefahndet hat und dass seine Kontakte sich auf ein paar Städte im Umkreis erstrecken. Ab und zu empfängt er Besuch von außerhalb, aber das ist sehr selten. Also müsste man noch weiter entfernt Hilfe anfordern, schätze ich.«

Er überlegte angestrengt, doch spontan wollte sein Kopf nur sehr begrenzt arbeiten. Zu heftig waren die ganzen Eindrücke und Informationen, die sein gesamtes Leben in Frage stellten.

»Okay, das ist schon mal gut zu wissen. Dann wäre das auf jeden Fall sicherer.«

Isanders Verstand wollte gerade ausholen und über mögliche, weitere Vorgehensweisen nachdenken, doch Ernest unterbrach ihn.

»Du sagtest, dass ich vermutlich mehr darüber wissen könnte...Allerdings ist Magarete sehr gut mit Dinah, Judes Frau, befreundet. Sie treffen sich fast täglich zum Tee und insbesondere an Spieleabenden ist Dinah sehr geschwätzig.«

»Ohh... das ist ja interessant.«

32

Die beiden Frauen waren nach geraumer Zeit mit zwei gefüllten Tabletts in Odelias ehemaliges Zimmer zurückgekehrt. Magarete hatte eine ganze Weile gebraucht, um sich wieder zu fassen, und Odelia hatte ihr die Zeit gelassen, die sie benötigte. Sie hatten wenig gesprochen, denn es gab bereits zu viele Worte, die gefallen waren und angenommen werden mussten, als dass es weiterer bedurfte.

Odelias Mutter war sichtbar kraftlos und erschöpft, die geröteten Augen versuchte sie vor ihrem Mann zu verstecken, doch dieser sah sie besorgt an. Darauf folgte eine Geste, die Odelia von ihren Eltern nicht kannte. Ernest trat auf Magarete zu und zog sie in seinen Arm. Er hielt sie fest, schützend gar, wenngleich er den Anschein erweckte, als ob er selbst noch nicht richtig zuließ, dass auch ihn das alles aufs tiefste erschütterte.

Odelia atmete tief ein und spürte eine Art Erleichterung darüber, die beiden so zu sehen. Wie von selbst trat sie auf Isander zu, nachdem sie das Tablett abgestellt hatte, und streckte die Hand nach ihm aus. Dieser ergriff sie ohne zu zögern und sah ihr in die türkisen Augen.

»Alles okay?«, fragte er kaum hörbar und strich ihr sachte über die Wange. Sie nickte leicht und musterte den Weißhaarigen. Unsicherheit machte sich in ihr breit, denn sie hatte nicht bedacht, was ihr Vater ihm vielleicht gesagt haben könnte. Ob er noch mehr unangenehme, diskriminierende Äußerungen hatte ertragen müssen.

»Geht es dir gut?«, wollte sie also wissen.

Auch er nickte. »War ein gutes Gespräch.«

Beruhigt atmete sie aus. Bevor sie sich an ihn lehnen konnte, lösten ihre Eltern ihre Umarmung und Ernest sah seine Tochter an. Für den Bruchteil einer Sekunde fühlte sie sich ertappt. Innerlich ließ sie ihre eigene Reaktion schmunzeln.

»Dein Freund hat mich gefragt, ob ich mehr Wissen über Judes Verknüpfungen zu Behörden oder Ähnlichem besitze. Ich erwiderte, dass Magarete mit Dinah wahrscheinlich mehr über solche Dinge spricht als ich. Nicht wahr?« Mit dem letzten Satz wandte er sich an seine Frau, welche ihn überrascht und noch etwas bewegt anschaute.

Mein Freund, dachte Odelia. Ihr Herz klopfte freudig lauter bei dem Gedanken, dass ihr Vater Isander wohl auf seine Art akzeptiert hatte, obwohl das gerade gar keine Rolle spielen sollte. Dann besann sie sich und legte den Fokus auf die eigentliche Information. Natürlich, wieso war sie nicht darauf gekommen?

»Mama, weißt du etwas darüber?«, hakte sie nach und wandte sich an ihre Mutter.

Diese versuchte offensichtlich, einen klaren Gedanken zu fassen, und seufzte dann angestrengt.

Während sie sich auf dem Sessel niederließ, begann sie zu sprechen.

»Dinah erzählte, dass Jude einige Polizisten in der Umgebung geschmiert habe, damit sie besonders intensiv nach dir suchen und ja nicht aufgeben. Vermisstenfälle werden wohl oft ein wenig stiefmütterlich behandelt. Ich habe es zu dem Zeitpunkt natürlich sehr begrüßt...« Magarete starrte ins Leere.

»Mama... Du hast es gut gemeint. Das ist nun Vergangenheit.«

»Odelia, du wurdest von einem... einem Mörder gesucht. Das ist keine Vergangenheit. Du bist hier. Wir sind alle hier. Was ist, wenn er herausfindet, dass du hier bist? Was, wenn er dich... uns...« Die Panik wurde immer deutlicher, Worte überschlugen sich.

Odelia hockte sich zügig vor ihre Mutter. Sachte berührte sie ihre Knie mit ihren Händen.

»Schhh... es ist okay. Ich bin hier. Und ich bin am Leben. Wir sind hier, damit euch nichts passiert. Damit wir von hier fortkommen und andere davor schützen können, in seine Fänge zu geraten, und er weggesperrt wird.«

Die grauen Augen trafen auf Türkis. Wann war Odelia so erwachsen geworden? So stark? Sie war doch ihre Mutter. Es wäre ihre Aufgabe, sie zu beschützen, und nicht andersherum, dachte Magarete.

In dem Moment ereilte sie ein Geistesblitz, welcher sie erschrocken aufatmen ließ. Verwirrt sahen die drei zu ihr.

»In drei Tagen ist eine neue Reinigung angesetzt.«

Odelia wurde übel und jegliche Farbe wich aus ihrem Gesicht.

Isander reagierte zügig und stürzte vor, um Odelia ein Stück von ihrer Mutter wegzuziehen. Diese sah den Albino entsetzt und verwirrt an, doch Odelia war dankbar, erinnerte sich daran, ihre Hände zu schließen, und hielt diese fest an ihren Körper gepresst.

Es war nicht so, dass sie noch leichtfertig die Kontrolle verlor, aber hier war sie keiner normalen Situation ausgesetzt. Hier hatte alles begonnen.

Vielleicht würde hier alles enden.

Isander hockte neben Odelia und hielt sie vorsichtig um die Taille.

»Was...?«

Magarete verstand nicht, weswegen der ihr noch immer suspekte Mann ihre Tochter von ihr fortzog. Aber Odelia lehnte sich mit dem Rücken an ihn und schloss für einen Moment die Augen und versuchte, langsam ihre Balance wiederzufinden. Ihre Finger kribbelten, beidseitig, und das beunruhigte sie. Doch Isander war da. Sie war sicher. Bei ihm.

»Danke«, wisperte sie.

Ernest beobachtete das Schauspiel aufmerksam und richtete den Blick anschließend auf Magarete. Er konnte sehen, wie überfordert sie mit all dem war, und auch wenn er sich ebenso hilflos fühlte, funktionierte seine Wahrnehmung aktuell deutlich schärfer als Magaretes.

Der Ältere räusperte sich und trat auf seine Frau zu.

»Ich denke, du solltest dich ein wenig ausruhen.«

»Ausruhen!?« sowohl ihr Ton als auch ihr Blick waren entsetzt. »Du glaubst doch nicht, dass ich hier aus dem Zimmer verschwinde und meine Tochter mit diesem —«

»Magarete!« Ernest erhob die Stimme und Angesprochene zuckte, ebenso wie Odelia und Isander.

»Der junge Mann hat gerade deiner Tochter geholfen. Er hat ihr die gesamte Zeit zur Seite gestanden, als wir nichts weiter getan haben, als hier zu warten und zu beten, dass dieses Monstrum von Mensch sie findet.« Ernest zitterte und sein Atem wurde flach. »Was ist mit deinen Händen, Odelia?«

Odelia starrte ihren Vater mit großen Augen an und machte den Anschein, als würde sie panisch werden. Isander drückte sie fester.

»Alles okay... alles okay«, beruhigte er sie, Odelia wusste nicht, was sie tun oder sagen sollte. Wie viel Wahrheit würden die beiden noch ertragen? Wie viel von einer Wahrheit, die noch mehr ihrem zurecht-manipulierten, jahrelang verfolgten Weltbild widersprach?

»Ich... habe... Fähigkeiten«, stammelte sie schließlich.

»Das warst du gerade, nicht wahr?« Ihr Vater deutete auf einen Fleck, kaum größer als ein Reiskorn, welcher aussah wie verrottete Pflanzenfaser, auf dem Kleid ihrer Mutter.

»Mama!? Bist du verletzt!?« Odelia hastete zu ihrer Mutter und Magarete wusste nicht, ob sie panisch lachen oder weinen sollte. Sie wusste überhaupt gar nichts mehr. Apathisch schüttelte sie den Kopf.

Odelia vibrierte innerlich und versuchte, sich im Zaum zu halten. Kontrolliert atmete sie ein und aus und besann sich darauf, dass ihre Mutter unversehrt war.

»Ich... ich kann Leben geben... oder nehmen«, sagte sie und schaute auf ihre Hände.

»Das ist unmöglich.« Ernest sah seine Tochter an und Magarete ebenfalls. Die Ältere war angespannt.

»Weißt du noch, der Mann mit den Silberhaaren? Er wusste es. Er hat gesagt, sie trägt volles Leben mit sich.«

»Der Hexer? Der war schuld, dass sie fast gestorben ist.«

»Ernest...«

»*Der Hexer?*« Isanders Stimme schien die Luft zu durchschneiden wie die Schwingen seiner Flügel.

Magarete sah ihm das erste mal bewusst ins Gesicht.

»Wir hatten damals einen jungen Mann hier nächtigen lassen für ein-zwei Wochen, weil seine Begleitung einen Zwischenfall hatte. Damals war ich hochschwanger und hatte oft Probleme, starke Schmerzen. Es war nicht klar, ob mit Odelia alles in Ordnung war, und er sagte, er hätte Heilfähigkeiten. Ich dachte, das ist natürlich nur ein Hirngespinst, aber als er die Hände aufgelegt hat, bemerkte ich ein wässriges, kühlendes Gefühl. Er meinte, sie hat auf die Fähigkeit reagiert. Ein wenig klang es, als ob er sagen wollte, sie könnte das auch.«

»Er hatte recht«, bestätigte Isander.

Ernest rückte die Brille zurecht, nicht sicher, ob er versuchte, gegen die Vorstellung anzukämpfen, dass das alles real war, oder ob es die Verzweiflung darüber war, dass sich nur noch eigenartigere Dinge häuften und es alles ausgerechnet seine Tochter treffen musste.

»Wie bereits erwähnt, musste sich Odelia auf der Flucht einigen Grausamkeiten stellen, darunter auch ihren eigenen Fähigkeiten, die ihr sehr viel abverlangt haben. Magie existiert, so viel mehr, als Sie sich vorstellen können. Auch wenn ich weiß, dass es gerade sehr viele Informationen sind und Sie beide sicher viele offene Fragen haben, möchte ich gern daran erinnern, dass wir klären sollten, wie wir vorgehen, um sowohl die Reinigung verhindern zu können, als auch Jude aus seinem Machtmonopol zu holen. Eine Sekte zu zerschlagen ist kein leichtes Unterfangen.« Isander strich, während er sprach, über Odelias Rücken, fühlte, wie nervös sie und wie unruhig alle in dem Raum geworden waren.

»Richtig«, stimmte Ernest dem Freund seiner Tochter zu. Sekte. Was für ein abstruses Wort. Er entschied sich, das Ganze vorerst einfach hinzunehmen. Wenn seine Familie sicher war, würde es gewiss genügend Zeit und Ruhe geben, um über all diese Details zu sprechen.

33

»Pass auf dich auf, ja? Sei vorsichtig und versteck dich, falls nötig.« Odelias Blick ruhte auf Isander, welcher auf dem Fensterbrett hockte und sich am Rahmen festhielt.

»Mach ich. Ich beeil' mich, also bitte warte hier auf mich«, hauchte er und lehnte sich sachte nach vorn. Die blonde, junge Frau strich sanft über das Gesicht ihres Liebsten, bevor sie sich ihm ebenfalls entgegenlehnte, um ihn zu küssen. Ihre Lippen trafen aufeinander und für einen Augenblick schien alles um sie herum friedlich.

»Ich liebe dich.« Isanders Stimme war dunkel und ein wenig rau. Odelia spürte, wie ihr Herz weich wurde. Sie lächelte.

»Ich liebe dich«, erwiderte sie.

»Hat bisschen was von Romeo und Julia, wenn ich hier so auf deinem Fenstersims hocke.«

»Das würde romantisch sein, wenn das Ende nicht so unschön wäre.«

»Jaaaa, auch wieder wahr. Nein, nein, das können wir besser.«

»Unbedingt.«

Nach einem weiteren, kurzen Kuss bewegte er sich aus dem Fenster, hinüber zum Baum und ließ sich von einem der dicken Äste in die Tiefe fallen. Weiße Federn tauchten auf und Odelia sah schemenhaft, wie Isander davonflog. Sie hoffte inständig, dass alles reibungslos verlief. Am liebsten wäre sie selbst gegangen.

Am Abend zuvor hatten sie mit ihren Eltern besprochen, wie der nächste Tag ablaufen würde. Ihre Mutter wusste sehr viele Details darüber, wann sich Jude wo befinden würde, und konnte Auskunft darüber geben, wie dessen Büro gelegen war und wo Dinah die Schlüssel vor ihren Kindern versteckte. Denn Dinah, so offenbarte Magarete, wurde gesprächiger, wenn ihre Limonade am Abend oder der Nachmittagstee ein wenig Alkohol enthielt, welcher in der Gemeinde sonst verpönt war. Ein kleines Geheimnis unter Frauen, scherzte diese dann immer. Doch Magarete war nun bewusst, dass es vielleicht eine Art Ausflucht darstellte, um diesen Mann überhaupt zu ertragen. Sie fragte sich, ob Dinah alles wusste oder ob sie gehen würde, wenn sie es täte. Oder ob sie ihm so hörig war, dass sie, wie alle anderen, einen Messias in ihm sah.

Ernest würde für den Schein vorerst zur Arbeit gehen, sich dann aber wegen Migräne vorher ausstempeln und zu Hause bleiben. Er blieb sonst nie daheim, wenn es nicht sein musste. Wurde eher nach Hause geschickt, als freiwillig fernzubleiben. Es war also unauffälliger auf diese Art. Magarete würde ihren Pflichten im Gemeindehaus nachkommen, der Mittagsmesse beiwohnen und dort Dinah und ihre Familie beschäftigt halten, während Isander im Obergeschoss in das Büro einbrach. Zuvor würde Magarete versuchen, unbemerkt das Fenster im Büro zu öffnen, damit Isander einsteigen konnte, auch wenn sie nicht ganz verstand, wie der Albino in dieser Höhe da reinkommen wollte. Falls sie es nicht nach oben schaffte, würde er eine andere Möglichkeit finden, sagte er.

Zu Odelias Missfallen konnte diese vorerst nicht viel tun, außer dort bleiben wo sie war, bis Isander zurückkehrte.

Soweit der Plan.

Nun hieß es abwarten.

Der rosa-weißliche Schnabel kratzte vorsichtig und fokussiert am Verschluss des dunklen Fensterrahmens, gute fünf Meter über dem Boden. Ein auffallendes Klacken ertönte und ließ den weißen Raben wissen, dass er nun in den Raum gelangen konnte. Langsam schob er den Schnabel zwischen Pfosten und den Fensterflügel, so dass sich letzterer schließlich einen Spalt nach innen öffnete. Isander warf einen Blick nach unten, um sicher zu gehen, dass ihn niemand gesehen hatte, ehe er in den Raum einstieg. Innen verblieb er für einen Moment auf dem Fensterbrett und sah sich aufmerksam um. Alles war still und auch außerhalb des Raumes waren keine Geräusche zu hören. Seine Bewegungen waren bedacht und so flog er gleitend zum Schreibtisch. Dort schwang er einmal kräftig seine Flügel, ehe ein Windstoß um ihn herum entstand, die weißen Federn sich an seinem Körper zu Stoff transformierten und er schließlich in seiner vollen, menschlichen Körpergröße im Büro stand.

Isander nahm einen tiefen Atemzug, ließ seinen Blick über den Schreibtisch und zur Seite gleiten, wo eine Art Aktenschrank stand. Er ging leise darauf zu und betätigte den Griff, fand die Tür aber verschlossen vor, wie er bereits vermutet hatte. Aus dem Augenwinkel fiel ihm etwas Silberglänzendes unterhalb der Schreibtischplatte auf, was sich als Schlüssel entpuppte. Allerdings für die obere Schublade des Tisches, statt den Aktenschrank.

Vorsichtig öffnete er den Verschluss und warf einen Blick in die Schublade, wo er neben zahlreichen Schriftstücken einige Amulette fand, die ihm sehr bekannt vorkamen. Sie wirkten stumpf im Gegensatz zu dem, welches Odelia besaß. Nur das eine, in der Nähe seiner Hand, begann zu glimmern. Für einen Augenblick sah er gebannt auf das Amulett, schüttelte dann aber den Kopf und wandte sich seinem eigentlichen Vorhaben zu.

Er zog den Stapel mit Papieren hervor und ließ seine Finger zwischen die Seiten huschen, blätterte und versuchte, schnell einen Blick darauf zu erhaschen, worum es bei den Aufzeichnungen ging.

Einige davon waren voller Kalkulationen und sah für Isander nach typischen administrativen Unterlagen aus. Doch fand er in dem gesamten Papierstapel ein paar Nummern. Und E-Mail-Adressen.

E-Mail-Adressen?, wunderte sich Isander. Sie hatten doch keine Berührungspunkte mit Technik. Er stutzte und sah sich im Büro um. Jude musste einen Computer besitzen, soviel stand nun fest. Denn die Adressen und Seiten, die dort vermerkt waren, waren teilweise aus einem E-Mail-Provider ausgedruckt worden.

Isander griff weiter hinter in der Schublade und fand letztendlich den Schlüssel zum Aktenschrank.

Er spannte den Kiefer an, als er vermeintlich ein Geräusch hörte. Kurz hielt er inne, während sein Herzschlag deutlich in ihm widerhallte.

Nichts.

Nach einem Moment der Stille kehrte der Albino zu seinen vorherigen Tätigkeiten zurück und öffnete den Aktenschrank, leise und bedacht. Auf den ersten Blick sah man lediglich Ordner und Dokumentablagen. Doch es gab eine weitere, breite Schublade, die er aufzog und worin er schlussendlich den Laptop fand, mit dem er gerechnet hatte. Er holte ihn hervor und packte ihn auf den Schreibtisch. Während er wartete, bis das etwas veraltete Gerät hochgefahren war, widmete er sich erneut den Unterlagen. Er notierte sich zügig auf einem kleinen Zettel all die Städte und Namen der Ansprechpartner, um diese später nochmal aufzulisten und als Hilfe auszuschließen. Es waren meistens dieselben, aber eine gute Handvoll zu viele für Isanders Geschmack.

Der Monitor leuchtete auf.
Passwortgeschützt.
Natürlich.

Ein leichtes Seufzen kam über die vollen Lippen. Seine Gedanken kreisten. Was könnte dieser Mann als Passwort nutzen?
Isander war so frei und schloss die Namen von Judes Frau und Kindern kategorisch aus. Sein erster Versuch war Judes eigener Name. Falsches Passwort.
Schöpfer war der zweite. Falsches Passwort.
Isander atmete tief durch.
Fünf Zeichen.
Dann sah er sich nochmals im Raum um. Vielleicht gab es einen Hinweis. Der Name Dinah hatte fünf Zeichen, aber er konnte sich nicht vorstellen, dass dieser Psychopath seine Frau als Passwort nutzte. Er wirkte wie ein Mensch, der andere stets als Mittel zum Zweck betrachtete.
Sein Blick schweifte über die Schränke und Bücher und blieb dann an dem Bild genau gegenüber des Schreibtisches hängen. Es war eine Nachthimmel-Aufnahme, nicht sehr groß. Aber die Konstellation der Sterne darauf kam Isander sehr bekannt vor. Fünf Zeichen.

»Orion.«

Der Ladescreen erschien und kurz darauf das Desktop-Menü. Isander war erleichtert, auch wenn er sich kurz fragte, warum es ausgerechnet ein Sternbild war.

Schnell öffnete er das Mail-Programm und scrollte über die letzten Mails. Ein beklemmendes Gefühl überkam ihn, als er einen Verlauf fand, in dem Jude mit einer Person über Janet sprach und auch über Odelia. Die Mail war sehr indiskret formuliert und es gab keine Interpretationsspielräume mehr.

Jude wollte sie umbringen lassen. Alle beide.

Isander zog scharf die Luft ein und spannte den Kiefer so fest an, dass seine Muskulatur und seine Adern sichtbar hervortraten. Für einen Moment verharrte sein Blick auf den Sätzen, bevor er sich endlich fing und weiter durch die Mails scrollte. Es war nicht so, dass es ihn wirklich überraschte, denn die Erlebnisse sprachen Bände. Doch es fühlte sich seltsam übermannend an, es schwarz auf weiß zu lesen.

Plötzlich vernahm er ein leises Geräusch und hielt inne.

Nichts.

Bis er einen heftigen Schlag auf seinem Hinterkopf spürte. Seine Sicht verschwamm und er taumelte ein Stück, hielt sich an der Tischkante fest, um nicht zu Boden zu gehen. Wie durch einen Schleier erkannte er aus dem Augenwinkel die Silhouette einer jungen Frau, nur ein Stück kleiner als er selbst. Sein Schädel brummte und der pulsierende Schmerz breitete sich aus.

Er musste hier raus — schnell.

Also verwandelte er sich direkt vor ihren Augen, was sie erstarren ließ. Er flog Richtung Fenster. Alles wirkte wie in einem

Strudel. Schwankend gelangte er zum Fenstersims und flog hinaus. Ohne dass es ihm bewusst war, färbte sich sein weißes Gefieder stellenweise rot und seine Sicht kreiste und zerfloss. So sehr, dass er schließlich in die Tiefe stürzte.

»Odelia…«, hauchte es, tief, eisig und nachhallend. Angesprochene schreckte sofort auf und schaute sich um. Ein kalter Schauer breitete sich über ihren Körper aus und ihr Herz raste. Irgendwas stimmte nicht.

Sie eilte aus ihrem Zimmer hinaus in den Flur, wo ihr Vater am Klavier saß und sie überrascht ansah.

»Kind, warum bist du so aufgelöst?«, fragte er, als sie sich ihm mit weit geöffneten Augen und angestrengter Miene näherte.

»Isander ist etwas passiert, ich weiß, dass da irgendwas nicht stimmt.«

»W…woher willst du das wissen?«

»Ich habe eine mir sehr bekannte Stimme gehört und diese warnte mich stets, wenn etwas Furchtbares bevorstand. Ich habe sie vor allen… grauenhaften Erfahrungen gehört. Und ich… ich fühle, dass es sich um Isander handelt. Ich muss ihm helfen gehen.«

»Du kannst nicht einfach da rüberspazieren!«

»Aber ich muss!«

Ernest versuchte, einen klaren Gedanken zu fassen, um seine Tochter von ihrem Selbstmordkommando abzuhalten. Doch Odelia wirkte fest entschlossen. Er würde sie nicht umstimmen können. Also blieb ihm nur eins übrig.

»Ich helfe dir. Lass mich zuerst nachsehen und wenn nötig ablenken, damit du ihn suchen kannst. Aber ich muss dich sicher wissen. Ich kann nicht riskieren, dich in Gefahr zu bringen.«

»Papa… du brauchst keine Angst zu haben, mir passiert nichts. Aber ich kann nicht zulassen, dass Isander…«

Odelia bemühte sich mit aller Kraft, nicht die Nerven zu verlieren, und schluckte die Tränen hinunter, die gerade aus ihr hervorbrechen wollten.

»Dann lass uns los.«

34

Ein pulsierender, betäubender Schmerz zog sich vom Hinterkopf über den Hals und in Richtung Gesicht. Wie ein Schleier aus ineinander übergehenden Farben tanzte es vor seinen Augen, als Isander schwerfällig blinzelte. Seine Sicht wollte sich lang nicht klären und als sie es schließlich tat, entdeckte er vor seinem Schnabel Stäbe aus Metall. Es war mäßig warm und dunkel in der Umgebung und roch nach feuchten Steinen. Das Gewölbe kam ihm bekannt vor. Zu bekannt.

Sein verletzter Kopf erschwerte seine, sonst so schnelle, Auffassungsgabe, weswegen er sich noch einige Minuten verwirrt umsah. Doch die Realisierung traf ihn hart.

Sie hatten ihn in einem Käfig gefangen genommen und im Kellergewölbe untergebracht. Dort, wo alles für Odelia begonnen hatte. Damals wusste er, dass etwas Schreckliches auf sie warten würde, doch das Ausmaß und der Anblick hatten sie beide zutiefst verstört. Auch er sah Teile des Geschehenen immer wieder vor sich.

Nun hoffte er inständig, dass sie ihn hier nicht suchen würde, denn es war eindeutig eine Falle. Auf keinen Fall wollte er Schuld daran tragen, dass ihr etwas geschah. Allein den Gedanken konnte er nicht ertragen.

Angst zog sich durch sein Mark wie eine kalte Schwingung, die in ihm Panik hervorrief.

Sein Herz raste und der Schwindel wurde stärker, so dass er zur Seite taumelte und im engen Käfig zu Boden ging. Der Atem wurde hektisch. Er war einen Moment abgelenkt gewesen. Davor hatte er so penibel auf alles Acht gegeben. Es fühlte sich lächerlich an, dass er von einer Information, die er bereits kannte, so aus der Bahn geworfen wurde. Hätte er nur besser aufgepasst.

»Bitte hilf mir, irgendjemand...«, sprach Odelia zittrig vor sich hin, immer und immer wieder. Dass sie sich wehren konnte, stand vollkommen außer Frage, aber sie wollte eigentlich darauf verzichten, ihre Fähigkeiten, die sie so mühselig zu kontrollieren gelernt hatte, in irgendeiner Form zum Einsatz zu bringen.

Ihr Vater hatte Jude und Mirijam, Judes älteste Tochter, bei einer Unterhaltung unterbrochen, die diese sehr intensiv im Garten zu führen schienen, und sie damit ins Innere des Hauses zurückgelockt, in dem er auf ihre Gesellschaft zur Heilung seiner Migräne bestand.

Odelia war ihm mit einigem Abstand zum Hinterhof gefolgt und hatte sich im Gebüsch versteckt, bis die Luft rein schien. Sie ballte die Hände zu Fäusten und bemerkte die unangenehme Aura, die sie zunehmend umgab, je näher sie dem Haus kam. Es ragte so massiv und bedrohlich hervor. Das Anwesen wirkte einschüchternd, wuchtig und seelenlos. Ihr wurde mulmig zumute und ein Anflug von Zittern durchzog ihren Körper. Sie ahnte bereits, dass Isander genau dort war, wo sie keinesfalls hinwollte.

Die Kälte, die sie mit einem Mal einhüllte, und ein seichtes Wispern von Sophies Stimme bestätigten ihre Vermutung.

Was für ein barbarischer Moment der Vollendung.

Bitte lass ihn unversehrt sein, wiederholte Odelia wie ein Mantra in ihrem Kopf.

Bevor sie völlig aus dem Dickicht trat, sah sie sich nochmals aufmerksam um, um sicherzugehen, dass sich auch wirklich niemand in der Nähe befand. Zügig huschte sie hinüber zur Treppe.

Ihr Atem ging flach und ihre Beine zitterten, als würden sie sie davon abhalten wollen, diese Stufen noch einmal zu benutzen. Eine immense Übelkeit erfüllte sie, so dass sie kurz nach dem Geländer greifen musste, um davon nicht völlig eingenommen zu werden.

Du musst dich zusammenreißen, nur du kannst ihn jetzt retten. Sie redete sich zu und erinnerte sich daran, weswegen sie dort war. Dass sie alles für Isander tun würde, war unumstößlich. Sie überwand sich endlich und lief schnellen, aber möglichst leisen Schrittes die Steintreppe hinunter und drückte sachte gegen die hölzerne Tür. Sie war offen. Natürlich war sie offen.

Das war eindeutig viel zu leicht.

Odelia konnte ihre Magensäure bereits schmecken, doch zwang sie sich, die Übelkeit, so gut sie konnte, zu übergehen. Sie lief direkt in eine Falle, das war ihr bewusst und doch konnte sie es nicht unversucht lassen.

Isander hörte ein leichtes Kratzen der Kellertür über den Steinboden. Er blinzelte mühsam und sah wankend zu der Seite, aus der das Geräusch kam. Eine der Säulen war im Weg, versperrte ihm den Blick. Der Käfig stand nicht in direkter Sicht zur Tür, sondern um die Ecke, entgegengesetzt der Richtung des Ritualbads. Weit genug weg von der Tür, um jemanden in den Raum zu locken.

Leise, bedachte Schritte näherten sich. Isanders Herz raste. *Nein*, dachte er.

Sie war hier.

Er krächzte und schlug mit den Flügeln. »Geh weg, flieh, Odelia!«

Doch sie konnte nicht verstehen, was er sagte.

Odelia hörte einen sehr bekannten, wenn auch sehr aufgewühlten Klang und eilte näher. Endlich sah sie einen Käfig und darin den weißen Vogel.

»Isander...«, wimmerte sie aufgewühlt und stürmte zu ihm.»Himmel, du blutest...«

Mit zitternder Hand versuchte sie, die Tür zu öffnen, während Isander aufgeregt auf und nieder hüpfte und sie ankrächzte.

»Schhht, du bist verletzt, halt still. Ich hole dich hier raus.«

Er krächzte erneut. Panisch. Sie sah sich um, doch es war niemand zu sehen.

»Ich bin jetzt einmal hier«, ergänzte sie, wusste, dass Isander sie warnen wollte, an diesem Ort nicht zu verweilen.

Doch sie würde ihn nicht zurücklassen. Niemals.

Die Tür des Käfigs bewegte sich nicht und auch das Schloss schien fest verriegelt. In der Nähe befand sich offenbar kein passender Schlüssel, also blieb Odelia nur eins übrig, obwohl sie sich nicht sicher war, ob es funktionieren würde.

»Rück so nah du kannst hinten an die Stangen, ja?«
Ihr Flüstern war eindringlich und er tat wie gewünscht.

Sie legte die Finger der rechten Hand an den Verschluss. Tief atmete sie ein und aus und ließ die Kälte durch ihre Finger rinnen. Langsam begann sich das Schwarz des Metalls in einen Kupferton zu wandeln. Das Material wurde spröde und einzelne Schichten der Legierung lösten sich voneinander. Rost breitete sich aus und Odelia fühlte eine Art Vibration durch ihren Arm ziehen. Der Geschmack von Metall lag in ihrem Mund. Sie ließ ab.

Angestrengt biss sie sich auf die Unterlippe, als sie kräftig an der Stange zog und das Schloss lockerte. Erst bog es sich lediglich, doch nach dem dritten Mal Ziehen brach es mit einem Ruck heraus und Odelia konnte, nachdem sie kurz ein-zwei Schritte nach hinten gestolpert war, die Tür des Käfigs öffnen.

Erleichtert atmete sie aus.

Isander wankte aus dem Käfig und flog auf ihren Arm. Ganz offensichtlich hatte er nicht genug Kraft, um weit zu fliegen oder sich zurückzuverwandeln. So oder so war es auf die Art einfacher, ihn aus dem Keller zu bekommen.

»Er kommt...«
Das Hauchen des toten Mädchens war widersprüchlich laut. Isander hatte es ebenfalls gehört und sah Odelia an, welche jegliche Farbe aus dem Gesicht verlor und wie in Trance ins Leere starrte.

Der weiße Rabe pickte sie vorsichtig mit dem Schnabel, so dass sie wieder zu Bewusstsein fand.

Sie musste Isander in Sicherheit bringen, dachte sie und schaute ihn an. Das nur teilweise angetrocknete Blut klebte in den Federn und auch sonst sah er sehr mitgenommen aus. Odelia er-

kannte, dass nicht genug Zeit war, um es ohne jeden Zweifel raus-
zuschaffen, ohne Jude zu begegnen. Also musste sie dafür sorgen,
dass Isander nicht mehr so beeinträchtigt war und zur Not fliehen
konnte, was in seinem derzeitigen Zustand auf keinen Fall möglich war.

Sie streckte ihre linke Hand aus und spürte, wie das Gefühl
von reinigendem, fließendem Wasser durch ihre Adern strömte.
Vorsichtig legte sie die Hand auf seinen gefiederten Kopf. Es war
kühl und weich. Sogleich wurde das pulsierende, schmerzend-zie-
hende Gefühl in Isanders Schädel Sekunde für Sekunde dumpfer.
Ein leichtes Leuchten in zartem Hellblau-Weiß entstand unter
Odelias Fingern. Sie atmete tief durch und die Wunde an seinem
Hinterkopf schien sich zu schließen.

Dann ließ sie ab.

Schritte waren zu hören.

35

»Ich wusste, dass du hier bist.«
Die Stimme jagte einen heftigen Schauer über und durch Odelias gesamten Körper. Die dunklen Haare waren aus dem Gesicht gegelt und der perfekt gestutzte Schnauzer unterstrich den selbstgefälligen Ausdruck nur noch mehr.

Ein Klacken durchbrach die entstandene, unbehagliche Stille. Jemand hatte von außen die Tür verriegelt.

Odelias Herz raste und die Übelkeit wollte sie übermannen. Alles schien sich augenblicklich zu drehen. Sie schluckte kräftig und ballte die Fäuste.

»Odelia, Odelia. Ich hätte dich für schlauer gehalten, so lang wie du es geschafft hast, durch meine Finger zu rinnen und zudem Janet auf deine Seite zu ziehen. Jetzt stehst du hier, mit deinem abartigen Vögelchen auf dem Arm.«

Jude klang unangebracht amüsiert über die Szenerie und zog eine Schmolllippe. Odelia stutzte und bemerkte, wie eigenartig seine Aura geworden war. Er wirkte sehr verändert. Nicht nur die Tatsache, dass er seinen Wahnsinn direkt zur Schau stellte. Seine gesamte Energie ähnelte nicht mehr dem, was Odelia von ihm in Erinnerung hatte. Angespannt biss sie sich auf die Innenseite ihrer Wange. Blut rauschte in ihren Ohren.

»Ich hätte ihn auch direkt umgebracht, aber ich dachte, es wäre viel... unterhaltsamer, wenn du dabei wärst. Du kennst dich mit dem Anblick ja schon gut aus, nicht wahr, Odelia?«
Jude lachte. Es war widerlich. Nahezu betäubend klingelte es in ihren Ohren. Sie schüttelte sich angewidert und begann sichtlich zu zittern.
Vor Ekel. Vor Wut.

Er trat einen Schritt auf sie zu.
»Nichts zu sagen? Wie schade... Ich hätte gern nochmal mit dir über Sophie gesprochen.«
Odelia biss die Zähne zusammen und zischte.
»Wag es nicht, ihren Namen nochmals zu beschmutzen!«
»Na, na, na, so reden wir hier nicht miteinander. Hab ich dich nicht besser gelehrt?« Das klang eher nach seinem eigentlichen Selbst. Aber nur kurz.
»Du hast nie wirklich irgendeinen Einfluss auf mich gehabt. Ich habe hier nie dazugehört. Das wusste jeder. Und ganz bestimmt du.«
»Vielleicht haben deine Eltern auch einfach nur versagt. Wie schade, ich mochte sie eigentlich...«
Er sprach diese Dinge, als läge etwas über seiner Stimme. Odelia konnte sich nicht erklären, was es war, aber es klang nicht nach der Art, wie er sonst gesprochen hatte. Sie nahm an, es lag

daran, dass er nun sein wahres Gesicht zeigte. Dann bemerkte sie das Amulett. Es glimmerte. Dadurch fiel es ihr wie Schuppen von den Augen. Bei anderen aus der Gemeinde war es nie aktiv gewesen, so wie bei ihr, Isander und den Magiern. Hieß das...?

»Lass uns gehen und ich lasse dich unversehrt«, warf sie in den Raum.

Jude hob das Kinn und die Augenbraue, als könnte er nicht glauben, was er da Abstruses hörte. Ein amüsiertes Schnauben entwich dem älteren Mann.

Isanders Flügel schlugen plötzlich kräftig, während er auf Odelias Schulter saß. Er war angriffsbereit, entschied sich, dass er vorerst in Rabengestalt nützlicher wäre. Er wusste so gut wie Odelia, dass sie hier nicht kampflos rauskommen würden.

Judes Blick verfinsterte sich mit einem Mal zutiefst.

»Du bist so gut wie tot, Odelia. Du und dein abnormales Wesen. Oh, du hast ja keine Ahnung, wie viel Macht mir das verleihen wird. Ich habe nur darauf gewartet, dass du in meine Hände gelangst.« Sein Grinsen wurde immer breiter, so dass sie nahezu alle Zähne sehen konnte.

Odelias Herz hämmerte heftig gegen ihre Brust und ihre Fäuste waren so fest geballt, dass zu schmerzen begann.

Bevor sie darüber nachdenken konnte, ob sie doch irgendwie an ihm vorbeigelangen würde, schnellte er auf sie zu.

Mit einem kräftigen Stoß beförderte er Odelia Richtung Wand. Odelia hatte zwar mit einem Angriff gerechnet, aber die Wucht überraschte sie. Sie stolperte ein paar Schritte zurück. Der weiße Rabe flog hinauf und auf Jude zu, um Odelia zu verteidigen. Mit den Krallen kratzte er über die Haut des Arms und die schnellen Flügelschläge irritierten Jude zumindest für einen Augenblick, so dass Odelia an Gleichgewicht gewann. Der Sektenführer schlug wild um sich und traf dabei den Raben, der ein wenig zur Seite geworfen wurde. Durch den gewonnenen Freiraum konnte Jude Odelia greifen, die sich aus seinen Fängen zu winden versuchte. Ihr Herz raste. Er hatte unglaublich viel Kraft. Isander griff erneut an und schnappte mit dem Schnabel nach Judes Ohr. »Drecksvieh!«, ächzte er schmerzerfüllt.

Blut lief seinen Hals hinab. Odelia griff Judes Arm mit der rechten Hand und spürte das innere Beben. Angst hallte laut in ihr wider. Vor allem Angst vor sich selbst.

Eine große Hand schnellte vor und packte sie am Hals. Sie keuchte erstickt. Isander flog auf Judes Gesicht zu und hackte aggressiv auf ihn ein, hinterließ große, blutende Kerben. Schwungvoll stieß Jude ihn von sich, so dass Isander gegen eine der Säulen knallte.

»Nein!«, keuchte Odelia und ergriff Judes Arm noch fester.

Seine Augen waren weit aufgerissen und blutunterlaufen. Dicke Schlieren und tiefe Wunden ließen sein Gesicht noch bedrohlicher wirken. Rot tropfte es von seinen Wangen und das Kinn hinab.

Sein Daumen presste sich unterhalb ihren Kehlkopfes in die Haut. Sie bekam keine Luft mehr. Ihre rechte Hand wurde heiß und kalt zugleich. Es begann zu kribbeln. Ihre Fingerspitzen färbten sich schwarz. Seine Haut unter ihrer Hand verlor an Elastizität und die Adern traten dunkel hervor. Jude stöhnte schmerzerfüllt und drückte fester zu, was Odelia kurz schwarz vor Augen werden ließ. Mit der anderen Hand versuchte sie ihn wegzudrücken. Als sie den Finger in eine seiner Wunden bohrte, biss er fest zu.

Ein erstickter Schrei drang durch ihre Lippen. Das Kribbeln ihrer rechten Hand wurde stärker und ein Druckgefühl breitete sich in ihrem Arm aus. Prickelnd wanderte die Energie durch ihren Körper. Rasant verteilten sich die schwarzen Adern über seinen Leib aus, doch trotz der aktiven Kontrolle geschah es langsamer als bei dem Angreifer in der Lagerhalle. Unter ihrer Hand wurde der Unterarm von Jude faulig und dörr. Er schrie ihr ins Gesicht und verlor an Kraft, zog den Arm reflexartig aus ihren Händen und taumelte zurück, hielt sich die abgestorbene Stelle. Er brüllte fast schon verzweifelt und begann mit einem Mal, hysterisch zu lachen. Als könnte er nicht glauben, dass ihm das passierte.

»Du... du solltest schon längst tot sein. Du kannst mir nichts anhaben! Ich habe sie alle... alle geopfert.«

Sein Lachen durchbohrte schrill ihr Trommelfell. Sie rang nach Luft und hustete stark. Odelias Hand puckerte, kribbelte an der Oberfläche. Ihre Kraft war noch aktiv.

Ihr Blick suchte panisch den Raum ab und fand schließlich Isander, der am Boden lag. Ihr Atem beschleunigte sich nur noch mehr. Sie duckte sich flink an Jude vorbei, der sofort nach ihr griff, sie aber verfehlte und durch den massiven Schmerz des faulenden Fleisches kurz das Gleichgewicht verlor. Odelia fasste mit der linken Hand Isander an, spürte sofort das Blut durch seine Adern pumpen.

Er lebte.

Geschwind drehte sie sich um und sah, dass Jude bereits auf sie zu kam. Sein Blick löste eine erschütternde Wut in ihr aus. Sie entdeckte diese Mordlust, das Ergötzen. Es widerte sie an. Und zugleich war da etwas, was sie nicht kannte. Sein Ausdruck wirkte verstört von dem, was Odelia ihm angetan hatte, und doch machthungrig. Er würde nicht aufgeben.

Das Amulett um seinen Hals flackerte in Violett und Blau, irisierend wie die Galaxie. Eisige Kälte umschmeichelte sie plötzlich, doch ihre rechte Hand kribbelte stärker, brannte heiß. Es gab kein zurück.

Der ältere Mann stürzte auf sie zu, nahezu unbeholfen. Mit seinem Körper versuchte er sie ein weiteres Mal einzukeilen. Doch Odelia wich aus. Sie versuchte, ihn von Isander wegzulocken. Blut floss noch immer über Judes Gesicht. Seine Pupillen hatten sich seltsam verkleinert, als er erneut nach ihr ausholte. Er versuchte, nach ihr zu schlagen. Sie war ihm rein körperlich stark unterlegen. Und das wollte er sich zu nutze machen.

Gewaltsam griff er ihre rechte Hand und riss sie mit Wucht hinab. Ihr Ellenbogen schürfte über den Steinboden, ihre Hüfte prallte darauf. Odelia entfuhr ein Schmerzenslaut. Angestrengt probierte sie, ihm ihre Hand zu entziehen, doch sein Griff war extrem fest. Ihr Handgelenk fühlte sich an, als wollten ihre Knochen darin nachgeben.

»Du kannst mich nicht besiegen! Ich kann's kaum erwarten, das Leben aus dir schwinden zu sehen.«

Odelia trat nach seinem Schienbein und wandte sich auf dem Boden, um gegen ihn anzukommen. Mit dem Knie drückte er ihr Bein hinunter. Sie spürte, wie sein gesamtes Gewicht auf ihrem Oberschenkel lastete und hörte sich selbst laut aufschreien, als ein stechender, betäubender Schmerz ihre linke untere Körperhälfte durchzog. Ein lautes Knacken ertönte. Odelia wurde schwindlig und übel.

Sie öffnete ihre rechte Hand breit, vernahm nur unter pochendem Schmerz ein dumpfes, triumphierend-hysterisches Lachen. Hitze und Kälte durchströmten sie und ließen eine Nervatur aus schwarzen Adern in ihrem Arm wachsen. Diese breiteten sich auf der Hand aus, die sie festhielt.

»Nein!«, brüllte er und schüttelte ihre Hand ab, bevor er ruckartig ein Stück zurückwich.

Aufstehen konnte sie nicht mehr allein.

Weiß erschien plötzlich vor seinen Augen und ein heftiger

Windzug umgab ihn. Hektisch fuchtelte Jude mit den Händen vor sich, konnte aber nicht verhindern, dass Isander ihm das Amulett entriss.

Geschwind flog er zur Seite und pickte wie wild darauf ein. Der starke, spitze Schnabel brachte die Oberfläche zum Reißen.

»Du widerliches Vieh! Ich bringe dich um!« Judes Stimme überschlug sich, war heiser und verzerrt.

Er hechtete hinüber und versuchte, Isander beim Gefieder zu fassen, doch der Albino wich geschickt aus. In seinem Eifer folgte er dem Raben, auf dem Boden krauchend, welcher ihm immer wieder entkam.

Plötzlich sah er die junge Frau wieder vor sich.

Odelia biss die Zähne zusammen, griff mit der rechten Hand an sein Kinn und hielt ihn fest an seinem Kiefer.

Isander schnappte nach seinen Fingern, um das Greifen nach Odelia zu verhindern, und trennte dabei zwei Fingerglieder ab.

Jude schrie wie am Spieß. Nicht nur wegen des Schmerzes in der Hand und dem Blut, welches sich blitzschnell verteilte. Nein, vielmehr noch wegen der Fäulnis, die sich in seinem Mund ausbreitete. Seine Lippen trockneten aus, rissen, das Zahnfleisch wich zurück. Schwarze Adern zogen sich über den Rest des Gesichts und seinen Hals hinab. Er würgte eine Flüssigkeit hinauf, die süßlich, aber zeitgleich nach Ammoniak und Schwefel stank. Odelia kniff die Augen fest zusammen. Die Kälte durchströmte sie und ein seltsames, aufgeladenes Kribbeln sammelte sich in ihrem Inneren. Es war elektrisierend. Ächzen war zu hören, das Reißen von Fasern und hohles Grollen. Fauler, beißender Gestank verteilte sich im Raum. Erstickte Schmerzensschreie verkamen zu gasgefülltem Zischen, gepaart mit dem Geräusch von trockenen Pflanzen im Wind. Die Struktur unter Odelias Hand hatte sich bereits von elastischer Haut über wachsartig, hin zu ausgedörrt und schließlich abgestorben trocken gewandelt.

Sie ließ los.

Blut rauschte in ihren Ohren.
Alles pulsierte.
Betäubte sie nahezu.

Unterschwellig nahm sie Wind wahr, ehe der ausgetrocknete Überrest quer über ihr zu Boden fiel.
Sie kniff noch immer die Augen zu und atmete heftig.

Jemand entfernte die zerfallende Leiche von ihr und zog Odelia ein Stück davon weg. Sie riss die Augen auf, wimmerte schmerzerfüllt.
Blassblaue Augen fanden ihre, weiße Haare mit roten Strähnen klebten in Isanders Gesicht. Blut lief aus der Platzwunde an der Stirn über seine Wange. Sein Atem ging hektisch und seine Hände zitterten stark.
»Du... du hast es geschafft...«, wisperte er rau, hatte kaum Stimme.
»Isander...«, schluchzte sie.

Alles in ihr schien stillzustehen.
Er lebte.
Jude war tot.
Sie hatte ihn getötet.

Isanders zitternde Hände griffen nach ihr und zogen sie in seinen Arm. Er hielt ihren Kopf eng gegen seine Brust gedrückt, vergrub die Finger in ihrem Haar. Seinen Kopf lehnte er gegen ihren.
»Ich hatte solche Angst um dich...«
Tränen mischten sich mit dem Blut. Er schluchzte laut auf, als sie ihren linken Arm um ihn wand.

»Es ist vorbei…«, sagte Isander.

Es klang eher wie eine Bestätigung für ihn selbst. Odelia konnte keines der Gefühle, welche sie empfand, irgendwie zuordnen. Weswegen sie ihn einfach nur apathisch hielt.

Draußen waren dumpf Stimmen zu hören. Kräftiges Rütteln an der Tür folgte.

»Was… machen wir mit dem Rest der Gemeinde?«, kam es Odelia dadurch in den Sinn.

»Zuerst müssen wir dich hier raus- und wegbekommen«, Isander schluckte und sammelte sich kurz. »Es ist nicht unwahrscheinlich, dass sie dich — uns — angreifen. Oder zumindest als große Bedrohung sehen. Schließlich ist ihr Sektenführer tot.«

Odelia zitterte. Die Erschöpfung und der Schmerz in ihrem Oberschenkel machten es ihr schwer, sich auf seine Worte zu fokussieren.

»Aber wir können meine Eltern hier nicht zurücklassen, wer weiß, was ihnen…«

Vorsichtig löste sie sich aus seiner Umarmung.

»Werden wir nicht. Aber für die Übrigen können wir gerade nichts tun. Das muss warten.«

Eine beißende, eisige Temperatur füllte mit einem Mal das Gewölbe. Odelia erschrak. Isander dachte zuerst, sie reagierte auf die wiederholten Geräusche von draußen, dann spürte er die eindringliche Kälte auch.

Odelia sah zudem einen dunklen Schleier. Wie feiner, schwarzer Rauch verteilte sich glitzernd eine Art Frost um sie herum.

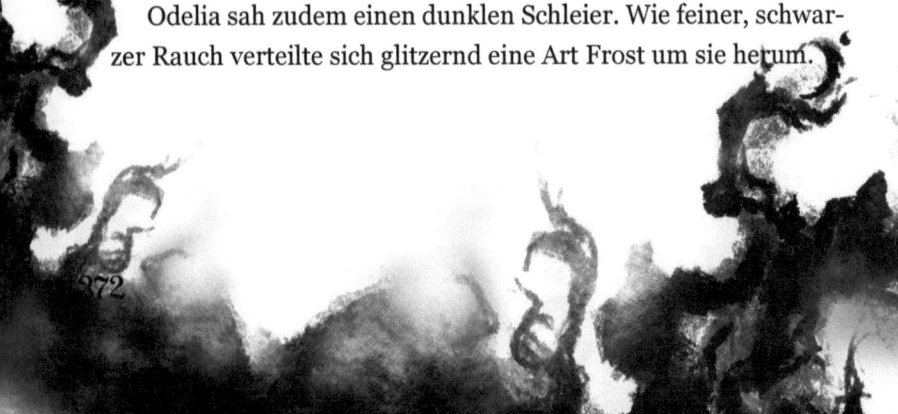

»Der Tod...«, sagte sie.

Natürlich war der Tod hier.

Der dunkle Mantel und die Sense aus Eis traten aus dem Rauch hervor. Er näherte sich dem Paar nahezu schwebenden Schrittes. Doch anstatt die Leiche zu beachten, bückte er sich und ließ die transparenten, quallenartig schillernden Finger über das kaputte Amulett wandern. Er richtete sich fließend auf und sah Odelia an.

Die Kapuze tief ins Gesicht gezogen, war von ihm nur das skelettartige Kinn unter der fremdartigen Textur der Haut zu erkennen. Glitzernde, winzige Splitter wirbelten in dem Rauch um ihn herum. Seine dröhnende, unnatürlich tiefe Stimme beendete die Stille.

»Das hast du gut gemacht. Dank dir können sie endlich Frieden finden.«

Odelias türkise Augen füllten sich mit Tränen.

»Sophie... und die anderen sind frei?«

Der Tod nickte.

Sie schluchzte auf. »Ich bin so froh...«

Wie weit aus der Ferne vernahm sie Sophies Stimme, sah ihren Schatten aus dem Augenwinkel.

»Ich danke dir.«

Dicke Tränen kullerten über Odelias Wangen.

»Odelia...«, sagte die schwarze Gestalt erneut.

Angesprochene blinzelte angestrengt, versuchte, sich in dem Sumpf von Emotionen und Schmerzen zu fangen und sah ihn schließlich an.

Seine Miene wirkte unbeeindruckt.

»Wir sehen uns bald wieder.«

Ein unangenehmes Gefühl breitete sich in Odelia aus. Ihr Herz raste heftig und ihr Blut begann erneut, in ihren Ohren zu rauschen. Es war das erste Mal, dass sie ihn zu fürchten schien. Ja, sie hatte schließlich die Kräfte von ihm bekommen und ihre Bestimmung erfüllt. Aber sie hatte noch so viel vor. Mit Isander und ihrem gemeinsamen Leben. Mit ihren Eltern. Der Freiheit, die sie hoffte, für sich und alle anderen hier gewonnen zu haben.

»Ist es…« …*bald das Ende*?, wollte sie fragen.

Der Tod schüttelte leicht den Kopf.

»Nein. Das war der Anfang.«

Bald darauf...

Schweres Atmen begleitete die zügigen Bewegungen.

Ein Schritt nach dem anderen, schneller, unpräzise. Dunkelblondes Haar wirbelte durch den Wind auf, die Glieder wurden schwerer, nahezu müde. Doch das Brennen ignorierend, gab es nur den Weg vorwärts.

Koste es, was es wolle.

Die Finger umklammerten fest ein Amulett, die silberne Kette war um das Handgelenk gewunden und eine Art Flüssigkeit im Inneren schimmerte wie die Galaxie. Ein faszinierender und schöner Anblick. So stark im Kontrast zu dem, was sich außerhalb und vor allem in seinem Kopf abspielte.

Bilder zogen in Fetzen vor seinem inneren Auge vorbei. Schemenhaft, fernab jeglicher Klarheit. Es wirkte wie etwas, woran er sich erinnern müsste. Doch das einzige Gefühl, was ihm geblieben war und ihn antrieb, war die Hoffnung auf Hilfe.

Der Atem war flach, alles in seinem Körper brannte vor Erschöpfung, doch der Wind in seinem Rücken schob ihn voran, als wäre er sein stetiger Begleiter.

Eine Lichtung breitete sich vor ihm aus. Dichte, volle Blätterkronen und eine kleine Hütte sprangen ihm ins Auge. Ein tiefer Atemzug füllte seine angestrengten Lungen.

Der Wind wirbelte Blätter auf, umspielte seinen Körper, fuhr durch sein Haar. Glieder wollten nachgeben.

Noch ein bisschen durchhalten, dachte er.

War es hier?

Hatte er ihn endlich gefunden?